JENNY BLACKHURST
Dein dunkelstes Geheimnis

Weitere Titel der Autorin:

Die stille Kammer
Das Mädchen im Dunkeln
Das Böse in deinen Augen
Mein Herz so schwarz
Das Gift deiner Lügen

Titel auch als Hörbuch erhältlich

JENNY BLACKHURST

DEIN DUNKELSTES GEHEIMNIS

PSYCHOTHRILLER

Aus dem Englischen von
Rainer Schumacher

lübbe

Dieser Titel ist auch als Hörbuch und E-Book erschienen

MIX
Papier aus verantwortungsvollen Quellen
FSC® C014496

Vollständige Taschenbuchausgabe

Deutsche Erstausgabe

Textredaktion: Anita Hirtreiter, München
Titelillustration: © JOEL VIEIRA/Arcangel |
© cosma/shutterstock
Umschlaggestaltung: Manuela Städele-Monverde
Satz: hanseatenSatz-bremen, Bremen
Gesetzt aus der Stempel Garamond
Druck und Verarbeitung: GGP Media GmbH, Pößneck
Printed in Germany
ISBN 978-3- 404-18455-2

2 4 5 3 1

Sie finden uns im Internet unter
luebbe.de
Bitte beachten Sie auch: lesejury.de

1

KATHRYN

»Wo ist sie?«

Der Raum riecht nach altem Schweiß und jeder Menge Aftershave. Um uns herum ist ein stetes Murmeln zu hören. Es stammt von Leuten, die so viel wie möglich aus jeder Minute herausholen wollen, bis die Glocke klingelt. Doch ich stelle immer nur eine einzige Frage. Es ist jedes Mal die gleiche.

Am Tisch neben uns weint ein kräftiger, von Kopf bis Fuß tätowierter Mann beim Anblick seiner kleinen Tochter, die noch ein Baby ist. Die Mutter, ein blasser Teenager, kaut verlegen auf ihren Fingernägeln. Für so eine Situation ist sie viel zu jung. Überhaupt wirkt sie noch viel zu unreif und unsicher, um selbst ein Kind zu erziehen. Ich wage einen Blick in die Zukunft – in eine Zukunft, in der dieses Baby in der gleichen Situation ist wie einst seine Mutter, eine Zukunft, in der die junge Frau den halbstündigen Besuch bei einem Freund ertragen muss, dem sie noch nicht einmal wichtig genug ist, dass er sich wenigstens bemüht, nicht in den Knast zu kommen. Das ist der Kreislauf des Lebens, denke ich traurig.

Auf meine Frage erwarte ich keine Antwort. Ich gebe dem alten Mann vor mir bloß eine Chance, sich zu erklären, bevor ich aufstehe und gehe … genau, wie ich es letzten Monat getan habe und wie ich es im nächsten wieder tun werde. Einen kurzen Moment lang gestatte ich mir, ihn direkt anzusehen. *Ich werde nicht weinen*, ermahne ich mich stoisch. *Er bedeutet mir nichts. Er ist nichts. Ich werde seinen Anblick ertragen*.

Wie immer hat er sich für unseren Besuch rasiert, obwohl ein Bart das graue ausgemergelte Gesicht besser verborgen hätte, das an die Stelle des jugendlichen, leicht gebräunten getreten ist, das ich nicht vergessen kann. Sein Gesicht wirkt, als wäre es im Laufe der Jahre eingefallen, förmlich geschmolzen. Es ist, als hätte er zu nahe an einer Kerze gesessen. Ich kann ihm einfach nicht in die Augen schauen. Ich kann nicht. Ich will nicht sehen, dass da nichts ist. Kein Leben, keine Zukunft. Beides hat er am selben Tag getötet, als er auch Elsie Button ermordet hat.

Jeder braucht ein Ziel im Leben. Manche sind lobenswerter als andere. Alan Turing hat die Computerwissenschaft begründet, Martin Luther King hatte den wichtigsten Traum der Welt, und Lizzo ist *die Schlampe* par excellence. Manchmal frage ich mich, ob sonst noch jemand das gleiche Ziel im Leben hat wie ich: herauszufinden, wo die Leiche der fünfjährigen Elsie Button begraben ist. Viele Menschen haben es sich zur Aufgabe gemacht, vermisste Menschen zu finden, vermisste Kinder. Was das betrifft, bin ich nicht einzigartig. Was mich jedoch von ihnen unterscheidet, ist, dass ich versuche, Patrick Bowen zu einem Geständnis zu bewegen, den berüchtigten Kindermörder, meinen Vater.

Die Glocke klingelt, und die Stille an unserem Tisch wird förmlich greifbar. Trotz der Tatsache, dass ich diese Reise schon sechsundzwanzig Mal in sechsundzwanzig Monaten gemacht habe, fühle ich die Enttäuschung jedes Mal wie einen Stich, wenn der Mann, der mir gegenübersitzt, nicht die geringsten Anstalten macht, die Frage zu beantworten, die ich ihm immer wieder stelle. Ich atme tief durch, stehe auf und stoße den grauen Plastikstuhl so heftig zurück, dass er fast umfällt. Ein paar Leute drehen sich zu uns um, doch das bemerke ich gar nicht. Ich bin sicher zu hören, dass Patrick die Luft einzieht, und für den Bruchteil einer Sekunde bin ich wie erstarrt. Meinen Körper halb von ihm abgewendet warte ich auf die Worte, nach denen ich mich so sehr sehne. *Diesmal wird er es mir sagen. Das ist es. Jetzt.* Das ist der Grund, warum ich mich all die Stunden gequält habe, warum ich mir erlaubt habe, mir vorzustellen, wie ich zum zweiten Mal mit Neuigkeiten zu Elsies Angehörigen gehe, aber diesmal, um ihrem fünfundzwanzigjährigen Martyrium ein Ende zu bereiten. Dabei habe ich bereits seit Jahren nicht mehr mit ihnen gesprochen, habe ihnen noch nicht einmal gesagt, dass ich hierherkomme. Werden sie mir für meine Einmischung danken? Oder wird die Familie, die schon einmal ihr Leben zerstört hat, es ein zweites Mal vernichten?

Patrick atmet wieder aus, ohne ein Wort zu sagen, und ich lasse geschlagen die Schultern hängen. Einen Moment lang habe ich wirklich gehofft …

Entschlossen, mir meine Enttäuschung nicht anmerken zu lassen, hebe ich das Kinn, starre stur geradeaus und marschiere festen Schrittes zu den anderen Besuchern, die den Raum verlassen. Ich werfe nicht einen Blick zurück.

*

Die Luft draußen ist warm und feucht. Ich atme sie tief ein und zwinge mich mit aller Kraft, nicht zu weinen. Das habe ich bereits so viele Male gemacht und bin jedes Mal gegangen, ohne mich noch einmal umzuschauen … Warum sollte es heute anders sein? Seit dem ersten Mal habe ich keine Tränen mehr vergossen, und das war vor zwei Jahren, aber es fühlt sich wie gestern an und zugleich wie eine Ewigkeit. Damals bin ich nach Hause gegangen und habe mir die Augen aus dem Kopf geheult.

Ich weiß, warum es heute anders ist. Heute, genau wie beim ersten Mal, habe ich wirklich geglaubt, dass er die Frage beantworten wird, die ich ihm jedes Mal gestellt habe, wann immer ich an diesen gottverlassenen Ort gekommen bin. Ich habe dieses tiefe Einatmen gehört, und ganz kurz war da wieder diese unglaubliche Hoffnung wie beim ersten Mal. Jetzt schäme ich mich dafür, dass ich sie nicht schon längst begraben habe.

Lasciate ogne speranza, voi ch'intrate.

Ihr, die ihr hier eintretet, lasst alle Hoffnung fahren.

*

Bereits vor langer Zeit habe ich gelernt, gar nicht erst zu versuchen, irgendwas zu erreichen, wenn ich Patrick besuche. Beim ersten Mal war ich so sicher, er würde mir die Information geben, die ich brauchte, dass ich meinen Boss angerufen und Migräne vorgetäuscht habe, um den Vormittag freizubekommen. Im zweiten Monat war ich besser auf die Enttäuschung vorbereitet, und ich nahm mir gleich den ganzen Tag frei und bin anschließend drei Stunden lang einfach bloß herumgefahren. Noch heute erinnere ich mich genau daran, wo ich damals gelandet bin. Inzwischen habe ich eine Routine für die Stunden nach meinen Besuchen entwickelt. Dazu gehört auch eine Fahrt ins Stadtzentrum, und da sitze ich nun und starre auf das alte Reihenhaus. Drei Stufen führen zu einer schwarzen Tür mit einem Schild daneben, auf dem zu lesen ist: *Veronica Steiner, BACP, zugelassene Psychotherapeutin.* Rechts und links von der Tür stehen Blumentöpfe. Die

Pflanzen blühen wie immer. Veronica plant stets zehn Minuten zwischen ihren Patienten ein, und sie hat ein Einbahnstraßensystem eingerichtet, sodass sich die Patienten nie über den Weg laufen. Es sind kleine Details wie diese, die mich jeden zweiten Dienstag im Monat zu ihr kommen lassen.

Veronica empfängt mich an der Tür. Sie ist eine schöne Frau, nur nicht von der Art, wie man sie auf Zeitschriftencovern findet. Sie ist schön, weil sie Stärke und Ruhe ausstrahlt. Ihr glattes graues Haar fällt ihr bis auf die Schultern, und sie trägt jedes Mal das Gleiche, wenn ich sie sehe: schwarze Leggins, ein langärmeliges schwarzes Oberteil, einen grauen Schal um ihre Schultern und einen kleinen Farbfleck an ihrem Hals in Form eines gelben Tuchs. Dieses Tuch ist das Einzige, was sich ändert. Letzten Monat war es eines mit Paisleymuster, den Monat davor ein cremefarbenes mit Silberfäden. Veronicas Alter kann man unmöglich einschätzen. Sie hat keine Falten im Gesicht, und ihr Make-up ist stets makellos. Sie könnte genauso gut in den Vierzigern wie in den Sechzigern sein. Auch gelingt es Veronica, gleichzeitig professionell und einladend zu wirken, und kaum sehe ich sie, da entspanne ich mich schon.

»Hallo, Kathryn.« Sie lächelt und will mich ins Wohnzimmer führen, das sie für ihre Therapiesitzungen umgebaut hat, doch ich lege ihr die Hand auf den Arm.

»Könnten wir … Ich meine, wäre es okay, wenn wir heute rausgehen?«

»Natürlich.« Veronica nickt. »Aber dir ist doch klar, dass draußen die Möglichkeit besteht, man könnte uns hören, oder?«

Sie sagt das jedes Mal, wenn ich sie darum bitte, obwohl ich mich noch nie wegen der Nachbarn gesorgt habe. Die Häuser in dieser Reihe sind alle zu Geschäfts- und Büroräumen umgebaut. Links von Veronica praktiziert ein Zahnarzt, dessen Bohrer viel zu viel Lärm machen, als dass seine Patienten etwas von unseren Gesprächen mitanhören könnten, und rechts ist eine Anwaltskanzlei. Ich nehme an, dort weiß man, dass man seine Nase besser nicht in anderer Leute Angelegenheiten stecken sollte. Allerdings glaube ich auch nicht, dass irgendjemand mich an dem, was ich bisher gesagt habe, hätte identifizieren können, und ich würde sowieso nie etwas zugeben, was nicht ohnehin schon das ganze Land weiß.

Der Garten ist ein kleiner Betonhof, den Veronica in eine derart wunderschöne Oase verwandelt hat, dass man nie vermuten würde, er liege in einer Stadt wie Manchester. Leuchtend bunte Blumen wachsen an Mauerspalieren und in Terrakottatöpfen zwischen den grauen Rattanmöbeln. Winzige, wie Schwalben geformte Windspiele klingeln in der Brise.

»Kann ich dir etwas zu trinken anbieten?«

»Nein, danke. Ich habe auf dem Weg einen Wodka getrunken.«

Veronica hebt kommentarlos die Augenbrauen. Seit fast zwei Jahren versuche ich nun bereits, sie an meinen Humor zu gewöhnen, und eines muss ich ihr lassen: Bis jetzt hat sie sich das Wort »Abwehrmechanismus« verkniffen.

»So … Sollen wir mit ein paar Atemübungen anfangen?«

Ich setze mich auf meinen Platz in unserem kleinen Theater, schließe die Augen, atme tief durch die Nase ein und durch den Mund wieder aus. Als ich das zum ersten Mal gemacht habe, hat mich das zu meiner großen Verwunderung binnen Sekunden beruhigt … und zwar, weil ich mir so dämlich vorkam, dass ich einen Lachkrampf bekommen habe. Aber so lächerlich das auch wirken mag, ich habe diese Technik jedes Mal praktiziert, wenn ich mich entspannen wollte, und irgendwann hat sich das nicht mehr ganz so lustig angefühlt. Doch das werde ich Veronica gegenüber vermutlich niemals zugeben.

»Inwiefern war dein Besuch heute denn anders als sonst?« Veronicas Stimme schneidet durch mein Bewusstsein, während ich versuche, alle anderen Emotionen auszublenden.

»Wie kommst du darauf, dass er anders war?«

»Deine Energie ist heute anders. Du hast viel Wut in dir.«

»Da ist immer Wut in mir. Deshalb bin ich ja hier.«

»Und? Irre ich mich?«

Ich zögere. Diese siebzig Pfund teuren Sitzungen können mir nur helfen, wenn ich ehrlich bin, und ich bin schon vor langer Zeit zu dem Schluss gekommen, dass Veronica aus meinen (schlechten) Lügen vermutlich mehr schließen kann als aus den Dingen, denen ich mich ehrlich stelle. »Er hat eingeatmet.«

Veronica schweigt.

Ich öffne die Augen wieder. »Er hat eingeatmet, als wolle er etwas sagen«, erkläre ich. »Ich habe wirklich geglaubt, dass er diesmal … Aber er hat zwei Jahre lang kein Wort mit mir gesprochen. Ich weiß nicht, warum ich ausgerechnet heute etwas anderes erwartet habe.«

»Was meinst du mit ›ausgerechnet heute‹?«

Durch die Nase ein- und durch den Mund wieder ausatmen. Durch die Nase ein- und durch den Mund wieder ausatmen …

»Morgen ist der Jahrestag. Es ist jetzt fünfundzwanzig Jahre her, seit Elsie verschwunden ist.«

Veronica nickt. »Und was bedeutet dir das?«

»Es bedeutet mir eigentlich gar nichts«, gebe ich zu. »Es ist bloß eine Zahl, genau wie jedes andere Jahr. Es fühlt sich einfach nur anders an.«

»Glaubst du, dass jetzt die Zeit gekommen ist, um darüber zu reden?«

Veronica hat mich noch nie nach Elsies Tod gefragt. Als ich vor zwei Jahren die Formulare ausgefüllt habe, da habe ich ehrlich angegeben, wer ich bin und was Patrick getan hat. Seitdem haben wir uns einmal im Monat getroffen, und ich habe ihr von meinem Alkoholproblem berichtet, als ich noch ein Teenager gewesen bin, über das eine Mal, als man mir wegen Trunkenheit am Steuer den Führerschein entzogen hat, und über meine Zeit bei den Anonymen Alkoholikern. Sie weiß auch Bescheid darüber, dass ich meinen Vater monatlich im Gefängnis besuche, wo ich ihm jedes Mal die gleiche Frage stelle, obwohl ich gar keine Antwort darauf erwarte, doch ich habe ihr nie von jenem Tag erzählt oder wie das Leben danach gewesen ist.

»Ehrlich gesagt erinnere ich mich nicht genauer an diesen Tag als an jeden anderen auch.« Das ist nicht gelogen. Ich habe Veronica noch nie angelogen. Sie ist der einzige Mensch, bei dem ich mich sicher genug fühle, um ihr die Wahrheit darüber anzuvertrauen, wie viel Scheiße ich im Leben gebaut habe, nachdem dieses Ereignis meine Familie förmlich zerrissen hat. »Allerdings weiß ich noch, wie die Zeit nach Elsies Verschwinden war. Es waren immer Leute bei uns im Haus, darunter auch Polizisten. Helen, Elsies Mum, hat die ganze Zeit geweint, und meine Mutter auch … Tatsächlich erinnere ich mich daran, dass viele geweint haben. Ständig. Egal wo auf der Insel.«

»Das war nicht anders zu erwarten. Du warst damals fünf. Da ist es nur normal, dass du unbewusst versuchst, diese Erinnerungen zu unterdrücken. Zwischen dem fünften und siebten Lebensjahr entwickeln Kinder die Grundlagen ihres Ichs, ihre Grundüberzeugungen. Das ist sehr wichtig. Gibt es sonst noch etwas, was aus dieser Zeit hervorsticht?«

»Ich erinnere mich daran, dass die Leute in den Tagen und Wochen danach gar nicht mehr aufgehört haben zu weinen. Ich erinnere mich daran, mich gefragt zu haben, warum sie Elsie nicht gefunden haben, denn der Wald war nicht groß. So viele Verstecke gab es da nicht. Keine Ahnung, wann mir klar geworden ist, dass Patrick weg war oder dass er nicht mehr nach Hause kommen würde. Ich weiß bloß noch, dass ich an einem Tag noch auf Anglesey war und am nächsten im Haus meiner Tante in Liverpool. Ich glaube nicht, dass ich damals überhaupt wusste, dass es in Liverpool war. Manchmal träume ich von dieser Zeit, da bin ich mir ganz sicher, aber wenn ich wieder aufwache, dann erinnere ich mich an so gut wie nichts mehr.«

Veronica rutscht auf ihrem Stuhl herum. Sie scheint über etwas nachzudenken. »Du bist jetzt schon lange trocken, Kathryn«, sagt sie schließlich. »Und was deine geistige Gesundheit betrifft, stehst du inzwischen viel besser da als noch zu Anfang. Ich habe deine Grundüberzeugungen so lange gemieden, weil ich weiß, dass die Ereignisse, die diese Grundüberzeugungen umgeben, so traumatisch für dich sind. Nun möchte ich, dass du mal darüber nachdenkst, ob jetzt die Zeit gekommen ist aufzuschlüsseln, wie diese Ereignisse dein Selbstbild beeinflusst haben und wie wir dieses Bild infrage stellen können, um dir bei deiner Genesung zu helfen.«

»Und wie sollen wir das machen?«

Veronica steht auf und geht zu ihrem Schreibtisch, wo sie ein wenig herumkramt. Dann kommt sie mit einer Handvoll Broschüren wieder zurück. »Das ist was zum Thema Hypnotherapie«, sagt sie und gibt mir das Infomaterial. »Für gewöhnlich benutzen wir das nicht für Grundüberzeugungen, denn die meisten meiner Patienten erinnern sich gut genug an ihre Kindheit, um zu wissen, wie diese Überzeugungen zustande gekommen sind. Ich denke aber, dass du in dieser Hinsicht von Hilfe profitieren würdest.«

Ich bin nicht sicher, ob mir die Vorstellung gefällt, hypnotisiert zu werden oder mich genauer an Elsies Ermordung erinnern zu müssen als ohnehin schon. Das wenige, woran ich mich erinnere, hat mich bereits derart versaut, dass ich nun in Therapie bin. Wie sollen weitere Erinnerungen mir dann helfen? Aber Veronica sieht aus, als glaube sie daran. Also verspreche ich ihr, die Broschüren bis zu unserer nächsten Sitzung zu lesen.

»Was hast du morgen vor?«, fragt sie, als ich gehe, obwohl sie weiß, dass ich mich am Jahrestag immer rarmache.

»Vielleicht fliege ich ja nach Mexiko.«

Veronica lächelt. »Vermisst du es, am Meer zu leben?«

Ich schüttele den Kopf. »Ich kann nichts vermissen, woran ich mich nicht erinnere. Kinder in meinem Alter damals erinnern sich nur an Dinge, wenn die Menschen leben, die darin vorkommen. Außerdem wurde bei uns nie über die Zeit auf Anglesey gesprochen. Niemand, der mir in diesem Punkt hätte helfen können, wollte daran zurückdenken, dass wir je dort gelebt haben. Wenn ich morgen dort hinfahren würde, würde ich nichts erkennen. Gar nichts.«

»Vielleicht erinnert sich dein Unbewusstes ja besser, als du glaubst«, sagt Veronica und deutet auf den kleinen Muschelanhänger an meinem Hals. Sie lächelt. »Aber fahr lieber nicht gleich morgen dorthin.«

Ich lache. Vielleicht versteht sie meinen Sinn für Humor ja doch. »Abgemacht.« Ich nicke und gehe hinten raus, damit ich nicht mit der nächsten geschundenen Seele zusammenstoße, die durch die Tür kommt.

2

KATHRYN

Als es an der Tür meiner kleinen Wohnung läutet, höre ich das kaum, und ich will auch nicht aufmachen. Zu dieser Jahreszeit bin ich es gewohnt, die Klingel zu ignorieren. Obwohl ich meinen Namen legal geändert habe und nach unserer Flucht nach Liverpool noch zweimal umgezogen und letztendlich in Manchester gelandet bin, tauchen Reporter und andere Durchgeknallte jedes Mal pünktlich zum 18. Juni auf, als sei ich eine Touristenattraktion. Dieses Jahr sind sie allerdings früh dran. Ich habe schon darüber nachgedacht, mir einen großen Hund zu besorgen, aber einen Vierbeiner hat man fürs Leben, nicht nur für einen einzigen Tag im Jahr. Als ich das dritte Klingeln ignoriere, läutet mein Telefon, und der Name »Jordan« taucht mit einem Bild meines grinsenden Bruders auf dem Display auf.

»Alles okay bei dir?«, frage ich, kaum dass ich abgehoben habe. Ich mache mir Sorgen. Mein Bruder ruft mich nur selten an, auch wenn wir eigentlich ständig in Kontakt sind. Er schreibt mir lieber über WhatsApp. Ich glaube, das macht er, weil er dann sehen kann, ob ich seine Nachricht gelesen habe. Deshalb gehe ich jetzt auch sofort davon aus, dass irgendwas nicht stimmt.

»Gehst du nicht mehr an die Tür? Ich klingele schon seit einer Ewigkeit. Miriam musste mich ins Haus lassen.«

»Scheiße. Tut mir leid, Jordan.«

Ich öffne die Tür für eine männliche, in die Länge gezogene Version von mir. Während mein Bruder groß, schlank und rothaarig ist mit blauen Augen, bin ich klein und manche sagen dick, ich kurvig, aber wir haben die gleiche typische Haare-Augen-Kombination der Familie Bowen. Haare und Augen haben wir von unserem Großvater geerbt … und von Patrick. Jordan hält einen Blumenstrauß und eine Flasche Wein in der Hand. Die Blumen sind für mich, der Wein für ihn. Als ich ihn hereinlasse, umarmt er mich flüchtig und geht direkt in die Küche, die angesichts der Tatsache, dass meine Wohnung kaum größer ist als eine Schuhschachtel, nicht weit weg ist – und ich zahle auch noch mein halbes Gehalt dafür, typisch Großstadt.

»Scheiße, bin ich kaputt«, verkündet er. Er öffnet die Weinflasche und gießt sich ein Glas ein.

»Das sagst du jedes Mal, wenn ich dich sehe. Dabei habe ich nach wie vor nicht herausgefunden, womit du eigentlich deinen Lebensunterhalt verdienst, dass du so fertig bist. Du bastelst doch immer noch an Computern rum, oder? Du bist nicht heimlich zur Feuerwehr gegangen oder arbeitest insgeheim sechs Tage die Woche als Maurer?«

Jordan wirft mir einen bösen Blick zu und nimmt einen kräftigen Schluck.

Wir sind sieben Jahre auseinander. Trotzdem haben Jordan und ich uns immer nahegestanden. Er ist mein großer Bruder, mein Beschützer und der eine Mann in meinem Leben, auf den ich mich stets habe verlassen können. Manchmal frage ich mich, ob wir genauso eng verbunden wären, wenn Patrick meine beste Freundin nicht ermordet hätte, als ich fünf gewesen bin.

»So … Morgen jährt es sich.«

»Ach ja? Ist mir gar nicht aufgefallen.«

Jordan hebt die Augenbrauen. »Ignorierst du deshalb die Türklingel?«

Ich setze den Wasserkessel auf und geselle mich zu ihm an die Frühstückstheke. »Nein. Ich habe durch den Spion geschaut und dich gesehen.«

»Hast du Mum angerufen?«

»Was hätte ich ihr denn sagen sollen?«, erwidere ich. »Froher Dein-Mann-hat-ein-Kind-ermordet-Tag?«

»Das ist selbst für dich unter der Gürtellinie«, bemerkt Jordan, aber ich weiß, dass er das nicht so meint. Er kann sich in mich hineinversetzen. Manchmal glaube ich, er ist der Einzige, der mich versteht. Schließlich gibt es nicht viele Leute, die von sich behaupten können, sie hätten das Gleiche durchgemacht wie wir. Andererseits: Wenn ich so darüber nachdenke, gibt es vermutlich mehr, als man glaubt. Es wird ja ständig wer ermordet, und ein großer Prozentsatz der Täter hat sicher auch Familie. Vielleicht sollte ich ja eine Facebook-Gruppe gründen. Aber wären diese anderen eher so wie ich oder wie Jordan? Denn trotz all unserer gemeinsamen Erfahrungen sind wir zu vollkommen verschiedenen Menschen herangewachsen.

»Und? Hast *du* sie angerufen?«, fordere ich ihn heraus. Er nickt. *Natürlich hat er das.*

»Es geht ihr gut. Danke der Nachfrage. Sie hat sich nach dir erkundigt. Sie macht sich Sorgen um dich.«

»Sie ist meine nächste Verwandte. Wenn mir was passiert, weiß sie das schneller als du.« Der Kessel pfeift, und ich stehe auf, um mir einen Kaffee aufzuschütten. Wenigstens muss ich Jordan so kurz nicht in die Augen sehen. Es gibt zwei Dinge, die zwischen meinem Bruder und mir normalerweise tabu sind: unsere Mutter und Patrick. Er verstößt gegen diese Regel, weil er weiß, was morgen für ein Tag ist, doch wenn ich ihn einfach weitermachen lasse, dann kommt mit Sicherheit: »Sie macht sich doch nur solche Sorgen, weil sie dich liebt.«

»Du weißt, sie macht sich doch nur solche Sorgen, weil sie dich liebt.«

Da ist es.

Ich seufze übertrieben und knalle meinen Becher härter auf die Theke, als ich beabsichtigt habe. Jordan zuckt unwillkürlich zusammen.

»Ich bin fast einunddreißig. Sie muss sich keine Sorgen um mich machen. Tatsächlich bist eher du es, um den sie sich sorgen sollte.«

Jordan hat das Glas gehoben, doch es erreicht seine Lippen nicht. Er hebt die Augenbrauen. »Um mich? Ich würde gerne mal hören, wie du darauf kommst, Sherlock Holmes.«

»Okay.« Ich hebe einen Finger. »Erstens: Vor fünfundzwanzig Jahren warst du schon alt genug, um zu verstehen, was los war …« Jordan war dreizehn, als Patrick wegen des Mordes an Elsie Button verhaftet worden ist. Ja, das war ihr echter Name. *Cute as a button*, wie es auf Englisch so schön heißt, »zuckersüß«. Mit ihrem blonden Haar, der Stupsnase und ihrer zierlichen Gestalt war sie das exakte Gegenteil von mir, dem rothaarigen, dürren, eher jungenhaften Mädchen. »Und doch«, fahre ich fort und zähle es an den Fingern ab, »hat es nicht die geringste psychologische Auswirkung auf dich gehabt. Zweitens …« Ich mache rasch weiter, bevor er mir vorwerfen kann, ihn als Psychopathen bezeichnet zu haben. »… hast du die schönste Frau der Welt, einen gut bezahlten Job – und den im Gegensatz zu deiner nutzlosen Schwester auch bereits seit Jahren –, aber trotzdem keine Kinder, was die Vermutung nahelegt, dass der Grund dafür der Tod eines kleinen Mädchens sein könnte, selbst wenn dieser schon sehr weit zurückliegt. Drittens – und das ist meiner bescheidenen Meinung nach der wichtigste Grund: Du bist einfach viel zu perfekt, um wahr zu sein. Deshalb«, triumphierend wedele ich mit der Hand, »bist du von uns beiden der Ted-Bundy-hafteste … oder heißt das Ted-Bundyeskeste?«

»Verdammt noch mal, Kat, danke aber auch. Da komme ich, um nachzusehen, ob du dich nicht aufgehängt hast, und du beleidigst mich und schimpfst mich einen zukünftigen Serienmörder. Ich weiß wirklich nicht, warum ich dir überhaupt Blumen mitgebracht habe.«

»Weil ich deine psychisch angeknackste kleine Schwester bin, die der Familie unendlich Schande macht und ihr so viele Sorgen bereitet. Fahren unter Alkoholeinfluss, cholerisch … Ich bin eine Last. Freud hätte ganze Bücher über mich schreiben können.«

»Du vergisst deinen Größenwahn.« Jordan schnaubt verächtlich. Er leert sein Glas und gießt sich nach.

»Warum ist Verity eigentlich nicht mitgekommen?«

Jordan schaut verlegen drein. »Wir haben uns gestritten.«

»Gestritten?« Jordan und Verity streiten sich nie, oder jedenfalls hat er das mir gegenüber noch nie zugegeben. Sie sind eines dieser Paare, die alle Welt hasst, weil sie auf Hochzeiten noch immer zusammen tanzen und sonntags früh aufstehen, um gemeinsam auf den Flohmarkt zu gehen. Verity ist Künstlerin und Sammlerin. Ihr ganzes Haus ist voll mit irgendwelchem Zeug, das auch eine »Geschichte« hat. Alles, was ich besitze, stammt von IKEA und ist am selben Tag gekauft worden. Verity ist total verwöhnt, aber wir haben alle unsere Fehler, und sie macht meinen Bruder glücklich. Also bin ich die Letzte, die etwas gegen sie sagt.

»Ein Freund von ihr feiert seinen Vierzigsten, und sie ist bei ihm zum Essen eingeladen. Sie wollte, dass ich mitkomme. Keine Sorge, sie holt mich hinterher ab. Ich muss also nicht auf deinem Sofa übernachten.«

»Wieso hast du sie denn nicht begleitet?«

»Ich wollte nachsehen, ob es dir gut geht. Ich weiß, dass du morgen vermutlich wegfahren wirst. Also bin ich heute gekommen.«

Man sollte glauben, dass man uns nach fünfundzwanzig Jahren vergessen ließe, was Patrick getan hat. Okay, vielleicht nicht wirklich *vergessen*, aber dass wir zumindest mit unserem Leben weitermachen können. Ich war fast sechs zu der Zeit, und in ein paar Monaten werde ich einunddreißig. Dennoch verlasse ich jedes Jahr am 18. Juni meine Wohnung und fahre so weit raus aus der Stadt, wie ich nur kann, bis ich all die Bürogebäude und Wohntürme hinter mir gelassen habe und Landhäuser um mich herum sehe und schließlich bloß noch den Strand. Und wenn ich später zurückkehre, dann liegt da ein kleiner Stapel Visitenkarten hinter meiner Tür, alle von Reportern. Jordan bekommt auch ein paar, genau wie Mum, aber offenbar bin ich die Hauptattraktion. Elsie war meine beste Freundin. Wir sind zusammen in den Wald gegangen, doch lediglich eine von uns ist wieder herausgekommen … oder zumindest heißt es das. Die Tatsache, dass ihre Leiche nie gefunden wurde, ist der Grund dafür, warum die Geschichte so lange überlebt hat, glaube ich, und jedes Jahr gibt es eine neue Dokumentation über den Tag ihres Verschwindens.

»Na ja, jetzt weißt du ja, dass es mir gut geht.« Ich strecke die Hände aus und deute zum Beweis auf meinen Kaffeebecher. »Ich bin nicht betrunken, und es liegt auch kein Strafbefehl gegen mich vor. Tada! Meine Therapeutin glaubt sogar, ich sei tapfer genug für eine Hypnotherapie.«

Ich schiebe die Broschüren, die Veronica mir gegeben hat,

über die Theke, wo sie den ganzen Nachmittag über unberührt gelegen haben. Jordan schnappt sich die oberste, und seine Miene verdüstert sich.

»Was ist das denn für ein Mist?«

Ich stoße einen leisen Pfiff aus. »Herrgott! Beruhig dich. Ich habe doch noch nicht zugesagt.«

»Das solltest du auch nicht«, erklärt er mit fester Stimme und knallt das Infomaterial vor mir auf die Theke. »Das ist absoluter Müll, und du wirst dich hinterher nur noch beschissener fühlen. Versprich mir, dass du die Finger davonlässt, Kat. Versprich es!«

»Komm wieder runter. Ich verspreche es dir ja«, erwidere ich, nehme die Broschüren und werfe sie in den Mülleimer. »Zufrieden?«

»Ja«, sagt Jordan. Er sieht blass aus. »Nun, meine Frau und ihre Freunde werden sich noch Stunden zu Tode langweilen. Schnapp dir deine Decken ... Du hast doch eine DVD der *Goonies* irgendwo in deiner Sammlung. Und vergiss das Popcorn nicht, Kitty Kat.«

3

KATHRYN

Es ist Jordan, der mich weckt, und ich weiß, dass etwas nicht stimmt, denn für gewöhnlich kommt meine Mum in mein Zimmer, reißt die Vorhänge auf und ruft lächelnd: »Guten Morgen, Sonnenschein.« Sie sagt immer, mich könne so gut wie nichts wecken, und ich glaube, sie hat recht, denn Jordan muss mich kräftig schütteln, und ich höre überall Lärm, so viel Lärm … Draußen rufen und schreien Menschen, und bei uns im Haus schlagen Schranktüren, und meine Mum schluchzt.

»Was ist denn los?«, frage ich, als Jordan mich am Arm packt und mich aus dem Bett hebt. »Ist Daddy wieder zurück?«

»Nein.« Jordans Stimme klingt scharf, und ich schrecke vor ihm zurück. »Entschuldige«, sagt er, »aber wir müssen uns beeilen. Hier.« Er drückt mir etwas Schwarzes in die Hände, eine Tasche. Dann zieht er die Schubladen auf und wirft die Kleider heraus.

»Was machst du da? Wo gehen wir denn hin? Fahren wir in Urlaub?«

»Nein … Ich meine, ja … Wir fahren in Urlaub, aber Mum hat vergessen zu packen. Deshalb musst du ihr jetzt helfen. Pack all deine Klamotten hier rein. Schnell, Kathryn!«

»Aber was ist mit all dem Lärm draußen?«

Jordan reißt mir die Tasche aus der Hand und stopft die

Sachen selbst hinein. »Darüber musst du dir keine Sorgen machen. Da streiten sich bloß ein paar Leute. Du musst einfach nur einpacken, was du mitnehmen willst.«

Irgendetwas in seiner Stimme hält mich davon ab, weiter Fragen zu stellen, und ich beginne, meine Sachen in die Tasche zu stopfen: meinen Kuschellöwen, mein Lieblingsbuch, die Mentos-Packung aus meinem Nachttisch – alles, was mir wichtig ist. Jordan sieht aus, als wolle er mich anschreien, doch stattdessen treten ihm die Tränen in die Augen, und er öffnet meinen Schrank und wirft meine Sporthosen und Pullover raus, nicht die hübschen Kleider, die ich sonst in den Urlaub mitnehme. Vielleicht machen wir ja einen Abenteuerurlaub wie damals, als wir zelten waren. Ich will fragen, ob Dad auch mit uns in Urlaub fährt, aber Jordan sieht so verängstigt und aufgeregt aus, dass ich ihm stattdessen beim Packen helfe. Danach tragen wir die Tasche in Mums Zimmer, wo sie mit ihrer eigenen wartet. Mum laufen Tränen über die Wangen. Wenn wir in Urlaub fahren, sieht sie normalerweise nicht so aus. Außerdem sind wir noch nie ohne Daddy gefahren, doch vielleicht wartet er ja schon auf uns.

»Komm, meine Süße«, sagt Mum und schnappt sich unsere beiden Taschen. Meine wirft sie sich über die Schulter; dann nimmt sie meine Hand.

»Wo gehen wir denn hin?«, frage ich, aber Mum antwortet nicht. Die Rufe draußen sind jetzt nicht mehr zu überhören, und da ist ein lauter Knall, als irgendetwas gegen das Fenster prallt. Ich schreie, woraufhin mir Mum fest die Hand drückt.

»Alles ist gut, meine Kleine. Das ist nur ein böser Traum«, sagt sie sanft, was irgendwie komisch ist, denn ich weiß, dass ich nicht träume. Mum wiederholt diese Worte jedoch, als wir die Treppe hinunter und in die Küche gehen, wo jemand auf uns wartet. Ich kann sein Gesicht nicht sehen, aber ich weiß,

dass es ein Mann ist. Er nimmt meine Mutter in die Arme und küsst sie auf die Wange … doch das ist nicht Daddy. Wo ist mein Daddy? Wer ist der Mann? Ich kenne ihn. Ich weiß, wer er ist, sein Gesicht ist allerdings verschwommen. Ich kann ihn nicht richtig sehen. Der Mann spricht. Er sagt: »Schnell. Hier lang.« Ich kenne ihn wirklich. Ich weiß, wer er ist, und meine Mummy sagt: »Was habe ich bloß getan? Was habe ich bloß getan?« Aber es ist nur ein Traum, nur ein böser Traum …

4

KATHRYN

Obwohl ich mir nicht den Wecker gestellt habe, wache ich genau zur selben Zeit auf, als wenn ich zur Arbeit müsste, um halb sieben. Jordan ist letzte Nacht um halb zwölf von einer besänftigten Verity abgeholt worden – besänftigt, weil er ihr die Blumen in die Hand gedrückt hat, die eigentlich für mich bestimmt gewesen sind, kaum dass sie ihren Kopf zur Tür hereingesteckt hat. Als sie geklingelt hat, hat Jordan sich zu mir umgedreht und gesagt: »Diese Psychospielchen, die du immer machst … Tu mir den Gefallen, und mach das nicht vor Verity. Sie versteht das nicht.« Dann hat er sich vorgebeugt und geflüstert: »Sie kann keine Kinder bekommen.«

Also deshalb bist du bei ihr geblieben, hätte ich fast gesagt, doch ich habe mich zurückgehalten. »Okay. Tut mir leid.«

»Was tut dir leid? Dass du so eine Hexe bist? Oder dass wir keine Kinder haben können?«

»Das mit der Hexe.« Ich habe mit den Schultern gezuckt. »Dass mit den Kindern ist vermutlich besser so.«

Jordan hat mich kurz angestarrt und dann gelacht. »Schlaf gut, meine Kleine.«

Ich bin bei *Misfits* eingeschlafen, meiner Lieblingsunterhaltung, wenn ich abschalten will, und ich wollte nicht einfach nur wach bleiben und warten, dass etwas passiert. Obwohl ich meinem Bruder gesagt habe, es würde mir gut gehen – und das habe ich auch geglaubt –, konnte ich nicht anders, als noch einmal über meinen Besuch bei Patrick nachzudenken, über den Moment, da er eingeatmet hat und ich ehrlich geglaubt habe, er würde mir gleich sagen, was er mit Elsie Buttons Leiche gemacht hat.

Rasch wird mir klar, dass es sinnlos ist zu versuchen, noch einmal einzuschlafen. Bis sieben Uhr wälze ich mich hin und her. Ich fühle mich vollkommen erschöpft von einer rastlosen Nacht voller Träume, an die ich mich nicht erinnern kann. Schließlich rappele ich mich auf, dusche und ziehe mich an. Ich bürste mir das lange Haar und binde es zurück. Dann schminke ich mich in dem Versuch, halbwegs wieder einigermaßen wie ein Mensch auszusehen. Obwohl ich keinen Hunger habe, toaste ich einen Bagel und würge ihn herunter, denn das fühlt sich erwachsen an. Als ich noch getrunken habe, habe ich bis vier Uhr nachmittags manchmal gar nichts gegessen, und wenn ich dann doch was zu mir genommen habe, habe ich es mit Wodka heruntergespült. Dem folgte danach noch mehr Wodka und manchmal Bier, aber nie Wein, denn davon habe ich immer Kopfschmerzen bekommen. Jetzt trinke ich gar nichts mehr und lasse nie ein Frühstück aus. Das kann man wohl als Fortschritt bezeichnen.

Ich wage einen Blick zwischen den Vorhängen hindurch. Noch ist niemand da. Der Tourbus hat dieses Jahr wohl Verspätung. Ich überlege, schnell nach nebenan zu gehen, um Miriam vorzuwarnen, was für ein Datum heute ist. Es ist ohnehin sinnlos, meine Identität vor meinen Nachbarn geheim zu halten, auch wenn sie immer so höflich waren, nicht zu fragen, warum alle paar Monate Reporter vor meiner Tür stehen. Miriam ist allerdings nicht ganz so höflich, nicht mehr jedenfalls. Vor einiger Zeit waren doch tatsächlich ein paar dieser Wichser an ihrem Haus und haben ihr tausend Pfund dafür geboten, wenn sie mich zum Reden bringen würde. Die tapfere Miriam hat sie mit einer Schimpftirade von ihrem Grundstück vertrieben und ihnen mit Pfefferspray gedroht, sollten sie es wagen, bei mir zu klingeln. Miriam ist vierundsechzig, und nach diesem Vorfall stand ich schlicht in ihrer Schuld und musste ihr die ganze Geschichte erzählen. Tatsächlich hat sie mit keiner Menschenseele darüber gesprochen, und jeden, der sich in diesem Monat vor ihre Tür gewagt hat, mit Todesdrohungen verjagt. Zufällig weiß ich, dass Miriam zwei Töchter hat, die sie einmal die Woche mitsamt Mann und Kindern besuchen. Dennoch habe ich es ihr erzählt, und es hat sich gut angefühlt. Deshalb ist es auch äußerst unwahrscheinlich, dass Miriam sich nicht an das Datum erinnert. Also beschließe ich, sie schlafen zu lassen und mich einfach davonzuschleichen. Um acht bin ich im Auto und auf der Straße.

Ich höre mir Podcasts an, während ich die Stadt hinter mir lasse – natürlich True Crime –, doch ich meide alles, was mit Elsies Ermordung zu tun hat. Jeder Podcast da draußen hat mindestens eine Sendung darüber gemacht, und es gibt sogar einen Podcaster, der sich ganz diesem Fall widmet. Ich habe mir das drei-, viermal angehört, aber nicht heute.

Die Leute haben verschiedene Theorien darüber, was mit Elsie an diesem Tag im Wald geschehen ist – und glauben Sie mir, da wird echt viel drüber geredet. Als ich noch getrunken habe, habe ich Stunden damit verbracht, True-Crime-Webseiten durchzugehen und nach Theorien darüber zu suchen, wo Elsie wohl sein könnte. Einige Leute halten auch Patrick für unschuldig und gehen davon aus, dass die korrupte Polizei ihn zum Sündenbock gemacht hat, weil sie keine Ahnung hatte, was wirklich passiert ist. Andere wiederum denken, er habe sie ins Meer geworfen, im Wald vergraben, sie zerstückelt oder an die Schweine verfüttert. Ich habe all diese Theorien gelesen. Ich habe sogar welche gefunden, die besagen, dass Elsie noch lebt, dass sie an Menschenhändler verkauft worden sei … oder dass Zigeuner sie entführt hätten. Die Art, wie die Menschen über sie reden, als sei sie kein echtes Kind mit einer echten Familie, sollte mich eigentlich schockieren und anwidern, doch irgendwie verstehe ich das sogar. Es ist ebenso verstörend, wie wenn Jordan und ich (immer nur unter uns) über den »Mordtag« scherzen. Andere entmenschlichen die Situation, denn wenn sie Elsie auch bloß eine Sekunde lang als das sehen würden, was sie in Wahrheit war – ein wunderhübsches, unschuldiges fünfjähriges Mädchen –, dann müssten sie auch den wahren Schrecken des Ganzen akzeptieren. Sie müssten akzeptieren, dass der Täter kein Filmbösewicht war, kein Kinderhändler und kein Monster, sondern ein Mann aus Fleisch und Blut, der verheiratet ist und zwei Kinder hat. Er hat Elsie Button getötet und Gott weiß wo entsorgt. Und wenn das diesmal unser Dad gewesen ist, dann kann es beim nächsten Mal deiner sein.

Deshalb mussten wir Anglesey zu guter Letzt auch verlassen. Weil die Menschen die Tatsache einfach nicht verarbeiten konnten, dass wir nicht gewusst haben, dass Patrick ein Monster war. Mum musste doch zumindest etwas geahnt haben, haben sie gesagt. Sie musste darüber im Bilde gewesen sein, wie er wirklich war, und trotzdem hat sie Helen und Rowley Button ihre Tochter zum Spielen zu uns bringen lassen. Sie weigerten sich zu glauben, dass Monster nach außen hin ganz normal aussehen können, wie der Nachbar von nebenan oder – wie im Falle von Patrick – wie der freundliche Dorfmetzger. Oh, ich habe vergessen zu erwähnen, dass die Polizei sich richtig ausgetobt hat. Ja, Patrick war Metzger, und ja, wir waren es gewohnt, ihn voller Blut zu sehen. Jahrelang konnte ich nicht schlafen, da ich ständig daran dachte, wie die Polizei blutige, verbrannte Lumpen im Hinterzimmer der Fleischerei entdeckt und uringetränkte Unterwäsche in unserem Waschkeller gefunden hat, die dort in der Hoffnung versteckt worden war, dass man sie irrtümlich für meine halten würde. All das habe ich erst später erfahren. Ich habe es online gelesen, viele Jahre, nachdem wir Anglesey verlassen haben, zusammen mit der Tatsache, dass es meine Mutter gewesen war, die die Unterwäsche gefunden und bei der Polizei abgegeben hat. Ihr eigener Ehemann. Ich habe es nie über mich gebracht, ihr zu sagen, wie sehr ich sie dafür respektiere, denn wir reden nicht über Elsie und über Patrick schon gar nicht.

Der Tag ist recht warm, sodass ich mit Sonnenbrille nicht dumm aussehe, aber der Juni ist nicht so heiß wie letztes Jahr. Ich lasse meinen Mantel im Wagen, ziehe die Weste enger, binde mir das rote Haar zu einem Pferdeschwanz und hoffe, dass das reicht, damit mich niemand erkennt. Es ist auch sehr unwahrscheinlich, denn in den Storys über Patrick und meine Familie verwenden die Printmedien meistens alte Fotos von ihm und Elsie und nie welche von mir. Die kann man natürlich im Internet finden – nehme ich zumindest an –, aber mein Gesicht war wenigstens nicht in jeder Zeitung im Land auf der Titelseite. Außerdem nehme ich an, dass es Gesetze gegen das Abdrucken von Kinderfotos gibt, und die Welt muss ja auch nicht wissen, wie ich aussehe. Das liegt definitiv nicht im öffentlichen Interesse. Bilder meiner Mutter wurden jedoch ein paarmal gezeigt. Ich erinnere mich daran, dass sie deswegen irgendwann aufgehört hat, mich zur Schule zu bringen. Stattdessen hat Jordan mich jeden Tag in den Bus gesetzt.

Am Strand von Crosby geht es recht geschäftig zu, doch das ist okay. Ich habe zwar nicht das Bedürfnis, heute mit irgendjemandem zusammen zu sein, aber ich will auch nicht allein sein. Eine Gruppe von Mittzwanzigern macht Selfies mit den eisernen Statuen, die den Strand säumen. Ein paar ahmen die steifen Figuren nach und starren auf das funkelnde Meer hinaus. Andere tun so, als würden sie den Statuen die Hand schütteln, und ein Mann sitzt sogar auf den Schultern von einer. Ich schaue den Twens eine Weile zu und frage mich, wie wohl ihr Leben so ist. Ich vergleiche es mit meinem eigenen und denke: Warum ist ihres so viel glücklicher als meins? Dann richte ich meine Aufmerksamkeit auf eine ältere Frau, die am Rand des Strands auf einer Bank sitzt. Sie starrt ebenfalls aufs Meer hinaus, doch nicht fröhlich oder spöttisch. Sie sieht nachdenklich aus, wenn auch nicht unbedingt im Reinen mit sich selbst. Trauert sie? Ich komme zu dem Schluss, wenn sie einen Mann hätte, dann wäre er hier bei ihr. Sie ist im Rentenalter und wäre mit Sicherheit nicht alleine gekommen, wenn sie eine bessere Hälfte hätte. Er ist gestorben, denke ich mir, vielleicht an einer furchtbaren Krankheit, und jetzt sinniert sie über all die Jahre, die sie noch ohne ihn wird leben müssen. Bin ich glücklicher als sie? Vermutlich habe ich noch mehr Jahre vor mir als sie – zumindest statistisch gesehen –, aber sie hat erfahren, was Liebe ist, eine Liebe so tief, dass sie sich ein Leben ohne ihn nicht vorstellen kann. Wenn ich versuche, in meine Zukunft zu blicken, dann sehe ich weder Mann noch Kinder, weder einen reich geschmückten Weihnachtsbaum voller Lichter noch vier zueinanderpassende Socken. Tatsächlich ist es mir geradezu unmöglich, mich selbst als alte Frau zu sehen. Ich habe mehr das Gefühl, als könne meine Existenz jeden Moment enden … genau wie die von Elsie.

Die Frau ertappt mich dabei, wie ich sie anstarre, und ich versuche, mich mit einem schwachen Lächeln dafür zu entschuldigen, dass ich ihre vermutete Trauer benutzt habe, um mich selbst besser zu fühlen. Ich ziehe die Schuhe aus und gehe durch den warmen Sand in Richtung Southport. Mein Handy summt viermal in den zwei Stunden, die ich am Strand entlangwandere. Vier. Vier Menschen sorgen sich um mich. Vermutlich sind das vier mehr als bei manch anderem, nehme ich an. Ich weiß, dass ich mich glücklich schätzen sollte (obwohl einer der Anrufer Veronica ist, und die bezahle ich; also zählt sie nicht). Miriam schreibt: Ich habe jetzt zwölf von den Wichsern verjagt, aber mir gehen die faulen Eier aus. Bring welche mit. Ich weiß nicht, ob das ein Scherz sein soll oder nicht. Jordan und Verity wiederum haben mir zweimal den gleichen Text geschickt: Ich hoffe, dir geht es gut. Ich hab dich lieb. Hast du Mum angerufen? Ja, ich kann mich echt glücklich schätzen, und ich sollte vermutlich auch Mum anrufen, sobald ich wieder zu Hause bin.

Um elf habe ich ein Eis gegessen, mein Buch in der Ecke eines vollen Cafés gelesen, ein paar kunstvolle Fotos von der Küste gemacht und eine tolle Cordhose in einem Charity Shop gekauft. Ich habe die Aktivitäten eines ganzen Tages in nur zwei Stunden gestopft. Jetzt ist mir langweilig, und bis ich wieder daheim bin, wird es Mittag sein. Hoffentlich sind dann wenigstens die Geier weg, die ein Exklusiv-Interview von mir haben wollen. Aber wie auch immer … Auf dem Weg kaufe ich noch ein paar Eier, damit Miriam weiter Spaß haben kann.

Ich bin schon fast wieder auf der Rückfahrt, als mein Handy erneut klingelt. Es ist Jordan.

»Nein, ich habe Mum noch nicht angerufen«, antworte ich ungeduldig, bevor er etwas sagen kann. »Das mache ich, sobald ich zurück bin, okay?«

»Deshalb rufe ich nicht an.« Die Stimme meines Bruders

klingt ernst, und das Herz schlägt mir bis zum Hals. Ist er das? Ist das der Tag, an dem Patrick im Gefängnis getötet worden ist?

»Was ist?«, frage ich. »Ist er tot?«

»Was?« Jordan klingt verwirrt. »Nein … Nein, niemand ist tot … zumindest nicht, dass ich wüsste. Es hat eine weitere Entführung gegeben, Kat, in Pentraeth. Es wird wieder ein Mädchen vermisst.«

5

MAGGIE

Maggie stieß einen Fluch aus, auf den ihre Mutter nicht stolz gewesen wäre, und legte dem nackten Mann die Hand auf den Mund.

»Halt's Maul«, zischte sie. »Kein Wort. Verstanden?«

Er nickte. Seine Augen waren weit aufgerissen.

Maggie hob das Handy ans Ohr. »Was ist?«

»Tut mir leid, wenn ich störe …«

»Ja, haben Sie«, unterbrach Maggie ihn. »Kommen Sie auf den Punkt, verdammt.«

»Äh … Ja … Ich dachte, Sie sollten das wissen. In Pentraeth wird ein Kind vermisst. Ich bin gerade auf dem Weg dorthin. Sie wissen ja, wie das mit solchen Sachen ist. Es könnte so oder so ausgehen. Entweder wird sie in zehn Minuten spielend bei einer Freundin gefunden oder tot in einem Graben. Ich dachte nur, dass Sie das wissen sollten.«

»Verdammte Scheiße«, zischte Maggie, wuchtete sich von dem Mann unter ihr und griff nach ihrem BH, der am Bettpfosten hing. »Beordern Sie jede verfügbare Einheit zum Haus, und ich will Straßensperren auf den Brücken sehen. Suchtrupps und Rettungswagen sollen sich bereithalten. Ich übertreibe lieber, als diejenige zu sein, die ein Kind verschwinden lässt. Und das ausgerechnet heute. Sagen Sie besser auch dem DCI Bescheid. Ich bin auf dem Weg.«

»Was ist los?«, fragte Sergeant Rob Murray. Sein Schwanz

war inzwischen schlaff, aber er lag noch immer ausgestreckt auf dem Bett. Er griff nach seinen Zigaretten auf dem Nachttisch. »Ein Kind wird vermisst?«

»Hervorragende Schlussfolgerung, Sherlock Holmes. Hast du je daran gedacht, Cop zu werden?«, erwiderte DI Maggie Grant und hob spöttisch die Augenbrauen. »Ja. In Pentraeth.«

»Ist heute nicht …?«

Maggie nahm ihm die brennende Zigarette aus den Fingern. Ihre Bluse stand offen, und ihre Hose musste sie suchen. Vermutlich lag sie irgendwo auf der Treppe, wo sie sie ausgezogen hatte, kaum dass sie vor drei Stunden in Robs Haus gekommen war. Eine Runde hatten sie schon gefickt; also war sie nicht ganz so sauer, wie sie gewesen wäre, wenn sie noch nicht gekommen wäre. Sie nahm einen Zug von der Zigarette und inhalierte tief. Als sie wieder ausatmete, deutete sie mit der Zigarette auf Rob.

»Sag's nicht. Bitte nicht. Wenn die Presse Wind davon bekommt, bevor das Kind gefunden wird, dann werden sie sich schneller darauf stürzen, als dein Schwanz schrumpft, wenn du hörst, dass deine Frau vor der Haustür steht.«

Rob verzog das Gesicht. »Wie lustig. Wirklich clever. Und jetzt? Willst du mich einfach so zurücklassen?«

Maggie gab ihm die Zigarette wieder zurück und knöpfte die Bluse zu. Dann strich sie mit der Hand über ihr kurz geschnittenes blondes Haar und zog sich ins Badezimmer zurück, um ihr Make-up im Spiegel zu überprüfen. Robs Frau, Angelica, hatte ein paar ziemlich teuer aussehende Cremes und Parfüms. Maggie war nicht sicher, wie sie sich das leisten konnte. Schließlich wusste sie, wie viel Rob verdiente. Sie griff nach einem der Parfüms und gönnte sich ein paar Sprühstöße. Noch immer nur halb angezogen öffnete sie ein weiteres Mal die Schlafzimmertür und warf Rob einen Kuss zu.

»Wenn sich das nicht bald aufklärt, wird man auch dich rufen«, warnte Maggie ihn. Sie entdeckte ihre Hose tatsächlich auf den Stufen, und ihre Handtasche lag vor der Tür. »Ich sehe dich dann auf der Arbeit.«

*

Maggie hatte ihren Wagen drei Straßen entfernt geparkt, und sie nutzte den Fußmarsch, um erst mal anzurufen. Ihr DS nahm nach dem ersten Klingeln ab.

»Wie sieht's aus?«, fragte sie. Sie klemmte sich das Handy unters Kinn und kramte in ihrer Handtasche nach Kaugummi.

»Bei dem vermissten Kind handelt es sich um ein fünfjähriges Mädchen mit Namen Abigail Warner«, antwortete Bryn Bailey.

»Warner? Kenne ich die?«

»Vermutlich nicht«, sagte Bryn. »Sie wohnen erst seit zwei Jahren hier und scheinen ganz normal zu sein. Die Mutter ist am Boden zerstört, und der Vater ist auf dem Weg … Er arbeitet bei der Bahn, als Schaffner, und war gerade kurz vor Wolverhampton, als seine Frau ihn erreicht hat. Er hat sich ein Taxi genommen, statt auf den nächsten Zug zurück zu warten.«

»Weiter.« Maggie erreichte ihr Auto und holte die Schlüssel aus der Jackentasche. Sie setzte sich hinters Lenkrad und warf das Handy auf den Beifahrersitz. Es würde sich automatisch mit der Freisprechanlage verbinden. Als es das tat, hörte sie Bryn noch »…wen« sagen.

»Ja. Schön. Schicken Sie mir die Adresse. Ich treffe Sie dann da.«

»Haben Sie mich nicht gehört?«

Sie hatte ihn beim ersten Mal tatsächlich nicht gehört, aber beim zweiten Mal verstand sie ihn klar und deutlich.

»Ach du Scheiße«, fluchte Maggie. »Ich hoffe, das ist ein Scherz.«

»Kein Scherz, Ma'am«, erwiderte Bryn. »Ich wünschte wirklich, es wäre einer.«

*

Als Maggie am Haus vorfuhr, standen dort bereits drei Polizeifahrzeuge. Bryn hatte schnell gehandelt. Maggie sah Beamte in Leuchtwesten, die in den Garten gingen und wieder hinaus. Sie klopften an Türen, schauten unter Planen und teilten Büsche. Jedes Mal, wenn sie wieder von einem Haus weggingen, folgte der Eigentümer ihnen, um bei der Suche zu helfen. Maggie schaute auf ihre Uhr. Zwanzig vor elf. Sie hatte nur zwanzig Minuten gebraucht.

DS Bryn Bailey öffnete die Haustür und kam raus, noch bevor Maggie am Gartentor war. Das Haus war auf drei Seiten von gut ein Meter achtzig hohen Hecken umgeben, die eine Illusion von Privatsphäre vermittelten, aber natürlich war auf dieser Insel gar nichts privat. Die Warners würden das schon bald herausfinden.

»Keine Spur von ihr«, sagte Bryn leise. Er schaute zu der nun wieder geschlossenen Haustür, als könne sie jemand belauschen.

»Was Sie nicht sagen, Sherlock Holmes.« Maggie funkelte ihn an. »Glauben Sie, wenn ich diesen Zirkus hier sehe, gehe ich davon aus, dass sie wieder da ist?«

Bryn öffnete den Mund, um etwas darauf zu erwidern, besann sich dann jedoch eines Besseren.

»Um wie viel Uhr kam der Anruf?«

»Drei Minuten vor zehn. Die ersten Constables waren um zwölf nach zehn vor Ort. Auf dem Weg haben sie im Revier angerufen, und ich war um zwanzig nach zehn hier. Dann habe ich mich bei Ihnen gemeldet und zwei weitere Constables zur Verstärkung gerufen. Sie gehen von Tür zu Tür, und die Nachbarn helfen uns bei der Suche.«

»Wie lange wurde sie denn schon vermisst, als ihre Mutter angerufen hat?«

»Sie hat bis etwa halb zehn im Haus telefoniert, während ihre Tochter hinten im Garten gespielt hat, und sie glaubt, dass nur ein paar Minuten vergangen waren, ehe sie bemerkt hat, dass sie Abby nicht hören kann.«

»Und dieser Anruf begann wann?«

»Um neun.«

»Herrje, es gibt also seit über eineinhalb Stunden keine Spur von ihr? Das sieht nicht gut aus. Sonst noch was, bevor wir reingehen?«

»Die Standardfragen habe ich bereits gestellt. Ich glaube nicht, dass die Frau was verbirgt.«

»Blödsinn«, blaffte Maggie. »Jeder verbirgt etwas. Wir müssen nur herausfinden, ob ihr Geheimnis etwas mit dem Verschwinden ihrer Tochter zu tun hat.«

*

Bryn beobachtete, wie DI Maggie Grant ohne zu klopfen ins Haus der Warners ging, und seufzte. Wenn es je eine Frau gegeben hatte, bei deren Anblick man den Schwanz einzog … Da ging sie. Bryn wusste, dass einige der anderen Beamten sie für geil hielten, aber er würde nicht das Risiko eingehen wollen, Maggie Grant allzu nahe zu kommen. Die Haustür öffnete sich wieder, und ihr wütendes Gesicht erschien. Bryn erschrak, als er merkte, dass er die geschlossene Tür die ganze Zeit über dämlich angestarrt hatte, anstatt seiner Chefin hineinzufolgen. Unbeholfen sprang er ihr hinterher, und er war sicher, gesehen zu haben, wie sie mit den Augen gerollt hatte.

»Mrs Warner«, hörte Bryn sie sagen, als er die Tür hinter sich schloss, »ich bin Detective Inspector Grant.«

Caroline Warner saß noch immer da, wo Bryn sie zurückgelassen hatte, auf dem Sofa. Sie hatte an die Wand gestarrt, doch jetzt stand sie auf und ergriff die Hand, die Grant ihr anbot.

»Haben Sie sie gefunden?« Ihre Stimme war nur ein Flüstern. »Ich wollte selbst suchen … Ich sollte nach ihr suchen, aber er hat gesagt …« Sie schaute zu Bryn, der den Mund öffnete, um das zu erklären. Wie zu erwarten kam er jedoch nicht dazu, denn Grant war schneller.

»DS Bailey hat recht, Mrs Warner. Jede Menge Leute suchen bereits nach ihr. Das Beste, was Sie tun können, ist, hierzubleiben und uns zu helfen.«

Es war wirklich erstaunlich, wie schnell Grant von einer Eiskönigin zu einer sanften und mitfühlenden Polizistin werden konnte. Sollte Bryns Tochter je vermisst werden – was Gott verhüten möge –, dann war DI Maggie Grant genau die Frau, die er als leitende Ermittlerin würde haben wollen.

»Ich weiß nicht, ob DC Bailey Ihnen das schon gesagt hat«, fuhr sie fort, »aber sowohl mein Team als auch Ihre Nachbarn sind bereits bei der Arbeit. Als zusätzliche Vorsichtsmaßnahme habe ich auf beiden Brücken Straßensperren errichten lassen, aber wie gesagt … Das ist nur eine Vorsichtsmaßnahme. Wir tun alles in unserer Macht Stehende, um Abby wieder sicher nach Hause zu bringen. In der Mehrheit der Fälle hat das Kind sich einfach bloß verlaufen und ist bald wieder daheim. In dem unwahrscheinlichen Fall, dass dem hier nicht so ist …« Grant legte Caroline Warner die Hände auf die Schultern und schaute ihr in die Augen. Da war nicht die Spur der Härte zu sehen, die sie ansonsten an den Tag legte. Die war ganz und gar für Beamte reserviert, die Mist bauten, oder für Verdächtige. »Ich muss Ihnen ein paar schwierige Fragen stellen, und wir müssen schnell sein. Deshalb kann ich leider nicht um den heißen Brei herumreden. Und ich weiß, dass wir uns gerade erst kennengelernt haben; aber Sie müssen mir vertrauen, dass alles, was ich tue, alles, was ich Sie frage, dazu dient, Abby zu finden. Können Sie das? Werden Sie mir vertrauen?«

Caroline Warner nickte. Grant hatte ihren Job gemacht und sich die volle Kooperation der Mutter gesichert, vorläufig jedenfalls. Das musste Bryn ihr lassen. Grant wusste, was sie tat.

»Okay.« DI Grant schaute zu Bryn, als hätte sie sich gerade erst daran erinnert, dass er da war. Sie lächelte ihn an. Bryn fragte sich, ob ihr das wohl wehtat. »Können Sie uns bitte etwas zu trinken besorgen, Sergeant? Kaffee für mich und …«

»Tee«, flüsterte Caroline. »Ich nehme Tee.«

DS Bailey erwiderte das Lächeln und versuchte, sich nicht anmerken zu lassen, wie sehr es ihn ärgerte, zum Kellner degradiert worden zu sein. »Natürlich«, sagte er. »Ich bin gleich wieder zurück.«

*

DS Bailey verschwand in der Küche, das Gesicht zu einer seltsamen Grimasse verzogen. Maggie nahm an, dass es ihn ärgerte, zum Kellner degradiert worden zu sein, doch sie musste ein paar Minuten mit Caroline Warner unter vier Augen sprechen. Sie hatte die erste Hysterie offenbar überwunden und stand nun unter Schock, was natürlich nicht überraschend war. Maggie nahm Caroline am Arm und führte sie zum Sofa. Sie selbst hatte keine Kinder, aber das hielt sie nicht davon ab, sich vorzustellen, wie furchtbar es war, nicht zu wissen, wo ein fünfjähriges Mädchen sich befand, nicht zu wissen, ob es verletzt oder in Schwierigkeiten war ... oder ob man es gar zum letzten Mal gesehen hatte. Hilflosigkeit und wahnsinnige Angst: Man musste nicht selbst Kinder haben, um diese Gefühle zu verstehen.

»Sie haben DS Bailey eine Liste von Abbys Freunden gegeben. Unsere Beamten und Freiwilligen gehen den Weg zu jedem ihrer Häuser ab. Vielleicht wollte sie ja nur spielen gehen und hat eine falsche Abzweigung genommen. Haben Sie womöglich noch jemanden vergessen? Einen Verwandten vielleicht, zu dem sie hätte gehen können?«

Caroline schüttelte langsam den Kopf. »Wir haben hier keine Familie ... oder viele Freunde, um ehrlich zu sein. Wir leben aber auch noch nicht lange hier.«

»Okay.« Maggie nickte. »Wenn Ihnen noch jemand einfällt, dann geben Sie uns einfach Bescheid. Hat Abby vielleicht erwähnt, in letzter Zeit mit jemandem gesprochen zu haben? Mit jemandem, von dem Sie noch nie gehört haben? Mit einem neuen Freund? Oder ist Ihnen jemand hier in der Gegend aufgefallen?«

Caroline verkrampfte sich und sah aus, als würde sie sich gleich übergeben. Worauf Maggie damit hinauswollte, war klar: dass jemand sich an ihre Tochter herangemacht hatte, um sie sich zu schnappen.

»Ich ... Nein ... Ich glaube nicht. Ich habe nie ... Ich habe nie in diese Richtung gedacht.«

»Nein, natürlich nicht, und die Chancen stehen auch gut, dass man gar nicht in diese Richtung denken muss, weil es so jemanden schlicht nicht gibt. Das sind einfach nur Standardfragen, die ich Ihnen stellen muss. Reine Routine.«

Bryn kam wieder herein und hatte zwei Becher dabei.

»Wir haben dieses Armband in Abbys Zimmer gefunden«, sagte er. »Wir haben es eingetütet.«

»Was für ein Armband?«

»Als wir uns in Abbys Zimmer umgesehen haben, war da ein Armband, das Caroline nicht erkannt hat, sowie eine Fünf-Pfund-Note in einem Schmuckkästchen. Wir warten darauf, ihren Dad danach zu fragen, aber Caroline glaubt nicht, dass er etwas davon weiß. Er kauft Abby für gewöhnlich keine Geschenke ohne Grund, und ein Geburtstagsgeschenk ist das nicht.«

Maggie verkrampfte sich. Wenn jemand Abby Geschenke gekauft hatte ... Da kam einem sofort das Wort »Grooming« in den Sinn.

»Warten Sie ...« Caroline hob die Hand. »Da könnte noch was sein. Ich habe vom Fenster aus einen Wagen gesehen, den ich hier noch nie gesehen habe. Er ist mir nur aufgefallen, weil er so schlecht geparkt hat. Das war da drüben ...« Sie deutete aus dem Fenster zur gegenüberliegenden Straßenseite. »Ich dachte, die Greens hätten Besuch.« Panisch starrte sie die beiden Beamten an, rang mit den Händen und spielte immer wieder an ihrem Ehering herum. »Glauben Sie, das könnte ... Das ... Das könnte der Täter gewesen sein?«

»Ich glaube, wir sollten uns nicht zu voreiligen Schlussfolgerungen hinreißen lassen«, beruhigte Maggie sie, doch ihr Herz schlug immer schneller. »Abby hat hinten im Garten gespielt. Jemand, der vorne war, konnte also nicht wissen, dass sie hinten ist, und wenn der Fahrer dieses Wagens tatsächlich die Absicht hatte, sie zu entführen, dann hätte er sich mit Sicherheit einen besseren Parkplatz gesucht. Aber ich werde meine Beamten bitten, einmal bei den Nachbarn nachzufragen. Falls der Fahrer wirklich jemanden besucht hat, dann wissen wir bald, wer das war.«

»Und wenn nicht?«

»Eins nach dem anderen.« Maggie zuckte unwillkürlich zusammen, als sich plötzlich die Haustür öffnete und wieder zuschlug. »Offenbar ist Ihr Mann zurück.«

6

KATHRYN

Mein erster Instinkt ist: »Na und?« Ich weiß, das klingt herzlos, doch natürlich meine ich damit auch nicht, dass mir das Verschwinden eines Kindes egal ist. Aber was hat das mit uns zu tun? Es ist einfach eine Tatsache, wenn auch eine bedauernswerte, dass ständig Kinder verschwinden. Vermutlich ist das Mädchen in ein paar Stunden ohnehin wieder da. Wahrscheinlich ist sie nur zum Spielen zu einer Freundin gegangen und weiß gar nicht, was für einen Aufruhr sie verursacht hat. Wir kennen auch niemanden auf Anglesey mehr. Wir hatten nie Familie dort, und es wollte auch niemand mehr mit uns Kontakt haben, nachdem wir mitten in der Nacht geflohen sind. Doch Jordan ist niemand, der aus einer Mücke einen Elefanten macht; also antworte ich stattdessen: »Okay?«

»Findest du das nicht komisch? Ausgerechnet an Elsies Jahrestag?«

»Nein, eigentlich nicht. Das ist jetzt fünfundzwanzig Jahre her, Jordan, und derjenige, der Elsie entführt hat, sitzt im Gefängnis. Das ist nur Zufall.«

»Bist du zu Hause?«

»Ich bin auf dem Rückweg.«

»Dann fahr links ran, geh auf Facebook, und such nach Abigail Warner.«

Ich seufze. »Ich bin in weniger als einer Stunde wieder zurück. Kann das nicht warten?«

Schweigen.

Ich seufze erneut. »Na, schön. Ich fahre links ran und rufe dich dann zurück.«

Ich fahre auf einen Parkplatz, schalte den Motor aus und nehme mein Handy. Facebook lädt schnell, und ich gebe »Abigail Warner« ins Suchfenster ein.

Sofort erscheinen die Ergebnisse.

MÄDCHEN, 5, AUF DER INSEL ANGLESEY ALS VERMISST GEMELDET.

NAME DES VERMISSTEN MÄDCHENS: ABIGAIL WARNER.

*

Ich klicke auf die zweite Überschrift und warte darauf, dass der Artikel lädt. Als es so weit ist, ziehe ich zischend die Luft ein und wähle Jordans Nummer.

»Hältst du das noch immer für einen Zufall?«

Das muss einer sein, denn eine andere Erklärung gibt es nicht. Patrick Bowen hat Elsie Button getötet, und es ist vollkommen unmöglich, dass er unschuldig ist.

»Okay, diese Abigail sieht Elsie also ähnlich ...«

»Und das Alter«, unterbricht Jordan mich.

»Und das Alter stimmt auch. Aber soweit wir wissen, ist das auch schon alles.« Ich senke die Stimme, obwohl ich allein im Wagen sitze und die Fenster geschlossen sind. »Was soll es auch sonst bedeuten? Wir wissen, dass Patrick Elsie getötet hat. Er hat gestanden. Das kann nicht dieselbe Person sein. Was ist es also sonst?«

Verity hatte offenbar das Gleiche gesagt wie ich, und so willigt Jordan ein, es auf sich beruhen zu lassen, selbst wenn wir beide wissen, was das heißt. Die Skandalreporter werden sich nun auf uns beide stürzen und auch auf Mum. Fast wäre ich umgekehrt und hätte mir ein Hotel für die Nacht gesucht, aber ich bin jetzt schon beinahe daheim und habe keine Sachen dabei. Ich halte direkt vor meinem Haus. Im Augenblick ist niemand da, und es gelingt mir, die Treppe hinaufzukommen, ohne Aufmerksamkeit zu erregen.

Zwei Mädchen, in Alter und Aussehen fast identisch – Elsie und ich, wir waren fast sechs gewesen, allerdings noch nicht ganz –, verschwinden auf derselben kleinen Insel und das auch noch am selben Tag? Selbst mit einem Abstand von fünfundzwanzig Jahren ist das eine Nachricht wert. Die Leute werden Parallelen ziehen. Jordan und Verity wollen nach der Arbeit gleich zu Mum fahren. Sie haben mir vorgeschlagen, das auch zu tun, aber warum sollte ich? Ihr perfekter Sohn ist ja schon im Anmarsch, da braucht sie mich nicht auch noch.

Es hat wirklich nichts zu bedeuten ... oder? Dass sie vom selben Ort verschwunden ist, und das auch noch am selben Datum? Dass sie das gleiche blonde Haar und die gleiche Stupsnase hat? Mit Sicherheit heißt das nicht, dass Patrick unschuldig ist.

Die Türklingel lässt mich zusammenzucken, und eine dünne Stimme kommt aus der Gegensprechanlage.

»Miss Bowen?«

Sie wissen, dass ich meinen Namen geändert habe. Sehr zu Mums Kummer bin ich nun bereits seit Jahren Kathryn Starling. Sie wiederum hat sich stets geweigert, unsere Namen zu ändern. Wir hätten ja nichts getan, hat sie immer gesagt. Doch wann immer die Leute was von mir wollen, dann nennen sie mich Bowen.

»Verpiss dich«, murmele ich. Ich gehe in die Küche und mache mich daran, die unterste Schublade auszuräumen, die, in der der ganze Müll landet, und die deshalb so voll ist, dass ich nie finde, was ich suche. Ich habe Glück. Der Schraubenzieher ist da, und ich brauche nur wenige Minuten, um die Gegensprechanlage abzuklemmen. Das ist eine der vielen Fähigkeiten, die ich in all den Jahren gelernt habe, da ich allein lebe. Ich ziehe auch die Vorhänge zu, obwohl meine Wohnung im sechsten Stock liegt. Mein Handy summt, und ein Bild meiner Mutter erscheint auf dem Display. Ach, da kann sich Jordan drum kümmern. Er ist ohnehin besser darin als ich.

Ich beschließe nicht bewusst, in die Küche zurückzukehren. Ich denke nicht: *Jetzt brauche ich erst mal einen Drink*, aber ohne groß darüber nachzudenken, greife ich weit hinten in den Schrank mit dem Müsli und hole eine alte Flasche Wodka heraus. Sie ist noch fest verschlossen.

Das ist nicht das erste Mal, dass ich mir diese Flasche in den letzten Jahren angeschaut habe. Anfangs habe ich sie immer auf der Arbeitsplatte stehen lassen, fast wie eine Herausforderung. Ich bin nicht sicher, ob ich mich selbst je mit dem Wort »Alkoholikerin« beschrieben habe, obwohl ich inzwischen gelernt habe, dass Alkoholismus die unterschiedlichsten Formen annehmen kann. Im Wörterbuch ist »Alkoholismus« schlicht als Abhängigkeit von Alkohol definiert, und obwohl ich mir Alkoholiker früher immer als betrunkene Männer vorgestellt habe, die sich in die Hose pissen, und nicht als einen Haufen Frauen Mitte zwanzig, die noch immer einen Job haben und sich die Zähne putzen, so war es doch genau das, was aus mir geworden war: eine Abhängige. Wie ein ehemaliger Raucher, der sich davor fürchtet, was auch bloß ein Hauch von Nikotin mit seinem Körper anstellen kann, fürchte ich mich bei jedem Supermarktbesuch vor dem Schnapsregal, selbst wenn ich es nur im Fernsehen sehe.

Daher habe ich auch immer eine Flasche im Haus, als Stinkefinger, den ich meiner Angst zeige. Schließlich kann man keine Angst mehr vor etwas haben, das man niedergestarrt hat, nicht wahr?

Jetzt verdränge ich diesen Gedanken, während ich die Kappe abschraube und mir einen Doppelten eingieße. Ich habe ihn schon heruntergekippt, bevor ich mich ermahnen kann, bis fünf zu zählen oder mich auf all die guten Gründe dafür zu konzentrieren, nicht zu trinken. Das erste Glas brennt in meinem Hals und lässt mich würgen. Der Rest geht leichter.

7

MAGGIE

Maggie konnte nicht anders. Sie war erleichtert, als eine Beamtin der Opferhilfe am Heim der Warners auftauchte. Nicht, dass irgendwer das Haus das Heim der Warners genannt hätte. In den Köpfen der Menschen von Anglesey würde es für immer »das alte Bowen-Haus« bleiben, und Maggie wusste, dass das morgen auch so in den Zeitungen stehen würde. Es war unvermeidlich, dass die Leute diese Verbindung herstellten, selbst nach fünfundzwanzig Jahren. Die Chancen, dass zwei Mädchen aus demselben Garten entführt wurden, waren so gering, dass es Maggie ebenfalls schwerfiel, die beiden Fälle nicht miteinander in Verbindung zu bringen. Wäre nicht die Tatsache gewesen, dass Patrick Bowen hinter Gittern saß und nichts darauf hindeutete, er könnte mit Harry Houdini verwandt sein, dann würde sie jetzt schon nach Verbindungen suchen. Es war auch nicht so, als läge das Haus direkt an einer stark befahrenen Straße, von der aus man ein Kind im Garten sehen und es in den Wagen packen konnte, ohne länger anzuhalten. Maggie wusste, dass es in Amerika Hotspots für den Kinderhandel gab, doch das hier war Anglesey, verdammt noch mal. Auf dieser verdammten Insel kannte jeder jeden, im Guten wie im Schlechten.

Apropos schlecht … Maggie schauderte bei der Erinnerung an die Ankunft von Abbys Vater vor einer Stunde. Natürlich hatte sie erwartet, dass er besorgt und verängstigt war, aber nicht wütend. Voller Zorn war er auf seine Frau zugestürmt, kaum dass er sie gesehen hatte, und seine Worte und seine Körpersprache waren so aggressiv gewesen, dass Maggie sich fragte, was wohl geschehen wäre, wenn sie und Bryn nicht da gewesen wären.

»Dann werden wir uns den Vater also zuerst ansehen, oder, Ma'am?«, fragte Bryn. Er saß auf dem Sitz neben Maggie. Sie erschrak. Es war, als hätte er ihre Gedanken gelesen. Bis dahin war sie derart mit sich selbst beschäftigt gewesen, dass sie ihn ganz vergessen hatte.

»Bei so einem Temperament ist das nur natürlich«, gab sie zu. »Aber er hat doch ein Alibi, oder? Er hat im Zug gearbeitet?«

»Zumindest hat er das gesagt«, erwiderte Bryn, und Maggie sah ihn scharf an. »Seine Frau hat gesagt, er sei auf der Arbeit und sie hätte Schwierigkeiten gehabt, ihn zu erreichen. Ich habe bereits jemanden zum Bahnhof geschickt, um bei der Bahn nachzufragen.«

Maggie war beeindruckt. »Gute Arbeit. Aber wenn das wirklich gelogen war, dann war das eine ziemlich dämliche Lüge. So etwas lässt sich leicht überprüfen. Andererseits ist nicht jeder Krimineller ein Meisterverbrecher, im Gegenteil. Ach, Scheiße … Schauen Sie mal, wer schon da ist.«

Die Antwort darauf war Jeremy Taylor, der hiesige Skandalreporter. Dabei waren die größten Fälle, an denen er bis jetzt gearbeitet hatte, gelegentliche Fälle von häuslicher Gewalt und der ein oder andere betrunkene Autofahrer. Die meisten Artikel in seiner Zeitung waren politischer Natur. Wie teuer war diese und jene Straße et cetera. Der alte Jimmy T hatte sich sicher vor Freude in die Hose gemacht, als er die Worte »vermisstes Kind« gehört hatte.

Maggie schaute auf ihre Uhr. Der erste Anruf war nun etwas über eine Stunde her, und die überregionalen Pressevertreter waren mit Sicherheit längst auf dem Weg. Ein hübsches blondes Mädchen wird aus demselben Haus entführt wie ein nahezu identisches auf den Tag genau vor fünfundzwanzig Jahren. In spätestens einer Stunde lag mit ebensolcher Sicherheit das erste Netflix-Skript vor.

»Kein Kommentar, Jim«, sagte Maggie, als sie die Autotür öffnete.

»Ach, komm schon, Maggie …« Er erstarrte, als er ihren Blick sah. »DI Grant. Entschuldigung. Du … *Sie* werden die Medien brauchen, und das wissen Sie.«

Maggie seufzte. Er hatte recht. Wenn Abby nicht in der nächsten Stunde gefunden wurde, wären sie auf die Presse angewiesen.

»Na gut. Komm rein und warte am Empfang. Ich werde den Pressesprecher briefen, und der wird dir dann Bescheid geben, sobald wir was zusammengestellt haben. Habt ihr schon was in den sozialen Medien?«

Jimmy schaute schuldbewusst drein.

Maggie atmete tief durch. »Da wir dagegen ohnehin nichts tun können, können wir es ja wenigstens für einen guten Zweck nutzen«, sagte sie. »Gib bekannt, dass die Freiwilligen nicht zum Haus gehen sollen, sondern zur Memorial Hall. Dort ist die Basis der Suchmaßnahmen.«

Jimmy nickte und versuchte, hilfsbereit und professionell zugleich zu wirken. Was ihm allerdings nicht so richtig gelang. Er ging ein paar Meter hinter Maggie und Bryn her und bemühte sich, der DI keinen Grund zu geben, ihre Meinung zu ändern. Sie betraten das Revier, und Maggie nickte dem diensthabenden Sergeant zu.

»Ist der Rest vom CID bereits da?«, fragte sie.

»Ja. Sie warten oben auf Sie, Ma'am«, antwortete er. »Sie haben Ermittlungsraum 1 requiriert. Das ist der größte. Gibt es schon was Neues, Ma'am?«

Maggie warf einen Blick zu Jeremy Taylor, der sich weit genug weg gesetzt hatte, um nicht zu stören, aber nahe genug, um alles mitzubekommen.

»Der da ist im Augenblick das einzig Neue«, sagte Maggie. »Sorgen Sie dafür, dass er sich benimmt. Und reden Sie nicht mit ihm. Das ist der Job der Presseabteilung. Apropos … Können Sie die diensthabenden Beamten dort anschreiben und ihnen sagen, dass sie zu mir in Raum 1 kommen sollen?«

»Jawohl, Ma'am«, antwortete der Sergeant. »Dann ist das wohl wirklich ein großes Ding.«

Maggie erwiderte nichts darauf; aber ihrem Gesichtsausdruck nach zu urteilen, musste sie das auch nicht.

8

KATHRYN

Irgendetwas hämmert in meinem Kopf, und meine Augen fühlen sich an, als hätte man sie zugeklebt. Es dauert länger, als es sollte, bis ich merke, dass das Hämmern nicht aus meinem Kopf kommt, sondern von der Wohnungstür. Verschwommen erinnere ich mich daran, Klingel und Gegensprechanlage abgeklemmt zu haben. Trotzdem ist offenbar jemand durch die Haustür und zu meiner Wohnung gekommen. Langsam fügt sich das Puzzle wieder zusammen. Heute jährt sich Elsies Verschwinden. Ich habe die Klingel wegen der Reporter abgeklemmt … *Ein weiteres Mädchen wird vermisst.*

Gott, wie viel Uhr ist es überhaupt? Ich greife nach meinem Handy und sehe, dass ich mehrere Anrufe von Jordan verpasst habe und einen von Mum. Außerdem habe ich eine Nachricht auf dem Anrufbeantworter.

»Kathryn?« Das Hämmern an der Tür bricht ab, und ich höre Miriams besorgte Stimme. Was zum Teufel ist passiert? Es ist erst ein Uhr mittags, und ich habe noch nicht einmal eine Stunde lang geschlafen. Mit dem Smartphone in der Hand öffne ich meiner Freundin die Tür, die sich sofort an mir vorbeidrängt und sie wieder zuschlägt. Bevor ich sie aufhalten kann, ist Miriam bereits in der Küche. Die Wodkaflasche steht fast leer und geradezu vorwurfsvoll auf dem Tresen. Miriam sieht sie und schaut zu mir. Dann holt sie ein Glas aus dem Schrank und schenkt mir Leitungswasser ein.

»Trink das. Wo ist dein Ibuprofen?«

»Im Badezimmer.«

Miriam läuft los, um die Tabletten zu holen, und ich schaue noch mal auf mein Handy. Fünf verpasste Anrufe von Jordan, einer von Mum und die Nachricht auf dem Anrufbeantworter. Miriam kommt im selben Moment wieder zurück, als ich die Mailbox abrufe.

»Dein Bruder hat versucht, dich zu erreichen …« Ich hebe den Finger zum Zeichen, dass ich am Telefon bin, doch Miriam hört nicht auf. »Leg das mal kurz weg. Es ist dringend. Er hat mich angerufen.«

Ich würge die Computerstimme ab und lege auf. »Weshalb hat er dich denn angerufen? Ich hätte nicht gedacht, dass er noch deine Nummer hat.«

»Er macht sich Sorgen um dich, Kathryn. Das tun große Brüder nun einmal. Aber wie auch immer … Hör zu … Es geht um deine Mum. Du darfst jetzt nicht in Panik geraten, aber sie ist im Krankenhaus. Du musst deinen Bruder anrufen.«

Im Krankenhaus? Mein erster Gedanke ist, dass sie einen Herzinfarkt hatte, ausgerechnet heute. Neun Jahre lang habe ich keinen Alkohol mehr angefasst, und an dem Tag, als ich es doch tue und betrunken einschlafe, landet sie im Krankenhaus.

Du bist echt kaputt, Kathryn Starling. Wann wirst du endlich erwachsen? Wann können andere sich endlich mal auf dich verlassen?

Ich stöhne und lege den Kopf in die Hände, doch Miriam lässt mir keine Zeit für Selbstmitleid. Sie stupst mich an die Schulter. »Komm. Du musst ihn anrufen.«

Jordan hebt nach dem ersten Klingeln ab, nur dass es eigentlich nicht Jordan ist, sondern Verity.

»Oh, Gott sei Dank, Kat. Es tut mir echt leid, Süße, aber du musst ins Princess kommen. Es geht um deine Mum. Jordan ist bei ihr.«

»Was ist denn los, V? Was ist passiert?«

Es folgt ein kurzes Zögern, als wäge sie ab, ob sie mir das am Telefon sagen oder mich ahnungslos fahren lassen soll. Schließlich senkt sie die Stimme und sagt: »Sie glauben, sie hat eine Überdosis genommen. Sie liegt im Koma. Bitte, beeil dich.«

*

Miriam stellt sicher, dass ich nicht so aussehe, als wäre ich gerade erst mit einem Kater aufgewacht, und als wir unten ankommen, tritt sie auf die Fahrerseite meines Wagens und streckt die Hand nach dem Schlüssel aus.

»Bitte?«

»Ich fahre.« Sie presst die pinkfarbenen Lippen fest aufeinander. »Du hast getrunken.«

»Vor ein paar Stunden«, kontere ich. »Jetzt geht es mir wieder gut.«

»Wenn du nicht mehr an deinem Führerschein hängst …«

»Na schön.« Ich gebe ihr die Schlüssel. »Aber es geht mir *wirklich* gut.«

Miriam hebt die Augenbrauen, brummt vor sich hin, sagt allerdings nichts weiter. Das Krankenhaus liegt zehn Minuten Fahrt entfernt, doch bei Miriams Geschwindigkeit sind wir in sechs dort. Plötzlich fällt mir wieder ein, warum ich mich nie mehr zu ihr ins Auto setzen wollte.

»Scheiße, Mum hat mich vorhin angerufen.« Als ich mit Verity telefoniert habe, hatte ich das ganz vergessen. »Oh Gott, ich frage mich …« Ich halte mich gerade noch davon ab zu sagen, »… ob ich sie hätte aufhalten können«. Ich liebe Miriam zwar wie eine Mutter – wie eine Mutter, die nie einen Mörder geheiratet hat –, aber sie neigt dazu, sehr … sehr ehrlich zu sein. Wenn sie also auch nur einen Augenblick lang glauben sollte, ich hätte meine Mutter aufhalten können, als ich besoffen geschlafen habe, dann wird sie mir das sagen. Und ich bin nicht sicher, ob ich eine solche Bestätigung von jemand anderem hören will.

Direkt vor dem Krankenhauseingang legt Miriam eine Vollbremsung hin. Ich schwöre, dass ich betrunken am Steuer sicherer gewesen wäre als mit dieser Frau.

»Los. Geh. Ich stelle den Wagen ab und komme dann nach.« Sie bedeutet mir auszusteigen, und ich erkenne, dass die Sorge um mein Auto eine vollkommen unangebrachte Reaktion in dieser Situation ist.

»Danke«, sage ich, werfe die Tür hinter mir zu und laufe zum Empfang.

Verity wartet dort auf mich und sieht mich mitfühlend an. Sie will mich umarmen, doch ich tue so, als bemerke ich das gar nicht, und weiche aus. Auch wenn ich mich auf Miriams Befehl umgezogen und mir die Zähne geputzt habe, möchte ich nicht, dass sie den Alkohol in meinem Atem riecht und Jordan davon erzählt. Ich dachte eigentlich, mein Manöver hätte natürlich ausgesehen, doch Verity verzieht kurz das Gesicht und zeigt dann auf eine Doppeltür.

»Sie ist da hinten auf der Intensivstation. Jordan ist bei ihr.«

Mum ist in einem Privatzimmer. Sie liegt auf einem Krankenhausbett und ist an ein ganzes Arsenal von Monitoren angeschlossen. Sie sieht so zerbrechlich und alt aus, dass ich am liebsten die Kabel von ihr abgerissen und sie in die Arme genommen hätte. Stumm spreche ich ein Gebet, obwohl es viel zu spät dafür ist.

»Kat.« Jordan steht sofort auf, und seiner Umarmung kann ich nicht entgehen; aber als wir uns wieder voneinander lösen, macht er keine Bemerkung zu meinem Geruch. Aus diesem Grund trinke ich auch immer Wodka, nehme ich an. Der riecht nicht so. »Wo warst du? Miriam hat gesagt, dein Wagen stehe draußen.«

»Ich bin heute gut fünfzehn Meilen gelaufen und dann auf dem Sofa eingeschlafen. Mein Handy war auf stumm geschaltet, und deine Voicemail habe ich nicht gesehen. Was ist passiert? Hat sie das absichtlich getan? Was haben die Ärzte gesagt? Wird sie wieder gesund?«

Jordan seufzt. Er sieht aus, als wäre er seit letzter Nacht um zehn Jahre gealtert. »Die Nachbarn haben ein Krachen gehört. Sie wussten, was heute für ein Tag ist. Ich glaube, deshalb haben sie Mum auch im Auge behalten. Du kennst doch Joyce von nebenan. Sie ist ein bisschen wie deine Miriam.«

Joyce von nebenan ist mitnichten wie »meine Miriam«. Während ich das Glück hatte, neben eine vierundsechzigjährige Aufpasserin zu ziehen, die noch alle Sinne beisammenhat und fährt wie Lewis Hamilton auf Crack, ist Mum neben einer siebenundfünfzigjährigen Strickkursleiterin gelandet. Zu sagen, Joyce sei eben nicht mehr die Jüngste, wäre noch eine Untertreibung. Ich habe sie immer nur gesehen, wenn sie zum Mülleimer geschlurft ist und die Hand zum Gruß gehoben hat, als wäre sie aus Blei. Aber sie war Mum stets eine gute Freundin … offenbar eine bessere als ich eine Tochter.

»Als Mum nicht aufgemacht hat, hat Joyce sich selbst reingelassen – sie hat ja einen Schlüssel –, sie im Schlafzimmer auf dem Boden gefunden und den Notarzt verständigt. Die Ärzte haben Mum sofort den Magen ausgepumpt, doch sie hat keine Reaktion gezeigt. Seitdem ist sie so. Wie gesagt, ich habe versucht, dich anzurufen, aber ... Hast du Voicemail gesagt?«

»Ja. Ich habe nichts mitbekommen, weil mein Handy ja stummgeschaltet war.« Ich hole es aus der Tasche. »Mum hat sich noch mal gemeldet«, sage ich, als ich die Anruferliste aufrufe. »Während ich geschlafen habe. Vielleicht wollte sie ...«

Ich drücke auf »Anrufbeantworter«, und die Computerstimme heißt mich willkommen. Ich habe eine neue Nachricht. Erste neue Nachricht ...

Ich schalte auf Lautsprecher. Mums Stimme hallt durch den Raum, und wir verziehen beide das Gesicht. Es ist so seltsam, sie klar und deutlich zu hören, während sie im Koma neben mir liegt.

»Kathryn ... Ich bin's ... Mum ...«

Sie sagt das jedes Mal, als würde ich nach dreißig Jahren ihre Stimme immer noch nicht erkennen.

»Ich musste dich anrufen. Ich wollte mit dir sprechen, aber ich bin eigentlich ganz froh, dass du nicht drangegangen bist. Es fällt mir so schwer, das zu sagen, und ... Oh Mann ... Ich bin noch nicht einmal sicher, ob ich es überhaupt sagen kann, und was, wenn du zurückrufst und Genaueres wissen willst? Einzelheiten kann ich dir schlicht nicht geben.«

Tränen brennen mir in den Augen. Sie klingt so verzweifelt. Warum habe ich nicht für sie da sein können? Warum enttäusche ich die Menschen immer wieder?

»Wie auch immer ...« Ihre Entschlossenheit ist zurück, und sie klingt wieder ruhig. Jordan drückt mir die Hand. »Ich muss das sagen, weil ich glaube, es ist an der Zeit, die Vergangenheit loszulassen. Es ist an der Zeit, alles loszulassen. Mach dir keine Sorgen um mich, Liebes. Ich muss das tun. Für alle. Ich ... Ich will einfach nur, dass du deinen Vater nicht mehr hasst. Er hatte seine Gründe für das, was er getan hat, wieso er die Schuld auf sich genommen hat. Und ich hatte keine andere Wahl, als ihn zu unterstützen. Aber jetzt denke ich, das war so ein großer Fehler, und ich wünschte, ich könnte die Zeit zurückdrehen, und … Oh Gott, ich glaube, ich muss mich hinlegen. Wenn ich doch nur klar denken könnte …«

Die Nachricht endet, und die Computerstimme informiert mich fröhlich darüber, dass ich mir die Nachricht noch einmal anhören könne, wenn ich auf die Eins drücke.

Doch stattdessen lege ich auf und schaue zu Jordan. Er ist kreidebleich.

»Was hat sie damit gemeint, ›er hat die Schuld auf sich genommen‹?«, verlangt Verity zu wissen, als wir ihr alles erklären. Sie schaut von einem zum anderen. »Was könnte denn so schlimm sein, dass jemand einen Kindsmord auf sich nimmt?«

Ihre Stimme wird mit jedem Satz höher, und Jordan sieht aus, als würde er mit Freuden die Schuld an Elsies Tod selbst auf sich nehmen, wenn sie nur aufhören würde. Zwar sind wir die Einzigen hier in diesem Tagesraum, aber es kommen ständig Ärzte und Krankenschwestern vorbei. Bunte Kinderbilder schmücken jede Wand. Wenn die dazu dienen sollen, dass die Menschen sich besser fühlen, dann verfehlen sie ihr Ziel ein wenig, besonders die Kritzelei, die aussieht wie ein Clown, dem jemand in die Brust geschossen hat. Oder vielleicht soll das ja ein Arzt sein … Egal … Wenn man mich fragt, ist das der Stoff, aus dem Albträume sind. Die nicht zueinanderpassenden Stühle und der antike Fernseher vervollständigen das unheimliche Ambiente. Wenn wir noch länger hierbleiben, verliere ich den Verstand.

»Sie sind sicher ein liebes Mädchen, aber es gibt da einen

tauben Mann in Schottland, der Sie noch nicht gehört hat«, sagt Miriam auf die Art, wie nur sie es kann. »Und um ehrlich zu sein, Ihre Stimme tut ein wenig in den Ohren weh.«

Verity verstummt so schnell, als hätte meine ältere Nachbarin ihr mitten ins Gesicht geschlagen.

Wir haben die Intensivstation verlassen, kaum dass wir die Nachricht abgehört haben. Verity und Miriam haben im Tageszimmer auf uns gewartet. So dumm es auch klingen mag, es fühlte sich irgendwie seltsam an, über die Nachricht zu sprechen, während Mum bewusstlos neben uns lag. Es war, als könnte sie jedes Wort hören, das wir sagten.

»Sie war betrunken, aufgeregt, im Delirium«, sagt Jordan leise und legt Verity den Arm um die Schulter, doch sein Blick bleibt auf mich gerichtet. »Sie wusste nicht, was sie da sagt. Das hat nichts zu bedeuten.«

»Natürlich nicht«, stimme ich ihm sofort zu und offenbar ein wenig zu schnell.

Jordan kneift die Augen zusammen. »Ja, nichts«, sagt er, und seine Stimme verhärtet sich.

»Das habe ich doch gerade gesagt.«

»Und warum steht dir dann ›Was hat das zu bedeuten?‹ ins Gesicht geschrieben?«

»Das stimmt doch gar nicht«, widerspreche ich. »Es bedeutet ja auch nichts.«

»Ja, genau.« Jordan nickt.

»Aber was, wenn …«

»Kat.« Sein Tonfall ist eine Warnung. Verity und Miriam schauen zwischen uns hin und her, als würden wir in Zungen reden. Ich kann nicht anders. Ich weiß, das ist nicht, was Jordan hören will, doch wir können nicht einfach so tun, als wäre die letzte Stunde nie geschehen. Als würde unsere Mutter nicht im Koma liegen, weil sie versucht hat, sich wegen dem umzubringen, was vor fünfundzwanzig Jahren geschehen ist.

Das ergibt alles keinen Sinn. Warum ausgerechnet jetzt? Weil ein anderes Mädchen vermisst wird, und wenn Patrick Elsie nicht getötet hat, dann war der Killer die ganze Zeit über auf freiem Fuß und hat nur darauf gewartet, erneut zuzuschlagen.

9

MAGGIE

»Okay. Ruhe bitte«, sagte Maggie, als sie den Ermittlungsraum betrat, allerdings mehr aus Gewohnheit, denn nötig war das nicht. Die Beamten waren sofort verstummt, als sie sie durch die Milchglasscheiben gesehen hatten. »Sie kennen die Situation. Und Sie wissen auch, dass es eher unwahrscheinlich ist, Abby Warner zu finden, wenn wir nur rumstehen und darüber reden. Deshalb werde ich das hier so kurz wie möglich halten.«

Ein paar der Anwesenden lächelten obligatorisch. Maggie drehte das riesige Whiteboard, auf dem noch immer deprimierend viel Weiß zu sehen war. Irgendjemand hatte links eine hilfreiche Timeline geschrieben, angefangen von dem Zeitpunkt, da Abby verschwunden war, bis zu dem, da die ersten Beamten vor Ort gewesen waren. Ein Pfeil neben 8:50 Uhr zeigte an, wann das Auto vor dem Haus gesehen worden war. Auch gab es eine große Karte des Gebiets. Das Haus der Warners war mit einem Kreis markiert, und davon ausgehend gab es drei Radien.

»Für diejenigen, die es noch nicht wissen: Die fünfjährige Abigail Warner wird jetzt zwischen zweieinhalb und drei Stunden vermisst«, sagte Maggie und versuchte, es so klingen zu lassen wie eine Vorlesung an der Uni. »Ihr Garten führt zu diesem Wäldchen, das wiederum bis zur Raleigh Street hier reicht. In beiden Straßen klopfen Beamte an Haustüren, und

Freiwillige durchkämmen die Gegend. Ich habe Jeremy Taylor gebeten, weitere Freiwillige zur Memorial Hall umzuleiten, wo wir unsere Suchmaßnahmen koordinieren.«

Ein paar Gesichter schienen verblüfft darüber zu sein, wie schnell das eskalierte. Ständig wurden Kinder auf der Insel als vermisst gemeldet, aber für gewöhnlich wurden sie schon gefunden, bevor die Polizei eintraf. Die Kids wanderten manchmal auf der Suche nach mehr Sand über den Strand, oder die Eltern ließen mal kurz die Hand von Klein-Timmy los, und er lief davon, um sich die großen Boote anzuschauen. Dass Kinder über Stunden verschwanden, geschah jedoch nie, nicht hier ... jedenfalls nicht seit vielen, vielen Jahren.

»Die Warners leben in einer ruhigen Straße, wo jeder jeden kennt«, fuhr Maggie fort. »Sie sind noch recht neu in der Gegend, und Mrs Warner hat einen Wagen an diesem Morgen gemeldet, den sie nicht kannte. Wie gesagt: Sie sind neu hier und blieben größtenteils für sich selbst. Also wissen wir noch nicht, ob das Auto etwas ist, worüber wir uns Sorgen machen müssen. In jedem Fall haben wir den Medien noch nichts davon erzählt. Wer arbeitet an dem Fahrzeug?«, fragte sie. Ted Rollins von der Verkehrspolizei hob die Hand. Maggie schauderte innerlich. Wenn sie Ted sah, erinnerte sie das immer an das eine Mal, dass sie versucht hatte, Freunde innerhalb der Polizei zu finden. Irgendwann war sie dann in einem verdreckten Pub in Cardiff gelandet und hatte sich die Seele aus dem Leib gekotzt, während Teds Frau neben ihr gesessen und sich ob ihres Sexlebens die Augen ausgeheult hatte – beziehungsweise ob des Mangels daran. Beide Frauen waren im Nachhinein so erschrocken darüber gewesen, dass sie nie wieder miteinander gesprochen hatten, und Ted hatte nie ein Wort dazu gesagt. Maggie nahm an, dass er Angst hatte, würde er davon erzählen, dass sie sich beim

Saufen nicht beherrschen konnte, dann würde sie herumposaunen, dass er keinen mehr hochbekam. Nicht, dass Maggie je so unprofessionell gewesen wäre. Vermutlich. Doch wie auch immer ... Jetzt konnte sie schlicht nicht anders, als sich bei seinem Anblick immer an die Zeit zu erinnern, da er tatsächlich gekommen war. Er war so erleichtert gewesen, dass er geweint hatte. Und das war ein Bild, das niemand – auch nicht seine Frau – im Kopf haben wollte.

»Außer Mrs Warner hat niemand den Wagen gesehen, aber einer der Befragten hat ihn anhand der Beschreibung erkannt. Er hat gesagt, das klinge nach Doc Roberts aus der hiesigen Hausarztpraxis. Ich habe die Information an die Teams draußen weitergegeben, damit sie an den Türen fragen können, ob irgendwer eine Visite gehabt hat«, berichtete Ted.

»Hervorragend. Danke«, sagte Maggie. »Könnte bitte jemand mit dem Arzt sprechen und nachfragen, ob er wirklich in der Gegend war? Dann müssten wir wenigstens nicht sämtliche Aufnahmen der Verkehrsüberwachung durchgehen. Aber wo wir gerade davon sprechen ... Wer kümmert sich um die Kameras?«

Ein viel zu dünnes Mädchen mit einem asymmetrischen, stacheligen Bob hob die Hand. Maggie hatte sie noch nie gesehen, doch so, wie die junge Kollegin sie ansah, fühlte sie sich wie eine böse Hexe. In möglichst freundlichem Tonfall, um ihr keine Angst zu machen, sagte Maggie: »Ich glaube, wir haben uns noch nicht kennengelernt.«

»PC Mel Stagg, Ma'am«, sagte das Mädchen. »Ich soll bei den Nachforschungen helfen.«

Das hieß, das arme Kind musste Stunden von größtenteils sinnlosen Aufnahmen der Verkehrskameras durchgehen in der Hoffnung, dass irgendeine Kamera Abigail Warner an der Hand ihres Entführers aufgenommen hatte. Perfekt wäre natürlich, wenn sie so auch ein Nummernschild bekommen könnten und der Kerl eine gut erkennbare Karte mit einem Kreis darauf in der Hand hielt, der anzeigte, wo er als Nächstes hinwollte. Maggie hoffte nur, niemand hätte der jungen Kollegin unter die Nase gerieben, dass sie die Arschkarte gezogen hatte. Falls nicht, war das vermutlich der bisherige Höhepunkt ihrer Karriere.

»Und? Haben Sie schon etwas zu berichten, PC Stagg?«

Mel hielt ein Blatt Papier in die Höhe. »Ich habe eine Liste von allen Orten mit Verkehrskameras in einem Umkreis von zwanzig Meilen. Ich rufe sie gerade alle ab.«

»Gibt es bereits etwas, was vielversprechend aussieht?« Maggie erwartete ein Nein, denn innerhalb des Dorfes gab es kaum Kameras. Man brauchte sie dort schlicht nicht.

»Tatsächlich hat die Wäscherei an der Ecke eine Kamera installieren lassen, nachdem irgendwelche Kids dort letztes Jahr alles kaputtgeschlagen haben. Sie ist direkt auf die Einfahrt der Straße gerichtet. Die Besitzer haben mir gesagt, sie würden mir eine E-Mail schicken, sobald sie herausgefunden haben, wie man die Daten downloaden kann.«

»Warten Sie nicht darauf«, erklärte Maggie sofort. »Bryn, funken Sie einen der Beamten vor Ort an, und sagen Sie ihm, er soll sich das sofort ansehen.« Sie drehte sich wieder zu der jungen Kollegin um. Sie wirkte wie versteinert. »Gibt es noch andere Kameras, die direkt auf den Ort gerichtet sind, von wo das Mädchen verschwunden ist?« Sie wusste, dass sie hart klang, doch das kümmerte sie jetzt nicht mehr. Das war nun mal die Folge davon, wenn man Kindern solche Aufgaben übertrug. Ja, normalerweise befand sich auf diesen Aufnahmen nur sinnloses Zeug in Endlosschleife, manchmal aber auch etwas Wichtiges, was man nur allzu leicht übersehen konnte. Stagg schüttelte den Kopf, und Maggie glaubte,

Tränen in ihren Augenwinkeln zu sehen. »Okay … Wenn Sie etwas finden, bringen Sie es direkt zu mir oder DS Bailey. Verstanden?« Maggie versuchte, wieder ein wenig mütterlicher zu klingen, denn sie hatte ein schlechtes Gewissen. Der ganze Raum schien sich auf diese junge Frau und ihre offensichtliche Demütigung zu konzentrieren. »Keine Sorge. Auch wenn Sie glauben, es führt nirgendwohin, alles ist wichtig. Wir haben einfach viel zu wenig.«

Maggie straffte die Schultern und wandte sich wieder an den ganzen Raum. »Laut Mrs Warner gab es niemanden, der Abby etwas hätte tun wollen, aber wir wissen alle, was für ein Blödsinn das ist. Wenn Sie irgendetwas hören, egal was, egal ob Gerüchte über den Mann, dem der Laden an der Ecke gehört, über Jeff, den Nachbarn, der überstürzt seine Sachen zusammengepackt hat und weggerannt ist, über den Erzbischof von Canterbury, der plötzlich in der Straße aufgetaucht ist, um sich ein kleines Mädchen zu schnappen … Ich will nicht, dass uns irgendetwas entgeht, bloß weil wir es als Unsinn abgetan haben. Für gewöhnlich wissen die Dorfbewohner binnen weniger Stunden mehr als die Polizei, und wenn wir nicht aufpassen, gilt das dank Facebook und Twitter kurz darauf für das ganze Land.«

Die Anwesenden nickten zustimmend, doch niemand sagte ein Wort. Maggie wollte sie gerade entlassen, als jemand die Hand hob.

»Was ist?«, fragte Maggie. Sie hatte sich bereits gedacht, dass das zu gut war, um wahr zu sein, doch die hatten nur bis zum Schluss gewartet, als Maggie schon nicht mehr aufgepasst hatte.

»Deutet irgendetwas darauf hin, dass das etwas mit Elsie Button zu tun hat, Ma'am?«

Maggie seufzte. Das war wohl zu erwarten gewesen. Früher oder später hätte sie das sowieso ansprechen müssen. »Patrick Bowen hat gestanden, Elsie Button vor fünfundzwanzig Jahren getötet zu haben«, sagte sie. »Wenn er also inzwischen nicht die Kunst gemeistert hat, durch Wände zu gehen, kann das unmöglich mit dem tragischen Mord an Elsie zu tun haben. Mit ein wenig Glück taucht Abigail wieder auf, bevor wir diese Fragen vor den Medien beantworten müssen, aber sollte irgendwer in diesem Raum öffentlich darüber spekulieren, dass diese beiden unglücklichen Vorfälle irgendetwas miteinander zu tun haben, dann wird derjenige rasch herausfinden, wie es wirklich ist, mit dem Kopf voran durch eine Wand zu fliegen – durch *meine* Bürowand, falls das nicht klar sein sollte. Habe ich mich klar genug ausgedrückt?«

Alle nickten heftig. Klarer ging nicht. Leider wusste Maggie, dass das nicht das einzige Mal bleiben würde, da sie diese Frage, wenn nicht schon heute, dann spätestens in den nächsten Tagen würde beantworten müssen, es sei denn, sie fanden Abby bald.

10

KATHRYN

Es ist schwieriger, in Strangeways reinzukommen, als in den Buckingham Palace. Es geht schneller, wenn man ein schweres Verbrechen begeht und sich verurteilen lässt, als eine Besuchserlaubnis zu beantragen. Deshalb bin ich auch so erschrocken und ein wenig misstrauisch, als der Gefängnisdirektor zu mir sagt: »Kommen Sie ruhig. Mir fällt schon was ein.«

»Warum?«, frage ich.

»Wie bitte?«, entgegnet Direktor Evans. »Waren Sie es nicht, die mich angerufen und um eine Besuchserlaubnis gebeten hat, weil es einen Notfall gibt? Und jetzt fragen Sie, warum ich will, dass Sie ins Gefängnis kommen?«

»Ja, ich weiß. Tut mir leid. Ich bin einfach nur überrascht, dass das so leicht geht. Das ist alles. Wieso darf ich denn nun kommen? Schließlich ist es außerhalb der Besuchszeiten.«

»Sie haben mir doch erzählt, dass Ihre Mutter im Koma liegt«, erklärt Evans. »Das werte ich als ›Notfall‹. Wir sind nicht herzlos. Wenn er Sie sehen will, dann werde ich ihn in ein Besuchszimmer bringen lassen.«

Ach, ja ... wenn er mich sehen will. Wird er den Besuch verweigern? Und selbst wenn er kommt, wird er dann wieder dasitzen und kein Wort sagen, wie er es die letzten zwei Jahre einmal im Monat getan hat? Kümmert es ihn überhaupt, ob Mum lebt oder nicht?

Das ist die eigentliche Frage. Das ist die Frage, die ich mir mein ganzes Erwachsenenleben lang gestellt habe. Kann ein Mann, der fähig ist, ein fünfjähriges Mädchen zu töten, einen anderen Menschen lieben? Kann ein Mensch gut und zugleich böse sein? Und ich meine damit nicht als gespaltene Persönlichkeit oder dissoziative Störung oder wie auch immer die Psychologen das heute nennen. Was ich damit meine, ist: War Patrick je fähig, auch nur einen von uns zu lieben? Oder waren die langen Spaziergänge am Bach, die Angelausflüge und all die Male, da er mich auf der Schaukel angeschubst hat, bloß gespielt?

Vielleicht werde ich das ja gleich herausfinden.

*

Zum ersten Mal seit zwei Jahren sieht der Mann, der nun hereinkommt, nicht ruhig und gefasst aus. Er starrt nicht stur geradeaus, fest entschlossen, kein Wort mit mir zu reden. Stattdessen ist sein Blick auf mich fixiert, als hätte er mich noch nie zuvor gesehen.

»Was ist, Kat? Ist was passiert?«

Dass er mich nach all den Jahren noch immer Kat nennen kann, als wäre ich erst gestern fünf geworden und als wäre nie etwas geschehen, ist wie ein Stich ins Herz für mich. So lange habe ich mir nun schon gewünscht, dass er mit mir spricht, dass er mir sagt, er hätte einen Fehler begangen und würde ihn korrigieren, dass er mir sagt, alles würde wieder gut. Doch erst jetzt, wo gar nichts gut ist, da spricht er mit mir.

Ich zögere eine Sekunde lang und verdränge den Schock, seine Stimme zu hören. Die kalten grauen Wände des Besuchszimmers ziehen sich um mich herum zusammen. Ich bekomme Platzangst, und meine Sicht verschwimmt.

»Kathryn?«, wiederholt er und holt mich so in die Gegenwart zurück. »Was ist denn los? Geht es um Jordan?«

»Mum«, krächze ich. »Es geht um Mum. Sie hat versucht … Sie liegt im Koma. Wir glauben, dass sie …« Die Worte »versucht hat, sich umzubringen« wollen mir einfach nicht über die Lippen kommen. Es ist nahezu unmöglich für mich anzuerkennen, dass ein Elternteil von mir wegen Mordes an einem Kind im Gefängnis sitzt und das andere nach einem Selbstmordversuch im Koma liegt. Wie kann das nur mein Leben sein?

»Oh Gott.«

Patrick legt den Kopf in die Hände und sackt auf dem Plastikstuhl zusammen. Ich hingegen bringe es noch nicht einmal über mich, mich zu setzen, und das ärgert mich.

»Wird sie wieder gesund?«

Ich schüttele den Kopf. »Die Ärzte wissen es nicht. Dafür ist es noch zu früh.«

Sein Kopf und seine Schultern beginnen zu zittern, und ein seltsames Geräusch dringt zwischen seinen Händen hervor. Weint er? Oh Gott! Ihn die Fassung verlieren zu sehen ist ein Schock für mich. Dieser Mann hat noch nicht einmal eine Träne vergossen, als man ihn wegen des Mordes an einem fünfjährigen Kind zu lebenslanger Haft verurteilt hat, und jetzt heult er wie ein Baby. Nach dem längsten, unangenehmsten Schweigen in meinem Leben richtet er sich wieder auf und wischt sich mit dem Ärmel übers Gesicht.

Er hat es nicht anders gewollt, sage ich mir. *Er ist ein Monster. Dieser Mann ist ein Monster.*

»Was habe ich bloß getan?« Er sieht mich an, und seine Stimme ist so leise, dass ich nicht weiß, ob ich richtig gehört habe.

»Wie bitte?«

»Das ist alles meine Schuld.«

Oh Gott, das war eine schlechte Idee. Ich hätte Jordan hierherfahren lassen sollen, denn nun kocht die Wut in mir hoch, und ich kann nichts dagegen tun.

»Alles … deine … Schuld?«, wiederhole ich langsam und ungläubig. »Da hast du verdammt noch mal recht! Das ist alles deine Schuld! Glaubst du etwa, Mum würde jetzt im Krankenhaus liegen, wenn ihr Mann nicht so ein kindermordender Bastard wäre?«

Patrick zuckt unwillkürlich zusammen, als hätte ich ihm ins Gesicht geschlagen, doch er sagt kein Wort.

»Nur dass Mum zu glauben scheint, es sei alles ihre Schuld«, fahre ich fort. Ich bin richtig in Fahrt, und niemand kann mich aufhalten. »Ich würde dir ja die Nachricht auf dem Anrufbeantworter vorspielen, die sie mir hinterlassen hat, aber du sitzt schließlich im Knast, also geht das nicht. Sie hat so was gesagt wie: ›Bitte, hass deinen Vater nicht, weil er die Schuld auf sich genommen hat. Er hatte seine Gründe, denn er wollte etwas wiedergutmachen, und ich habe ihn unterstützt, was ich aber besser gelassen hätte. Ohne mich bist du besser dran.‹«

Patrick entgleisen die Gesichtszüge. Er sieht alt, grau und erschöpft aus. Sein Blick sinkt zum Tisch, und es sieht so aus, als versuche er zu entscheiden, was er als Nächstes tun soll. Dann fasst er einen Entschluss und schaut mich erneut an. Das ist wieder der alte Patrick mit den toten Augen, den ich von meinen anderen Besuchen kenne.

»Ich weiß nicht, wovon sie da redet«, erklärt er in nüchternem Ton. »Sie muss betrunken gewesen sein oder verwirrt.«

»Mach dich doch nicht lächerlich«, blaffe ich. »Sie wusste genau, was sie sagt. Hat sie es getan, Patrick? Hat Mum Elsie getötet und dich dazu gebracht, die Schuld auf dich zu nehmen? Was wolltest du wiedergutmachen?«

Das einzige Mal, dass er auf meine Worte reagiert, ist, als ich ihn Patrick nenne. Dass ich ihn nicht mehr Dad genannt habe, seit ich alt genug war zu verstehen, was er getan hat, ist ihm bis jetzt wohl entgangen. Nun schweigt er wieder eisern.

»Willst du denn gar nichts sagen?«, setze ich ihn unter Druck. »Weißt du überhaupt, was heute für ein Tag ist? Weißt du, dass in Pentraeth wieder ein Mädchen vermisst wird?«

Darauf reagiert er. Er reißt die Augen auf. »Was?«

»Du hast schon richtig gehört. Noch ein fünfjähriges Mädchen, genau wie Elsie. Sie sieht sogar genauso aus wie sie. Und weißt du noch was? Keiner von uns war heute bei Mum. Also hätte sie durchaus zurückfahren können. Zurück zu der Insel, wo das alles passiert ist. Und vielleicht ist sie dann durchgedreht und hat nicht mehr mit der Schuld leben können und versucht, sich umzubringen.« Noch während ich das sage, wird mir klar, wie lächerlich das klingt. Allein die Vorstellung, dass Mum nach Anglesey gefahren ist, um ein Kind zu töten …

»Das … Das ist unmöglich«, murmelt Patrick, doch sicher scheint er sich nicht zu sein. Er scheint sich gar nichts mehr sicher zu sein. »Wo ist Jordan? Ich muss mit ihm sprechen.«

Natürlich will er keine Informationen von seiner Tochter, der großen Enttäuschung. Er will, dass sein perfekter Sohn kommt und ihm erklärt, dass ich nur fiese Lügen verbreite. Selbst im Knast scheint er seine Kinder noch gut zu kennen.

»Er wollte kommen, aber ich habe gesagt, das mache ich«, erwidere ich. »Ich wollte diejenige sein, die es dir sagt, denn ich wollte dein Gesicht sehen, wenn du mich belügst. Und? Lügst du, Patrick? Deckst du deine Frau?«

Er schüttelt den Kopf, und ich will ihm so sehr glauben.

Ich habe schon ein Elternteil verloren, und ich will einfach nicht glauben, dass das Elternteil, das mich in den Schlaf gewiegt hat, wenn ich meinen Daddy vermisst habe, und mit Jordan zu seinen Fußballspielen gegangen ist, weil sein Dad nicht dabei sein konnte … Ich will sie nicht auch noch verlieren. Sie durch Selbstmord zu verlieren ist eine Sache, aber herausfinden zu müssen, dass sie die ganze Zeit über das Monster gewesen ist, das ist einfach zu viel.

»Ich fahre jetzt wieder zurück«, verkünde ich zu meiner eigenen Überraschung. »Nach Anglesey. Ich werde die Wahrheit herausfinden.«

Patrick schüttelt heftig den Kopf. »Nein«, erklärt er mit fester Stimme. »Du kannst nicht wieder dorthin zurück, Kathryn. Nach allem, was geschehen ist … nach dem, was ich getan habe … Du wärst da nicht sicher. Deshalb musstest du ja weg. Unsere ganze Familie ist auf Anglesey nicht mehr sicher.«

»Mum liegt im Koma«, sage ich und klinge dabei harscher, als ich beabsichtigt habe. »Und es wird wieder ein kleines Mädchen vermisst. Unsere Familie ist nirgends sicher, solange die Wahrheit nicht raus ist.«

»Überlass das der Polizei«, fleht er. »Lass sie sie finden.«

Ich trete näher an ihn heran, und er zuckt zurück, als hätte er Angst, ich würde ihn schlagen. Und vielleicht würde ich das sogar. Die Wut kocht noch immer in mir und zieht mir die Brust zusammen. Doch stattdessen richte ich nur den Finger auf ihn.

»Wenn du irgendetwas weißt, was dieses Mädchen retten kann, dann musst du es der Polizei sagen. Jetzt!«, fordere ich und knirsche mit den Zähnen. »Denn was auch immer mit Elsie Button passiert ist, diese Familie muss Buße tun, und ich denke, nun ist die Zeit dafür gekommen.«

Patrick atmet tief ein … genau wie bei meinem Besuch gestern. Herrje! Das war erst gestern? Und wieder glaube ich, er wolle etwas sagen. Er lässt den Kopf hängen, starrt auf den Tisch und zieht sich wieder in sein Schweigen zurück.

»Du Bastard«, knurre ich, gehe zur Tür und klopfe dreimal, um den Wärter zu rufen. »Ich hoffe, du verreckst hier drin.«

11

MAGGIE

»Los! Hol das Bällchen!«

Maggie schaute zu, wie der leuchtend gelbe Tennisball in einem perfekten Bogen durch die Luft flog, und sie lächelte, als Dolly losrannte – definitiv nicht die Namenswahl des Besitzers, aber bei vier Mädchen gegen sich, was konnte er da schon tun? Gelb mit einem Wust brauner Locken, die als Ohren durchgingen, sprang das Hündchen fröhlich übers Feld. Schließlich erreichte Dolly die Stelle, von der sie glaubte, dass dort der Ball lag, und sie suchte im Gras. Früher hätte sie den Ball in der Luft gefangen. Sie wurde allmählich alt.

»Werden wir das nicht alle?«, murmelte George Fisher.

»Werden wir nicht alle was?«, erwiderte Maggie.

Ihre Stimme erschreckte ihn. Er drehte sich um und verzog das Gesicht, als er sie sah.

»Willst du mich mit deinem miesepetrigen, alten Gesicht etwa wieder vergraulen?« Maggie lächelte.

George drehte sich wieder zum Feld um und deutete auf es hinaus. »Ich komme hier raus, um mal von den ständigen Beleidigungen wegzukommen, weißt du? Ich bin nur überrascht, dass Linda noch nicht versucht hat, dem verdammten Hund welche beizubringen.«

»Ich wette, sie arbeitet daran«, entgegnete Maggie und lächelte wieder. Vor ihrem geistigen Auge sah sie die winzige, dunkelhaarige Frau, die George vermutlich just in diesem

Moment etwas Leckeres kochte. Die Beziehung der Fishers war genau von der Art, die jeder anstrebte, doch Maggie konnte sich schlicht nicht vorstellen, sich so eng an einen einzigen Menschen zu binden, wie die beiden es getan hatten.

»Was willst du, Maggie?«

Dolly sprang wieder auf sie zu. Sie freute sich deutlich mehr, Maggie zu sehen als George.

»Ich bin hier, um dir zu sagen, dass ein Mädchen vermisst wird.«

»Ich bin in Rente.«

»Ja, das weiß ich. Ich kann das auch kaum vergessen, da ich mir ständig anhören muss, was George wohl in dem Fall getan hätte. Ich dachte nur, du willst das wissen.«

»Schmeichelei passt nicht zu dir.« George griff nach unten, um Dolly den Ball wieder abzunehmen, die kurz so tat, als wolle sie ihn nicht hergeben, doch dann öffnete sie das Maul und wedelte glücklich mit dem Schwanz. George holte aus und schleuderte den Ball erneut. Das Hündchen schoss sofort hinterher, und George drehte sich wieder zu Maggie um. »Und warum glaubst du, dass ich das würde wissen wollen?«

»Weil ich nicht vergessen habe, was heute für ein Tag ist. Das hat niemand hier, und ich glaube auch nicht, dass das je so sein wird. Außerdem wohnt das Mädchen im alten Bowen-Haus.«

Maggie sah, wie George sich am ganzen Leib verspannte. Sie hatte George Fisher eigentlich gar nicht besuchen wollen, aber er war ein alter Kollege, und Elsie Button war sein Fall gewesen. Des Weiteren lag sein Haus schlicht auf dem Weg.

»Ich bin unterwegs zur Memorial Hall. Da wird die Suchaktion organisiert, und sie wird immer größer. Nicht mehr lange, und es wird auf der Insel von Polizei und Presse nur so wimmeln. Ich dachte, da warne ich dich lieber vor.«

»Weißt du, was auf der Insel los sein wird, wenn man das Kind nicht findet?«, fragte er. Seine Augen hatten sich verdunkelt, und er sah mit einem Schlag genau so alt aus, wie er war. »Die Gerüchte über den schwarzen Mann, der im Wald hinter dem Haus lebt, die Verdächtigungen und die Angst, die den Leuten ins Gesicht geschrieben steht ... und die Trauer in der Luft, nachdem die Suchtrupps wieder abgezogen sind, wie Staubwolken, die der Wind davontreibt, egal, wie viel die Menschen auch beten.«

Maggie nickte. »Ich weiß.«

Sie deutete hinter George, wo Linda Fisher auf sie zukam, seit fünfunddreißig Jahren seine Frau. Wie erwartet, wischte sie sich beim Gehen die Hände an der Schürze ab.

»Maggie Grant«, sagte sie und hakte sich bei ihrem Mann unter. Dolly sprang an ihrem Frauchen hoch und bellte fröhlich. Linda tätschelte ihr den Kopf. »Ich hoffe, du versuchst nicht, meinen Mann wieder zurückzulocken.«

Ihr Tonfall war neckisch, doch Maggie wusste, das war todernst gemeint. Linda hatte keinen Hehl aus ihrer Freude gemacht, als George in Rente gegangen war.

»Das könnte ich nicht, selbst wenn ich wollte«, erwiderte Maggie. »Aber ich fürchte, ich musste George eine schlechte Nachricht überbringen.«

»Wegen Jill Bowen?« Linda legte George die Hand auf die Schulter und drückte zu. George riss den Kopf zu seiner Frau herum.

»Was ist mit Jill?«

»Das ist der Grund, warum ich rausgekommen bin«, antwortete Linda. »Jordan hat angerufen. Du sollst ihn sofort zurückrufen. Jill liegt im Koma. Er hat gesagt, sie habe heute Morgen versucht, sich umzubringen.«

12

KATHRYN

Mein Herz schlägt noch immer wie wild nach der Konfrontation mit Patrick, und mein Kopf pocht von all dem Alkohol, den ich nach wie vor intus habe. Miriam hatte recht. Ich hätte vermutlich noch nicht fahren sollen, aber es ist mitten am Tag, und solange ich keinen Unfall baue, wird mich auch niemand anhalten. Ich muss ja nur die Sachen meiner Mutter holen und wieder ins Krankenhaus zurück. Danach fahre ich gleich heim und lege mich ins Bett.

Warum also kann ich der leisen Stimme in meinem Kopf nicht widerstehen, die mir sagt, dass da etwas ernsthaft nicht stimmt? Ich meine, mein Vater sitzt wegen Mordes im Knast, und meine Mum liegt im Koma. Also liegt da offensichtlich etwas im Argen, aber diese leise Stimme – tatsächlich wird sie immer lauter – sagt ständig, dass an dieser ganzen Situation etwas faul ist. Es gibt viel zu viel, was ich nicht weiß, viel zu viel, was ich nie gefragt habe. Zum Beispiel: Warum? Warum hat Patrick Elsie getötet? Hat es je Anzeichen dafür gegeben, dass er sich zu Kindern hingezogen fühlte? Allein bei dem Gedanken kommt mir die Galle hoch, aber das ist trotzdem eine Frage, die ich schon längst hätte stellen sollen. War sein erstes Verbrechen wirklich die Vergewaltigung und Ermordung meiner Freundin? Doch so läuft das normalerweise nicht, oder? Ich meine, selbst wenn die Leute sagen, sie könnten es nicht glauben, dass er der netteste Mann war, den man sich vorstellen könnte und so weiter … Irgendwann findet man heraus, dass er ganze Kisten mit Kinderpornografie hatte oder Tausende von unanständigen Bildern auf seinem Computer, dass er sich auf illegalen Seiten herumgetrieben oder als Kind Fliegen die Flügel ausgerissen hat. Aber nicht Patrick Bowen. Er hat sich direkt vom Bilderbuchvater, der seiner Tochter Gutenachtgeschichten erzählt, zum Mörder ihrer besten Freundin entwickelt und deren Leiche so gut versteckt, dass sie bis heute niemand gefunden hat. War er einfach nur ein besonders geschickter Ersttäter? Man könnte ihn auch einen Überflieger nennen.

Doch auch, wenn die Stimme recht hat, passt an der Gesamtsituation viel nicht zusammen. Nur weiß ich nicht, was die Stimme von mir verlangt. Was soll ich tun?

Als ich an Mums Haus ankomme, wartet Joyce am Fenster. Oh Gott! Es ist zwar nicht so, als würde ich sie nicht mögen – sie ist immer so nett zu Mum –, aber wie zum Teufel soll ich ihr das alles erklären? »Keine Sorge, Joyce, meine Mum hat nur versucht, sich umzubringen, weil sie nicht länger mit einem schrecklichen Geheimnis leben kann. Ja, schrecklicher als die Tatsache, dass mein Vater ein Kindermörder ist. Aber keine Angst, wenn sie wieder aufwacht, werde ich ihr sagen, dass du nach ihr gefragt hast, und ach ja … Danke. Deine selbst gemachten Sahnebonbons haben ihr wirklich sehr geschmeckt.«

Aber natürlich sage ich nichts dergleichen. Stattdessen gelingt es mir irgendwie, mich zurückzuhalten, als Joyce mir versichert, wie leid ihr der »unglückliche Unfall« meiner Mutter tue, und ich nicke weise, als sie mir gut zuredet, sie werde sicher wieder gesund. Wenn sie noch etwas für mich tun könne …?

»Danke, Joyce. Das ist wirklich sehr freundlich von dir«,

erwidere ich und bewege mich langsam Richtung Tür. »Aber jetzt sollte ich besser schnell die Sachen holen. Wenn sie aufwacht und hat ihr Trockenshampoo nicht … Na ja, du weißt ja, wie sie ist.«

Joyce scheint nicht zu wissen, was sie darauf sagen soll, vor allem, da sie tatsächlich keine Ahnung hat, »wie meine Mum ist«. Sie weiß gar nichts von ihr. Was das betrifft, war Mum immer so wie ich: Sie hat sich keine Freunde gesucht und nie Aufmerksamkeit erregt. Aber wo ich dank meiner Trunksucht und meines asozialen Verhaltens zumindest bei der »Aufmerksamkeit« gescheitert bin, war Mum viel besser, und das fünfundzwanzig Jahre lang. Bis heute.

Drinnen ist alles makellos, und ich habe auch nichts anderes erwartet. Selbst wenn man sich umbringen will, kann man das Haus doch aufräumen. Weder in der Spüle noch auf der Arbeitsplatte steht Geschirr, und nichts deutet darauf hin, dass hier erst heute Morgen jemand versucht hat, seinem Leben ein Ende zu setzen.

Oben sieht es allerdings anders aus. Die Laken von Mums Bett liegen auf dem Boden, und auf dem Nachttisch steht eine leere Flasche. Die leere Tablettenpackung haben die Sanitäter mitgenommen – reine Routine –, aber eine einzelne Tablette liegt noch neben dem Bett auf dem Boden. Soll ich sie dort liegen lassen? Das ist doch kein Tatort, oder? Ich bin hin- und hergerissen. Soll ich alle Beweise beseitigen, sodass alles normal aussieht, wenn Mum wieder nach Hause kommt? Und sie *wird* wieder nach Hause kommen, sage ich mir immer wieder. Das ist auch der Grund, warum Jordan hierher hätte fahren sollen. Er hätte sofort gewusst, ob er etwas tun sollte oder nicht. Ich habe noch nie gut Entscheidungen treffen können.

Also lasse ich das erst einmal auf sich beruhen, öffne

Mums Schrank und suche nach einer Reisetasche. Da liegt eine auf dem obersten Regal. Sie sieht so aus, als sei sie seit Jahren nicht mehr benutzt worden, und als ich sie herausziehe, weht mir eine Staubwolke ins Gesicht. Ich huste, wedele mit der Hand vor meinem Gesicht und klopfe mich dann ab, um sicherzustellen, dass nicht auch Spinnen auf mir herumkrabbeln. Die Tasche fällt auf den Boden, doch der Aufprall ist lauter, als er hätte sein sollen, und als ich sie wieder aufhebe und den restlichen Staub abwische, wird mir klar, dass da etwas drin ist. Das ist kaum überraschend. Mum ist eben die Art Mensch, die ihre Wintersachen kurz vor Frühlingsanfang wegpackt. Pünktlich wie ein Uhrwerk.

Doch dadrin ist nicht ihre Wintergarderobe. Es sieht mehr nach zehn Jahren Papierkram aus, und das wiederum ist ungewöhnlich für Mum, auch wenn ich zugeben muss, dass ich seit meiner Kindheit nicht mehr in ihrem Schlafzimmer war. Ich hole die Unterlagen heraus. Sie sehen alle wie Kontoauszüge aus, und mich verlässt der Mut, als ich mir vorstelle, dass Mum bis zum Hals in Schulden steckt und ich ihr nicht helfen kann. Doch als ich die Auszüge überfliege, stelle ich rasch fest, dass Mum mehr als genug Geld auf der Bank hat. Keine Millionen, sodass ich sie des Drogenhandels verdächtigt hätte, aber Gott sei Dank genug, um ein komfortables Leben führen zu können.

Als ich die Kontoauszüge beiseitelege, fällt mir eine Summe auf. Sie steht auf jedem einzelnen Auszug, eine Zahlung über 2000 Pfund von Clayton, Wilson und Lamb. Das sind Patricks Anwälte. Seltsam … Ich dachte immer, Anwälte müsse man bezahlen, nicht umgekehrt. Ich sehe mir die restlichen Auszüge an. Auf den älteren ist die Summe höher, und in letzter Zeit ist sie bis auf 500 Pfund heruntergegangen, aber sie steht noch immer da, ein regelmäßiger Geldeingang.

Vielleicht stammt das Geld ja aus einem Trust, den Patrick eingerichtet hat und den die Anwälte verwalten. Ich habe nie auch nur daran gedacht, Mum zu fragen, wie sie an ihr Geld kommt. Es ist uns immer gut gegangen, und der Gedanke ist mir schlicht nie in den Sinn gekommen. In unserer Familie wurde eigentlich nie über Finanzielles geredet, und solange Mum nicht in Schulden erstickt, geht mich das auch nichts an.

Ich lege die Auszüge ordentlich zusammen und ermahne mich, eine Kiste zu besorgen, um sie wieder wegzuräumen. Dann öffne ich die Seitentasche und hole einen großen Briefumschlag heraus. Er sieht uralt aus. Und er riecht auch muffig wie Bücher in einem Antiquariat. Als ich eine Handvoll Fotos darin finde, überrascht mich das nicht. Jede Familie hat doch so etwas, oder? Fotos, die man immer in ein Album kleben will, was man aber natürlich nie tut. Bloß dass ich Mum seit Patricks Verhaftung nie wieder mit einer Kamera gesehen habe. Die Presse hat uns ja auch häufig genug abgelichtet.

Sollten Sie je in eine Tragödie verwickelt werden, dann wissen Sie, dass Ihr Leben fortan entlang einer klaren Linie geteilt ist. Es gibt Ereignisse *davor* und *danach*. Die Fotos, die ich nun in der Hand halte, stammen von *davor*.

Überraschenderweise ist ihr Anblick nicht schmerzhaft für mich. Sie berichten von einer Zeit, an die ich mich nicht erinnere. Ich erkenne noch nicht einmal die Leute darauf. Natürlich weiß ich, dass das Mum, Jordan, Patrick und ich sind, aber sie bringen keine furchtbaren Erinnerungen zurück. Wir sehen alle glücklich darauf aus, und es schmerzt ein wenig, dass uns diese Freude genommen worden ist. Besonders ein Bild erregt meine Aufmerksamkeit. Es zeigt fünf Männer, die zusammenstehen, als wären sie zur Parade angetreten. In der Mitte steht Patrick mit einem breiten Grinsen auf dem Gesicht. Neben ihm sind zwei Männer, die ich nicht erkenne. Einer wirkt ungefähr genauso alt wie Patrick, der andere jünger. Sie sehen aus, als hätten sie gerade Spaß miteinander gehabt, denn sie lachen, und das ist nicht für die Kamera gestellt. Der Mann auf der anderen Seite von Patrick schaut sie in gespielter Missbilligung an, und der Mann am äußersten Ende – der einzige andere, den ich erkenne – winkt dem Fotografen, endlich zu knipsen. Er sieht glücklich aus und wirkt jovial. Hätte dieser Mann die Zukunft vorhersehen können, er wäre Millionen Meilen weg von Patrick Bowen gelaufen, denn das ist Rowley Button, Elsies Dad.

Das Letzte in dem Umschlag ist kein Foto, sondern ein vergilbtes Blatt Papier, das aussieht, als wäre es unzählige Male gefaltet und wieder aufgeklappt worden. Winzige Löcher sind an den Falten entstanden, und ich muss aufpassen, dass es in meinen Händen nicht auseinanderfällt. Auf der Innenseite ist eine Nachricht an meine Mutter.

Liebe Jill, steht dort. *Du kannst mir nicht mehr schreiben. Sie lesen alles, was reinkommt, und alles, was ich Dir schicke. Es ist nicht sicher. Du sagst, das sei schwer für Dich zu verstehen, aber ich bereue nicht, was ich getan habe. Du musst jetzt stark sein, für unsere Kinder, und vergessen, dass es mich je gegeben hat. Lebt Euer Leben, und haltet Euch von der Insel fern. Kevin wird sich um Euch kümmern. Solltet Ihr irgendetwas brauchen, ruf ihn an. Und zu Eurer und meiner Sicherheit haltet Euch von George fern.*
Ich liebe Dich jetzt und werde es immer tun. Sei stark, meine Liebe.
Patch XXX

In dem Umschlag steckt noch ein weiterer Brief, und ich nehme an, der stammt auch von Patrick, doch dem ist nicht so. Er ist in einer vollkommen anderen Handschrift verfasst, in großen, wütenden Buchstaben. Da steht:

Ich weiß, dass mich alle anlügen, ich weiß nur nicht warum. Du Hexe, ich werde schon noch herausfinden, was wirklich mit meiner Tochter passiert ist. Und wenn ich das tue, dann sitzt Du zusammen mit Deinem Bastard von Mann im Knast.

Dieser Brief ist nicht unterzeichnet, aber ich weiß auch so, von wem er stammt. Ich schaue mir noch einmal das Foto mit den fünf Männern an, und diesmal verweilt mein Blick länger bei Rowley Button und seinen großen Händen, mit denen er diese bedrohlichen Worte geschrieben hat. Ohne wirklich zu wissen warum, stecke ich das Bild sowie ein paar andere in meine Handtasche und mache mich daran, Mums Tasche zu packen.

13

MAGGIE

Bryn stieß einen leisen Pfiff aus, als sie sich der Memorial Hall näherten. »Also eines muss man den Leuten lassen: Hier folgt man schnell dem Ruf zu den Waffen.«

Da lag er nicht falsch. Mindestens fünfzig Leute hatten sich auf dem Parkplatz versammelt, und alle waren sie gekleidet, als würden sie in Snowdonia wandern und nicht die Nachbarschaft absuchen wollen. Die offizielle Suchmannschaft war nirgends zu sehen, doch die Tür zur Memorial Hall stand offen. Maggie parkte, atmete tief durch, stieg aus und schnappte sich den großen Papierstapel vom Rücksitz.

»Ich danke Ihnen wirklich sehr, dass Sie alle gekommen sind«, sagte sie und hielt ihren Dienstausweis in die Höhe. »Ich bin DI Maggie Grant. Ich leite die Ermittlungen, aber nicht die Suchaktion. Die Mitglieder unserer Suchmannschaft sind hervorragend ausgebildet, und in Situationen wie diesen greifen wir immer wieder auf sie zurück. Was auch immer sie sagen, wird gemacht. Natürlich hoffen wir nach wie vor, dass Abby sich einfach verirrt hat, doch auch dann könnte sie in Schwierigkeiten sein. Wenn Sie Abby finden, und sie scheint festzustecken oder verletzt zu sein, dann nutzen Sie bitte Ihren gesunden Menschenverstand und schätzen die Situation erst einmal ein, bevor Sie versuchen, ihr zu helfen. Melden Sie sich über Funk oder Handy, und Sie werden sofort Hilfe bekommen.« Sie wedelte mit dem Papierstapel.

»Das ist ein aktuelles Bild von Abby. Fragen Sie jeden, dem Sie begegnen, ob er oder sie sie gesehen hat. Wenn diejenigen bei der Suche mitmachen wollen, dann schicken Sie sie hierher, damit man ihnen ein Suchgebiet zuteilen kann. Nur so können wir sicherstellen, dass wirklich überall gesucht wird und nicht am gleichen Ort mehrmals. Bitte, verteilen Sie das unter sich.« Sie gab den Papierstapel dem nächstbesten Freiwilligen, einer kleinen Frau mit kurzen dunkelbraunen Locken und sportlicher Statur. Die Frau sah aus, als hätte sie ihr Olympia-Training für die Suchaktion unterbrochen. »Bitte, warten Sie, bis der Koordinator Ihnen Anweisungen gibt. Geben Sie Ihre vollständigen Daten an, und beantworten Sie jede Frage. Alles verstanden?«

Die Gruppe nickte. Maggie winkte Bryn, ihr zum Eingang der Memorial Hall zu folgen, wo zwei Männer an der Doppeltür mit einem Tisch kämpften.

»Moment. Ich helfe«, sagte Maggie und griff sofort nach dem Riegel am noch verschlossenen Türflügel. Der Flügel gab knarrend nach, und der Mann, der Maggie am nächsten stand, schaute sie verlegen an.

»Den habe ich gar nicht gesehen«, murmelte er.

Gott, ich hoffe, die beiden haben hier nichts zu sagen, dachte Maggie mit einem Hauch von Verzweiflung. »DI Maggie Grant«, stellte sich Maggie vor. »Wer hat hier das Kommando?«

Der Mann nickte nach drinnen. »Scott Marshall. Er ist noch drin.«

Ein Marshall, der Marshall hieß? Wie niedlich.

Niedlich war allerdings noch untertrieben. Scott Marshall war einfach umwerfend. So einen attraktiven Mann hatte Maggie bis jetzt nur im Fernsehen oder in Katalogen gesehen. Sein dunkles Haar war zerzaust, und er trug einen Dreitagebart auf der sonnengebräunten Haut. Seine Augen waren tiefblau und strahlten so sehr, dass man kaum in sie hineinschauen konnte. Vermutlich hatte man ihm bereits oft genug gesagt, was seine durchdringenden Augen bewirkten, sodass er sofort wissen würde, was Maggie dachte. Doch Maggie traute schönen Menschen nicht. Es war schlicht unmöglich, dass jemand, der so abnormal gut aussah, nicht wusste, welche Wirkung er auf andere hatte. Maggie wusste das hauptsächlich, weil sie selbst schon immer heiß gewesen war. Nicht schön wie Scott Marshall, den längere Zeit anzuschauen geradezu peinlich war, auch nicht wie ein Supermodel, aber attraktiv genug, dass viele Männer mit ihr schlafen wollten, und das hatte einen Großteil ihres Lebens beeinflusst. Scott stand bei einer Gruppe von Leuten in Suchausrüstung, die sich allesamt über eine Landkarte beugten. Er hatte einen Stift in der Hand und zeichnete eine Route ein.

»Scott Marshall?«

Er sagte etwas zu dem jungen Kerl neben ihm, der daraufhin nickte und die Routenbeschreibung übernahm. »Der bin ich«, antwortete er. »Sind Sie die leitende Beamtin?«

»DI Maggie Grant.« Sie streckte die Hand aus, und er schüttelte sie. »Sind Sie bereit, das Kommando über die Freiwilligen zu übernehmen? Da draußen steht ein ganzer Haufen davon.«

»Ich habe schon ein paar Jungs rausgeschickt, um sie zu koordinieren. Sie alle bekommen einen Zeitstempel und werden in Suchtrupps gesteckt. Auf die Art werden wir immer wissen, wenn jemand Probleme hat. Ich habe auch bereits mit Aled gesprochen. Er hat uns schon mal als Freiwilliger geholfen und versprochen, eine Gruppe Einheimischer zusammenzustellen, die die Gegend besonders gut kennen. Die sollen die einzelnen Trupps führen. Wir wollen ja nicht, dass aus einem vermissten Kind plötzlich zehn ertrunkene Erwachsene werden, und das Kind haben wir dann immer noch nicht.«

»Klingt, als wären Sie gründlich gewesen.« Maggie nickte anerkennend. »Könnten Sie bitte auch noch klarstellen, dass die Leute alles, was man als Beweis bezeichnen könnte, nicht anfassen sollen? DS Bailey wird sich dann um die Spurensicherung kümmern.«

»Kein Problem. Sonst noch etwas, was wir wissen sollten?«

»Wenn es so aussieht, dass Sie gleich eine Leiche finden werden, dann schicken Sie die Freiwilligen heim. Die Leute hier haben bereits genug durchgemacht.«

14

KATHRYN

Ich habe darauf gewartet, dass es an der Tür klingelt, und als es dann so weit ist, überrascht es mich nicht, meinen Bruder zu sehen. Er ist stinkwütend. Nach der kurzen Nachricht, die ich ihm nach meinem Besuch bei Patrick auf den Anrufbeantworter gesprochen habe – vier Worte: *Ich fahre wieder zurück* –, habe ich ihn schon früher erwartet.

»Ich dachte, wir hätten abgemacht, das auf sich beruhen zu lassen«, knurrt er, drängt sich an mir vorbei und stapft ins Wohnzimmer, wo mein Koffer offen auf dem Boden liegt.

Ich verziehe das Gesicht und werfe den Pullover hinein, den ich gerade gefaltet habe. »Ich kann mich nicht daran erinnern, dass wir überhaupt etwas abgemacht haben.«

»Wir haben abgemacht, dass das, was Mum gesagt hat, nichts zu bedeuten hat. Dass sie betrunken war, im Delirium. Erinnerst du dich? *Dass es nichts zu bedeuten hat!*«

»Das war, bevor ich mit Patrick gesprochen habe«, erwidere ich. Nach all den Jahren zuckt Jordan noch immer unwillkürlich zusammen, weil ich ihn nicht Dad nenne. »Er will nicht, dass ich wieder zurückfahre, Jordan. Du hättest ihn sehen sollen. Er verbirgt etwas. Er weiß genau, was Mum gemeint hat, und er …«

»Kathryn, nein!« Jordan schreit mich an, und ich weiche entsetzt ein paar Schritte zurück. Ich kann mich nicht daran erinnern, dass mein Bruder mich schon mal angeschrien hätte.

Sein Gesicht ist verzerrt vor Wut. Er sieht gar nicht mehr wie *mein* Jordan aus. »Verstehst du das denn nicht? Unser Dad hat Elsie umgebracht. Er hat es gestanden. Warum hätte er das denn tun sollen, wenn er es nicht war? Warum hätte er uns verlassen sollen, um jemand anderen zu beschützen? Wer auch immer dieses Mädchen ist, das jetzt vermisst wird: Es hat nichts damit zu tun, was damals geschehen ist. Wieso kannst du die Sache nicht einfach auf sich beruhen lassen und dein Leben leben?«

»Weil das mein Leben *ist!*«, schreie ich zurück. »Das … Diese *Sache*, die uns passiert ist … Sie verfolgt mich jeden Tag. Jeden Tag frage ich mich, warum er getan hat, was er getan hat, und ich hoffe, eines Tages herauszufinden, was mit ihr passiert ist, auch wenn es noch so aussichtslos ist. Für dich mag es ja okay sein mit deinem perfekten Leben …«

»Okay? Für mich ist das okay?« Jordan tritt auf mich zu, als wolle er mich schlagen. Soll er doch. Soll er mir ruhig eine Ohrfeige verpassen, denn dann bin ich nicht mehr die Einzige, die es verbockt hat. Aber das tut er nicht. Natürlich nicht. Stattdessen lässt er sich in meinen Sessel fallen, als hätte ihn jemand in die Magengrube geschlagen. »Wie kannst du das nur glauben? Du warst erst fünf, als Elsie verschwunden ist. Du hast keine Ahnung, wie das wirklich war. Du weißt nicht, wie wütend die Leute waren. Auf uns alle. Wir sind mitten in der Nacht weggerannt. Ich habe all meine Freunde zurückgelassen … nicht, dass noch jemand mein Freund hätte sein wollen, nachdem Dad verhaftet worden ist. Über Nacht waren wir die Leute, über die man sonst nur in der Zeitung liest. Wir waren die Monster. Also sind wir umgezogen, doch auch dann hat es nicht aufgehört.«

»Was meinst du damit, ›es hat nicht aufgehört‹?«

Jordan seufzte. »Die Leute haben herausgefunden, wo

wir waren. In nur sechs Monaten sind wir drei Mal umgezogen, Kat. Erinnerst du dich nicht daran?«

Nein, das tue ich nicht, obwohl einiges, was er sagt, durchaus Sinn ergibt. Ich erinnere mich an das Haus, in das wir gezogen sind, nachdem Patrick weggegangen war. So hat Mum das immer genannt: Patrick war »weggegangen«. Bloß dass meine Erinnerungen nicht immer gleich sind. Mal ist die Küche lang und schmal und ekelig grün gestrichen. Dann wieder ist sie breit und die Wände weiß verputzt. Da ist ein alter Elektroofen in einer Arbeitsumgebung aus Marmorimitat, aber dann ist er weg und wird von einem Heizkörper ersetzt, der ständig nach verbrannter Wolle riecht. Verschiedene Häuser … Das klingt logisch, auch wenn ich mich an die Umzüge nicht erinnern kann.

»Na ja, eigentlich nicht«, antworte ich dann auch. »Das war vor fünfundzwanzig Jahren, Jordan, und damals war ich fünf.«

»Genau«, sagt Jordan und schaut nicht mehr ganz so hart drein, »du kannst das einfach vergessen. Aber ich war fast vierzehn, und plötzlich war ich der Mann im Haus. Ich habe Mum jede Nacht weinen hören. Ich war derjenige, der dich ins Bett gebracht und dir eine Geschichte vorgelesen hat, weil sie zu viel Wein getrunken hatte und vor dem Fernseher eingeschlafen war. Ich habe noch immer die Narbe von damals, als mir Rick Barnes ein metallenes Geodreieck ins Auge geworfen hat, nachdem er herausgefunden hat, dass mein Dad ein ›verdammter Kinderficker‹ war.«

»Jordan, es tut mir ja so leid. Ich …«

»Das ist dir nicht klar gewesen, Kat, und das wird es auch nie sein. Dich interessiert bloß, wie es dich und dein Leben beeinflusst. Die arme kleine Kathryn kann keinen Job behalten, weil sie ja so eine tragische Vergangenheit hat. Tut mir leid, Euer Ehren, ich habe nur gesoffen, weil mein Vater meine beste Freundin umgebracht hat, als ich fünf war. Du verschwendest nicht einen Gedanken daran, wie der Rest von uns versucht hat, all diese Jahre hinter sich zu lassen. Oh nein. *Du* bist fest entschlossen, das jahrelang wie ein Kreuz vor dir herzutragen, aber ich werde mich nicht von dir herunterziehen lassen.«

Er steht auf und will gehen, doch ich packe ihn am Arm. »Bitte, Jordan. Lauf nicht weg. Es tut mir wirklich leid. Ich weiß, dass ich ein selbstsüchtiges Miststück gewesen bin, und dafür entschuldige ich mich auch. Ich weiß, was du hast tun müssen, um das alles hinter dir zu lassen und so angepasst und perfekt zu werden, und ich wünschte, ich könnte so sein wie du, aber …«

Seine Miene verdüstert sich. »Glaub mir, Kat. Ich bin nicht perfekt. Es gibt viele Dinge, die du nicht verstehst, die du gar nicht verstehen *kannst*. Ich will einfach bloß, dass du das auf sich beruhen lässt.« Er schaut mir in die Augen, und er weiß, dass das sinnlos ist. Wir kennen einander viel zu gut, und jetzt erkenne ich auch warum. Jordan war der Leim, der unsere Familie zusammengehalten hat, und nun kann ich ihm das Einzige nicht geben, was er will. »Aber das wirst du nicht.«

»Ich *kann nicht*«, korrigiere ich ihn. »Es tut mir leid, doch es geht einfach nicht. Ich muss die Wahrheit wissen. Nur so kann ich mit meinem Leben weitermachen.«

Jordan seufzt. »Du warst schon immer eine Nervensäge, Kitty Kat. Ruf mich an und gib Bescheid, wenn du sicher angekommen bist.«

15

KATHRYN

Mit jeder Meile, die ich mich von Manchester entferne, schnürt es mir ein wenig mehr die Kehle zu, je mehr ich mich dem Ort meiner Geburt und des Untergangs meiner Familie nähere: Anglesey. Man kann es sofort sehen, wenn man nach Wales kommt. Mit einem Mal ist alles grüner, und die Mauern bestehen nicht länger aus Ziegelsteinen, sondern aus wunderbarem Naturstein. Die Häuser wiederum sehen so aus, als wären sie aus dem Boden gewachsen und nicht gebaut worden. Das ländliche Wales fühlt sich derart magisch an, dass man sich noch nicht einmal wundern würde, wenn plötzlich eine Fee vorbeifliegt. Überall entlang der Straße plätschern Bäche. Die Wassergeister begleiten einen auf jeder Fahrt. Weiter draußen ragen hohe Berge mit Schieferklippen empor und laufen in malerische Hügellandschaften auf, wo Oger und Hobbits träumen können. In Wales ist man all den Mythen und Legenden so nahe, wie man ihnen nur sein kann. Man kann sie förmlich berühren.

Ich war erst fünf, als wir Anglesey verlassen haben, und die Erinnerungen einer Fünfjährigen sind nicht automatisch wenig verlässlich. Doch die Stimme in meinem Kopf sagt noch immer: »Es ist nicht hässlich, es ist wunderschön«, und das auch noch Sekunden, bevor ich um die Ecke biege und ein Haus an der Straße sehe. Ein Schild informiert mich darüber, dass dies das Hässliche Haus ist. Es ist nicht hässlich, es ist wunderschön ... Mein fünfjähriges Ich hat recht gehabt.

Aber der größte Teil davon ist weg. Ich habe keine Ahnung, ob das warme Gefühl, das ich für dieses Land empfinde, daher rührt, dass es einst meine Heimat gewesen ist, oder ob all die Jahre im urbanen Dschungel die Sehnsucht in mir geweckt hat. Auf jedem Fall erkenne ich sonst nichts mehr und erinnere mich auch an nichts. Mein fünfjähriges Ich verstummt und zuckt mit den Schultern. Vielleicht war ich schon mal hier, vielleicht aber auch nicht.

Im Autoradio kommen die Nachrichten – zum Glück auf Englisch, denn mein Walisisch ist ziemlich eingerostet, um es vorsichtig auszudrücken.

Auf Anglesey sucht die Polizei heute nach der vermissten fünfjährigen Abigail Warner. Die Kleine wurde zuletzt gesehen, wie sie im Garten ihrer Eltern in Pentraeth gespielt hat. Das war laut der verzweifelten Facebook-Posts ihrer Mutter gegen neun Uhr morgens. Sie bitten jeden, der sie seitdem gesehen hat, sich zu melden. Abigail hat schulterlange blonde Locken und blaue Augen. Zuletzt hat sie ein T-Shirt mit dem Aufdruck My Little Pony *sowie eine blaue Jeans getragen. Die Polizei von Nordwales hat erklärt, dass sie im Augenblick keine Verbindung zwischen diesem Verschwinden und dem Mord an der fünfjährigen Elsie Button vor auf den Tag genau fünfundzwanzig Jahren sieht. Elsies Mörder wurde gefunden, ihre Leiche jedoch nicht. Trotzdem verbüßt Patrick Bowen zurzeit eine lebenslange Freiheitsstrafe. Sollten Sie irgendwelche Informationen über Abigail oder ihren Verbleib haben, dann melden Sie sich bitte bei der Polizei von Nordwales.*

Die Beschreibung lässt mich schaudern. Schulterlange blonde Locken, blaue Augen, fünf Jahre alt. Das könnte genauso gut aus einem Bericht zu Elsies Verschwinden stammen.

Mitten auf der Britannia-Brücke steht ein Streifenwagen. Die Beamten halten alle Fahrzeuge an, die die Insel verlassen wollen, und durchsuchen sie. Hier draußen ist das der einzige Hinweis darauf, dass etwas nicht stimmt. Wie ein Schimmelfleck auf der Apfelschale, der verrät, dass das Innere schon verfault ist. Sie suchen nach Abigail. Auf der zehnminütigen Fahrt über die Brücke nach Pentraeth sehe ich vier weitere Wagen der Heddlu Gogledd Cymru. Dann biege ich von der Hauptstraße ab, lehne mich auf meinem Sitz zurück, und das Herz schlägt mir bis zum Hals. Es ist, als wäre der Karneval in dieses ansonsten so ruhige Dorf eingezogen. Rote und blaue Lichter blinken am Straßenrand, und Menschen in Wanderausrüstung kauern über Landkarten und deuten in alle möglichen Richtungen. Das sind Suchtrupps. Der Gestank der Angst hängt über dem Dorf. Die Leute hoffen, dass Abby noch lebt, und fürchten, dass sie tot ist. Überall hat man Mikrofone aufgebaut, und herausgeputzte Frauen und Männer sprechen in Kameralinsen und damit zum Rest des Landes. Ich dachte immer, ich wüsste, was der Medienzirkus ist, doch das hier ist ein ganz anderes Kaliber.

Ich habe nicht so weit vorausgeplant, nicht für so viele Menschen. Wie hat mir nicht bewusst sein können, dass das Verschwinden eines fünfjährigen Mädchens einen solchen Aufruhr verursachen würde? Über der Küste schwebt ein Helikopter. Er sucht ebenfalls. Ich bekomme ein seltsam schlechtes Gewissen, als würde ich versuchen, Schmuggelware durch den Zoll zu bringen. Ich bin die Tochter von Patrick Bowen, einem verurteilten Kindermörder. Ich bin hier nicht willkommen.

Aber das ist jetzt fünfundzwanzig Jahre her. Ich habe einen anderen Namen, und ich bin ein anderer Mensch. Selbst wenn man mich erkennen könnte, niemand würde mich hier erwarten. Niemand hält die Augen nach mir offen. Ich kann einfach mit den anderen verschmelzen. Es sind so viele Leute unterwegs – auch von außerhalb der Insel –, dass ich mich in der Anonymität verstecken kann.

Zumindest wäre es so gewesen, wenn ich nicht wie ein verdammter Stadtmensch aussehen würde. Ich trage Pumps, um Himmels willen, elegante Pumps und eine leichte Jeansjacke. Wenn ich nicht auffallen will, muss ich mein Aussehen ändern. Gut. Nun habe ich also was zu tun, etwas, worauf ich mich konzentrieren kann. Ich muss einen Klamottenladen suchen.

Am besten versuche ich mein Glück in Bangor, drüben hinter der Menai Strait, nur dass ich jetzt auf dieser Seite der Straßensperre bin. Ein Polizeibeamter winkt mir, links ranzufahren, und ich halte direkt vor ihm.

»Bore da«, sagt er, als ich das Fenster herunterlasse.

»Guten Morgen«, erwidere ich. »Wollen Sie den Wagen überprüfen?«

Er lächelt. »Es freut mich, jemanden zu treffen, der so kooperativ ist. Sind Sie hier, um bei der Suche zu helfen?«

»Das wollte ich zumindest«, antworte ich, »bis mir klar geworden ist, dass ich nicht dafür angezogen bin. Eine dämliche Stadttusse ist wohl das Letzte, was Sie brauchen.«

»Kein Kommentar«, sagt der Beamte, doch sein Lächeln verbreitert sich. »Ich werde mir mal Ihren Wagen ansehen, wenn Sie nichts dagegen haben. Wäre ja auch Verschwendung, wenn Sie schon mal so brav angehalten haben.«

»Klar.« Ich steige aus, und wieder schlägt mir das Herz bis zum Hals. Ich komme mir dumm vor. Da ist doch kein kleines Mädchen in meinem Fußraum. Warum fühle ich mich dann wie ein Schwerverbrecher?

»Alles in Ordnung. Danke. Es gibt einen Trespass oben in Bangor. Da sollten Sie sich gut ausstatten können.«

»Danke. Hwyl.«

Der Beamte sieht mich misstrauisch, aber freundlich an. »Ein Walisisch sprechendes Stadtkind?«

»Meine Familie kommt aus Wales.« Ich lege den Gang ein, bevor er fragen kann, von wo meine Verwandten stammen. Wenn das ein Hinweis auf meine Fähigkeiten als verdeckte Ermittlerin ist, dann werde ich mich in nächster Zeit wohl nicht beim MI6 bewerben, denke ich, als ich auf die Brücke und weg von dem amüsierten Beamten fahre.

16

MAGGIE

»Grant.« Maggie meldete sich so knapp wie möglich am Handy. Früher hatte sie sich immer gefragt, warum die Cops im Fernsehen das so machten, doch nachdem sie sich ihr ganzes Leben lang mit »Hallo« gemeldet hatte wie der Rest der Bevölkerung auch, hatte ihr DI ihr in ihrem ersten Jahr einen Tipp gegeben. »Wenn Sie sich mit Ihrem Nachnamen melden, dann erinnert das den Anrufer daran, dass Ihre Zeit wichtiger ist als seine. Es sei denn, er steht im Rang über Ihnen, dann antworten Sie mit ›Sir‹. Das sagt diesen Leuten, dass Sie wissen, wie wertvoll deren Zeit ist. Wenn Sie sich weiter mit ›Hallo‹ melden, dann werden die Leute fragen, wie es Ihnen geht und was Sie am Wochenende gemacht haben.«

»Tut mir leid, Sie belästigen zu müssen, DI Grant. Lesley Thomas hier.«

Es dauerte einen Moment, bis Maggie sich erinnerte, dass Lesley Thomas die Beamtin vom Opferschutz war, die sie vor ein paar Stunden bei den Warners gelassen hatte. Gott, das war jetzt schon ein verdammt langer Tag.

»Lesley, alles unter Kontrolle bei Ihnen?«

»Ich … Ich glaube nicht. Mr und Mrs Warner, nun ja … Sie streiten sich viel. Und sie besteht darauf, bei der Suche zu helfen, während er nur telefoniert. Aber jedes Mal, wenn ich näher komme, verstummt er. Trotzdem habe ich gehört, dass er einen Anwalt erwähnt hat.«

Es war nicht ungewöhnlich, dass die Familie einer vermissten Person fragte, ob sie einen Rechtsbeistand bräuchte, aber in der Regel nicht in den ersten vierundzwanzig Stunden. In der Zeit hatten sie schon genug damit zu tun, alle Personen aufzulisten, bei denen der oder die Vermisste sein könnte.

»Wie oft haben wir das Haus durchsucht?«

»Die ersten Beamten vor Ort haben das sofort nach ihrer Ankunft erledigt. Ich glaube, DS Bailey hat sich auch rasch umgesehen, als er eingetroffen ist.«

Es war noch ein wenig zu früh, um die Spurensicherung zu rufen, doch Maggie nahm sich vor, die Kriminaltechniker in Bereitschaft zu versetzen. Sie hoffte inständig, dass es nicht so weit kommen würde, aber sollte sich herausstellen, dass der armen Abby etwas zugestoßen war, dann wäre es fast schon besser, wenn die Eltern dafür verantwortlich wären. Gott, Maggie hasste es, dass die Jahre bei der Polizei sie jetzt so denken ließen; doch wenn das alles hier vorbei war, dann brauchten die Menschen eine Möglichkeit, das Geschehene zu verdauen, und einige Situationen waren schlicht leichter zu verarbeiten als andere. Dass der freundliche Metzger von nebenan ein Pädophiler und Mörder war, gehörte dabei zu den härteren Fällen. Wenn das hier aber einfach nur ein Unfall wäre …

»Okay«, sagte Maggie zu Lesley. »Ich wollte sowieso rüberkommen, um die Eltern auf den neuesten Stand zu bringen. Wenn wir bis heute Abend nichts haben, will die Presseabteilung nämlich, dass sie eine Pressekonferenz geben. Wie, denken Sie, sieht das aus?«

»Ich denke, die Mum stellt kein Problem dar, aber was den Dad betrifft … Ich weiß nicht. Der steht kurz davor durchzudrehen.«

»Immerhin wird seine Tochter auch vermisst.«

»Natürlich.« Lesley klang, als müsse sie sich verkneifen, Maggie daran zu erinnern, dass sie das häufiger machte als sie. »So meine ich das aber nicht. Ich meine damit, dass es aussieht, als hätte er viel zu verbergen.«

»Das gilt für die meisten Menschen«, bemerkte Maggie. »Okay. Danke. Ich werde DS Bailey hierlassen und dann rüberkommen.«

Von außen war das Haus überraschend ruhig. Außer ihm gab es nur vier weitere in der Straße, und deren Bewohner nahmen vermutlich an der Suche teil. Die Medien hatten sich noch nicht mit aller Macht auf den Fall gestürzt, und die, die schon da waren, waren allesamt an der Memorial Hall, wo man die besten Bilder bekommen konnte. Maggies Erfahrung nach schoben Journalisten ihre Objektive lieber nicht durch Vorhänge, um Bilder der verzweifelten Eltern zu bekommen, wenn sie etwas Gleichwertiges oder sogar Besseres kriegen konnten. Außerdem würden die meisten Zeitungen morgen auch so ein herzzerreißendes Foto der kleinen Abigail Warner auf den Titelseiten haben.

Maggie nickte dem Constable an der Tür zu. »Alles ruhig?«, fragte sie, doch noch bevor sie den Satz beenden konnte, hörte sie bereits das Geschrei von drinnen.

»Meinen Sie auf der Straße oder dadrin?«, erwiderte der Beamte und nickte zum Fenster. »Hier draußen ist tatsächlich alles ruhig. Eine Frau kam mit einer verdammten Lasagne, als würden die Eltern das Verschwinden ihrer Tochter mit einem Drei-Gänge-Menü feiern wollen, aber das war auch schon alles. Sie hat auch Knoblauchbrot mitgebracht. Knoblauchbrot!« Er rollte mit den Augen.

Maggie war stehen geblieben, kaum dass das Schreien begonnen hatte, und lauschte. Sie verstand die Wörter »zuschauen« und »beschissene Mutter«, und sie hörte Lesleys beruhigende Stimme und einen Mann – Mr Warner –, der ihr mit einem wütenden »Das geht Sie nichts an!« antwortete. Sie sollte wohl besser reingehen.

Maggie klopfte an die Tür, gerade laut genug, um die wütenden Stimmen zu übertönen. Sie verstummten sofort. Maggie hörte, wie sich drinnen eine Tür öffnete und dann Schritte. Schließlich erschien Lesley in der Tür.

»Gott sei Dank, Sie sind da«, seufzte sie und zog die Tür weiter auf. »Allerdings bin ich nicht sicher, ob er Sie nicht auch anschreien wird.«

Wenn man schon einmal um zwei Uhr nachts in einer Straßenschlacht im Stadtzentrum von Cardiff gewesen ist, dann neigt man dazu, keine Angst mehr vor Fahrkartenkontrolleuren mittleren Alters zu haben. Andererseits hatte Maggie während ihrer Laufbahn auch gelernt, nie jemanden zu unterschätzen. Also hielt sie den Mund.

»Wer ist da?« Caroline Warners tränenverschmiertes Gesicht erschien in der Wohnzimmertür. »Haben Sie sie gefunden?«

»Noch nicht«, antwortete Maggie, ging zu ihr und legte ihr die Hand auf den Arm. »Es sind aber jede Menge Leute auf der Suche nach ihr, sowohl Profis als auch Ihre Nachbarn. Wir haben … Nun, warum gehen wir nicht erst einmal ins Wohnzimmer, dann kann ich Ihnen beiden das erzählen.«

Caroline zögerte, als wolle sie Maggie nicht in Kontakt mit ihrem Mann kommen lassen. Sie fühlte jedoch, dass sie keine Wahl hatte, also trat sie beiseite, und Maggie folgte ihr hinein.

John Warner schaute Maggie an, als wäre sie das Letzte. So wollte er es also haben. Okay.

»Mr Warner«, sagte Maggie. Sie achtete darauf, so freundlich wie möglich zu klingen, als hätte sie den Streit draußen nicht gehört. »Wie kommen Sie zurecht? Brauchen Sie etwas? Kann ich Ihnen irgendetwas besorgen?«

»Abgesehen vom Offensichtlichen, meinen Sie?«, erwiderte er. Lesley schlüpfte zwischen den beiden hindurch in die Küche. Sie war offenbar froh, sich endlich verpissen zu können.

»Wir arbeiten sehr hart daran. Versprochen. Ich habe gerade zu Mrs Warner gesagt …«

»Caroline«, sagte Abbys Mum. Sie klang aufgeregt. »Bitte. Mrs Warner klingt so … Bitte, nennen Sie mich Caroline.«

»Natürlich«, sagte Maggie. »Ich habe ihr gerade erzählt, dass all Ihre Nachbarn bei der Suche nach Abby helfen. Unsere Profis koordinieren die Suche gerade, und ich habe einhundert zusätzliche Beamte angefordert, die uns heute Nacht helfen sollen. Ich möchte Ihnen versichern, dass wir im Augenblick alles Menschenmögliche tun, um Abby zu finden.«

»Abigail«, sagte John Warner.

»Wie bitte?«

Er sah Maggie an, als wäre sie nicht ganz bei Verstand.

»Er hasst es, wenn die Leute ihren Namen abkürzen«, erklärte Caroline.

Maggie nickte und biss sich auf die Unterlippe. »Okay. Bitte, entschuldigen Sie. Ich werde das weitergeben. Aber nun zum Grund, warum ich hier bin. Ich würde Sie gerne fragen, ob Sie bereit wären, vor die Kameras zu treten und einen Appell zu starten, wenn wir Abigail in den nächsten paar Stunden nicht gefunden haben.«

»Ja«, erklärte Caroline im selben Augenblick, da John »Nein« sagte. Maggie und Caroline schauten John an.

»Darf ich fragen, warum nicht?«, hakte Maggie nach. Caroline wandte sich angewidert von ihrem Mann ab.

»Ich glaube schlicht nicht, dass das etwas nutzt«, antwortete John.

»Er glaubt, Sie würden ihn von einem Psychologen beobachten lassen, der darauf achten soll, ob er sich irgendwie auffällig verhält. Er sagt, Sie würden immer versuchen, es dem Dad in die Schuhe zu schieben.«

»So was macht man nur im Fernsehen, und dann auch bloß, nachdem der böse Bube verhaftet wurde.«

Kaum hatte sie das gesagt, da wusste Maggie, wie trotzig und unprofessionell das klang. John riss die Augen auf und warf seiner Frau einen »Ich hab's dir ja gesagt«-Blick zu. Caroline schüttelte den Kopf.

»Sie hält dich für ein Arsch«, bemerkte Caroline.

»Stimmt, ich bin der Arsch! Das hatte ich ja ganz vergessen!« John warf die Arme in die Luft, und seine Stimme klang immer erregter. »*Ich* bin ja auch derjenige, der sie eine Stunde lang allein gelassen hat, weil ich ja ein ach so wichtiges ›Arbeitsmeeting‹ hatte.«

»Was hat das zu bedeuten?«, hakte Maggie sofort nach. »Diese Anführungszeichen, die Sie beim Wort ›Arbeitsmeeting‹ mit den Fingern gemacht haben? Wollen Sie damit sagen, das sei kein Arbeitsmeeting gewesen?« Sie drehte sich zu Caroline um, die ihr jedoch nicht in die Augen schauen konnte.

»Ich weiß nicht, was das für einen Unterschied macht«, murmelte Caroline.

»Es macht durchaus einen Unterschied, wenn man uns anlügt, Caroline.« Maggie versuchte weiter, so ruhig wie möglich zu klingen. Das Kind dieser Frau wurde vermisst. Sie wollte sie nicht mehr aufregen als unbedingt nötig … Dann kam ihr ein Gedanke. »Sie haben uns gesagt, der Anruf habe eine halbe Stunde gedauert. Er hat aber gerade von einer

Stunde gesprochen. Wie lange wurde Abigail also schon vermisst, bevor Sie es bemerkt haben?«

»Na los. Sag ihr die Wahrheit«, forderte John seine Frau heraus. Die Küchentür öffnete sich, und Lesley brachte zwei Becher. Caroline presste die Lippen aufeinander. Lesley stellte die Becher auf den Tisch und zog sich rasch wieder in die Küche zurück.

»Caroline, wenn Sie einen Fehler gemacht haben, als Sie uns von heute Morgen erzählt haben, dann müssen wir das wissen, damit wir unsere Timeline ändern können«, erklärte Maggie. »Sie werden schon keinen Ärger bekommen. Sie standen unter Schock. Jeder macht in so einem Fall Fehler, glauben Sie mir. Aber jetzt müssen wir die Wahrheit erfahren.«

Caroline begann zu schluchzen. »Wissen Sie, was die Leute bereits sagen?« Ihre Stimme war ein raues Flüstern. »In den News auf Facebook? Sie fragen, was ich gemacht habe, warum niemand auf sie aufgepasst hat. Sie war in unserem Garten! Es rechnet doch niemand damit, dass ein Kind aus dem eigenen Garten verschwindet. Diese Leute sagen, ich sei eine schlechte Mutter. Wo sind ihre Kinder denn, wenn sie gerade versuchen, auf Facebook das Leben anderer zu zerstören? Vermutlich an der Xbox oder dem iPad. Meine Tochter hat wenigstens frische Luft bekommen und nicht standig vor dem Bildschirm gehockt.«

»Sie sollten sich von solchen Seiten fernhalten«, mahnte Maggie. »Diese Leute sind Geier, die sich von den Tragödien anderer nähren.«

»Das habe ich ihr auch schon gesagt«, mischte sich Lesley ein, als sie zwei weitere Becher brachte. »Leute, die üble Kommentare zu Geschichten über vermisste Kinder abgeben, sind definitiv niemand, deren Meinung Sie sich zu Herzen nehmen sollten.«

»Und was werden sie wohl sagen, wenn sie herausfinden, dass ich nicht beruflich telefoniert habe?«, blaffte Caroline. »Wenn sie erfahren, dass ich Bingo gespielt habe, während meine Tochter aus unserem eigenen Heim entführt worden ist? Dann werden sie noch Schlimmeres von mir denken als ohnehin schon.«

»Und wann haben Sie Abigail nun *wirklich* zum letzten Mal gesehen, Caroline? Das ist das Einzige, was jetzt zählt. Wir brauchen korrekte Informationen, um sie zu finden, und wenn sie dann wieder da ist, ist das alles vergessen.«

Caroline schluchzte noch immer, doch sie nickte. »Sie ist um halb neun zum Spielen rausgegangen. Da habe ich mich dann auch bei BadgerBingo eingeloggt.«

Maggie spürte ein Pochen in ihrem Kopf. »Dann hat es also tatsächlich eine Stunde gedauert, bis Sie bemerkt haben, dass sie verschwunden war.«

Caroline nickte wieder. Maggie verkniff sich ein Seufzen.

»Aber ich konnte sie hören. Da bin ich sicher!«, warf Caroline ein. »Im Garten. Sie war definitiv eine Zeit lang dort …«

»Und wie lange, glauben Sie?«, drängte Maggie.

Caroline schüttelte den Kopf. »Ich weiß es nicht«, antwortete sie. »Man weiß zwar, wann einem klar geworden ist, dass es ungewöhnlich still ist, doch wie lange das bereits so ist, das kann man nicht sagen. So war das. In der einen Minute war es halb neun und ich vier Pfund im Plus, und im nächsten war es halb zehn und ich zehn Pfund im Minus. Da fiel mir dann auf, dass ich Abby gar nicht gehört hatte – Abigail –, und das schon eine Weile.«

John schnaubte verächtlich und schüttelte den Kopf. »Es ist eine Sache, wenn du mit deiner kleinen Angewohnheit unsere Finanzen belastest; aber es ist etwas vollkommen anderes, wenn du sie über unsere Tochter stellst.«

Caroline schaute zu Maggie. Sie hatte Angst. »Wird man sie mir wegnehmen? Wenn man sie findet, wird das Jugendamt sie mir dann wegnehmen?«

»Das halte ich für sehr unwahrscheinlich«, antwortete Maggie. »Gibt es sonst noch etwas, was Sie uns nicht gesagt haben?«

Caroline richtete den Blick auf ihren Mann, fast, als wolle sie noch etwas sagen. Dann starrte sie auf ihre Füße und schüttelte den Kopf.

»Nein«, antwortete sie. »Nichts.«

17

KATHRYN

Es ist fast halb sieben, als ich vor dem dritten B&B halte. Wie sich herausgestellt hat, füllen sich die Betten schnell, wenn es eine landesweite Story gibt, und deshalb nehme ich in diesem Fall meinen Koffer gar nicht erst mit rein. So wenig Hoffnung habe ich inzwischen. Als ich die Tür öffne, klingelt es, und sofort steigt mir der Geruch von Räucherkerzen in die Nase – Salbei, glaube ich. Seltsame Statuen, einige aus Holz geschnitzt, andere aus Stein, schmücken jede Oberfläche, und goldgerahmte Bilder zeigen schwarzhaarige Frauen mit Dolchen und Männer, die von Schlangen umschlungen sind. In starkem Gegensatz zu diesen heidnischen Symbolen ist der Rest des Dekors einfach nur kitschiger, als ich je für möglich gehalten hätte. Netzvorhänge, Blumentapete, und die Lampenschirme haben tatsächlich Quasten. Ich könnte darauf wetten, dass die Bettwäsche genauso muffig riecht wie die im Haus meiner Großmutter. Habe ich eigentlich schon erwähnt, dass ich eine Großmutter habe? Nur eine – Patricks Eltern sind gestorben, als ich noch ein Baby war – Gott sei Dank, nehme ich an. So haben sie wenigstens nicht erleben müssen, wie ihr Sohn zum Mörder geworden ist. Die Mutter meiner Mutter wiederum lebt in einem Pflegeheim in Ruthin. Jordan besucht sie beinahe jeden Sonntag. Ich hingegen kann mich nicht daran erinnern, wann ich zum letzten Mal bei ihr gewesen bin, und als ich mich jetzt dem Empfang des B&B

nähere, nehme ich mir vor, sofort zu Nonna zu fahren, sobald ich Pentraeth wieder verlassen habe.

Die Frau am Empfang scheint Mitte fünfzig zu sein. Sie ist klein – knapp über eins fünfzig –, und ihr schulterlanges silbernes Haar ist zu einem geraden, glänzenden Bob geschnitten. Der Pony fällt ihr fast bis auf die Augen. Sie sieht wild aus, und sie bellt mich förmlich an, kaum dass ich die Theke erreiche. »Presse?«

»W… Wie bitte?«, stottere ich erschrocken. Man sollte glauben, jemand, der so viel florale Deko um sich hat, wäre ein wenig freundlicher.

»Sind Sie von der Presse?« Sie spuckt jedes Wort aus, als wäre es Gift, und starrt mich mit zusammengekniffenen Augen an.

»N… Nein.« Ich schüttele heftig den Kopf. »Ich bin hier, um bei der Suche zu helfen.«

Die Frau verschränkt die Arme vor der Brust. »Können Sie beweisen, dass Sie nicht von der Presse sind?«

»Können Sie das denn von sich?«

Ihre Augenbrauen gehen wieder auseinander; die Schultern senken sich, und ihr Zähnefletschen verwandelt sich in ein schelmisches Grinsen. »Okay. Das ist nur fair. Auch wenn es in meinem Fall eher unwahrscheinlich ist, dass ich nun schon seit Jahren als verdeckte Reporterin arbeite und das ausgerechnet hier. Ich nehme an, Sie suchen ein Zimmer?«

»Sie sind nicht ausgebucht? Überall sonst ist es rappelvoll.«

»Das liegt daran, dass alle anderen diese Reporter aufnehmen, die vor nichts zurückschrecken. Aber ich tu das nicht. Dass dieses kleine Mädchen vermisst wird, ist schon schlimm genug. Da muss nicht auch noch das ganze Land auf uns schauen und raten, wer der Täter war, wie in einem Agatha-Christie-Roman.«

Ich stelle mir Abigail Warners Eltern vor, wie sie aneinandergeschmiegt auf dem Sofa sitzen und auf Neuigkeiten bezüglich ihres kleinen Mädchens warten, während Reporter versuchen, durch die Fenster zu schauen. Ich schaudere.

»Es sind nicht alle Reporter so«, sage ich sowohl zu der Frau als auch zu mir selbst. »Die meisten wollen nur helfen.«

»Sie waren beim letzten Mal ja nicht hier«, bemerkt die Frau, und mir schlägt das Herz bis zum Hals. »Das war vor genau fünfundzwanzig Jahren, und sie lassen uns noch immer nicht in Ruhe. Ich bin übrigens Nora. Sie sind allein, nehme ich an?«

»Ja. Danke.«

Ich hole meine Sachen aus dem Wagen und ziehe den Koffer hinter mir her. Nora wartet mit einem Schlüssel auf mich. »Die Treppe ist schmal«, warnt sie und beäugt misstrauisch meinen dicken Koffer. »Wie lange wollen Sie denn bleiben?«

»Ich packe immer viel zu viel ein.« Ich verziehe das Gesicht. »Keine Sorge. Ich werde das Ding schon irgendwie nach oben schaffen. Danach sollte ich dann wohl los und mich den Suchtrupps anschließen. Wissen Sie, wo die Basis ist?«

»In der Memorial Hall«, antwortet Nora. »Von da koordiniert die Polizei die Suchmaßnahmen. Sie können jede Hilfe brauchen, die sie kriegen können. Seit ungefähr neun Stunden fehlt jetzt jede Spur von der Kleinen.« Sie schaut auf meine dünne Jeansjacke. »Allerdings würde ich mich an Ihrer Stelle wärmer anziehen. Nachts wird es verdammt kalt hier, auch wenn wir schon fast Sommer haben.«

»Es heißt, sie sei aus dem Garten verschwunden, hinten, nicht vorne. Glaubt die Polizei, dass sie entführt worden ist?«

Nora zögert. Ich bin eine Fremde, und so jemanden zieht man nicht ins Vertrauen. Allerdings wird sie wissen, wie die Stimmung in der Bevölkerung ist. Frauen wie sie wissen das immer. Sie will es mir aber nicht sagen – noch nicht. »Niemand weiß, was er denken soll. Wir hoffen einfach, dass man das Kind vor Einbruch der Dunkelheit findet.«

»Natürlich. Deshalb bin ich ja hier. Um zu helfen.«

Nora öffnet den Mund, beißt sich dann jedoch auf die Unterlippe und schließt ihn wieder. »Kenne ich Sie irgendwoher?«, fragte sie plötzlich. »Stammt Ihre Familie vielleicht von hier?«

»Ich lebe in Manchester«, antworte ich wahrheitsgemäß. »Womöglich haben Sie mich ja mal im Fernsehen gesehen, wenn ich als supergeheime Undercover-Journalistin die Nachrichten präsentiere.«

Nora kneift die Augen zusammen, doch dann versteht sie den Witz und lächelt. Nach ein paar Sekunden beugt sie sich zu mir und flüstert: »Folgendes ... Sie wissen es vielleicht nicht, da Sie ja *nicht von hier* sind und so, aber Abigail Warner und ihre Familie leben im alten Bowen-Haus. Sie hat im Wald dahinter gespielt, und genau da ist vor exakt fünfundzwanzig Jahren auch die arme kleine Elsie Button verschwunden.«

18

KATHRYN

Abigail Warner und ihre Familie leben im alten Bowen-Haus. Abigail Warner und ihre Familie leben im alten Bowen-Haus. Abigail Warner und ihre Familie leben im alten Bowen-Haus …

Die Worte gehen mir immer wieder durch den Kopf, während ich meine Wanderjacke zumache und mithilfe von Google Maps einen Weg zur Memorial Hall suche. *Das alte Bowen-Haus. Mein altes Haus.*

Die Art, wie Nora »nicht von hier« gesagt hat, ist mir irgendwie im Gedächtnis geblieben. Sie klang fast so, als würde sie mir nicht glauben. Ist es möglich, dass sie weiß, wer ich bin? *Sie ist nur eine verrückte, alte Lady*, ermahne ich mich selbst. *Nichts weiter als eine harmlose Irre, die dich verarscht hat. Solche Ladys bist du doch gewohnt. Schließlich lebst du schon lange genug neben Miriam.*

Der Gedanke an Miriam weckt die Sehnsucht nach Manchester in mir, nach meinem Heim, wo ich sicher bin und mir aussuchen kann, wann ich in alten Wunden herumstochere. Wieder hier zu sein, auf Anglesey, fühlt sich eher an, als hätte ich mir ein Messer in diese alten Wunden gerammt, und jetzt weiß ich nicht, wie tief es steckt.

Ich habe kaum die Straße verlassen, als ich auf den ersten Streifenwagen stoße. Er parkt quer vor der Straße und versperrt Autos die Zufahrt. Ein Mann und eine Frau lehnen an dem Wagen, beide uniformiert. Als ich vorbeigehe, ruft die Frau: »Entschuldigung! Wissen Sie von dem vermissten Mädchen? Darf ich Ihnen das hier geben?«

Ich bleibe stehen, und die Frau kommt mit ausgestreckter Hand auf mich zu und wedelt mit einem Blatt Papier. Ich nehme es. Die Worte VERMISST – ABIGAIL WARNER, 5 JAHRE sind in kühnen roten Großbuchstaben darauf gedruckt, und darunter ist ein Foto von der Kleinen abgebildet. Es ist ein anderes als das, was ich heute Morgen gesehen habe, nachdem Jordan mir davon erzählt hat. Auf diesem hier trägt Abigail ein Partykleid und hält einen goldenen Luftballon in Form einer Fünf in der Hand. Auf dem Foto kann man gut erkennen, wie winzig sie ist. Der Ballon ist fast so groß wie sie. Das konnte man auf dem anderen Bild nicht sehen. Das war eine Porträtaufnahme. Mir kommt der Gedanke, dass sie das vermutlich auch bei Elsie gemacht haben: Flugblätter mit ihrem kleinen Engelsgesicht, das in die Kamera grinst. Und das zu einer Zeit, da sie vermutlich längst tot gewesen ist, noch vor der groß angelegten Suchaktion. Auf einmal trifft es mich wie ein Schlag in die Magengrube, und ich frage mich, ob diese besorgt dreinblickende Beamtin insgeheim schon davon ausgeht, dass für Abigail jede Hilfe zu spät kommt.

»Tatsächlich wollte ich mich gerade den Suchtrupps anschließen«, sage ich. »Haben Sie bereits irgendwelche Informationen? Hat sie vielleicht jemand gesehen?«

Die Beamtin zögert lange genug, dass ich mir denke: *Ja, haben sie*, doch sie wollen noch nichts veröffentlichen. »Nein. Nichts«, sagt sie dann auch und wischt sich eine Haarsträhne aus den Augen. »Aber es wird bald dunkel, und das arme kleine Ding hat sicher furchtbare Angst. Danke, dass Sie bei der Suche helfen wollen. Die Memorial Hall liegt da hinten.« Sie deutet die Straße hinunter auf ein Gebäude gegenüber der Kirche. Dabei ist das gar nicht nötig. Wenn sie nicht plötzlich das Glastonbury-Festival auf ein kleines Feld in Pentraeth verlegt haben, dann ist vollkommen klar, von wo die Suchmaßnahmen koordiniert werden.

*

Menschen drängen sich in Zehnergruppen um Landkarten. Es sind mindestens fünfzehn dieser Gruppen hier, und ich sehe weitere auf den umliegenden Feldern. Auf dem Parkplatz drängen sich Übertragungswagen, und die Kameras sind im perfekten Winkel aufgebaut, um das Geschehen einzufangen. Polizeibeamte gehen zwischen den Suchtrupps herum und schicken alle paar Minuten welche los. Als ich mich dem Eingang nähere, begrüßt mich ein uniformierter Beamter mit ernster Miene. Er wirkt wie ein Türsteher vor einem Nachtclub. »Wollen Sie sich den Suchtrupps anschließen?«, fragt er.

Ich nicke und warte darauf, dass er mir sagt, wenn mein Name nicht auf der Liste steht, dann kann ich gleich wieder gehen.

»Kennen Sie sich in der Gegend aus, oder haben Sie schon Erfahrungen mit solchen Suchaktionen?« Er ist brüsk und sachlich, und er vermittelt mir das Gefühl, als wäre das ein Bewerbungsgespräch. Aufmerksam mustert er mich von Kopf bis Fuß. Meine brandneue Wanderjacke und die sauberen Stiefel verraten ihm, dass sie noch nie ein Feld gesehen haben. Ich denke, er kennt die Antwort bereits.

»Nein, ich bin nicht von hier«, antworte ich dann auch. »Und nein auch, was die Suchmaßnahmen betrifft. Bin ich trotzdem qualifiziert?«

Er lächelt nicht. »Wir mischen Leute ohne spezielles Wissen mit Einheimischen und vorzugsweise auch noch mit einem Team von Profis, vor allem, da es bald dunkel wird. Name?«

Bis jetzt war mir gar nicht der Gedanke gekommen, dass ich meinen Namen würde angeben müssen. Ich dachte, ich könnte einfach kommen und irgendwer würde mich auf ein Feld schicken. Mit dieser Art von Organisation habe ich nicht gerechnet. »Verity Austin«, gebe ich an, ohne zu zögern. Das ist Veritys Mädchenname. Ich hoffe nur, der Mann fragt nicht nach einem Ausweis. Er schreibt den Namen auf eine Liste und deutet zu einer Gruppe am anderen Ende des Parkplatzes.

»Schließen Sie sich der Gruppe da vorne an, Verity. Gleich kommt jemand, um Ihnen ein Suchgebiet zuzuteilen. Derjenige sagt Ihnen dann auch, was zu tun ist, wenn Sie was finden sollten. Alles verstanden? Und danke für Ihre Hilfe.« Die Worte kommen so monoton aus seinem Mund, als hätte er sie heute schon hundertmal gesagt … was vermutlich auch der Fall ist. Als ich mich zu den Leuten geselle, die zu meiner Gruppe gehören, springt ein übereifrig aussehender Constable von hinten heran und stellt sich an die Spitze des Teams.

»Okay, Leute. Danke, dass Sie alle gekommen sind und uns heute Abend bei der Suche nach Abby helfen. Sie wird nun seit neun Stunden vermisst. Sie können sich also vorstellen, dass sie große Angst haben wird. Wenn sie noch irgendwo auf der Insel ist, dann ist ihr kalt und sie hat Hunger. Ihre Priorität ist das, was wir ›Lebenserhaltung‹ nennen; aber wir suchen auch nach Hinweisen darauf, wo Abby heute gewesen sein könnte. Wenn Sie also irgendetwas entdecken, dann rühren Sie sich nicht vom Fleck. Ihr Teamleader wird das über das hier« – er wedelt mit seinem Funkgerät – »melden und einen Beamten rufen. Es ist von außerordentlicher Wichtigkeit, dass Sie nichts aufheben oder auch nur berühren. Haben Sie das verstanden?«

Die Gruppe nickt wie Wackeldackel. Der PC legt die Hand auf die Schulter eines wettergegerbten, rau aussehenden Mannes, und als dieser den Blick hebt und mich ansieht, da steigt mir das Blut in die Wangen. Ich weiß nicht woher, aber ich kenne diesen Mann.

»Das hier ist Aled«, sagt der PC. Offenbar kümmert es ihn nicht, dass mein Gesicht binnen Sekunden die Farbe von Knallrot zu Kreidebleich gewechselt hat. Ich habe das Gefühl, als müsse ich mich übergeben. »Er ist unser einheimischer Führer und Ihr Teamchef. Hören Sie auf alles, was er sagt. Wenn es irgendwo für eine Suche zu gefährlich ist, dann wird Aled das auf der Karte markieren, und einer meiner Kollegen wird dann mal ein Äuglein darauf werfen.«

Aled sieht aus, als würde er lieber seine eigenen Eingeweide fressen, als ein Gebiet als »zu gefährlich« zu markieren. Und mit Sicherheit wird er nicht PC Übereifrig anfunken, damit er mal ein »Äuglein« darauf wirft.

»Sehr schön«, sagt der Constable, als hätte Aled ihm geantwortet. »Jetzt dürfen Sie los. Viel Glück.«

Er hüpft wieder davon, und der Trupp dreht sich instinktiv zu Aled um. Nun bin ich schon nicht mehr so sicher, dass ich ihn kenne. Mit seinem wilden schwarzen Haar, dem verwitterten Gesicht und dem Stoppelbart entspricht er ganz und gar dem Klischee eines Walisers. Das Einzige, was fehlt, sind ein Ostfriesennerz und ein Haken in der Hand. Wortlos dreht er sich um und marschiert los. Wir anderen sehen uns verwirrt an.

Insgesamt sind wir neun, drei Frauen in den Vierzigern, die aussehen, als wollten sie nur mal raus aus dem Haus, vier Kerle Anfang fünfzig sowie Aled und ich.

»Aled, warten Sie!« Die Stimme kommt von hinter mir. Ich drehe mich um und sehe eine weitere Frau auf uns zulaufen. Sie scheint in meinem Alter zu sein. Aled zögert einen Moment, schaut zu der Frau und dreht sich wieder um. Die Frau bleibt neben mir stehen, beugt sich vor und stützt sich mit den Händen auf den Knien ab, um wieder zu Atem zu kommen. Sie hat leuchtend rote Strähnen in ihrem kurz geschnittenen schwarzen Haar und wischt sich den Schweiß von der Stirn. Dann hebt sie den Blick und rollt mit den Augen. »Der ist immer so«, erklärt sie und richtet sich wieder auf. »Kommen Sie. Er wird nicht auf uns warten.«

Ich verstehe das als Aufforderung, mich mit ihr zusammenzutun. Die Frau stammt offensichtlich von hier. Ihr starker walisischer Akzent und die Art, wie sie von Aled spricht, als wären sie alte Freunde, verraten das. Aber sie ist nicht für eine längere Wanderung gekleidet. Tatsächlich sieht sie eher aus, als hätte sie gerade erst im Park ein paar Cidre mit ihren Freundinnen getrunken und sei bloß durch Zufall in einem Suchtrupp gelandet. Sie ist stark geschminkt – dunkles Augen-Make-up und knallroter Lippenstift –, und sie trägt ein schwarzes T-Shirt mit einem großen Fragezeichen darauf, dazu eine Lederjacke und eine schwarze Kampfhose. Wenigstens ihre Doc Martens scheinen für einen längeren Marsch geeignet zu sein. »Wer ist der Kerl eigentlich?«, frage ich und laufe schneller, um nicht den Anschluss zu verlieren. Der Rest der Gruppe tut es uns nach und folgt Aled über das Feld. Er bleibt nicht ein einziges Mal stehen, um einen Blick auf die Karte zu werfen oder sich umzuschauen, und mir geht langsam die Puste aus, meiner neuen Freundin aber nicht.

»Das ist Aled Evans«, antwortet sie. »Er ist ein Farmer aus der Gegend hier. Er kennt Pentraeth wie seine Westentasche, eigentlich die ganze Insel. Nicht, dass das einen Unterschied machen würden.«

»Was soll das denn heißen?«

»Nun ja … Abigail ist nicht in diesen Feldern.« Sie deutet um uns herum. »Und sie wird auch von niemandem gefunden werden, der über die Äcker stapft und ihren Namen ruft. Sie ist doch entführt worden, oder?«

»Wie kommen Sie darauf?«, frage ich, obwohl ich genau das Gleiche denke. Fünfjährige Mädchen gehen nicht einfach so neun Stunden lang auf Wanderschaft, ohne dass sie jemand findet. Außerdem ist Pentraeth wirklich klein, weshalb es mich schon überrascht, dass es nach neun Stunden noch immer Areale gibt, dich nicht bereits zigmal abgesucht worden sind.

»Sie ist aus dem alten Bowen-Haus verschwunden. Wissen Sie, wo das ist?«

»Nein«, lüge ich, »ich bin nicht von hier. Was ist ein Bowen-Haus?«

»Patrick Bowen«, sagt die Frau und hebt die Augenbrauen. »Von dem haben Sie ja sicher schon mal gehört, oder? Vor fünfundzwanzig Jahren hat er dieses kleine Mädchen hier getötet. Heute genau auf den Tag! Was denken Sie? Das muss doch was damit zu tun haben.«

Glauben Sie mir, ich wünschte, ich könnte ihr darauf antworten. Aber die Frau wartet gar nicht darauf, sondern redet einfach weiter.

»Und dann ist sie auch noch aus genau demselben Haus verschwunden wie das Mädchen damals? Das ist einfach viel zu verrückt, um Zufall zu sein. Der Polizei ist es bis jetzt zwar gelungen, die Adresse vor der Presse geheim zu halten, aber das wird nicht mehr lange so bleiben, und dann kommen die Verschwörungstheorien.«

»Was für Verschwörungstheorien denn?«

Wir haben offenbar das zugewiesene Areal erreicht, denn Aled bleibt unvermittelt stehen und dreht sich zu uns um. Er wirkt ein wenig verwirrt, als er sieht, dass nur meine neue Freundin und ich direkt hinter ihm sind. Er wartet und schaut finster drein, während die anderen zu uns aufschließen. Als sie uns erreichen, seufzt er vernehmlich. »Das ist unser Suchgebiet«, erklärt er. »Sie sollten Ihre Handylampen einschalten. Hier wird es früh dunkel. Verteilen Sie sich auf einer Linie, schauen Sie stur auf den Boden, und wenn Sie etwas finden, dann schreien Sie laut.« Er sieht aus, als teile er die Meinung meiner Gefährtin, dass das alles bloß Zeitverschwendung ist. Trotzdem bilden wir gehorsam eine Linie hinter ihm und holen unsere Handys heraus.

»Was für Verschwörungstheorien denn?«, fragte ich noch einmal und versuche, so gelassen wie möglich zu klingen.

»Nun, da gibt es Leute, die glauben, das Haus sei verflucht und der alte Bowen sei irgendwann durchgedreht wie in *Shining*. Diese Leute halten vermutlich den Dad für den Täter. Dann sind da die ›Das ist alles nur Zufall‹-Leute. Drittens gibt es noch diejenigen, die an ein und denselben Täter glauben und damit auch an die Unschuld von Patrick Bowen.«

Ich schlucke die Galle herunter, die mir hochgekommen ist. *Die Unschuld von Patrick Bowen.* »Und zu welcher Gruppe gehören Sie?«, frage ich, den Blick fest auf den Boden gerichtet. Trotzdem sehe ich aus dem Augenwinkel, dass die Frau mich scharf anschaut.

»Also, verrückt bin ich nicht«, erklärt sie mit Nachdruck. »Deshalb gehöre ich schon mal nicht zu den Leuten, die glauben, das Haus würde seine Bewohner in Psychopathen verwandeln.«

»Natürlich nicht.«

»Es ist auch ziemlich unwahrscheinlich, dass der wahre Killer von vor fünfundzwanzig Jahren so lange gewartet hat, um ein zweites Mal zuzuschlagen. Ich meine, dann hätten sie doch sicher längst was, auch wenn Bowen damals tatsächlich zu Unrecht verurteilt worden ist. *Aaaber* … Das ist schon ein verdammt komischer Zufall. Dasselbe Haus, und das auch noch am gleichen Tag? Ich weiß nicht. An solche Zufälle glaube ich nicht.«

»Was ist mit einem Nachahmungstäter?«, hake ich nach. Dieser Gedanke kommt mir nicht zum ersten Mal. Ich habe bereits oft darüber nachgedacht, dass jemand beschließen könnte, Patricks Tat zu kopieren, und jetzt hat dieser Jemand den Jahrestag genutzt, um sich Abby zu schnappen. Selbst Kindesentführer haben doch sicher Vorbilder.

»Wahrscheinlich«, erwidert die Frau, in Wirklichkeit scheint sie allerdings nicht so recht daran zu glauben. »Aber selbst wenn es die simpelste aller Theorien ist … Können Sie sich allen Ernstes vorstellen, dass Bowen unschuldig ist? Dass er fünfundzwanzig Jahre lang für ein Verbrechen im Knast gesessen hat, das er nicht begangen hat?«

Tatsächlich kann ich das *nicht*. Mein gesamtes Leben ist durch das definiert worden, wer Patrick ist … oder genauer gesagt durch das, was er getan hat. Das ist der Grund, warum ich mich nie für Jobs beworben habe, die ich gerne haben wollte, warum ich die Schule geschwänzt und mich nie auf eine feste Beziehung eingelassen habe. Denn wer will schon mit der Tochter eines der bösartigsten Menschen in ganz Großbritannien zusammenleben? Wer will diese Last mit vor den Traualtar schleppen? Aus diesem Grund ist nun die Vorstellung auch schwerer für mich zu verdauen, dass Patrick unschuldig sein könnte, als die tatsächliche Situation.

Ich will gerade das Thema wechseln, als die Frau mich am Arm packt. Aufgeregt deutet sie ins Gras und ruft dann nach Aled.

»Stopp! Stopp, Aled! Ich habe was gefunden!«

19

KATHRYN

Ich kann nur auf das zerknüllte weiße Viereck starren, während um mich herum alle aufgeschreckt in Aktion treten. Aled brüllt in sein Funkgerät. Die anderen laufen zu uns, um zu sehen, was da ist, doch die junge Frau hält sie zurück, damit sie die Beweise nicht zertrampeln. Polizeibeamte mit Taschenlampen rennen auf uns zu, und wir werden zurückgedrängt. Einer von ihnen holt einen Plastikbeutel aus der Tasche und hebt das Taschentuch mit der Pinzette auf. Eine der Frauen neben mir schnappt hörbar nach Luft, als sie den Blutfleck darauf bemerkt.

»Scheiße«, keucht sie. »Glauben Sie, das könnte …?«

»Das könnte von Gott weiß wem stammen«, erwidere ich rasch, und das könnte auch tatsächlich so sein. Nicht alles hat etwas mit dem Verschwinden von Abigail Warner zu tun. Überall liegt Müll herum. Doch wenn man auf der Suche nach einem fünfjährigen Mädchen ein blutiges Taschentuch findet, dann ist das zumindest ein schlechtes Omen.

»Wer hat das entdeckt?« Der Polizeibeamte dreht sich zu uns um. Meine Gefährtin lächelt ihn verlegen an. Wenn es nicht schon so dunkel wäre, hätte er gesehen, dass sie rot geworden ist. »Alles okay, Beth?«

»Alles okay, Brody. Ich habe es gefunden. Glaubst du, es gehört ihr?«

»Keine Ahnung. Du hast es doch nicht angefasst, oder?«

Beth schnaubt verächtlich. »Soll das ein Scherz sein?«

»Tut mir leid.« Er schaut zu mir. »Wer ist deine Freundin?«

»Verity«, stelle ich mich vor und strecke die Hand aus. »Verity Austin. Ich bin hier, um bei der Suche zu helfen.« Wenn ihm auffällt, dass ich wie ein Roboter klinge, der nur einen vorbereiteten Text abspult, dann zeigt er es zumindest nicht. Ich muss unbedingt üben, nicht so auffällig zu klingen, wenn ich noch länger als fünf Minuten hierbleiben will.

»Na, dann Glückwunsch dazu.« Brody – ich weiß nicht, ob das sein Vor- oder Nachname ist – hält den Plastikbeutel in die Höhe. »Ich sollte das jetzt wohl besser zu meinen Chefs bringen. Alle haben eine Scheißangst, in dem Fall Mist zu bauen. Ich will das mit Sicherheit auch nicht. Hey, Aled!«, ruft er. »Wenn alle bitte vorsichtig auf demselben Weg wieder zurückgehen würden, den sie gekommen sind … Wir werden nun die Spurensicherung rufen. Wenn ihr weitersuchen wollt, dann geht zur Memorial Hall zurück und lasst euch ein neues Suchgebiet zuteilen.«

Aled schaut genervt drein. Er funkelt Beth und mich so böse an, als hätten wir das blutige Taschentuch dort platziert. Dann dreht er sich um und stürmt an uns vorbei. Der Rest der Truppe trottet ihm müde hinterher. Niemand will wieder zurückgelassen werden wie beim letzten Mal.

»Wollen Sie weitersuchen?«, fragt Beth mich, während wir der Gruppe über das Feld folgen.

Ich nicke. »Wegen zehn Minuten bin ich nicht so weit gefahren.«

»Wo kommen Sie eigentlich her?«

»Manchester.«

Beth stößt einen leisen Pfiff aus. »Das ist ein gutes Stück. Wie kommt's? Kennen Sie die Warners?«

»Nein«, antworte ich ein wenig zu schnell. Doch warum sonst sollte ich so weit gefahren sein? »Meine … Äh … Meine Schwester ist vor langer Zeit verschwunden. Als ich von Abigail gehört habe, da konnte ich nicht anders. Ich kann mich kaum daran erinnern, wie ich ins Auto gestiegen bin …« Ich zucke mit den Schultern. *Ich habe einen verdammten Oscar verdient.* »Aber jetzt bin ich hier.«

»Oh.« Beth hebt erstaunt die Augenbrauen. »Das mit Ihrer Schwester tut mir leid.«

»Danke. Leben Sie schon Ihr ganzes Leben hier?«

»Fast.«

»Waren Sie bereits hier, als das zum ersten Mal passiert ist? Mit dem anderen Mädchen?«

Beth nickt und schaut mich aus dem Augenwinkel heraus an. »Ich bin kurz davor hierhergezogen. Warum?«

»Es ist genau, wie Sie gesagt haben. Das ist irgendwie komisch. Es ist genau der Tag. Wenn das ein Nachahmungstäter ist, dann könnte er von Gott weiß wo kommen. Er könnte extra zum Jahrestag hierhergefahren sein.«

»Du meine Güte!«, ruft Beth. »Das wäre dann aber mal ein richtig kranker Typ.« Kurz schweigt sie, als wisse sie nicht so recht, was sie sagen sollte. Sie scheint wirklich nett zu sein, doch ich habe schon zu viel gesagt.

»Nun denn … Es war nett, Sie kennenzulernen«, sage ich dann auch und versuche, so höflich wie möglich wegzugehen.

»Warten Sie!«, ruft Beth, als wäre ihr gerade ein Gedanke gekommen. Als ich mich wieder umdrehe, sieht sie mich unentschlossen an.

Ich hebe die Augenbrauen. »Was ist?«

Beth schüttelt leicht den Kopf, als habe sie zwar einen Entschluss gefasst, ringe allerdings noch mit sich. Doch bevor ich mich wieder umdrehen kann, platzt sie heraus: »Wollen Sie einen trinken gehen? Es gibt da eine Kneipe, in der ich auch arbeite.«

Ich habe schon viele, sehr viele Male abgelehnt, »einen trinken zu gehen«. Kollegen haben Dutzende Male versucht, mich dazu zu überreden, und es ist mir immer recht leicht gelungen, mir eine Entschuldigung auszudenken. Manchmal habe ich auch einfach nur Nein gesagt. Das hat übrigens nichts mit meinem früheren Suchtproblem zu tun. Vor heute Morgen bin ich neun Jahre lang trocken geblieben, und in der ganzen Zeit war ich auch in Pubs und in der Nähe von Alkohol. Ich gehe mit niemandem einen trinken, weil das immer zu Gesprächen mit demjenigen führt. Man freundet sich an, und davor fürchte ich mich am meisten. Aber der heutige Abend fühlt sich anders an. Offen gestanden will ich nicht allein sein. Ein Mensch kann bloß ein gewisses Maß an Einsamkeit ertragen, und dieses Maß scheint nun für mich voll zu sein. Ich will Ja sagen. Ich will mit Beth zusammensitzen und plaudern, ganz so, wie es andere Leute immer tun, normale Leute. Also tue ich das auch.

20

KATHRYN

The Old Lion and Tap ist eine Dorfkneipe für Einheimische. Sie fühlt sich an wie die Pubs in diesen alten Filmen, in die die Hauptfigur geht, und alle drehen sich zu ihr um. Glücklicherweise bin ich in Begleitung von Beth, und als die Leute sie sehen, nicken sie ihr zur Begrüßung zu. Ein paar lächeln auch und winken, und der Barmann hat ihren Drink schon eingeschenkt, bevor sie den Tresen erreicht.

»Wer ist deine Freundin, Beth?«, fragt er und sieht mich noch nicht einmal an.

»Das kannst du sie auch selbst fragen, Dai«, sagt Beth und zwinkert. »Das ist Verity. Sie ist hier, um bei der Suche nach dem vermissten Kind zu helfen.«

»Furchtbare Sache.« Dai schüttelt den Kopf. »Den ganzen Abend haben wir bereits Suchtrupps hier.«

»Und? Hat irgendwer was gefunden?«, fragt Beth in beiläufigem Ton.

»Keine Spur.« Dai dreht sich endlich zu mir um. »Was möchten Sie trinken?«

»Pepsi Max bitte«, sagt Kathryn, die Vernünftige, ehe Beth etwas Stärkeres bestellen kann. Der Wodka heute Morgen – *Herrje, war das wirklich erst heute Morgen?* – liegt mir noch immer schwer im Magen. Mit unseren Getränken gehen wir zu einem freien Tisch in der Ecke, weit weg von den anderen Gästen. Nicht, dass wir uns sorgen müssten, irgendjemand könnte uns belauschen. Dem wenigen nach zu urteilen, was ich von den anderen Gesprächen hören kann, ist Abigail Warner und damit auch Patrick Bowen das einzige Thema hier. Da werden wir mit Sicherheit nicht auffallen, wenn wir über Kindesentführung reden.

»Wie lange wollen Sie bleiben?«, fragt Beth. »Doch sicher nicht, bis sie gefunden wird, oder? Das könnte ... Ich weiß nicht ...« Sie schaut verlegen drein, als hätte sie fast gesagt, das könne Wochen dauern oder vielleicht auch nie der Fall sein. In diesem frühen Stadium will es niemand laut aussprechen. Es ist wie ein Fluch. Auch die Polizei besteht nach wie vor darauf, dass sie nach einem Mädchen suchen und nicht nach einer Leiche.

»Darüber habe ich noch gar nicht nachgedacht«, gestehe ich. »Ich bin mehr oder weniger aus einer Laune heraus hierhergefahren. Ich habe kaum Kleidung dabei. Ich nehme an, ich bleibe ein paar Tage, bis sie keine Hilfe mehr brauchen. Sie werden doch nicht ewig suchen, oder?«

»Ich schätze, so eine Woche«, antwortet Beth und nippt an ihrem Drink. »Bis sie die Suche mit Freiwilligen einstellen. Der Fall wird dann natürlich nicht geschlossen. Das wird erst passieren, wenn sie sie gefunden haben. Aber nach einer Woche werden sie wissen, dass sie nicht länger nach einem kleinen Mädchen suchen, sondern nach einer Leiche, und die sollen keine Freiwilligen finden. Außerdem haben sie in solchen Fällen doch ohnehin nach wenigen Tagen einen Verdächtigen.«

»War das das letzte Mal so?«

»Ja«, sagt Beth und sieht mich neugierig an, als würde sie sich fragen, wie viel ich wirklich weiß. Ich muss vorsichtig sein. Ich nehme an, dass sie mich nicht als die dürre, jungenhafte Fünfjährige erkennt, die ich mal gewesen bin – die erkenne ich ja selbst nicht –, aber wer weiß …? Vielleicht ist ihr Gedächtnis ja besser als meins. Ich sehe mich im Pub um. Nichts hier kommt mir vertraut vor, kein Möbel und kein Gesicht. Es ist wirklich eine lange Zeit vergangen.

Ich ertappe Dai dabei, wie er mich beobachtet. Rasch schnappt er sich ein Tuch und tut so, als würde er die Theke abwischen.

Ich leide definitiv unter Verfolgungswahn, denke ich und schüttele innerlich den Kopf. *Wie immer.*

Sie müssen wissen, dass das bei mir nichts Neues ist. Während eine andere Frau – eine normale – denken würde, Dai, der Mitte dreißig ist und keinen Ehering trägt, würde sie einfach nur abchecken oder mal einen Blick in ihren Ausschnitt erhaschen wollen, funktioniert mein Gehirn anders. Wo auch immer ich bin, egal unter welchen Umständen, ich warte einzig auf die Worte: »Dein Dad hat doch dieses Mädchen umgebracht, oder?«

Und hier, an dem Ort, wo das alles passiert ist, hier, wo man mich jederzeit erkennen könnte … Hier ist dieses Gefühl von Paranoia allgegenwärtig. Der Schatten von Patrick Bowen folgt mir überallhin und durchdringt jeden Augenblick meines Lebens. So kommt es auch, dass ich fest davon überzeugt bin, Dai würde über mich reden, als er nach dem Telefon greift und sich umdreht, damit man seine Lippen nicht lesen kann.

»Vielleicht ist das damals alles viel zu schnell gegangen«, bemerkt Beth, und der Anflug von Paranoia aufgrund der Tat meines Vaters ist einfach so wieder weg. Mit einem Mal wird es heller im Pub, und Dai sieht aus, als würde er schlicht mit seiner Freundin telefonieren. Es ist wie im Horrorfilm, wenn das Bild kurz langsamer wird und die Augen der Menschen um die verirrte Anhalterin rot aufleuchten, und dann ist alles wieder normal. Die Dorfbewohner wirken nicht länger bedrohlich, und die einsame Anhalterin fragt sich, ob sie sich das alles bloß eingebildet hat. »Vielleicht haben sie ja nur nicht weitergesucht, weil das mit Bowen so leicht war. Vielleicht hat er ja gestanden, weil die Beweise sich häuften und er seiner Familie einen langwierigen Prozess ersparen wollte. Vielleicht ist die Polizei ja nur den Weg des geringsten Widerstandes gegangen.«

»Und deshalb haben sie einen Kindesentführer laufen lassen?« Das ist unvorstellbar für mich. Falls Patrick tatsächlich gestanden haben sollte, um uns die Verhöre zu ersparen, dann wäre der wahre Mörder von Elsie Button noch immer auf freiem Fuß und könnte auch Abigail Warner entführt haben. Und wenn das stimmt … Nun, dann hätte die Familie Bowen doch nicht Elsies Blut an den Händen. Aber wenn dieser vermeintlich wahre Täter Abigail tötet, dann sind auch wir mit daran schuld.

21

MAGGIE

Mithilfe der Freiwilligen war die Memorial Hall für die Pressekonferenz umgebaut worden. Caroline und John Warner hatten eingewilligt, vor die Kameras zu treten. Maggie wusste allerdings nicht so recht, wie sie John zum Schluss doch noch davon überzeugt hatte, dass da kein Psychologe auf sie lauerte, aber es könnte die Andeutung gewesen sein, dass es einen schlechteren Eindruck hinterlassen würde, wenn sie ihre Gesichter nicht in der Öffentlichkeit zeigen würden.

Ein langer Tisch stand am Ende des Saals – oder genauer gesagt drei Tische, die man zusammengestellt und über die man eine weiße Decke gelegt hatte. Das Ganze erinnerte an einen Hochzeitstisch. Nur dass die Gäste nicht an Tischen, sondern in Reihen sitzen und zu den Warners hinaufschauen würden. Die Techniker durften bereits rein, um ihr Equipment aufzubauen. Sie kämpften um den besten Posten und versuchten vorauszusagen, auf welcher Seite Mrs Warner sitzen würde. Es war stets die Mutter, von der die Leute hören wollten. Den Vater hingegen würde man mit Argusaugen beobachten und nach jedem noch so kleinen Hinweis darauf Ausschau halten, dass er ein düsteres Geheimnis hatte. Aber die Mutter … Die Mutter war diejenige, die litt, und die Leser, Zuhörer und Zuschauer weideten sich an Leid. So waren die Menschen nun einmal.

Maggie hatte verzweifelt gehofft, dass es nicht so weit

kommen würde, doch eine Fünfjährige verschwindet nicht einfach so den ganzen Tag lang, nicht aus eigenem Willen. Auch hatten sie inzwischen so viel Land abgesucht, dass kaum noch Hoffnung bestand, sie hätte sich tatsächlich nur verirrt oder wäre vielleicht verletzt und wartete auf Rettung. Eine mögliche Entführung wurde immer mehr zur Realität.

Die Warners warteten um die Ecke in Lesleys Wagen. Die Reporter würden sie erst zu sehen bekommen, wenn die PK begann. Außerdem wollte Maggie unbedingt vermeiden, dass John im letzten Moment noch kalte Füße bekam.

»Soll ich sie reinbringen?« Die Stimme hinter ihr erschreckte Maggie, und sie errötete verlegen, als sie sah, dass es sich lediglich um Scott Marshall handelte. *Verdammt noch mal, Maggie*, dachte sie, *du bist doch kein kleines Mädchen mehr!*

»Ja, bitte«, sagte sie. »Wie läuft eigentlich die Suche? Können Sie die Nacht über weitermachen?«

Scott nickte. »Das Wetter ist gut. Es gibt keine großen Hindernisse. Wenn die Einheimischen weitersuchen wollen, dann helfen wir ihnen gerne. Kommt aber jemand von außerhalb, werden wir ihm freundlich raten, sich erst einmal auszuruhen für den Fall, dass wir morgen weitersuchen müssen.«

Maggie nickte. »Ist sonst noch etwas als Beweis reingekommen?«

»Nichts.«

»Okay. Holen Sie die Geier rein, und setzen Sie sie auf ihre Plätze. Ich rufe Lesley an und sage ihr, dass sie die Warners bringen kann. Ich … Äh … Danke.«

Maggie verfluchte ihre Unfähigkeit, sich in Gegenwart eines attraktiven Mannes wie eine Erwachsene verhalten zu können. Rasch schlüpfte sie hinaus und holte das Handy aus der Tasche.

»Ma'am«, meldete sich Lesley.

»In fünf Minuten sitzen alle auf ihren Plätzen. Dann können wir anfangen. Alles okay bei Ihnen?«

»Ja, Ma'am.«

Tatsächlich waren die Pressevertreter so erpicht darauf, dass es endlich losging, dass sie in weniger als fünf Minuten saßen. Maggie hatte Namensschilder auf jeden Stuhl gelegt. Sie schienen willkürlich verteilt zu sein, doch natürlich hatte Maggie diejenigen nach vorne gesetzt, die ihr am wenigsten Ärger machen würden. Sie setzte sich an den Tisch, und Schweigen senkte sich über den Raum. Kameras klickten und blitzten. Maggie erinnerte sich noch gut daran, wie eingeschüchtert sie gewesen war, als sie das zum ersten Mal hatte machen müssen. Seitdem hatte sie sich jedes Mal vergegenwärtigt, wie härter das noch für die beiden Menschen sein musste, deren Tochter vermisst wurde. John Warner hatte recht. Die Leute würden ihn gnadenlos verurteilen, jede Träne oder den Mangel daran auseinandernehmen, jeden verbalen Ausrutscher … und Gott behüte, dass sie von Abigail in der Vergangenheitsform sprachen! All die Freizeitdetektive daheim vor ihren Fernsehern liebten das, denn damit war absolut klar, wer der Hauptverdächtige war.

»Okay.« Maggie sprach in ihr Mikrofon und schaute zum Tontechniker, der ihr den erhobenen Daumen zeigte. »Sie haben das alle schon oft gemacht, und Sie kennen die Regeln. Und falls doch jemand neu ist, dann sollte er sich schnell damit vertraut machen, denn die Warners sind auf dem Weg. Rufen Sie ihnen keine Fragen zu, wenn sie durch die Tür kommen. Lassen Sie sie ihren Appell machen, und dann können Sie Ihre Fragen stellen. Welche dieser Fragen beantwortet werden, das entscheide im Augenblick ich. Und formulieren Sie Ihre Fragen gar nicht erst um, wenn Sie keine

Antwort bekommen.« Ihr Handy summte. Lesley hatte geschrieben. »Schalten Sie die Kameras ein. Wie es aussieht, sind wir bereit.«

Die Kameraleute, die an den Rändern des Saals positioniert waren, drehten ihre Kameras zur Tür, und ein Dutzend winzige rote Lichter leuchtete auf. Die Warners kamen herein. Lesley half Caroline. Sie sieht angemessen verzweifelt aus, dachte Maggie, verzweifelt und voller Angst. Mr Warner hingegen wirkte ein wenig streitsüchtig, und Maggie fragte sich, was ihm wohl gerade durch den Kopf ging. Da schien nicht mehr viel zu stimmen zwischen den beiden. Mr Warner stützte seine Frau nicht. Er ging fast einen Schritt vor ihr und hielt direkt auf das Podium zu. Maggie stand auf, um sie durchzulassen, und lächelte Caroline freundlich zu. Caroline nickte nur.

»Meine Damen und Herren«, begann Maggie mit lauter, befehlsgewohnter Stimme. Sie war gut. Sie hatte schon eine ganze Reihe von Pressekonferenzen abgehalten, und sie wusste, dass die Kameras sie liebten. Sie sah Scott Marshall, der sie von ganz hinten im Saal aus beobachtete. »Wie Sie wissen, sind wir heute hier, um Sie um Informationen zu einem fünfjährigen Mädchen zu bitten, das heute Morgen aus einem Garten in Pentraeth verschwunden ist. Der Name des Mädchens ist Abigail Warner. Abigail ist eins zehn groß und ungefähr achtzehn Kilo schwer. Sie hat schulterlange blonde Locken und blaue Augen. Abby trug zuletzt ein T-Shirt mit einem Aufdruck von *My Little Pony* sowie eine blaue Jeans. Mrs Warner?«

Sie waren übereingekommen, dass Caroline das Reden übernehmen sollte. Kurz fragte Maggie sich, ob Caroline das wohl schaffen würde, doch dann hob Caroline den Kopf und sprach klar und deutlich.

»Abigail ist ein wunderbares kleines Mädchen, voller Liebe«, las sie von einem Blatt Papier. »Sie nicht bei mir zu haben ist, als hätte ich einen Arm verloren oder ein Bein. Das Atmen fällt mir schwer, denn ich weiß, wo auch immer sie sein mag, sie hat Angst und vermisst ihre Mummy.«

Maggie fiel auf, dass Caroline »ich« und »Mummy« sagte und nicht »wir« und »Mummy und Daddy«.

»Bitte, bitte, bitte. Wenn Sie wissen, wo Abigail ist, dann bringen Sie sie bitte wieder zurück. Sie ist erst fünf, und sie muss wieder nach Hause, denn da gehört sie hin.«

Caroline schaute zu Maggie, die daraufhin nickte und sich wieder an die Journalisten wandte. »Fragen? Ja. Sie, bitte.« Sie deutete auf Jim Taylor und tat so, als würde sie ihn nicht kennen. Sie mochte es nicht, irgendjemanden zu bevorzugen, aber es war nie schlecht, die einheimischen Journalisten auf seiner Seite zu haben. Schließlich war nicht jede Nachricht von nationalem Interesse.

»Jeremy Taylor, *Local Echo*. Haben Sie schon irgendwelche Spuren in diesem Fall?«

Maggie rutschte auf ihrem Stuhl herum und beugte sich zum Mikrofon. »Wir versuchen, den Besitzer eines Fahrzeugs ausfindig zu machen, das heute Morgen in Sidney Betts Close gesehen wurde. Gegenwartig will ich zwar noch keine genaueren Angaben zu dem Fahrzeug machen, aber ich bitte jeden, der heute Morgen in Sidney Betts Close war, eindringlich, sich zu melden und uns zu berichten, was er oder sie gesehen hat. Alles kann hilfreich sein. Bitte, entscheiden Sie nicht selbst, was hilfreich ist. Melden Sie sich einfach, und überlassen Sie das uns.«

»Was ist mit dem blutdurchtränkten Taschentuch, das heute in einem Feld gefunden worden ist?«

Maggie hob die Augenbrauen. Jim drohte, den Bogen zu

überspannen. »Ja, heute hat man einen Gegenstand auf einem Feld gefunden, der etwas mit dem Fall zu tun haben könnte oder auch nicht. Allerdings war er mit Sicherheit nicht ›blutdurchtränkt‹. Trotzdem haben wir ihn vorsichtshalber ins Labor geschickt. Nächste Frage. Ja … Sie, bitte …«

»Glauben Sie, die Erklärung für Abigails Verschwinden ist hier vor Ort zu finden? Könnte vielleicht jemand dafür verantwortlich sein, den Sie kennen?«

Maggie atmete tief durch, um dem Mann die Standardantwort zu geben, dass sie in alle Richtungen ermitteln würden, doch Mr Warner kam ihr zuvor.

»Wir hoffen einfach nur, sollte jemand etwas gegen mich und meine Frau haben, dann soll er das bitte nicht an einem fünfjährigen Kind auslassen.«

Für einen Raum voller Journalisten war seine Antwort wie ein Zündfunke in einem Pulverfass. Kameras klickten, Stifte rasten in Rekordgeschwindigkeit über Notizblöcke, und Folgefragen flogen den drei am Tisch um die Ohren. John Warner hatte die Schleusen geöffnet.

»Wissen Sie, wer Abigail hat?«

»Wer, glauben Sie, hat etwas gegen Sie?«

»Was sagen Sie demjenigen, der sie hat?«

Caroline schaute zu Maggie. Die Verzweiflung stand ihr ins Gesicht geschrieben. Maggie hob die Hand und wartete, bis sich der Tumult wieder gelegt hatte. Danach begann Caroline erneut zu sprechen.

»Wir wissen nicht, wer unsere Tochter hat, aber irgendjemand hat sie. Wenn jemand weiß, wo sie ist, dann bitte, bitte, melden Sie sich. Ich sterbe ohne sie.«

Maggie schickte sich an aufzustehen zum Zeichen, dass die Pressekonferenz beendet war; doch bevor sie die Warners aus dem Saal führen konnte, fragte jemand von hinten:

»Haben Sie schon mit Patrick Bowen gesprochen? Glauben Sie, das hat irgendwas mit Elsie zu tun?«

Maggie räusperte sich und straffte die Schultern. »Es gibt keinen Grund dafür, mit Patrick Bowen zu sprechen. Er sitzt jetzt seit fünfundzwanzig Jahren hinter Gittern und verbüßt eine lebenslange Haftstrafe. Was auch immer mit Abigail passiert ist, es steht in keinerlei Zusammenhang zu den Ereignissen von 1994.«

Sie winkte Lesley, den Warners hinauszuhelfen. Unzählige Fragen über Nachahmungstäter und Komplizen folgten ihnen, Fragen, von denen Maggie gehofft hatte, dass sie es morgen nicht in die Zeitungen schaffen würden.

22

KATHRYN

Die Straße, die noch vor einer Stunde voller Fahrzeuge gewesen ist, ist nun fast völlig leer. Offenbar haben sie umgehend sämtliche Journalisten auf Anglesey in der Memorial Hall zur Pressekonferenz versammelt, auf der Abigail Warners Eltern einen dramatischen Appell an ihre Entführer stellen wollen. Ich hingegen will lieber irgendwo sein, nur nicht dort. Trauer und Verzweiflung werden die Luft dort so sehr erfüllen, dass man kaum noch atmen kann. Beth hat mir angeboten, mich zum B&B zurückzubringen. Inzwischen duzen wir uns sogar. Wir haben heute aber auch schon viel erlebt. Sie stupst mich an.

»Da drüben«, sagt sie. »Da hat Abigail gewohnt. Auf der anderen Seite der Bäume.«

Das kommt so plötzlich, dass ich kurz drohe, den Halt zu verlieren. Beth weiß es nicht, doch wir starren auf den Wald hinter meinem alten Haus. Auf den Wald, in dem Elsie verschwunden ist.

Wir stehen am Rand der Bäume – das Wort »Wald« ist ein wenig zu dramatisch dafür, aber die Bäume stehen zumindest dicht genug, sodass man das Haus dahinter kaum sehen kann, lediglich den Giebel und einen Schornstein. Doch wenn man fünf ist, dann scheint dieser Wald sich bis ans Ende der Welt zu erstrecken. Ich nehme an, heutzutage würde man meine Eltern als unverantwortlich bezeichnen, weil sie uns dort haben spielen lassen, doch das war in den Neunzigern. Alle auf der Insel haben sich beim Vornamen gerufen, und das Einzige, was einem Kind passieren konnte, waren ein aufgeschlagenes Knie oder ein verdrehter Knöchel … bis zu Patrick, heißt das.

»Glaubst du, die Polizei ist dort?«, flüstere ich.

»Neee.« Beth schüttelt den Kopf. »Die werden hier schon tausendmal gesucht haben. Da gibt es nichts mehr zu finden. Vor dem Haus könnte allerdings noch jemand sein, um die Warners vor den Reportern zu schützen.«

Ich starre in die Dunkelheit, und da höre ich es. Irgendjemand, ein Kind, ruft meinen Namen. Ich erstarre. Das muss der Wind sein … aber da ist es wieder. Ein Licht, ein helles Lachen und mein Name.

»Da ist jemand drin«, sage ich, und ohne zu zögern, gehe ich in den Wald. Die Bäume flüstern meinen Namen nicht, und sie sind mir genauso wenig vertraut wie die in jedem anderen Wald auch. Es ist kühl, und während ich zwischen den Bäumen hindurchgehe, wird es immer dunkler, bis ich schließlich eine Lichtung erreiche. Dort fällt wieder ein wenig Licht durch die Wipfel. Ich höre Beth meinen Namen rufen. Sie folgt mir.

Laub und Zweige bedecken den Boden. Links liegt ein großer Felsbrocken, der sich perfekt als Sitzgelegenheit eignet. Er hat sogar eine kleine Mulde in der Mitte, als hätten winzige Hintern sie über Jahrzehnte hinweg in ihn hineingedrückt. Der Anblick ist wie ein Schlag in die Magengrube. Plötzlich schrumpft alles auf diesen einen Felsen zusammen … und auf das kleine blonde Mädchen, das dort sitzt.

»Da ist niemand«, sagt Beth und schaut sich um. »Die haben hier alles bis auf den letzten Meter durchkämmt. Wir sollten nicht hier sein. Hörst du mir eigentlich zu?«, fragt sie, als ihr klar wird, dass ich mich nicht rühre. Das kleine Mädchen auf dem Fels legt den Kopf auf die Seite, als wolle es sagen: *Hey, Kitty Kat, alles okay?*

»Hmmm …«, flüstere ich und starre weiter auf den Fels. Ich kann nicht anders. Dabei weiß ich natürlich, dass sie nicht da ist. Sie ist noch nicht einmal für mich wirklich da. Ich meine, ich weiß, dass ich nur ein Bild in meinem Kopf sehe und keinen Geist oder eine Vision, aber eine Sekunde lang hätte ich fast ihren Namen gerufen. Eine Sekunde lang ist die fünfjährige Elsie Button realer als Beth neben mir.

Als ich näher an den Fels herangehe, verblasst das Bild von Elsie, und als ich schließlich nahe genug heran bin, um es zu berühren, verschwindet es ganz. Ich streiche mit der Hand über den kalten Stein und setze mich. Mein Hintern passt nicht länger in die Mulde, und es ist unbequem.

»Viel näher«, sagt Beth. Offensichtlich hat sie irgendetwas gesagt, ich weiß nur nicht was.

»Wie bitte?«

Sie deutet über meine Schulter, und ich drehe mich um. Ich bin völlig fasziniert davon gewesen, einen Ort zu finden, den ich wiedererkenne, und habe so gar nicht bemerkt, dass man durch eine Lücke zwischen den Bäumen ein Haus sehen kann. *Das* Haus … *Mein* Haus … Der klapperige, alte Zaun ist repariert worden – Mum würde das freuen –, aber die weiß getünchten Wände sind noch immer so wie früher.

»Ich glaube nicht, dass wir viel näher herangehen sollten«, wiederholt Beth. »Wenn man diese Lichtung verlässt, dann landet man direkt im Garten. Dort hat Abigail heute Morgen gespielt. Das ist derselbe Ort, an dem Elsie und ihre Freundin gespielt haben, als Elsie entführt worden ist. Wir sollten weg hier.«

Ein Ruf kommt vom Haus, die Stimme eines Mannes. Ich

springe auf und stolpere, doch Beth scheint nichts gehört zu haben. Ich will sie gerade danach fragen, aber dann wird mir bewusst, dass der Ruf irgendwie seltsam geklungen hat. Es war, als hätte ich mich selbst unter Wasser gehört. Der Mann ruft meinen Namen, doch es ist nicht mein Name, nicht Kathryn Starling, sondern Katy, Katy Bowen. Es kommt vom Haus. Daran besteht kein Zweifel, und mir schlägt das Herz bis zum Hals. Ich habe Angst, aber nicht hier und jetzt, sondern irgendwo in meinen Erinnerungen. Tief in mir gerät Katy Bowen in Panik. Nicht weil ein Mann vom Haus ruft, auch wenn das nicht die Stimme meines Dads ist, sondern weil da etwas hinter mir ist. Jemand ist hinter mir? Er ist in der entgegengesetzten Richtung zu der Stimme. Ich kann ihn hören. Ich kann Elsies ersticktes Stöhnen hören, als hätte sie eine Hand vorm Mund. Meine Knie geben nach, und ich falle zu Boden. *Da war ein Monster im Wald, Katy*, höre ich eine Stimme sagen, Elsies Stimme. *Da war ein Monster im Wald, erinnerst du dich?*

»Mein Monster«, murmele ich, und vage bemerke ich Beth an meiner Seite. Sie ruft einen Namen. Verity. Ist Verity hier? Warum sollte diese Frau, die ich gerade erst kennengelernt habe, den Namen meiner Schwägerin rufen? Dann erkenne ich, dass es mein Name ist, den sie ruft. Hier bin ich Verity.

»Alles okay«, sage ich und setze mich auf. Ich komme mir dumm vor. Beth sieht mich entsetzt an, als hätte ich gerade einen Nervenzusammenbruch gehabt.

»Ist das wegen deiner Schwester? Bist du okay?«

»Ehrlich, es geht mir gut.« Ich lasse mir von ihr auf die Beine helfen. »Ich habe einfach zu wenig gegessen, und jetzt ist mir schwindelig. Außerdem ist es hier dunkel und unheimlich.«

»Natürlich.« Beth nickt und führt mich von der Lichtung. Inzwischen ist es wieder still. Die Rufe sind verstummt. Kaum habe ich den Fels und das Haus hinter mir gelassen, da fühle ich mich schon besser.

»Ich muss nur ins B&B zurück und etwas essen. Wenn ich morgen wieder aufwache, ist Abigail hoffentlich wieder daheim.«

»Das hoffen wir alle«, sagt Beth, und obwohl sie meine Erklärung zu akzeptieren scheint, schaut sie mich neugierig an. Ich muss vorsichtig sein, wenn ich nicht will, dass die ganze Insel weiß, dass ich hier bin, denn allmählich glaube ich, das wäre in der Tat gefährlich.

23

KATHRYN

»Danke, dass du mich zurückgebracht hast.« Die Verlegenheit ist mir noch immer anzuhören, und Beth lächelt und zuckt mit den Schultern. Sie hat darauf bestanden, mich zum B&B zu begleiten, nachdem mir im Wald die Knie weich geworden sind, aber der Weg zurück war reichlich unangenehm. *Genau deshalb freundest du dich nie mit jemandem an*, erinnert mich eine grausame Stimme in meinem Kopf. *Früher oder später musst du sie alle anlügen.* »Mir geht's gut. Ehrlich. Tut mir leid wegen vorhin. Ich weiß nicht, was über mich gekommen ist.«

»Ist das wegen deiner Schwester?«, hakt Beth nach. Wir stehen vor dem B&B, und ich schwöre, ich habe gerade gesehen, wie die Vorhänge sich leicht teilen. Ich bin müde, und ich weiß noch nicht einmal mehr, warum ich überhaupt hierhergekommen bin. Vermutlich wollte ich mich einfach nur selbst geißeln. Das ist die einzige vernünftige Erklärung. Habe ich allen Ernstes gehofft zu beweisen, dass Patrick Elsie *nicht* ermordet hat? Aber wer sollte sonst der Täter sein? Und wenn ich es wüsste, wäre es dann tatsächlich vorbei?

»Vielleicht«, antworte ich unverbindlich. »Wahrscheinlich hätte ich nicht herkommen sollen. Es heißt ja nicht umsonst, dass man die Vergangenheit ruhen lassen soll.«

»Oh, ich weiß nicht«, erwidert Beth. »Vielleicht musst du dich der Vergangenheit ja auch stellen, wenn sie keine Macht mehr über dich haben soll.«

In verlegenem Schweigen stehen wir uns gegenüber. Dann brechen wir beide in lautes Lachen aus.

»Das macht vierzig Pfund pro Therapiesitzung«, witzelt Beth.

Fast hätte ich gesagt, damit sei sie zumindest billiger als meine aktuelle Therapeutin, doch im letzten Augenblick halte ich mich zurück. Stattdessen lächele ich einfach nur und entgegne: »Schick mir eine Rechnung.«

»Wirst du morgen wieder an der Suche teilnehmen?«, fragt Beth. »Ich muss bis zwölf Uhr arbeiten, aber danach können wir uns treffen, wenn du willst.«

Das klingt gefährlich danach, dass ich *mir eine Freundin mache*, und Anglesey ist der letzte Ort auf dieser Welt, wo ich eine Freundin haben will. Doch zum ersten Mal seit Jahren will ich auch nicht mehr allein sein.

»Ich schau einfach mal, wie ich mich morgen fühle«, antworte ich, denn ich will mich noch nicht festlegen. Das fühlt sich mehr wie ein Date an als ein Freundschaftsangebot. Ich bin wirklich scheiße, wenn es um Freundschaften geht.

Beth nickt. »Natürlich. Cool. Nun denn … Ich sehe dich dann, wenn ich dich sehe, und wenn nicht …« Sie lässt den Satz unvollendet. Wow, das ist wirklich unangenehm. Wenn Freundschaften zu schmieden immer so ist, dann ist es kein Wunder, dass ich mich nicht darauf einlasse.

»Danke, dass du mir heute Abend Gesellschaft geleistet hast«, sage ich. »Ich sollte jetzt besser reingehen. Ich weiß nicht, wann meine Wirtin Zapfenstreich hat.«

»Ha!« Beth grinst. »Nora ist schon in Ordnung, auch wenn sie recht seltsam rüberkommt. Sie ist ein guter Mensch. Pass auf dich auf.«

Beth dreht sich um und geht, und als ich das B&B betrete, fallen die Vorhänge wieder zurück.

24

KATHRYN

Ich lege die Kissen auf dem Bett zusammen, mache es mir bequem und rufe meinen Bruder an. Er nimmt nach dem ersten Klingeln ab, als hätte er das Telefon schon in der Hand gehabt.

»Kat«, sagt er. Er klingt ein wenig außer Atem. »Alles okay bei dir? Wo bist du?«

»Die Frage ist wohl eher, wo bist *du?*«, erwidere ich. Es klingt, als wäre er draußen oder im Auto mit Freisprechanlage.

»Auf der Arbeit gibt es einen technischen Notfall«, antwortet er. »Bist du auf Anglesey, oder hast du deine Meinung doch noch geändert?«

»Nein«, sage ich, »ich bin auf Anglesey. Ich bin so um sechs hier angekommen und habe mich gleich der Suche nach Abigail angeschlossen. Ich bin gerade erst heimgekommen. Wie geht es Mum?«

»Ihr Zustand ist stabil. Keine Änderung. Haben sie schon was zu dem Mädchen gefunden? Wo wohnst du? Hast du bereits jemanden gesehen, den du kennst?« Seine Stimme klingt panisch, und ich habe ein schlechtes Gewissen, weil ich ihm solche Sorgen bereite … wieder einmal. Es wäre wirklich nett, wenn ich mich zur Abwechslung mal um ihn sorgen könnte.

»Wir haben ein Taschentuch gefunden, auf dem offenbar

Blut ist«, erzähle ich ihm. »Aber es könnte natürlich auch von jemandem stammen, der schlicht Nasenbluten hatte. Die Polizei hat es mitgenommen. Ich wohne in einem B&B, The Swimming Unicorn. Das war die einzige Unterkunft, die ich finden konnte. Es wimmelt hier nur so von Journalisten. Hier ist so viel los wie zur Hochsaison. Und wie könnte ich jemanden sehen, der mir bekannt vorkommt? Ich kenne hier doch niemanden. Ich erinnere mich an rein gar nichts von hier.« Ich beschließe, ihm nicht zu erzählen, dass ich Elsie Button im Wald hinter unserem Haus gesehen habe. Ich nehme an, das ist auch nicht die Art von »sehen«, die er gemeint hat.

»Nun, das ist ja auch alles sehr lange her, und du warst noch sehr jung. Da habe ich auch nicht erwartet, dass du dich erinnerst.« Er klingt erleichtert. Ich weiß, wie sehr mein Bruder sich um mich sorgt. Das hat er schon immer getan. Seit Patrick … Seit Patrick getan hat, was er getan hat, war Jordan mein Beschützer. Und ich habe so häufig gegen ihn rebelliert, wie man normalerweise nur gegen einen Vater rebellieren würde. »Dann kommst du also nach Hause?«

Ich widerstehe dem Drang, mit dem alten Klischee zu antworten: *Aber ich bin zu Hause.* »Ich weiß nicht«, sage ich stattdessen. »Vielleicht morgen. Vermutlich war es ein Fehler herzukommen. Ich weiß nicht, was ich mir dabei gedacht habe. Vielleicht, dass ich einen geheimen Hinweis darauf finden würde, wer Elsie wirklich ermordet hat, wenn ich nur ein paar Nachforschungen anstelle. Einen Hinweis, mit dem ich Patrick aus dem Gefängnis holen kann.« Ich täusche ein Lachen vor, doch Jordan durchschaut mich sofort.

»Das ist kein Witz«, sagt er in angespanntem Ton. »Es ist da gefährlich für dich. Deshalb sind wir ja geflohen. Es ist für unsere ganze Familie gefährlich. Ich denke, du solltest jetzt so schnell wie möglich wieder nach Hause kommen, am besten gleich morgen früh.«

»Ja. Okay. Vielleicht hast du recht.« Das Problem ist nur, dass ich nicht wirklich weiß, zu was genau ich eigentlich heimkehre. Mein Leben in Manchester ist nicht echt. Ich existiere einfach. Mein ganzes Leben dreht sich um eine einzige Tat vor fünfundzwanzig Jahren, um eine Tat, die ich noch nicht einmal selbst begangen habe.

»Erinnerst du dich an jemanden mit Namen Beth?«, frage ich. »Ungefähr genauso alt wie ich?«

Eine Minute lang schweigt Jordan und denkt nach. »Nicht, dass ich wüsste«, antwortet er schließlich. »Das war zumindest keine deiner Freundinnen. Es gab da diese Scarlett Jones, erinnerst du dich? Tommys Schwester. Sie ist manchmal zu uns gekommen.« Tommy war Jordans bester Freund auf der Insel. Als ich versuche, ihn mir vorzustellen, sehe ich eine rote Baseballkappe mit dem Logo von New York und zerzaustes braunes Haar, mehr aber nicht. »Und du hattest auch eine Freundin in der Schule. Clare. Abgesehen davon gab es nur dich und Elsie.«

Nur dich und Elsie. Ich und mein Schatten. Zuckersüß. Elsie.

Ehe ich etwas darauf erwidern kann, klopft es laut an meiner Tür.

»Herrgott noch mal! Mir rutscht gleich das Herz in die Hose. Warte mal kurz, Jordan. Da ist jemand an der Tür.«

»Stell fest, wer das ist, bevor du aufmachst. Oder noch besser, mach gar nicht erst auf. Tu so, als würdest du schlafen.«

Und wieder übertreibt er es.

Ich stehe auf und lege die Hand an die Tür. »Hallo?«, rufe ich. »Wer ist da?«

Nichts. Nur Schweigen. Meine Hand liegt auf der Klinke, bereit zu öffnen, egal, was mein Bruder sagt. Dann klopft es erneut. Diesmal schlägt jemand mit etwas Schwerem dagegen. Das Holz bebt. Ich schreie und springe zurück. Das Telefon fällt mir aus der Hand und auf den Teppich. Das Herz schlägt mir bis zum Hals. Was soll ich tun? Dämlich rufe ich erneut: »Wer ist da?«

Ich höre einen leisen Schrei, doch er kommt nicht von draußen. Er kommt aus dem Handy, das auf dem Boden liegt. Ich greife danach und höre Jordan schreien: »Leg auf, Kat! Ruf die Polizei!«

»Und was soll ich ihnen sagen?«, schreie ich zurück. Die Panik ist mir deutlich anzuhören. »Dass jemand an meine Tür klopft?« Und demjenigen, der da hämmert, brülle ich zu: »Ich rufe jetzt die Polizei!«

Warum kommt sonst niemand? Warum kommt niemand aus seinem Zimmer und verlangt zu wissen, was der Aufstand soll?

»Bleib, wo du bist«, sagt Jordan. Er überlegt. Er kann nicht zu mir kommen und mir helfen, und er weiß, wie lächerlich es wäre, die Polizei von Nordwales anzurufen und zu melden, dass da jemand an meine Tür klopft.

So plötzlich, wie es begonnen hat, hört das Hämmern auch wieder auf. Ich gehe zur Tür und lausche. Ich höre Stimmen und Schritte, dann ... Stille.

»Sie sind weg.«

»Bist du sicher?«

Ich lege die Kette vor und öffne die Tür einen Spalt. Im Fernsehen habe ich zwar schon gesehen, wie leicht man diese Ketten durchbrechen kann, aber ich will kein Risiko eingehen. Der Gang ist leer.

»Ja. Da ist niemand.«

»Komm sofort nach Hause«, drängt Jordan. »Du musst nicht bis morgen früh warten. Spring einfach ins Auto, und fahr los. Dann wachst du morgen in deinem eigenen Bett auf, als wäre nichts geschehen. Sobald es Mum wieder gut genug geht, fahren wir in Urlaub, einfach mal weg von allem. Dann finden wir schon …«

Er hält inne. Was wollte er sagen? Dann finden wir schon eine Lösung? Eine Lösung wofür? Ich kann nicht einfach mit einem Zauberstab wedeln, und mein Leben ordnet sich von selbst. Es gibt keinen Ratgeber dafür, den ich lesen, keinen Podcast, den ich hören, und keine Serie, die ich sehen kann. Das hier ist alles, was ich habe.

»Ich bin müde«, seufze ich. »Ich kann nun nicht mehr fahren. Ich will einfach bloß schlafen. Vermutlich war das nur ein Betrunkener, der sich in der Tür geirrt hat. Wenn der- oder diejenige mir etwas hätte tun wollen, dann hätte er oder sie sie einfach aufgebrochen. Morgen fahre ich heim.«

Jordan zögert. »Na, schön. Pack aber schon jetzt, und ruf mich an, sobald du losgefahren bist.«

»Das werde ich«, verspreche ich ihm. »Oh … Bevor du auflegst …«

»Ja?«

Ich zögere, das anzusprechen, doch ich kann nicht anders. »Habe ich je von einem Monster im Wald hinter unserem Haus gesprochen?«

Jordan lacht. »Oh ja, das hast du. Ständig. Du hast es Boggly genannt und gesagt, es würde im Wald leben.«

»Und trotzdem sind wir dort spielen gegangen?«

»Ja. Du hattest keine Angst vor ihm. Boggly war dein Freund.«

»Was? Und Mum und Patrick haben das nie komisch gefunden? Dass wir einen Freund hatten, der im Wald wohnt?«

»Da hat niemand im Wald gewohnt, Kat. Das war ja noch nicht einmal ein richtiger ›Wald‹. Ich denke, Mum und Dad hätten gemerkt, wenn da ein großes, haariges Monster gelebt hätte, das ständig mit dem Kopf wackelt. Das war nur deine und Elsies Version eines imaginären Freundes.«

Ich denke an die Gefühle zurück, die ich an diesem Abend gehabt habe, an meine kleinen Beine, die immer mehr schmerzten, während ich um mein Leben gerannt bin. Jordan mochte ja geglaubt haben, das Monster sei eingebildet, doch für uns war es sehr real. Ich hatte furchtbare Angst vor etwas in diesem Wald, und heute ist diese Angst zurückgekehrt.

25

KATHRYN

Als ich am nächsten Morgen die Augen öffne, brauche ich ein paar Minuten, bis ich mich daran erinnere, wo ich bin. Auf dem pflaumenblauen Stuhl neben meinem Bett steht die gepackte Reisetasche. Ich bin auf Anglesey, und heute Morgen muss ich mit eingezogenem Schwanz nach Hause fahren und mir eingestehen, dass Jordan recht hatte. Das war eine dumme Idee. Aus einer Gewohnheit heraus greife ich zum Handy auf dem Nachttisch, bevor meine Augen sich weit genug geöffnet haben, um zu erkennen, dass es bereits hell ist. Dann scrolle ich durch die Benachrichtigungen. Jemand, den ich abonniert habe, hat ein neues Youtube-Video eingestellt, und die Außentemperatur beträgt dreiundzwanzig Grad. Ich habe eine neue Nachricht von Miriam. Kurz und süß wie immer schreibt sie: ?????

Social-Media-Benachrichtigungen habe ich jedoch keine, denn ich habe weder Facebook noch Instagram oder was auch immer gerade cool ist. Dank meiner ungesunden Beziehung zum Internet habe ich vor Jahren all meine Accounts gelöscht. Ich bereue diese Entscheidung nur, wenn ich wieder einmal eine Information schneller brauche, als die normalen Nachrichtenkanäle sie verbreiten. Wann auch immer etwas in Echtzeit geschieht, hat Tracy auf Facebook garantiert mehr Informationen als die Polizei vor Ort, und im Gegensatz zu dieser hat sie auch kein Problem damit, sie zu teilen. Es gibt jedoch noch einen anderen Ort im Internet, auf den ich mich verlassen kann. Ich bin zwar nicht mehr so häufig dort, dass man mich als Stammgast bezeichnen könnte, aber ich logge mich häufig genug ein, sodass man meinen Usernamen kennt und ich ein gewisses Standing habe. Ich öffne meinen Internetbrowser und logge mich bei ArmchairPoirot ein.

Wie erwartet gibt es bereits ein Board für Abigail Warner. Ein schneller Blick auf die Header verrät mir, dass a) Abigail noch nicht gefunden ist und es keine echten Spuren gibt, und b) die Armchair-Detektive debattieren leidenschaftlich darüber, ob Abigails Verschwinden am Jahrestag von Elsies Entführung etwas zu bedeuten hat. Da ich diese Jungs kenne, habe ich das erwartet, und wie erwartet, stimmen sie auch darin überein, dass das nichts zu bedeuten hat. Sie können sich nur nicht darauf einigen, was »das« ist.

M4RPL31970
Ich glaube, dass es sich definitiv um einen Nachahmungstäter handelt. Wenn Bowen nicht der ursprüngliche Mörder war, warum hätte der echte dann fünfundzwanzig Jahre lang warten sollen?

UNT1LDawn25
Würde das reichen, um den Fall Bowen noch einmal aufzurollen? Vielleicht hat er das Ganze ja arrangiert, um zu beweisen, dass er es bereits beim ersten Mal nicht gewesen ist.

ReDrUmReDrUm1981
Ich habe den Dad schon immer verdächtigt. Sie haben Bowen zu einem Geständnis gezwungen, und jetzt ist

Rowley Button wieder zurückgekehrt und hat erneut zugeschlagen. Die Polizei hat das Blut dieses kleinen Mädchens an den Händen.

Mustangsally590332
Sie haben Elsies Leiche nie gefunden. Ich habe ja schon immer gesagt, dass sie an Menschenhändler verkauft worden ist. Und das Datum soll ein Zufall sein?

Es gibt auch einen Thread mit dem Titel NEUE INFORMATIONEN. Dort schreibe ich:

QueenAggie67845
Ich bin faul, ich weiß, aber gibt es was Neues?

Newbies auf der Seite würden mit so einem Scheiß nicht durchkommen. Die anderen Armchair-Detektive verteilen keine Informationen an Leute, die zu faul sind, um die Nachrichten zu schauen oder die Threads zu lesen, und sie hassen Außenseiter, die nur Gerüchte verbreiten wollen. Sie betrachten sich als seriöse Ermittler. Das ist einer der Vorteile, wenn man sich im Chatroom einen Namen gemacht hat. Im Laufe der Jahre habe ich genug eingestellt, um dann und wann auch aufs Kollektiv zurückgreifen zu dürfen.

Shakespeareisafraud
NICHTS. NADA. NIENTE. Aus der Gerüchteküche vor Ort kommt kein Wort.

Das ist ungewöhnlich. Shakes hat seine oder ihre Finger in den Gerüchteküchen im ganzen Land. Leute wie er haben es sich zur Lebensaufgabe gemacht, Informationen bereits wenige Stunden nach Beginn der Ermittlungen zu bekommen, und für gewöhnlich gelingt ihnen das auch. Er (ich habe nie herausgefunden, ob Shakes Männlein oder Weiblein ist, aber ich tippe auf einen Mann) hat mehrere Facebook-Accounts und ein riesiges Portfolio an Accounts in den unterschiedlichsten lokalen Foren. Dort kommt er häufig an Informationen, die in den Mainstream-Medien nicht verfügbar sind.

QueenAggie67845
Unmöglich. Eine kleine Stadt auf einer Insel. Da muss doch jemand etwas wissen.

Shakespeareisafraud
Falls ja, dann reden sie zumindest nicht. Tatsächlich ist das Schweigen ziemlich verdächtig. An solchen Orten reden die Leute normalerweise unaufhörlich, wenn etwas Großes passiert. In der Pressekonferenz gestern Abend hieß es bloß: Bitte, bringen Sie unser kleines Mädchen heim, blablabla. Die Eltern sahen noch nicht einmal verdächtig aus.

Ich schließe die Seite und seufze. Es ist fast neun Uhr. Frühstück gibt es bis zehn. Also kann ich noch essen, bevor ich fahre; aber jetzt muss ich erst mal unter die Dusche.

Ich will gerade aus dem Bett, als ich etwas sehe, das mich vor Angst erstarren lässt. Ich schreie nicht. Die Gefahr ist nicht unmittelbar. Trotzdem wird mir speiübel. Ich falle wieder aufs Bett. Ich kann einfach nicht glauben, was ich da sehe. Es gehört nicht hierher, ist so obszön. Auf der Innenseite meiner Zimmertür steht eingeritzt in Großbuchstaben:

HAU AB!

Die Holzspäne liegen noch auf dem Teppich hinter der Tür. Irgendjemand war mit einem Messer in meinem Zimmer und hat das ins Holz geschnitten, während ich nur wenige Meter entfernt geschlafen habe. Und wichtiger noch: Irgendjemand weiß, dass Kathryn Bowen wieder auf der Insel ist, und das gefällt ihm ganz und gar nicht.

26

MAGGIE

Maggie rieb sich mit der Hand übers Gesicht und blinzelte schnell, um den Schlaf aus ihren Augen zu vertreiben. Sie war wieder aufs Revier gekommen, um ein weiteres Briefing zu leiten. Dabei wäre sie lieber in der Memorial Hall geblieben, der Basis der Suchmaßnahmen. Das vermisste sie am meisten von ihrer Zeit, als sie noch nicht so einen hohen Rang bekleidet hatte: das Gefühl, wirklich vor Ort an einem Fall zu arbeiten. Maggie wusste, dass die meisten Constables die Lauferei, das Klopfen an jeder Tür und das Befragen von Passanten als Strafarbeit betrachteten, aber sie hatte damals stets das Gefühl gehabt, mehr zu bewirken als jetzt. Jetzt saß sie nur noch am Schreibtisch und ging immer wieder die Fakten durch, wovon es in diesem Fall auch noch herzlich wenig gab. Die Suche gestern Abend hatte ihnen lediglich ein Taschentuch eingebracht, das vielleicht gar nichts mit dem Fall zu tun hatte. Wahrscheinlich war es einfach bloß einem Hundehalter aus der Tasche gefallen, als er den Kotbeutel herausgeholt hatte, doch man wusste ja nie.

Maggie legte die Stirn an den kühlen Badezimmerspiegel, schloss kurz die Augen und kämpfte darum, nicht einzuschlafen. Sie hatte sich eine Stunde in einer Abstellkammer der Memorial Hall hingelegt, die sie sicherheitshalber abgeschlossen hatte, damit DS Bailey sie nicht erwischte und nach Hause schickte. Auch Bailey fiel positiv durch seinen Einsatz auf. Nur widerwillig war er um vier Uhr morgens für einen Powernap nach Hause gegangen und um sich anschließend umzuziehen. Sie hatten echt Glück, dass es fast Sommer war. Wetter und Licht waren ihnen gewogen. Eine Suche im Regen und bei eisiger Kälte hätte bloß noch mehr an den Kräften der Frauen und Männer gezehrt.

Maggie zuckte unwillkürlich zusammen, als ihr Handy in der Tasche summte. Scheiße, sie war doch tatsächlich eingenickt, und das im Stehen. Sie richtete sich wieder auf und versuchte zu ignorieren, wie beschissen ihr Spiegelbild aussah.

»Bailey, was gibt's?«

»Tut mir leid, Sie zu stören, Ma'am. Ich komme gerade aus Barbaras Café, wo ich mir einen Kaffee geholt habe, und ich habe mich gefragt, ob Sie vielleicht etwas zu essen wollen. Ich nehme an, Sie haben heute Morgen noch nichts zu sich genommen.«

Das war mehr eine Bemerkung als eine Frage. Maggie lächelte trotz ihrer Erschöpfung. Sie wusste, dass DS Bailey sie nicht mochte. Tatsächlich mochten sie die meisten aus ihrem Team nicht, aber sie wusste auch, dass Bailey ihr mit diesem Angebot nicht in den Arsch kriechen wollte. Gegen halb drei Uhr nachts hatte sie sogar so etwas wie widerwilligen Respekt in seinen Augen gesehen, als sie auf den Feldern den Platz eines übermüdeten Freiwilligen übernommen und ihn nach Hause geschickt hatte. Maggie wusste, dass viele DIs ihre Position als Entschuldigung nutzten, sich in ihren Büros zu verkriechen und »die Verantwortung zu tragen«, aber in Fällen wie diesen gehörte jeder Polizist auf die Straße. Den ganzen Tag über hatte sie sich mit Budgetfragen und den Medien herumgeschlagen, und um zwei hatte es dann nur einen Platz für sie gegeben: bei ihrem Team.

»Danke, Bailey. Ich nehme einen extrastarken Kaffee

und eine Tüte Chips, Cheese & Onion«, sagte sie. Um ihn nicht zu enttäuschen, fügte sie noch hinzu: »Und ich will Sie pünktlich zum Briefing sehen.«

*

Das Team, das Maggie gegenübersaß, sah vollkommen anders aus als die Gruppe von Leuten, die sie am Tag zuvor zurückgelassen hatte. Enthusiasmus, Hoffnung und Energie waren Müdigkeit und Verzweiflung gewichen. Maggie wusste, was sie dachten: Die entscheidenden vierundzwanzig Stunden waren vorbei, und sie hatten rein gar nichts. Mit jeder Minute wurde es unwahrscheinlicher, dass sie Abby noch lebend finden würden. Maggie ließ ihren Blick durch den Raum schweifen und suchte nach Rob, wie sie es immer tat, wenn die Arbeit sie zusammenführte. Er stand bei anderen Beamten am Rand des Raumes. Es gab nicht genug Stühle für alle. Rasch schaute er auf seine Notizen, als er ihren Blick bemerkte.

»Guten Morgen alle zusammen«, sagte Maggie und bemerkte einen niedergeschlagenen Unterton in ihrer Stimme, der gestern noch nicht da gewesen war. Stunden über Stunden und Hunderte von Menschen, und doch hatten sie nicht eine einzige Spur von der Fünfjährigen gefunden. »Ich weiß, wie hart das für Sie alle ist. Einige von Ihnen waren bis spät in die Nacht hier; andere sind schon am frühen Morgen gekommen. Die Familie Warner ist jedem Einzelnen von Ihnen außerordentlich dankbar und ich auch. Ja, wir wissen alle, dass uns die Zeit davonläuft. Trotzdem möchte ich, dass Sie sich in der Öffentlichkeit voller Hoffnung zeigen, vor allem der Presse gegenüber. Wenn Sie mal fünf Minuten Pause brauchen, dann gehen Sie in den Hinterhof, wo Sie niemand sehen kann. Erwarten Sie nicht einen normalen Arbeitstag, und ich weiß, dass viele von Ihnen Familie haben. Bitte, reden Sie mit mir, wenn der Stress zu viel wird. Das ist jetzt offiziell die größte Suchaktion, die Wales je gesehen hat. Die Hubschrauber werden bereits betankt, und die Freiwilligen strömen in Massen zur Memorial Hall. Einige haben sogar die Nacht hier verbracht. Im Gegensatz zu vorherigen Suchaktionen haben wir dieses Mal allerdings nicht einen einzigen Verdächtigen.« Sie atmete tief durch. »PC Stagg, würden Sie bitte berichten, was Sie zu dem Fahrzeug herausgefunden haben?«

Mel, das Mädchen, das Maggie gestern Nachmittag auf die Überwachungskameras angesetzt hatte, lief rot an. Maggie nahm an, dass sie es nicht gewohnt war, vor so einer großen Gruppe zu sprechen. Inzwischen hatte man das Kernteam um weitere zwanzig Beamte aufgestockt, und das hieß, dass hier nun vierzig Polizeibeamte von unterschiedlichen Rängen versammelt waren.

»Äh … Ja … Natürlich.« Mel räusperte sich und starrte auf einen Punkt über den Köpfen der Anwesenden. *Viel Glück, Mädel.* »Die Überwachungskameras an der Wäscherei haben nur ein Fahrzeug aufgenommen, das in die Straße gefahren ist und wieder hinaus. Der Wagen ist auf diesen Fotos zu sehen.« Sie reichte die Ausdrucke von ein paar Schwarz-Weiß-Standbildern herum. »Er passt zu dem Fahrzeug, das Mrs Warner beschrieben hat. Mittlerweile konnten wir bestätigen, dass der Wagen Dr. Will Roberts gehört. Ted ist zu ihm gefahren, und Doc Roberts hat erklärt, dass er gestern in der Tat in Sidney Betts Close gewesen ist. Er wollte einen Hausbesuch bei einem Patienten machen, doch als er in die Straße eingebogen ist, hat er einen Anruf von seiner Sprechstundenhilfe bekommen. Die Arzthelferin hat ihm gesagt, dass er in der Praxis gebraucht werde. Sofort. Also ist er wieder gefahren.«

Maggie fiel auf, dass Mel, ein einfacher PC, von DS Rollins mit Vornamen redete. War es möglich, dass Teds Frau keine Verwendung mehr für seinen Schwanz hatte? Egal. Das ging Maggie nichts an, solange eine solche Affäre nicht mit ihrem Job kollidierte. Außerdem war da auch ihre eigene Affäre mit DS Murray. Verstohlen schaute sie wieder zu Rob, während sie daran dachte, wie sie ihn gestern Morgen zurückgelassen hatte.

»Danke«, seufzte Maggie. Und damit hatte sich auch diese Spur erledigt. »Fragen Sie noch einmal in der Praxis nach, wenn Sie die Gelegenheit dazu haben; aber ich gehe davon aus, dass sich das bestätigt. Wer hat an Mr Warner gearbeitet?«

»Ich warte auf einen Rückruf des Bahnhofsleiters der National Rail«, meldete sich eine Stimme, die Maggie nicht kannte. Die Überprüfung des Alibis war offenbar nach unten weitergereicht worden. »Als ich gestern angerufen habe, hatte er keinen Dienst. Er sollte aber bald wieder da sein.«

»Okay. Danke. Gibt es etwas Neues zu dem Armband?«

»Das ist Massenware. Claire's verkauft das im ganzen Land und online. Es wird gerade zusammen mit der Fünf-Pfund-Note auf Fingerabdrücke überprüft.«

Maggie seufzte erneut. Noch eine Sackgasse. John Warner hatte geleugnet, etwas von dem Armband oder dem Geld zu wissen, und tatsächlich könnte das Schmuckstück von Gott weiß woher stammen wie auch der Schein, von einem Verwandten oder von einer Freundin. Sie konnten nur hoffen, dass die Kriminaltechniker etwas Nützliches finden würden.

»Was ist mit dem, was Warner gestern bei der Pressekonferenz gesagt hat, Boss? Über jemanden, der etwas gegen sie hat?«

»Genau das habe ich ihn nach der Pressekonferenz gefragt«, antwortete Maggie. »Er hat gesagt, was anderes sei ihm nicht eingefallen. Gegen Abby habe schlicht niemand was, also müsse das gegen ihn oder Caroline gerichtet sein. Ich bin nicht sicher, ob ich ihm glaube, aber im Augenblick wäre es unklug, ihm vorzuwerfen, Informationen zurückzuhalten. Wir überprüfen sie doch, oder? Warum sind die Warners weggezogen? Warum haben sie ihre Jobs gewechselt?«

Jemand hob die Hand, und Maggie nickte. »Wir sollten uns auch mal ihre Finanzen ansehen«, sagte der Beamte. »Sie spielt, und es klingt, als hätte sie ein Problem damit. Schulden Sie vielleicht jemandem Geld und können es nicht zurückzahlen? Soll die Entführung eine Warnung sein?« Im hinteren Teil des Raums öffnete sich eine Tür und schloss sich wieder, doch Maggie sah nicht, wer da reingekommen oder gegangen war.

»Okay. Sehr gut. Machen Sie weiter so. Den halben Morgen habe ich Meetings mit denen da oben. Sie wollen wissen, was wir unternehmen. Dabei müssten sie sich einfach bloß umsehen, aber egal. Ich weiß Ihre Arbeit sehr zu schätzen. Wenn irgendwas reinkommt, können Sie mich jederzeit stören. Mal sehen … Vielleicht spendiere ich Ihnen sogar ein Schinkensandwich, wenn Sie mich aus einem dieser Meetings holen.«

»Ma'am?« Die Tür öffnete sich, und der Beamte, der sich um Warners Alibi kümmerte, wedelte mit dem Handy. »Das war Warners Chef. Er war gestern nicht auf der Arbeit.«

27

KATHRYN

Nora steht hinter dem Empfang und schaut mich überrascht an, als ich näher komme.

»Alles okay, Liebes? Sie sehen ein wenig mitgenommen aus.«

»Ich muss Ihnen etwas in meinem Zimmer zeigen.«

»Was ist denn? Wenn es um die Heizung geht …«

»Es geht nicht um die Heizung«, unterbreche ich sie ungeduldig. »Würden Sie einfach mitkommen? Bitte?«

Nora muss sehen, wie verzweifelt ich dreinschaue, denn sie legt ihren Stift beiseite – wenn auch widerwillig – und folgt mir auf mein Zimmer. Ich gehe schnell, aber sie kommt gut mit.

Als ich mein Zimmer erreiche, schließe ich auf und winke sie rein. Nora steht am Bett und schaut mich erwartungsvoll an, die Hand in der Hüfte. Mit einer Geste fordere ich sie auf, sich umzudrehen.

Als Nora die Worte im Holz sieht, wird sie kreidebleich. Sie tritt zur Tür und streicht mit den Fingerspitzen über die Kerben, zuerst ganz vorsichtig, als hätte sie Angst, sich zu verbrennen.

»W… Wann ist das passiert?«, fragt sie mit leiser Stimme.

»Irgendwann heute Nacht. Jemand ist hier eingedrungen und hat das gemacht, während ich im Bett geschlafen habe. Wer könnte das gewesen sein? Wer kann überhaupt in die Zimmer?«

Nora schüttelt den Kopf. »Außer mir nur mein Mann ... Aber Sie verdächtigen doch nicht uns, oder?«

»Natürlich nicht«, antworte ich rasch. Ich will Nora nicht beleidigen, und ich glaube auch nicht, dass sie ihr eigenes Zimmer entstellen würde, bloß um mich zu verjagen. Wenn sie mich nicht hier haben will, dann hätte sie auch einfach sagen können, sie sei ausgebucht. »Ich bin einfach nur erschrocken. Das ist alles. Sollen wir die Polizei rufen?«

Nora sieht genauso verängstigt aus wie ich, als ich die Botschaft gefunden habe. Sie schüttelt den Kopf. »Nein. Ich glaube, Sie sollten lieber gehen.«

Ich blinzele dümmlich. »Wie bitte?«

»Ich glaube, Sie sollten lieber gehen. Ich glaube, Sie sollten die Insel verlassen, aber ich kann Sie natürlich nicht dazu zwingen. Allerdings kann ich mir nicht vorstellen, dass Sie irgendwo anders eine Unterkunft finden werden. Es ist besser, wenn Sie verschwinden.«

»Moment mal ... Geben Sie mir etwa die Schuld daran? Wieso das denn? Jemand bricht in mein Zimmer ein, während ich schlafe. Das ist nicht meine ...«

»Sie brauchen auch nicht zu bezahlen«, fällt Nora mir ins Wort. »Ich wünsche Ihnen eine gute Fahrt nach Manchester.«

Bevor ich auch nur darüber nachdenken kann, was ich darauf erwidern soll, verlässt Nora den Raum, und ich starre ihr perplex hinterher.

Meine Hände zittern leicht – mehr, weil ich so abrupt aus dem Zimmer geworfen worden bin als aufgrund der Tatsache, dass jemand im Schlaf über mir gestanden hat, jemand, der mir offensichtlich nichts Gutes will und der ein scharfes Instrument in der Hand gehabt hat. Ich werfe meinen Pyjama von letzter Nacht (zum Glück habe ich einen getragen) und den Wäschebeutel in den Koffer, schaue mich noch einmal um, ob ich auch nichts vergessen habe, und schleppe mein Zeug dann nach unten. Nora ist nirgends zu sehen. Offenbar bekomme ich das Frühstück nicht mehr, das sie mir versprochen hat.

Ich weiß nicht warum, aber ich zittere am ganzen Leib ob der Demütigung, die ich gerade erfahren habe. Wie kann sie es wagen, mich so zu behandeln? Ich stelle mir vor, was für einen Aufstand ein normaler Mensch machen würde, nicht die Tochter eines Mörders, die jeder Konfrontation aus dem Weg geht, um keine Aufmerksamkeit zu erregen. Wenn ich ein normales Leben führen würde, hätte sie mich niemals auf die Straße gesetzt und mir eine »gute Fahrt nach Manchester« gewünscht. Unter normalen Umständen würde so etwas nie passieren, und man fragt sich noch nicht einmal warum.

Apropos warum … Ich meine, ich weiß, dass die Botschaft an mich direkt gerichtet war, aber was macht es schon für einen Unterschied, ob ich hier bin oder nicht? Es hat vor all den Jahren niemandem wehgetan, und die Mehrheit der Menschen auf der Straße weiß auch nicht, wer ich bin. Offensichtlich hat irgendjemand mich schneller erkannt, als ich erwartet habe, aber ich habe genauso ein Recht, hier zu sein, wie jeder andere Freiwillige auch, der auf der Suche nach Abigail helfen will. Und wenigstens wissen wir, dass mein Dad diesmal nicht der Täter ist.

Ich verstaue meinen Koffer im Fußraum und besorge mir erst einmal etwas zu essen, ehe ich entscheide, was ich als Nächstes tun soll. Mein Magen ist so sehr an mein »Lass niemals ein Frühstück aus«-Versprechen gewöhnt, und er knurrt wie blöd. Ich erinnere mich daran, auf der Fahrt hierher ein Café gesehen zu haben, und es dauert auch nicht lange, bis ich es gefunden habe. Es geht dort geschäftiger zu als in der Hochsaison. Menschen in Suchausrüstung drängen sich vor der Theke. Einige von ihnen sind offensichtlich erschöpft, andere frisch und voller Hoffnung. Die Nachtschicht holt sich schnell noch was, bevor sie ins Bett geht, und die Tagschicht tankt vor der Arbeit noch einmal auf. So etwas habe ich noch nie gesehen.

»Machen Sie hier Urlaub oder helfen Sie bei der Suche?«, fragt die Frau hinter der Theke. Sie hat ein freundliches Gesicht und spricht ohne jeden Akzent. Sofort bin ich erleichtert, weil sie keine Waliserin ist. Vermutlich war sie noch nicht hier, als meine Familie hier gewohnt hat.

»Letzteres«, antworte ich.

Die Frau verzieht das Gesicht. »Furchtbar, nicht wahr?«, sagt sie. »Das arme Ding ist inzwischen mit Sicherheit halb erfroren und verhungert. Jetzt wollen sie unter den Bootsplanen suchen. Das habe ich dir doch schon erzählt, Dom, oder?«

»Die Polizei sagt das bereits den ganzen Morgen.« Dom, ein Bär von einem Mann mit einer dichten grauen Mähne und weißem Bart, rollt übertrieben mit den Augen. »Sie sollten dir die Suchleitung übertragen, Barb. Du weißt ja eh immer alles besser.«

Barb wirkt nicht im Mindesten beleidigt. »Nun, ich hoffe einfach nur, dass sie sie bald finden. Das arme Kindchen braucht seine Mum und etwas Warmes zu essen. Was kann ich Ihnen bringen?«

»Bohnen auf Toast, bitte«, bestelle ich.

»Was zu trinken?«

»Kaffee. Schwarz.«

»Macht drei fünfzig. Der Tisch da drüben ist in einer Minute frei. Die Kids teilen sich seit einer halben Stunde eine Cola Light, und im Augenblick kann ich keinen Platz entbehren. Warten Sie kurz. Ich verjage sie schnell.«

Barb setzt sich in Bewegung, um die Teenager zu vertreiben, aber die lachen nur. Barb grinst und droht jedem von ihnen mit Namen, und ein paar Minuten später ist der Tisch frei. Barb winkt mir, mich rasch zu setzen. Heute habe ich wohl keine Wahl, doch wenigstens kann ich von hier aus die Tür beobachten. Was letzte Nacht passiert ist und Noras Reaktion heute Morgen haben meine Paranoia auf ein ganz neues Level gehoben. Aber wissen Sie, was komisch ist? All das hat mich nicht dazu gebracht, gehen zu wollen, im Gegenteil. Jetzt will ich erst recht herausfinden, wer mich so sehr vertreiben will, dass er sogar das Risiko eingeht, in mein Zimmer einzubrechen.

»Danke.« Lächelnd stellt Barb den Kaffee vor mir ab und überlässt mich meinen Gedanken. Unzählige davon rauschen durch meinen Kopf, und keiner von ihnen ergibt einen Sinn. Wie kann Abigails Verschwinden etwas mit einem Mann zu tun haben, der seit fünfundzwanzig Jahren im Gefängnis sitzt? Aber andererseits: Kann es wirklich Zufall sein, dass zwei Mädchen, die sich schier unglaublich ähnlich sehen und auch noch gleich alt sind, an genau demselben Ort und zu genau dem gleichen Datum verschwinden? Die Antwort darauf kann nur Nein lauten. Entweder ist ein Nachahmungstäter für Abigails Entführung verantwortlich oder aber mein Dad hatte nichts mit Elsies Tod zu tun.

Ich beobachte noch immer die Tür und bin hin- und hergerissen, ob ich meine Gedanken aufschreiben oder lieber keine Aufmerksamkeit erregen soll, als plötzlich die Türglocke klingelt und Beth den Laden betritt. Sie sieht mich und winkt.

»Na? Ein Penny für deine Gedanken.«

Die Ironie ihrer Worte lässt mich lächeln. Viele Journalisten haben mir schon weit mehr als einen Penny für meine Gedanken zu Elsies Ermordung geboten.

»Ich dachte, du müsstest heute Vormittag arbeiten.« Ich winke ihr, sich zu mir zu gesellen, was sie auch sofort tut, ohne etwas an der Theke zu bestellen.

»Dai hat mir den Morgen freigegeben, damit ich bei der Suche helfen kann. Ehrlich gesagt glaube ich, dass er selbst schlicht keinen Bock hat mitzusuchen, aber er will auch, dass wir uns zeigen. Du weißt schon ... Schließlich schaut die ganze Insel zu. Ich bin übrigens im B&B gewesen, um nachzusehen, ob du dich zum Bleiben entschieden hast, aber Nora hat gesagt, du wärst nach Hause gefahren. Hast du deine Meinung wieder geändert?«

Beth sieht hoffnungsvoll aus. Ich frage mich, ob sie sich auch ein wenig einsam fühlt, oder vielleicht ist sie ja einfach nur in dem Alter, in dem einem klar wird, dass man die Insel nie verlassen wird. Eigentlich weiß ich rein gar nichts über sie.

»Ich wollte was frühstücken«, sage ich unverbindlich. Ich habe Jordan versprochen, heute Nachmittag wieder daheim zu sein, und wenn er wüsste, was im B&B passiert ist, dann würde er vermutlich herfahren und mich persönlich nach Hause eskortieren ... und er würde Miriam mitbringen. Tatsächlich habe ich auch keine Bleibe mehr. Nora hat mich schlicht auf die Straße gesetzt. Ich wünschte, ich könnte Beth davon erzählen, um herauszufinden, ob sie das für genauso komisch hält wie ich. Da bricht jemand in dein Zimmer ein, und anstatt sich zu entschuldigen und anzubieten, die Polizei zu rufen, wirft die Wirtin dich einfach raus. Mir ist schon klar, dass Nora das mit der Tür geärgert hat, aber das war doch nicht meine Schuld.

»Sie hat gesagt, du hättest ausgecheckt. Dann fährst du also?«

»Ja, ich ... Äh ... Die Heizung hat so komische Geräusche

gemacht. Ich konnte die ganze Nacht nicht schlafen«, lüge ich.

Beth nickt.

Barb kommt mit zwei Tellern, obwohl Beth gar nichts bestellt hat. »Bohnen auf Toast und ein Schinkensandwich mit Ei«, sagt sie und stellt die Teller vor uns ab. »Was zu trinken, Beth?«

»Cola Zero, Barb. Danke.«

»Du kommst wohl oft hierher«, bemerke ich.

Beth grinst. »Es gibt hier ja auch nicht viele Orte, wo man hingehen könnte.« Sie nimmt ihr Schinkensandwich und umschließt es fast vollständig mit dem Mund. Ich will ihr so gerne erzählen, was letzte Nacht passiert ist … Hauptsächlich, weil ich will, dass sie auf Nora wütend ist. Aber natürlich kann ich ihr nichts sagen, denn dann wird sie herausfinden wollen, warum jemand unbedingt will, dass ich verschwinde, und dafür sogar meine Zimmertür demoliert.

Schweigend sitzen wir beisammen und frühstücken, doch wenn man bedenkt, dass wir uns noch keine vierundzwanzig Stunden kennen, ist es ein freundschaftliches Schweigen.

»Wie lange lebst du schon hier?«, frage ich schließlich.

»Ach, das kommt mir wie mein ganzes Leben vor, aber meine Eltern haben mich adoptiert, als ich fünf war«, antwortet Beth. Sie nimmt sich eine Serviette und wischt sich die Soße vom Mund. Dann trinkt sie einen Schluck Cola. »Und ich nehme an, dass ich auch nie hier wegkommen werde, es sei denn, ein Millionär verliebt sich Hals über Kopf in mich und trägt mich auf seinen starken Armen in die weite Welt hinaus.«

»Würdest du dann wirklich gehen? Gefällt es dir hier nicht?«

Sie zuckt mit den Schultern. »Es ist ganz okay. Das Gute

an einer Insel ist, dass sich hier jeder um jeden kümmert. Dann passiert so was wie das hier, und sofort stellt man infrage, ob es hier tatsächlich so sicher ist, wie man glaubt, oder ob man einfach nur naiv gewesen ist. Meine Eltern waren bereits hier, als Elsie Button verschwunden ist. Sie haben gesagt, das sei damals genauso gewesen. Alle hätten misstrauisch ihre Nachbarn beäugt. Niemand wollte glauben, dass das ein Insulaner gewesen ist.«

»Aber es war so«, murmele ich. »Glaubst du, dass das jetzt auch so ist?«

»Ich glaube, die Vergangenheit hat eine komische Art, sich zu wiederholen, wenn wir nicht mutig genug sind, uns ihr beim ersten Mal zu stellen«, sagt Beth und verschlingt den letzten Rest ihres Schinkensandwichs. Ich hingegen habe nur die Hälfte meiner Bohnen auf Toast geschafft. Ich gehöre nicht zu den Menschen, die zum Frustessen neigen, im Gegenteil. Selbst leichter Stress kann mir durchaus tagelang auf den Magen schlagen. Aber vielleicht liegt das auch daran, dass der Körper schlicht keine Nahrung braucht, wenn er auf Wodka läuft.

»Ich verstehe bloß nicht, was das mit der Vergangenheit zu tun haben soll«, sage ich. »Elsies Mörder ist gefasst worden.«

»Es sei denn, er war nicht allein.« Beth steht auf. »Es war schön, dich zu sehen. Tut mir leid, dass du nicht bleiben willst. Ich sollte nun besser gehen und mich den Suchtrupps anschließen.«

»Warte …! Was meinst du mit ›es sei denn, er war nicht allein‹?«

Beth zuckt mit den Schultern. »Im Falle von Elsie Buttons Tod ist verdammt viel ungesagt geblieben. Deshalb denke ich auch, dass wir die Theorie nicht ausschließen können, dass mehr als eine Person an der Tat beteiligt war. Und wenn das stimmt, dann hat seit fünfundzwanzig Jahren das Böse auf der Insel gehaust, und niemand hat es aufgehalten. Vielleicht ist jetzt ja die Zeit gekommen, es ein für alle Mal zu erledigen.«

Ich ersticke fast an meinem Kaffee.

Beth reißt die Augen auf. »Alles okay? Tut mir leid. Ich weiß, das klingt wie ein schlechter Horrorfilm.«

»Nein, nein … Alles gut«, antworte ich. »Ich sollte nun besser gehen.«

»Ich bringe dich noch zum Wagen«, sagt Beth. »Dann muss ich aber echt los. Da du ja leider nicht mitkommst, habe ich niemanden mehr, der mir gegen Aled den Rücken freihält.« Sie grinst, und ich kann nicht anders, als das Grinsen zu erwidern. Ihre Verspieltheit ist ansteckend. Ich wünschte nur, es wäre wirklich so einfach, dass ich noch einen Tag bleiben könnte, denn ich muss auch nicht wieder zur Arbeit wie die anderen Leute hier, die bei der Suche helfen. Aber die Insel erinnert sich.

»Ah, da ist er ja.« Ich zucke mit den Schultern, als der Wagen in Sicht kommt. »Moment … Sieht das nicht ein bisschen komisch aus?«

»Scheiße!« Beth pfeift zwischen den Zähnen hindurch. »Mir scheint, du fährst heute nirgendwohin.«

Der Wagen ist seltsam zur Seite gekippt, und man muss kein Genie sein, um zu sehen warum. Die beiden Reifen am Bürgersteig sind aufgeschnitten und komplett platt. Angesichts der Tatsache, dass sie das heute Morgen noch nicht waren, als ich meine Reisetasche in den Kofferraum geworfen habe, muss jemand am helllichten Tag vorbeigekommen sein und sie aufgeschlitzt haben, während ich nur ein paar Türen weiter in einem Café gesessen und gefrühstückt habe.

Ich schaue zu den anderen Autos in der Reihe und suche nach Anzeichen von Vandalismus. Mir fällt nichts auf. Allerdings sieht die Seite eines knallroten Peugeot so aus, als wäre sie mit einem Baseballschläger traktiert worden; doch das ist wohl eher die Folge mangelnder Parkkünste als die von Vandalismus. In jedem Fall hat keines der anderen Fahrzeuge, die hier parken, aufgeschlitzte Reifen oder abgerissene Seitenspiegel. Nach den Ereignissen letzte Nacht scheint sich das direkt gegen mich zu richten; doch wenn das dieselbe Person war wie in meinem Zimmer, dann sollte der- oder diejenige sich mal entscheiden, was er beziehungsweise sie will. Man kann nicht jemandem sagen, er soll sich verpissen, und dann die einzige Möglichkeit zerstören, mit der er das machen kann. Das ist ausgesprochen kontraproduktiv.

Dann habe ich es also mit zwei unterschiedlichen Tätern zu tun. Und die Botschaft des ersten Täters kann ich sogar verstehen. Er weiß, wer ich bin, und will, dass ich die Insel verlasse – vermutlich, weil meine Familie hier noch immer verhasst ist. Vor allem, wenn die Buttons nach wie vor hier leben, überrascht es mich nicht, dass ich hier nicht willkommen bin. Aber das Aufschlitzen der Reifen? Das zeugt von Gewaltbereitschaft und Hass, ja, doch das macht man normalerweise nicht, wenn man will, dass jemand in sein Auto steigt und verschwindet. Das fühlt sich eher nach jemand Jüngerem an, nach jemandem, der nicht wirklich nachgedacht hat und mir einfach nur sagen wollte, dass er mich nicht mag. Die Konsequenzen hat er nicht bedacht, denn jetzt kann ich gar nicht weg, sondern bin hier gestrandet. Clever.

Vielleicht liegt es ja daran, dass ich mein ganzes Leben lang keine richtige Vaterfigur gehabt habe, oder dass ich nie so aussehen wollte, als bräuchte ich Hilfe, aber mich überkommt nicht das Verlangen, jemand anderen zu fragen, was ich tun soll. Vermutlich würden die meisten Frauen in meiner Situation ihren Freund oder ihren Dad anrufen ... oder vielleicht bin ich auch bloß schrecklich altmodisch und hoffe, eines Tages doch noch meinem Traummann zu begegnen. Bisher ist dieser allerdings nicht in Sicht, aber ich habe ein Handy, und ich habe Google. Der Automobilclub informiert mich, dass sie in vierzig Minuten jemanden schicken könnten ... das heißt, wenn meine Mitgliedschaft nicht vor zwei Jahren abgelaufen wäre. Das sagt zumindest die Stimme am Handy, und plötzlich fällt es mir wieder ein. Wer braucht auch schon den Automobilclub, wenn man den Führerschein wegen Alkohol am Steuer verloren hat? Und dann habe ich schlicht vergessen, meine Mitgliedschaft zu reaktivieren. Natürlich könnten sie trotzdem kommen, sagt die Stimme, doch das würde mich den doppelten Jahresbeitrag kosten, und sie können nicht garantieren, vor heute Nachmittag hier zu sein. Es wird einfach immer besser.

Es scheint unmöglich zu sein, dass jemand die Reifen hat aufschlitzen können, ohne dass man ihn bemerkt hat, besonders in einer Situation wie dieser. Die Polizei klopft überall an die Haustüren, und die Einheimischen stehen in ihren Vorgärten, schütteln die Köpfe und schauen besorgt die Straße hinunter, als würde Abigail Warner jeden Augenblick vorbeikommen. Aber dennoch hat niemand die Arschlöcher gesehen, die das getan haben.

Ich widerstehe dem Drang, laut zu fluchen. Stattdessen atme ich mehrmals tief durch die Nase ein und durch den Mund wieder aus, ganz wie Veronica es mich gelehrt hat. Ich kann ohnehin nichts dagegen tun; also lasse ich es auf sich beruhen. Es wird noch Stunden dauern, bis die Mechaniker hier sind. »Na ja«, sage ich zu Beth, »dann kann ich dich auch begleiten.«

Beth schlägt in die Luft und sieht dabei viel jünger aus, als sie tatsächlich sein muss. Das bringt mich zum Lächeln.

An der Memorial Hall ist genauso viel los wie gestern, vielleicht auch mehr. Das Feld nebenan steht nun voller Fahrzeuge, und es wimmelt nur so von Menschen.

Ich rufe mir ins Gedächtnis zurück, mich als Verity in die Liste einzutragen, und der Koordinator deutet auf ein Areal auf einer riesigen Karte der Insel, die auf dem Tisch liegt. Die Karte ist mit einem dicken Stift in schwarze Quadrate unterteilt worden, und der Koordinator hat eine Liste mit den durchnummerierten Suchbereichen.

»Wir erweitern das Suchgebiet«, erklärt er uns, ohne den Blick zu heben. »In fünf Minuten fährt ein Land Rover in das Gebiet. Wollen Sie da mitfahren?«

»Klar.« Ich nicke und schaue zu Beth. Sie nickt auch. »Das passt.«

Warum bist du hier?, meldet sich eine wohlbekannte Stimme in meinem Kopf. Ich kämpfe schon seit Jahren mit ihr, und wann immer sie auftaucht, bedeutet das Ärger. *Was soll das nutzen? Dein Dad hat Elsie getötet, und jetzt sitzt er im Knast. Dieses Kind hat sich vermutlich nur verlaufen. Oder aber ein Fremder hat es sich geschnappt.*

Ein Fremder, der zufällig in dem kleinen Wald hinter meinem alten Haus gewesen ist? An genau derselben Stelle, von der Elsie verschwunden ist? Mach mal halblang. Wenn man nicht von der Insel stammt, kommt man nicht »zufällig« durch einen kleinen Wald in einem Wohngebiet. Das hier ist nicht Brighton Pier oder Blackpool Tower.

Es ist nicht ungewöhnlich für mich, diese – wie soll ich sagen? – *Meinungsverschiedenheiten* mit mir selbst zu haben, mit dieser Stimme in meinem Kopf. Ich nehme an, jeder streitet sich dann und wann einmal mit sich selbst, und bisher habe ich diese Diskussionen wenigstens nicht laut ausgetragen. Spätestens dann würden mich wohl auch alle für verrückt erklären.

Meine Diskussion mit dem Klugscheißer, der seit meiner Kindheit in meinem Hirn lauert, wird jäh von einem Schrei unterbrochen, der die Luft förmlich zerreißt. Jeder Einzelne auf dem Feld wirbelt zu der gequälten Stimme herum und rechnet schon halb damit, dass gerade ein totes Kind über das Gras getragen wird. Stattdessen kniet dort jedoch eine Frau im nassen Schlamm. Sie ist nicht für die Suche gekleidet. Sie trägt eine viel zu große Strickweste und einen blauen Rock mit kleinen Blumen darauf. Einst waren sie wohl weiß, doch nun sind sie grau. Einen Mantel hat sie jedoch nicht, und das da an ihren Füßen sieht wie Pantoffeln aus. Ist das Abigails Großmutter?

»Helen!« Die tiefe Stimme eines Mannes schneidet durch das furchtbare Schweigen von Hunderten von Zuschauern. Der Mann rennt auf die Frau zu. Er scheint Mitte fünfzig zu sein, sieht für sein Alter aber noch gut aus. Sein kurzes Haar ist fast vollkommen grau, doch es passt zu seinem distinguierten Gesicht. Er trägt einen marineblauen Pullover und darüber eine rote Jacke, dazu Jeans und teuer aussehende Wanderstiefel. Sein Gesicht kommt mir so vertraut vor, dass es mich trifft wie ein Schlag in die Magengrube. »Helen, was machst du hier? Komm. Dir ist doch sicher kalt. Lass uns wieder nach Hause gehen.«

Helen. Nein … Das ist Helen Button? Meine Beine beginnen zu zittern, als mir klar wird, dass die Frau, die da nur wenige Meter entfernt im Schlamm kniet, die Mutter meiner besten Freundin ist.

Heißt das, der Mann, der ihr da hilft und sanft den Arm um ihre Hüfte legt … Ist das Elsies Dad? Nein, ich bin ziemlich sicher, dass er das nicht ist. Das kann nicht sein. Zum einen ist allein der Gedanke schon lächerlich, dass diese beiden Menschen – der gut aussehende Mann und die hagere, zerbrechliche Frau – miteinander verheiratet sind. Sie sieht alt genug aus, um seine Mutter zu sein; dabei weiß ich, dass sie genauso alt ist wie meine Mutter, neunundfünfzig. Bei dem Gedanken an meine Mutter, wie sie jetzt im Krankenhausbett liegt, kneife ich die Augen zu und zwinge mich zu glauben, dass sie wieder gesund werden wird. Als ich die Augen wieder öffne, geht Helen Button direkt an mir vorbei. Sie ist viel zu verwirrt, als dass sie mich bemerkt – und würde sie mich überhaupt erkennen? –, der Mann an ihrer Seite aber nicht. Er schaut mich direkt an, und wir erkennen einander gleichzeitig. Der Mann reißt die Augen auf und lässt Helens Hand los. Er sieht aus, als wolle er etwas sagen, doch dann schluchzt Helen, und der Bann ist gebrochen. Der Mann dreht sich wieder zu ihr um und blickt sich nicht mehr zu mir um.

»Das bringt wohl alles wieder zurück, nehme ich an«, seufzt Beth hinter mir.

Als Verity sollte ich die Frau nicht kennen, denn angeblich war ich ja noch nie auf Anglesey, und ich erinnere mich gerade noch rechtzeitig genug daran, um zu fragen: »Wer ist das?«

»Elsies Mum.«

»Das ist Helen Button?«, entgegne ich. »Sie sieht aber ganz und gar nicht wie auf den Fotos in der Zeitung aus.«

»Die sind ja auch fünfundzwanzig Jahre alt«, erwidert Beth. »Tatsächlich bin ich überrascht, dass sie noch hier ist. Elsie war ihr einziges Kind, und nach ihrem Verschwinden hatte sie nichts mehr, wofür es sich zu leben lohnte. Sie hat sich nie von dem Ganzen erholt. Andererseits … wer würde das schon, nach so einem Verlust? Jill Bowen war offenbar ihre beste Freundin. Die beiden Familien haben alles zusammen gemacht. Vielleicht war das ja das Problem.«

Ich runzele die Stirn. »Was soll das denn heißen?«

»Nun ...« Beth schaut sich um. Helen ist inzwischen weg, und die anderen wenden sich wieder der Suche zu. Als sie zufrieden ist, dass niemand sie hören kann, senkt Beth die Stimme. »Es gab da Gerüchte, dass Helen Button und Patrick Bowen eine Affäre gehabt haben, und das über Jahre hinweg. Ein paar Leute glauben sogar, Elsie sei seine Tochter gewesen.«

Mir läuft ein Schauder über den Rücken, als hätte mir jemand einen Eimer Wasser über den Kopf geschüttet. Ich ringe um die richtigen Worte, denn ich will mich ja nicht verraten. Aber wie soll man desinteressiert und gleichgültig bleiben, wenn man gerade gehört hat, dass das Mädchen, das dein Vater angeblich ermordet hat, womöglich deine Halbschwester gewesen ist?

»So ... So etwas habe ich noch nie gehört«, bringe ich schließlich heraus. Meine Nerven sind zum Zerreißen gespannt.

Aber wenn ich genauer darüber nachdenke ... So ganz stimmt das nicht. Bei einem Mordfall, der so viel Aufmerksamkeit erfährt wie Elsies, gibt es immer auch wilde Theorien. Tatsächlich sind es in Elsies Fall sogar so viele, dass ich irgendwann eine Excel-Tabelle angelegt habe, um sie zu ordnen. Laut ArmchairPoirot, Reddit, unzähligen Facebook-Seiten und True-Crime-Blogs gibt es tausend Gründe dafür, warum mein Dad Elsie getötet hat. Und einer davon ist, dass meine Mutter und Rowley Button miteinander geschlafen haben, und dass Dad aus Rache seine Tochter getötet hat. Andere wiederum behaupten, Dad und Helen hätten eine Affäre gehabt, und Dad habe Elsie verschwinden lassen, weil Rowley einen DNA-Test verlangt hätte. Wieder andere glauben, Elsie sei auf etwas gestoßen, was sie nicht hätte sehen sollen. Wenn ich mich recht entsinne, besagt eine Theorie auch, dass meine Mum die wahre Mörderin ist, weil Elsie herausgefunden hat, dass Mum meinen Bruder sexuell missbraucht hat. Als wäre die Ermordung eines fünfjährigen Mädchens nicht schon genug, haben einige Leute auch noch Sex, Vergewaltigung und Inzest untergemischt. Sogar Satanismus. Wenn man das auch nur andeutet, hat man garantiert fünf Kommentarseiten. Nein, was ich damit meine, wenn ich sage, ich habe noch nie davon gehört, dann heißt das, dass ich noch nie aus einer glaubwürdigen Quelle davon gehört habe – ganz zu schweigen von jemandem, der auf der Insel lebt. Wenn ich jetzt so darüber nachdenke … In der Tat habe ich noch nie von jemandem, der seinen richtigen Namen benutzt, eine glaubwürdige Theorie zum Motiv meines Vaters gehört.

»Das liegt daran, weil wir mit Außenstehenden nicht über unsere Angelegenheiten sprechen«, erklärt Beth. »Du wirst nicht ein einziges Interview mit jemandem von Anglesey zu dem Mord an Elsie finden. Hier legt man sehr großen Wert auf Privatsphäre.«

»Dann solltest du besser vorsichtig damit sein, was du mir sagst.« Ich versuche, das wie einen Scherz klingen zu lassen, doch ich meine es todernst. Ich will nicht, dass Beth Ärger kriegt. Wenn ich weg bin, muss sie weiter hier leben, und nach allem, was letzte Nacht in meinem Zimmer passiert ist, könnte sie tatsächlich große Schwierigkeiten bekommen, wenn sie sich mit mir anfreundet.

»Ich weiß. Für gewöhnlich rede ich auch nicht mit Fremden, aber du scheinst mir anders zu sein. Es ist, als würdest du hierhergehören, als würde ich dich bereits seit Jahren kennen.«

»Ich war aber noch nie hier«, lüge ich rasch und wenig überzeugend. Ich werde definitiv nie Karriere im Geheimdienst Ihrer Majestät machen.

Beth sieht mich ein wenig seltsam an, spricht jedoch unbeirrt weiter. »Vielleicht liegt das ja an dem, was mit deiner Schwester passiert ist. Es ist, als würdest du das alles verstehen.« Sie deutet auf die Horden von Menschen, die sich über Karten beugen und riesige Areale durchkämmen. Einige verteilen Tee und Kaffee, und am Rand stehen ein paar Teenager herum. Sie lachen und scherzen nicht, sondern lauschen den Anweisungen und verteilen Flugblätter. »Das letzte Mal ist so etwas vor fünfundzwanzig Jahren passiert. Die Leute sind wie benommen, und sie haben Angst.«

Mit ein wenig Verzögerung durch Helens Auftauchen kommt der Fahrer des Land Rover, dessen Gruppe ich zugeteilt worden bin.

»Ich habe nur noch Platz für einen«, verkündet er mit so starkem walisischen Akzent, dass ich Schwierigkeiten habe, ihn zu verstehen.

Beth hebt die Hände. »Keine Sorge«, sagt sie. »Dai hat mich ohnehin gebeten, eine Schicht am Teestand zu übernehmen.«

»Dann bleibe ich und helfe dir«, biete ich rasch an und schaue entschuldigend zu dem Mann. Er zuckt mit den Schultern, als wolle er sagen, ich wäre ihm ohnehin keine große Hilfe gewesen. Dann macht er kehrt und marschiert zu seiner Gruppe zurück.

»Das hättest du nicht tun müssen«, sagt Beth, sieht aber erfreut aus. Seit ich hier bin, ist mir klar geworden, dass man Annahmen und Spekulationen erst hinter sich lässt, wenn man mit den Leuten spricht, die wirklich nah am Geschehen sind. Das kann keine Webseite und keine Chatgroup leisten. Und stimmt, Beth mag ja ungefähr in meinem Alter sein und vermutlich erinnert sie sich an so gut wie nichts aus der Zeit von Elsies Verschwinden, doch im Gegensatz zu mir ist sie anschließend hiergeblieben. Sie ist mit den Nachwirkungen aufgewachsen, und es ist sehr unwahrscheinlich, dass die Insel das alles genauso vergessen hat wie der Rest der Welt.

»Schon okay. Ich mache das gerne.« Wir gehen zu einem langen weißen Tisch voller Becher, die aussehen, als würden sie aus der Stadthalle stammen. Daneben stehen zwei riesige silberfarbene Wasserbehälter und Kisten mit Tee, Kaffee und Zucker. »Wer war eigentlich der Kerl bei Mrs Button?«, frage ich rasch, bevor wir nahe genug am Tisch sind, wo wir nicht mehr reden können. »War das ihr Mann?«

»Aber nein«, antwortet Beth. »Das war Doc Roberts. Er ist der Hausarzt hier. Er mag Helen sehr und kümmert sich um sie. Sie hatte auch früher bereits solche Anfälle und Leute auf der Straße angeschrien.« Beth verzieht mitfühlend das Gesicht. »Aber ich nehme an, das kann man ihr auch nicht zum Vorwurf machen. Wir wissen alle, dass wir Doc Roberts anrufen müssen, wenn das passiert. Er holt sie dann immer ab.«

Eine gestresst wirkende Frau hinter dem Tisch hebt den Blick, als wir näher kommen. Etwas erschrocken starrt sie mich an, spricht allerdings mit Beth.

»Oh, Beth … Bist du hier, um zu helfen? Dai hat gesagt, er würde dich schicken. Vielen, vielen Dank. Und …?« Die Frage muss nicht gestellt werden. Ich bin nicht von hier. So viel ist klar.

»Das ist Verity«, stellt Beth mich vor.

Die Frau starrt mich weiter an, als wäre ich eine seltene

Schmetterlingsart. »Verity«, wiederholt sie. »Okay. Hi, Verity. Nett, Sie kennenzulernen. Ich bin Pamela. Ich war Lehrerin in der Grundschule hier. Ziemlich lange sogar.«

»Ebenfalls erfreut, Sie kennenzulernen«, erwidere ich und versuche, mir nicht anmerken zu lassen, wie seltsam ich es finde, dass sie mich weiterhin anstarrt, sehr seltsam sogar.

»Das ist eine üble Angelegenheit, nicht wahr?« Pamela wendet sich direkt an Beth. »Wie laufen die Ermittlungen?«

»Dad ist nicht mehr bei der Polizei, Pam. Hast du das vergessen?«

Pamela verzieht kurz das Gesicht. Ich frage mich, ob sie unter beginnender Demenz leidet, denn Beth spricht mit ihr wie mit einem kleinen Kind. »Oh … Ja … Natürlich«, sagt Pamela. »Hach, ich bin einfach mit den Gedanken woanders. Das hat mich richtig getroffen, weißt du? Ich habe die Kleine noch vorgestern auf dem Spielplatz gesehen, und jetzt …« Sie atmet tief durch, als wolle sie nicht sagen: »Und nun ist sie weg«. »Die armen Eltern fragen sich jetzt sicher, warum sie das verfluchte Haus überhaupt gekauft haben.« Sie reißt die Augen wieder auf, als wäre sie von sich selbst schockiert. »Verdammt … Es tut mir ja so leid. Vielleicht sollte ich besser gehen.« Ihre Hand schießt nach vorne, und kurz glaube ich, sie will meine schütteln, doch dann reißt sie sie wieder zurück. »Es war schön, Sie kennenzulernen, Verity, aber bleiben Sie nicht zu lang. Dieser Ort hier … Es ist nicht sicher für Sie.«

Und bevor ich oder Beth etwas darauf erwidern können, schnappt sie sich ihre Handtasche und rennt förmlich von uns weg.

28

KATHRYN

Dieser Ort … Es ist hier nicht sicher für Sie.

Was sollte das denn heißen? Nicht sicher für mich persönlich oder generell? Und wenn sie mich persönlich gemeint hat, dann welches Ich von mir? Verity? Kathryn Starling? Oder Katy Bowen?

»Sie meint, weil du eine Fremde bist«, sagt Beth, als hätte sie meine Gedanken gelesen … oder vielleicht mein panisches Gesicht. »Du musst sie entschuldigen. Die älteren Inselbewohner können ein wenig altmodisch sein. Ich nehme an, es will einfach niemand glauben, dass ein Einheimischer …«

Sie hält inne, aber sie muss es auch nicht aussprechen: »… dass ein Einheimischer das Kind entführt hat.«

»Schon gut.« Ich winke ab und versuche, gelassen zu klingen. »Das ist für alle eine schwierige Zeit. Das bringt alte Erinnerungen zurück. Und dann noch die Vorstellung, wo das arme Kind sein könnte. Ihre Eltern müssen verrückt werden.«

Ehe Beth etwas darauf antworten kann, verkündet mein Handy, dass eine Textnachricht eingegangen ist, und eine Gruppe Suchhelfer nähert sich dem Tisch. Beth hat das unter Kontrolle; also hole ich mein Telefon raus und schaue mir die Nachricht an. Sie ist von Shakes. Das ist seltsam. Die Armchair-Detektive schreiben mich für gewöhnlich nicht einfach so an. Manchmal wird ein Thread zwar privat geschaltet, aber wenn wir das tun, sind wir jedes Mal beide online. Ich öffne die Nachricht.

> Noch am Fall Bowen interessiert?

So ist Shakes immer. Er kommt nie auf den Punkt, jedenfalls nicht direkt. Er mag es, mich erst einmal anzufixen. Er macht mir Appetit. Ich antworte gelassen. Ich will ja nicht zu neugierig klingen.

> Meinst du nicht den Fall Abigail Warner? Der Fall Bowen ist GELÖST.

»Haben Sie noch etwas Zucker?«, fragt einer der Suchhelfer und hält eine leere Zuckertasse hoch.

»Da drunter.« Beth deutet unter den Tisch, wo sich all die Vorräte stapeln, die der Pub und das Café gespendet haben. In Zeiten wie diesen tun sich alle zusammen. Jeder will seinen Teil beitragen. Zur Mittagszeit werden Stapel von Schinken- und Eiersandwiches kommen und unter den Helfern verteilt. Ich hole den Zucker raus und fülle nach. Mein Handy summt erneut.

> Wir sind das schon tausendmal durchgegangen. In Anbetracht von Abigails Entführung wollen wir uns Bowen noch mal ansehen. Wir haben dich vermisst. Willst du spielen?

Es ist schön, vermisst zu werden, auch wenn es nur von einer Gruppe ist, die noch nicht einmal meinen richtigen Namen kennt. An einem gewissen Punkt in meinem Leben waren die Armchair-Detektive alles, was ich hatte, oder zumindest fühlte es sich so an. Ich habe viele Fälle kommentiert, aber alle wussten, dass Elsie Button mein eigentliches Projekt war. Wir hatten alle unsere Lieblingsprojekte: GrislyP war geradezu besessen von Jeffrey Dahmer, HellHathNoFury von Aileen Wournos. Shakes und ich wiederum, wir waren Bowen-Experten. Doch natürlich wusste niemand, wie nahe mir der Fall wirklich ging. Ich antworte.

Du Schmeichler. Was hast du?

Shakes antwortet sofort.

Einen Tipp von einem Zeugen.

Wie ist das überhaupt möglich? Wenn es irgendwelche Zeugen in Elsies Fall geben würde, dann hätte ich mit Sicherheit davon gehört.

Hör auf damit. Ein Zeuge wofür?

Ich lege mein Handy mit dem Display nach oben auf den Tisch und beginne, die gebrauchten Kaffeebecher durch frische zu ersetzen. Dabei habe ich immer ein Auge auf dem Display. Als es wieder aufblinkt, werfe ich fast den Becherstapel vom Tisch. Beth sieht mich aus dem Augenwinkel heraus an, und ich forme stumm mit den Lippen: »Sorry.«

In der Nachricht findet sich ein Link zu einem Artikel von 1994, aber es ist kein Online-Artikel, sondern ein Scan von einer echten Zeitung. Wirklich lesen kann ich das auf meinem Handy nicht … außer der Schlagzeile: EINHEIMI-

SCHES MEDIUM BEHAUPTET, BOWEN AM MORGEN VON ELSIES ERMORDUNG GESEHEN ZU HABEN.

*

Ich muss die Schlagzeile länger angestarrt haben, als mir bewusst ist, denn plötzlich steht Beth neben mir und legt mir die Hand auf den Arm.

»Alles okay mit dir?«, fragt sie leise. »Du siehst aus, als hättest du schlechte Nachrichten bekommen.«

»Jaja, alles gut«, murmele ich. Beth lächelt und nickt, und in diesem Augenblick wird mir bewusst, dass ich mit jemandem reden will. Ich *muss.* »Also eigentlich …«

Sie wird wegrennen, sagt die Stimme in meinem Kopf. *Sie wird so weit von dir wegrennen, wie sie kann, und sie wird es allen erzählen. Es wird in der Zeitung stehen. Und du hast kein Auto und kannst hier nicht weg.*

»Ja?«

Ich schüttele den Kopf. »Tut mir echt leid, aber ich muss jetzt gehen. Gibt es hier irgendwo einen WLAN-Hotspot?«

»In der Stadtbücherei«, antwortet Beth. »Oder in dem Café, wo wir gefrühstückt haben. Bist du sicher, dass alles okay ist?«

»Ich muss nur was erledigen. Das habe ich ganz vergessen. Kommst du kurz ohne mich zurecht?«

Beth nickt. »Natürlich. Die Leute gießen sich ohnehin ihren eigenen Tee auf. Ich versorge sie nur mit Bechern. Aber, oh, ich verstehe …«

Ich runzele die Stirn. »Du verstehst was?«

»Ich verstehe. Nun weiß ich, wer du wirklich bist.«

29

MAGGIE

Maggie betrat das Haus der Warners, ohne anzuklopfen. Carolines Schwester war um acht Uhr morgens angekommen, zusammen mit ihrem Mann und ihrer erwachsenen Tochter. Johns Bruder, Mum und Stiefvater waren sogar schon seit letztem Abend hier, und allmählich wurde es voll im Haus. Im Fernseher liefen noch immer Nachrichten über die Suche nach Abigail, doch der Ton war abgestellt.

»Gibt es was Neues?«, fragte Caroline im selben Augenblick, da Maggie den Raum betrat.

»Noch nicht, fürchte ich.« Maggie winkte Caroline, ihr in den Flur zu folgen. »Ich muss mit John reden. Wo ist er?«

Carolines Miene verdüsterte sich. »Warum müssen Sie denn mit ihm sprechen? Was ist passiert? Was kann er Ihnen erzählen, was ich Ihnen nicht erzählen kann?«

»Ich muss wirklich mit ihm sprechen, Mrs Warner«, sagte Maggie in entschuldigendem Ton. Sie war nie sicher, ob es auch so rüberkam, wenn sie versöhnlich klingen wollte. In ihren Ohren hörte sie sich einfach immer ungeduldig an.

»Er ist hinten im Garten und starrt in den Wald«, sagte Caroline, und Maggie glaubte, einen Hauch von Bitterkeit in ihrer Stimme zu hören. »Das macht er bereits den ganzen Vormittag und die halbe Nacht. Geht es um das, was er auf der Pressekonferenz gesagt hat? Denn wenn er weiß, warum Abby entführt worden ist, wenn er der Grund für das alles ist, dann schwöre ich, ich bringe ihn um.« Sie schlug die Hand vor den Mund, als wäre ihr erst jetzt klar geworden, dass sie mit einer Polizeibeamtin sprach.

»Schon okay«, sagte Maggie und rieb Carolines Arm. »Wenn er weiß, wo Abby ist, uns das aber nicht gesagt hat, dann werden Sie sich hinten anstellen müssen.«

Die Idee, dass John Warner etwas mit Abigails Verschwinden zu tun haben könnte, war nicht wirklich weit hergeholt, doch Maggie hoffte, dass dem nicht so war. Sie war noch DC gewesen, als Shannon Matthews verschwunden war, und sie erinnerte sich noch gut an ihr Entsetzen, als sie hatte feststellen müssen, dass Shannons Mutter die ganze Zeit über gewusst hatte, wo sie gewesen war. Maggie hatte allerdings nicht das Gefühl, dass das auch hier der Fall war, aber Johns Ausbruch auf der Pressekonferenz zusammen mit seinen Lügen, was sein Alibi betraf, stärkten auch nicht gerade ihr Vertrauen in ihn. Das Einzige, was für einen solchen Fall sprach, war, dass die Chancen dann größer wären, Abby lebend zu finden.

Nicht Abby, Abigail, ermahnte sich Maggie, damit sie das vor ihrem Vater nicht wieder falsch machte. Ihr war aufgefallen, dass Caroline ihre Tochter auch Abby nannte, wenn ihr Mann nicht in der Nähe war, und sie fragte sich, wie herrschsüchtig John wohl tatsächlich war. War es seine Aggressivität gewesen, die Caroline in die Spielsucht getrieben hatte?

Wie Caroline gesagt hatte, saß John auf einer alten Bank im Garten. Die Warners waren erst seit ein paar Jahren auf Anglesey, und es sah nicht so aus, als würden sie viel Zeit draußen verbringen. Der Rasen war nicht gemäht, und die Hecke wucherte an der einen und vertrocknete an einer anderen Stelle. Ein rosafarbenes Fahrrad lehnte vergessen an der Hauswand, und auf dem Gras lagen mehrere bunte Plastikteller, eine Barbie ohne Kleid und drei Stofftiere. Am Ende des Gartens befand sich das Tor, das zu den Bäumen führte, die in den Nachrichten oft als »Wald« bezeichnet wurden, in Wahrheit jedoch nichts dergleichen waren. »Wald« klang einfach düsterer und unheimlicher, und das verkaufte sich immer gut.

»Sie wusste, dass sie nicht durch das Tor gehen sollte«, sagte John, ohne zu Maggie zu blicken. »Das habe ich ihr tausendmal gesagt.«

»Und hat sie auch darauf gehört?«, fragte Maggie.

John schüttelte den Kopf. »Sie hat nie auf etwas gehört. Wenn sie etwas tun wollte, dann hat sie es einfach getan und sich hinterher dafür entschuldigt.« Er lächelte. »Manchmal wusste ich nicht mehr, ob sie wirklich erst fünf oder schon fünfzehn war. Und sie ist immer damit durchgekommen, weil sie so hübsch ist.«

Er drehte den Kopf weg, doch nicht schnell genug. Maggie hatte die Tränen in seinen Augen bereits gesehen. Das war das erste Mal, dass er eine andere Emotion als Wut zeigte.

»Mr Warner, Sie waren gestern nicht auf der Arbeit«, sagte Maggie. Sie sprach leise und in sanftem Ton, um nicht vorwurfsvoll zu klingen. »Wo waren Sie, als Ihre Frau angerufen und Ihnen von Abigails Verschwinden berichtet hat?«

John antwortete nicht, sondern starrte weiter auf das Gartentor.

»Ich hätte ein richtiges Schloss einbauen sollen«, sagte er schließlich. »Ich habe es ihr unzählige Male gesagt. Ich habe viele Dinge gesagt …«

»Mr …«

»Ja, ich weiß«, fiel John Maggie ins Wort. »Beantworten Sie mir die Frage, oder ich nehme Sie mit aufs Revier. Ich nehme an, Sie glauben vermutlich, bereits zu wissen, wo ich gewesen bin, habe ich recht? Sie haben sicher schon immer vermutet, dass ich fremdgefickt habe, als meine Tochter verschwunden ist. Dass ich mir einen Tag freigenommen habe, um mit einer verheirateten Kollegin Sex zu haben. So! Jetzt habe ich es gesagt. Ich bin ein Arsch. Und? Was denken Sie jetzt von mir?«

Angesichts der Tatsache, dass auch sie Sex mit einem verheirateten Kollegen gehabt hatte, als Abigail verschwunden war, glaubte Maggie nicht, das Recht zu haben, ihn zu verurteilen, aber das würde sie ihm natürlich nicht sagen. Außerdem würde es ihn ohnehin nicht trösten.

»Ich brauche den Namen und die Kontaktdaten sowie alle anderen Beweise, die Ihre *neue* Aussage belegen können«, sagte Maggie und betonte das Wort »neue«. Dass er eine Affäre hatte, kümmerte sie nicht, doch sie hasste es, belogen zu werden. Zwar hatte sie diesmal nicht das Gefühl, dass er wieder log, aber sie würde verdammt noch mal sicherstellen, dass er seine Story auch belegen würde.

John nickte.

»Warum haben Sie uns zunächst gesagt, Sie seien auf der Arbeit gewesen, wenn das nicht stimmt?«, hakte Maggie nach. »Ihnen muss doch klar gewesen sein, dass wir das überprüfen würden.«

»Ich dachte, Abigail wäre vorher wieder zurück«, antwortete John. »Ich dachte, sie hätte sich nur verirrt, dass man sie bald finden würde und ich mich nicht mehr erklären müsste. Ich habe nicht eine Sekunde lang daran gedacht, dass ich ein Alibi brauchen würde.«

»Und dann wäre da noch das, was sie gestern bei der Pressekonferenz gesagt haben … Dass jemand etwas gegen Sie haben könnte?«

Warner zuckte mit den Schultern. »Ich kann einfach nicht

anders, als zu denken, dass wir uns das selbst eingebrockt haben. Es muss doch einen Grund dafür geben, und wenn wir das nicht sind, was dann? Es kommt mir wie die Strafe für meine Affäre vor, oder für Caroline, der ihr verdammtes Online-Bingo wichtiger gewesen ist als unser kleines Mädchen. Wissen Sie eigentlich, wie oft Abigail einen von uns gebeten hat, mit ihr zu spielen, und wie oft ich gesagt habe: ›Jetzt nicht‹, weil ich Debbie geschrieben habe? Oder wie oft Caroline gesagt hat: ›Wenn ich mit der Arbeit fertig bin‹, obwohl wir beide wussten, dass sie schon seit Monaten keine neuen Kunden mehr hatte. Diese hüpfenden Bälle mit ihren Zahlen waren alles, was sie noch interessiert hat. Sie hat auf den großen Gewinn gehofft … vermutlich, um mich endlich verlassen zu können. Das kann ich ihr noch nicht einmal übel nehmen. Und die ganze Zeit über wollte Abigail nur, dass wir mit ihr spielen.« Zum ersten Mal drehte er sich wirklich zu Maggie um und schaute ihr in die Augen. »Bringen Sie sie wieder zurück zu mir, DI Grant. Bringen Sie mein Mädchen wieder zurück; dann werde ich mit ihr spielen, wann immer sie will. Ich werde mich bessern. Das verspreche ich. Bringen Sie einfach bloß mein kleines Mädchen wieder zurück.«

30

KATHRYN

»Ich verstehe. Ich weiß, wer du wirklich bist.«

Ich höre Beth diese Worte sagen, und meine Gedanken überschlagen sich. Meine Brust und mein Gesicht brennen wie Feuer, und ich habe Angst, in Ohnmacht zu fallen. Womit habe ich mich verraten? Hat sie es schon die ganze Zeit über gewusst?

»Was?« Ich versuche, mir Zeit zu verschaffen. Ich muss hier weg, aber mein Wagen ist noch nicht repariert. Und außerdem: Wo soll ich denn hin?

»Du bist Journalistin.«

Ich will mich gerade entschuldigen und sie anflehen, niemandem etwas davon zu erzählen, als mein Gehirn ihre Worte registriert. *Oh, Gott sei Dank. Sie glaubt nur, dass ich auf der Suche nach einer Story bin.* Ich versuche, so ruhig wie möglich auszuatmen, damit Beth nicht bemerkt, wie viel Angst ich in Wahrheit habe.

»Ich bin keine Journalistin. Versprochen. Wenn du willst, kannst du bei mir auf der Arbeit anrufen. In meinem Privatleben ist im Moment einfach viel los. Vermutlich hätte ich gar nicht erst herkommen sollen, aber ich wollte wirklich helfen … bloß dass ich inzwischen nicht das Gefühl habe, eine große Hilfe zu sein.«

»Na ja, du hast den Zucker aufgefüllt.« Beth lächelt schwach. »Hier ist meine Nummer.« Sie holt einen Stift aus der Tasche und schreibt die Nummer auf einen weißen Plastikbecher. »Wenn du reden oder einfach nur einen trinken willst, dann ruf mich an.«

»Danke.« Ich erwidere ihr Lächeln und versuche, nicht erleichtert darüber auszusehen, dass sie es damit auf sich beruhen lässt. Es ist echt eine Schande, dass wir keine Freundinnen sein können. Ich treffe nicht oft jemanden, mit dem ich Zeit verbringen will. »Ich werde vermutlich fahren, sobald meine Reifen repariert sind, aber es war schön, dich kennenzulernen. Ich weiß es zu schätzen, dass du mir die ganze Zeit über Gesellschaft geleistet hast.«

Beth zuckt mit den Schultern. »Kein Problem. Es war nett, endlich mal frisches …« Sie lacht. »Gott, ›frisches Blut‹ ist angesichts der Umstände wohl kaum der richtige Begriff.«

Ich lache ebenfalls. Endlich habe ich mal jemanden gefunden, der genauso politisch unkorrekt ist wie ich und nicht zu meiner Familie gehört. »Stimmt, aber keine Angst. Ich sage es niemandem.«

»Und ich werde niemandem sagen, dass du Journalistin bist.« Sie grinst mich an, um mir zu zeigen, dass das ein Scherz war. »Mach dir keine Sorgen. Ich weiß, wie man ein Geheimnis für sich behält.«

Die Art, wie sie das sagt, verrät mir, dass Beth sehr wohl weiß, dass ich Geheimnisse habe.

*

Mein Handy klingelt, kaum dass ich die Stadthalle verlassen habe. Eine dumme Sekunde lang glaube ich, das ist Shakes, aber das ist lächerlich. Die Armchair-Detektive würden mich doch nicht anrufen … oder?

»Hallo?«

»Ich bin wegen Ihrem Wagen hier. Ich bin an dem B&B, das Sie erwähnt haben, aber die Frau sagt, Sie hätten heute Morgen ausgecheckt.«

Wenigstens erzählt Nora nicht, dass sie mich rausgeworfen hat. »Stimmt. Ich bin ein Stück die Straße runter bei den Suchtrupps, die nach dem kleinen Mädchen suchen. Ich komme sofort. In fünf Minuten bin ich da. Okay?«

»Keine Eile. Ich warte im Van.«

Der Mann sitzt auch noch immer in seinem Van und geht die Papiere durch, als ich komme und ans Fenster klopfe. Ich deute auf meinen Wagen ein paar Meter entfernt, obwohl ich sicher bin, dass er ihn schon erkannt hat. Immerhin ist mein Auto das einzige in der Reihe mit zwei platten Reifen. Als der Mann das sieht, stößt er einen leisen Pfiff aus.

»Da hat aber jemand ganze Arbeit geleistet«, murmelt er. »Haben Sie das der Polizei gemeldet?«

»Ja«, lüge ich, da ich nicht darüber diskutieren will. »Sie haben gesagt, sie würden die Täter ohnehin nicht schnappen, obwohl es in letzter Zeit ein paar solcher Fälle gegeben hat. Kids«, füge ich hinzu, denn jeder akzeptiert, dass Vandalismus mit Teenagern zu tun hat.

Der Mechaniker nickt dann auch wissend. »Vermutlich hatten sie schlicht Langeweile. Hier gibt es ja auch nichts. Aber wie auch immer … Ich werde so eine Stunde brauchen. Müssen Sie noch irgendwohin?«

»Das muss ich in der Tat«, antworte ich und hole meine Geldbörse heraus. »Soll ich Sie direkt bezahlen? Dann können Sie einfach fahren, wenn Sie fertig sind.«

»Sie müssen im Büro anrufen und das telefonisch klären«, antwortet der Mann und gibt mir eine Visitenkarte. »Den Rest überlassen Sie dann mir. Die Schlüssel brauche ich nicht.«

Die gelangweilt klingende Frau am anderen Ende der Leitung nimmt meine Zahlungsinformationen auf und gibt mir eine Nummer, die ich an den Mechaniker weitergeben soll.

Der Mann tippt sie in irgendeine Art Gerät und zeigt mir den erhobenen Daumen. »Alles klar«, sagt er. »In gut einer Stunde können Sie wieder los.«

Ich glaube nur nicht, dass ich das tun werde. Meine Gedanken wandern wieder zu der Frau zurück, die glaubt, Patrick ein Alibi für den Tag geben zu können, an dem Elsie ermordet worden ist. Ich denke, ich werde noch ein wenig bleiben.

31

KATHRYN

Nach einem raschen Telefonat mit Jordan, um mich nach Mums Zustand zu erkundigen – stabil – und ihm zu sagen, dass ich beschlossen habe, noch eine Weile auf der Insel zu bleiben, folgen Wut, Resignation und Enttäuschung. Ich google die hiesige Bücherei. Wie alles andere hier auch liegt sie lediglich einen kurzen Fußmarsch entfernt, vorbei am Café, aber eher weiter weg von der Memorial Hall. Ich komme an mehreren Gruppen von Leuten vorbei. Einige nicken mir zu, und andere versuchen, mir Flugblätter in die Hand zu drücken, als hätte ich vom einzigen Thema im Dorf noch nichts gehört. Die Signalstärke ist hier so schlecht, dass es mich nicht überrascht, in der Bücherei relativ viele Leute zu sehen. Die meisten scheinen Pressevertreter zu sein, die vermutlich das WLAN nutzen wollen, um Sound- und Textdateien an ihre Redaktionen zu schicken.

»Computerzugang?«, fragt der Mann hinter der Theke, ohne den Blick zu heben. Er ist der perfekte Bibliothekar mit kahlem Kopf, braunem Haarkranz und einer runden Drahtbrille. Ich bin enttäuscht, dass er nicht auch noch einen burgunderfarbenen Pullunder oder eine Tweedjacke trägt, aber sein ausgeblichenes blaues Sweatshirt funktioniert auch.

»Ja, bitte«, antworte ich. »Ich würde gerne …«

»Dann werden Sie warten müssen«, fällt der Mann mir ins Wort. Ihm ist offenbar vollkommen egal, was ich mit dem

Computerzugang machen will. Geschieht ihm recht, wenn ich mir jetzt den ganzen Nachmittag über Pornos anschaue, denke ich. »Ich habe allerdings keine Ahnung, wie lange der Haufen da noch braucht.«

Er sagt »der Haufen da« in einem Tonfall, der normalerweise Kinderschändern und Serienkillern vorbehalten ist. Ich weiß, wie er sich fühlt. Wenn man selbst die aktuelle Schlagzeile ist – besonders auf der Seite, auf der ich immer gewesen bin, der Seite des bösen Buben –, dann betrachtet man Journalisten schnell als niederste aller Lebensformen. Natürlich ist das unfair, denn wenn Ihr Vater nicht gerade jemanden umgebracht hat, sind das alles vermutlich ausgesprochen freundliche und respektvolle Leute. Wie um das zu bestätigen, lächelt mich ein junger Mann freundlich an und sagt: »Ich bin hier fertig. Bitte, nehmen Sie den hier.«

Ich schenke ihm mein gewinnendes Lächeln und will mich gerade setzen, als der Bibliothekar sagt: »Moooment! Sie können sich nicht einfach einen Computer nehmen. Ich habe hier ein System!«

Ich schaue mich um. Außer mir wartet niemand. »Entschuldigung«, sage ich und trete einen langsamen Schritt zurück.

»Hier.« Der Mann drückt mir einen Stift und ein Klemmbrett in die Hand. »Schreiben Sie da Ihren Namen rein. Haben Sie einen Büchereiausweis?«

Ich versuche, die Situation einzuschätzen. Wenn er meinen Personalausweis verlangt, um mir einen Büchereiausweis auszustellen, dann wird da Kathryn Starling stehen. Ich weiß nicht genau, ob die Presse je meinen neuen Namen abgedruckt hat, und obwohl ich hier Veritys Namen verwende, bezweifele ich, dass der Kerl weiß, wer ich bin … es sei denn natürlich, er ist ein Armchair-Detektiv. Diese Leute wissen alles. Zu guter Letzt hole ich meinen Ausweis aus der Tasche und gebe ihn ihm. Ich hätte mir keine Sorgen machen müssen. Offenbar reicht die Ausweisnummer. Der Mann schreibt sich weder meinen Namen noch meine Adresse auf.

»Okay. Jetzt dürfen sie«, erklärt er zufrieden. Als ich mich setze, grinst mich der Mann am Gerät neben mir an. Offenbar hat auch er sich mit dem grimmig-korrekten Bibliothekar auseinandersetzen müssen.

Dieses eine Mal bin ich nicht verlegen, als ich Artikel zu Patrick Bowen in der Öffentlichkeit aufrufe. Immerhin versuchen alle um mich herum, eine Verbindung zwischen Elsie Button und dem Verschwinden von Abigail Warner herzustellen. Ich gebe den Link ein, den Shakes mir geschickt hat, und der Artikel erscheint. Auf einem Desktopmonitor ist er schon deutlich besser zu lesen.

EINHEIMISCHES MEDIUM BEHAUPTET, BOWEN AM MORGEN VON ELSIES ERMORDUNG GESEHEN ZU HABEN

Eine Einheimische mit Namen Harriet Lane, die als »Medium« in den Gelben Seiten gelistet ist, behauptet, dass Patrick Bowen unschuldig am Mord von Elsie Button ist, denn er sei zum Zeitpunkt von Elsies Verschwinden bei ihr gewesen.

»Patrick und ich sind alte Freunde«, sagt sie. »Am Morgen von Elsies Verschwinden hat er mir bei ein paar Handwerksarbeiten geholfen. Deshalb weiß ich auch, dass er nicht dafür verantwortlich sein kann.«

DI George Fisher, der leitende Ermittlungsbeamte, sagt,

dass Mrs Lanes Aussage aufgenommen worden sei, doch die Timeline entlaste Bowen nicht völlig.

»Sie wollten einfach nichts davon wissen«, sagte Mrs Lane als Reaktion darauf. »Sie wollten es Patrick unbedingt in die Schuhe schieben und haben alles verneint, was dagegensprach.«

Bowen verbleibt in Polizeigewahrsam. Am Mittwoch kommt er vor den Untersuchungsrichter, der die Kaution festlegen soll.

»Bitte, entschuldigen Sie.« Ich winke dem Bibliothekar, der mich lange genug ignoriert, um mir klarzumachen, dass er viel zu tun hat. »Wissen Sie, ob Harriet Lane noch hier lebt?«

Er schnaubt verächtlich. Ich mag den kleinen Mann nicht. »Das Medium? Wollen Sie sich die Zukunft voraussagen lassen?«

»So etwas in der Art«, antworte ich. »Und?«

»Rabbit's Forge. Das liegt am Ufer hinauf und dann nach links. Anschließend ist es noch ungefähr eine Meile«, erklärt er. »Aber wenn ich an Ihrer Stelle wäre, würde ich mir die Mühe sparen. Das Einzige, was sie je korrekt vorausgesagt hat, war ein Schaltjahr.«

»Danke«, sage ich. Harriet Lane ist mir jetzt schon sympathischer als dieser versnobte Bibliothekar. »Ich bin hier fertig.« Ich schnappe mir meine Handtasche und gehe um den Tisch.

»Aber Sie haben sich noch nicht ausgetragen!«, ruft der Kerl mir hinterher. Es bereitet mir eine kindliche Freude, sein System durcheinandergebracht zu haben.

*

»Ungefähr eine Meile« erweist sich als fast zwei, und »am Ufer rauf« ist mehr wie Bergsteigen, aber als ich eintreffe, kann ich Rabbit's Forge nicht verfehlen. Es ist ein mit Schiefer gedecktes Cottage, ganz und gar von Efeu bewachsen und fast vollständig hinter Büschen und Wildblumen versteckt. Netzartige Risse durchziehen den Putz. Einige von ihnen sind so tief, dass sich schon Pflanzen darin festgesetzt haben. Eine alte, gebrochene Sonnenuhr beherrscht den Vorgarten, und das Gras um sie herum ist so hoch, als wäre es seit April nicht mehr gemäht worden. Schief zusammengehämmerte Vogelhäuschen sind überall verteilt. Halb erwarte ich, gleich Schneewittchen aus der Hütte kommen zu sehen.

Jemand tritt aus dem Schatten einer großen Eiche, und ich weiche einen Schritt zurück. Es ist eine Frau, groß und mit einem Wust von lockigem braunem, grau meliertem Haar. Sie wirkt kräftig. Das ist die Art von Frau, von der man erwartet, dass sie einen Speer in der Hand hält, doch stattdessen hat sie eine Rosenschere und einen Müllbeutel dabei. Offenbar hat sie an dem Baum gelehnt und mein Näherkommen aus den Schatten beobachtet. Sie hat Schmutzflecken auf Gesicht und Kleidung. Das muss Harriet Lane sein. Ich will sie gerade grüßen, doch sie spricht mich als Erste an.

»Na, du hast dir ja Zeit gelassen.«

Die Stimme der Frau klingt scharf. Sie macht auf dem Absatz kehrt und geht rein. Die Tür lässt sie jedoch offen, als erwarte sie, dass ich ihr folge. Vielleicht glaubt sie ja, ich käme von den Gaswerken oder sei eine Avon-Beraterin. *Oder das Menschenopfer für ihr heidnisches Ritual*, flüstert dieses Arschloch von Stimme in meinem Kopf. In Horrorfilmen ist das immer die Stelle, wo das Publikum dem dämlichen Huhn mit den großen Titten zuruft, nicht in das unheimliche Haus der verrückten Alten zu gehen. Ich wünschte, ich hätte mich

Beth anvertraut und sie gebeten, mit mir zu kommen, aber leider habe ich eine liebe alte Dame erwartet, die in ihrem Rollstuhl strickt, und nicht diese unheimliche ältere Amazone.

Doch mein Aufkreuzen hat auch einen Grund. Also werde ich wohl reingehen müssen, obwohl ich mir noch immer wünschte, ich hätte jemandem Bescheid gesagt, dass ich hierhergehe. Vielleicht wird Shakes nach meinem Verschwinden ja zur Polizei gehen und ihnen von dem Artikel berichten, den er mir geschickt hat. Dann müssen sie nur noch eins und eins zusammenzählen, und schließlich können sie meiner Familie meine sterblichen Überreste schicken.

Und das ist genau das, was dein Dad Elsies Familie verweigert hat, flüstert die Stimme. Herrgott noch mal, heutzutage kann ich noch nicht einmal mehr insgeheim einen Scherz machen, ohne dass sich sofort alles verfinstert.

Im Cottage ist es genauso chaotisch wie außerhalb. Der Eingangsflur ist dunkel. Trotzdem kann ich Bücherregale an den Wänden erkennen. Sie sind voll mit zerfledderten Büchern, die bestimmt älter sind als ich. Oben auf einem Regal steht ein Topf mit Efeu. Die Pflanze ist an der Seite heruntergewuchert und beginnt schon zaghaft, an den Büchern zu nagen. Die Frau ist bereits verschwunden, und ich nehme an, dass sie direkt in das gegangen ist, was nach der Küche aussieht. Rasch folge ich ihr, auch wenn die irrationale Angst an mir nagt, dass plötzlich die Tür hinter mir zuschlägt und Tentakel meine Knöchel umschlingen. In der Küche sieht es genauso aus wie im Flur und dem Vorgarten. Überall wuchern Pflanzen, auf jedem Regal und jeder Oberfläche, ja sogar vor den Fenstern. Sie sperren das Licht aus. Töpfe und Pfannen – dem Aussehen nach sauber – stapeln sich neben Kochbüchern und Kräutertöpfen. Die Luft riecht nach feuchter Erde und Laub. Doch insgesamt ist die Wirkung nicht unangenehm. Zwar gibt es nicht eine freie Oberfläche, aber schmutzig ist es hier nicht. Es sieht eher so aus, als würde die Frau all das hier kultivieren, um der Natur so nahe wie möglich zu sein.

Harriet steht an der Spüle in der Ecke des Raums, aber das ist nicht so ein Fake, für den manche Leute tausend Pfund und mehr zahlen. Das ist eine echte antike Landhausspüle. Harriet setzt gerade einen Kessel Wasser auf. Dann nimmt sie zwei Becher von einem hölzernen Becherhalter und gibt Teebeutel hinein.

»Das ist Ingwer und Kurkuma«, erklärt Harriet und winkt mit den Bechern. »Und dazu etwas Sternanis. Ich mache ihn selbst. Bei denen aus dem Laden weiß man nie, wie viel Plastik dadrin ist.«

»Danke«, sage ich. Ich räuspere mich, aber ich habe noch immer das Gefühl, als hätte ich was im Hals. »Äh, wahrscheinlich sollte ich mich erst einmal vorstellen.«

Harriet stößt ein Bellen aus, das vermutlich ein Lachen sein soll. Sie nimmt den Kessel vom Herd, verteilt das Wasser auf die Becher und gibt mir einen davon. »Lass ihn ein paar Minuten ziehen. Ich gebe ihm immer zehn Minuten Zeit, aber das ist vielleicht ein wenig zu stark für dich. Ich weiß, wer du bist.«

Ich nehme den Tee und registriere die Worte erst einmal nicht.

»Danke«, sage ich. Dann wird mir klar, was sie gesagt hat. »Warten Sie … Was meinen Sie damit, Sie wissen, wer ich bin?«

»Ich nehme an, du erinnerst dich nicht an mich, oder?« Sie lächelt, und ich sehe, dass sie auf den ersten Blick zwar wie eine Wilde wirkt, doch im Grunde ist sie recht attraktiv.

Ich versuche, mir vorzustellen, wie sie vor fünfundzwanzig Jahren ausgesehen hat, mein Hirn spielt allerdings nicht mit. Ich kann mir so gut wie nichts vorstellen, was fünfundzwanzig Jahre alt oder älter ist. »Na ja, ich bin nicht beleidigt, aber ich habe eigentlich immer geglaubt, dass du stets gern hierhergekommen bist. Ich war in deinen Vater verliebt, Kathryn. Ich nehme an, deshalb hat mir auch niemand geglaubt, als ich gesagt habe, ich hätte ihn an diesem Morgen gesehen. Alle haben geglaubt, ich würde das alles lediglich behaupten, um ihm das Gefängnis zu ersparen … auch wenn seine eigene Frau das nicht getan hat.«

Ihre Worte treffen mich wie ein Schlag. »Sie hatten eine Affäre mit meinem Vater?«

Harriet lächelt erneut, nur diesmal ist es ein trauriges Lächeln. Sie schüttelt den Kopf. »Nein. Nie. Ich habe Patrick mein ganzes Leben lang geliebt. Soweit es mich betraf, ist niemand ihm je gleichgekommen. Unglücklicherweise fühlte er jedoch so in Bezug auf deine Mutter. Er war ein treuer Ehemann, Kathryn. Lass dir von niemandem etwas anderes einreden.«

»Soll das etwa ausgleichen, dass er auch ein Mörder war?«, frage ich und hebe trotzig das Kinn. »Das tut es nämlich nicht.«

Harriet sieht mich mit unverhohlenem Mitleid an. »Was du durchgemacht hast, tut mir wirklich sehr leid«, sagt sie leise.

»Wenn mein Vater meine Mutter so sehr geliebt hat, warum hat er mich dann hierher zu Ihnen gebracht? Wenn er nicht mit Ihnen geschlafen hat?«

»Als wir aufgewachsen sind, war Patrick der beste Freund meines Bruders Philip. Als Philip auf den Falklandinseln gefallen ist, hat Patch immer nach mir gesehen und manchmal auch das ein oder andere für mich erledigt. Ich habe ihm leidgetan.« Sie sagt das, als wäre das so einfach gewesen, doch ich sehe, dass es ihr das Herz bricht. Der Mann, den sie geliebt hat, ist immer wieder gekommen, um das ein oder andere für sie zu erledigen. Er hatte Mitleid mit einer einsamen alten Jungfer. Und sie wollte nicht, dass er damit aufhört, denn ihr Verlangen, ihn zu sehen, war größer als ihr Stolz. »Ich glaube, er hat dich mitgebracht, damit deine Mutter nicht glaubt, da würde was zwischen uns laufen. Mit einer neugierigen Fünfjährigen, die überall im Haus herumstromert, konnten wir unmöglich was anfangen. Manchmal hast du auch Elsie mitgebracht.«

»Wie war sie?«, frage ich, obwohl ich nicht sicher bin, ob ich das hören will.

»Sie war ein hübsches kleines Ding. So viel steht fest«, antwortet Harriet, doch sie lächelt nicht. »Viel *zu* hübsch, wenn du mich fragst. Sie ist deswegen mit viel zu viel durchgekommen. Diese blonden Löckchen und die großen blauen Augen … Sie konnte Erwachsene um den kleinen Finger wickeln, aber ich habe sie durchschaut. Du hingegen mit deinem zerzausten Haar und dem Dreck im Gesicht, weil du unter jeden Stein geschaut hast …«

Während sie spricht, entsteht ein Bild vor meinem geistigen Auge: ein Steinhaufen … nein, ein Ring aus Steinen … wie ein Portal zu einer anderen Dimension.

»Die Feentür«, murmele ich.

Harriet strahlt. »Du erinnerst dich also doch! So hast du immer den ausgetrockneten Brunnen hinten genannt. Du hast gesagt, er sehe wie eine Tür ins Reich der Feen aus. Wenn du hier warst, musste ich dich ständig im Auge behalten. Du bist ständig um die gefährlichsten Plätze herumgeschlichen.«

Das gefällt mir nicht. Unterdrückte Erinnerungen drängen an die Oberfläche. Selbst die guten sind mir zu viel: der Geruch von Harriets Garten, eine Kräutermischung, die man sich gar nicht vorstellen kann, oder die winzigen, durchscheinenden Flügel, die ich immer am Brunnenrand gesehen habe … Der Garten war so voller Magie. Ich erinnere mich. Das Klimpern der Windspiele und die Formen und Farben der Chakras. Harriet hat mich dieses Wort gelehrt. Sie wusste immer, wenn mein Chakra aus dem Gleichgewicht geraten war, hat sie gesagt. Aber wenn diese Erinnerungen wieder auftauchen können, dann können das auch die schlechten. Erinnerungen daran, wie es sich angefühlt hat, dass mein Vater meine beste Freundin getötet hat, dass beide nie wieder zurückkommen würden. Erinnerungen daran, wie es war zu erfahren, dass er das personifizierte Böse war und vermutlich auch meine Mum, weil sie nicht gewusst haben will, wie er wirklich ist. Und wenn Mum und Dad böse sind, dann bin ich vielleicht auch böse und womöglich auch Jordan, der nach Dad der tollste Typ war, den ich je kennengelernt habe.

»Tut mir leid.« Ich greife nach meiner Handtasche auf dem Boden und stoße dabei gegen einen Obstständer, der gefährlich ins Wanken gerät. »Ich hätte nicht herkommen sollen. Ich weiß nicht, warum …«

Ich drehe mich um, um so schnell wie möglich aus der Küche zu fliehen, doch Harriet stellt den Tee ab und springt blitzartig vor die Tür und versperrt mir den Weg.

»Du bist hier, weil du mehr über das Alibi deines Vaters wissen willst«, sagt sie und streckt den Arm aus, um mir die Hand auf die Schulter zu legen. »Du bist hier, weil ich die einzige Person auf dieser Insel bin, die mit Sicherheit weiß, dass dein Vater Elsie Button nicht ermordet hat.«

32

KATHRYN

Der Tag ist verhältnismäßig warm. Also schlägt Harriet vor, dass wir unseren Tee draußen trinken. Ich bin sofort dabei, denn ehrlich gesagt jagt mir das Haus Schauder über den Rücken. Es ist, als wäre das ganze Cottage zwischen der Welt der Lebenden und der der Toten gefangen, zwischen Gegenwart und Vergangenheit.

Nach ihrer Hammererklärung weigert sich Harriet, mehr zu erzählen, bis wir einen frischen Becher haben – diesmal Pfefferminz –, doch wenn wir erst einmal sitzen, wird sie meinen Fragen nicht mehr ausweichen können.

Der Garten hinten ist genauso verwildert wie der vorne. Er ist lang und schmal. Die Wipfel der Bäume bilden einen üppigen grünen Bogengang über unseren Köpfen. Unkraut und Wildblumen koexistieren in den unterschiedlichsten Blumentöpfen. Es gibt auch eine Bank, von der ich annehme, dass wir uns daraufsetzen sollen, doch Efeu und Unkraut sind bereits durch die Spalten gewuchert und scheinen das Holz unter die Erde ziehen zu wollen. Harriet scheint das allerdings nicht zu kümmern. Sie geht mit ihrem Tee und einer Armvoll Decken zur Bank, setzt sich und schaut mich erwartungsvoll an. Als ich mich vorsichtig auf die Kante hocke, muss sie sich ein Lächeln verkneifen und reicht mir eine Decke. Ich will gerade sagen, dass mir nicht kalt ist, aber die Decke mag ich.

»Ich erinnere mich noch gut daran, dass du Decken immer gemocht hast«, sagt Harriet und lässt mich kurz glauben, dass ich meine Gedanken laut ausgesprochen habe.

»Was wissen Sie sonst noch über mich?«, frage ich ein wenig scharf. »Und über meine Familie? Warum sind Sie so sicher, dass mein Vater unschuldig ist?«

»Erst einmal … kannst du gerne Du zu mir sagen. Wir haben uns auch früher schon immer geduzt. Aber um auf deine Frage zurückzukommen … Patrick war am Morgen von Elsies Verschwinden hier«, erzählt Harriet und schaut zu einem Beerenbusch. »Er hat nach einem Wasserleck in meiner Küchendecke gesucht. Er war den ganzen Vormittag hier und hat oben die Bretter aus dem Boden gebrochen. Dann hat er einen Anruf bekommen und gesagt, er müsse gehen. Eine Stunde später hat die ganze Insel nach Elsie gesucht.«

»Aber woher wissen Sie … *du*, dass er sie nicht …« Ich bringe es einfach nicht über mich, es auszusprechen.

»Dass er sie nicht in dieser Stunde getötet hat? Glaubst du wirklich, dein Vater ist ein Monster? Einer, der während der Arbeit einfach losrennt, um ein kleines Mädchen kaltblütig zu ermorden?«

Ihr Tonfall gefällt mir nicht. »Das ist doch der Punkt, oder? Ich weiß es eben *nicht* wirklich. Ich weiß überhaupt nichts über ihn. Ich war fünf, als er ins Gefängnis gekommen ist. Ich bin in dem Glauben aufgewachsen, dass er genau so ein Monster ist. Sosehr ich mir auch wünsche, dass die Hälfte meiner DNA nicht von einem pädophilen Bastard stammt, so habe ich doch nicht viele Beweise für das Gegenteil, zumal er es gestanden hat.«

Harriet sieht mich schweigend an. Es ist die Art von Blick, die einen an Telepathie glauben lässt, denn es fühlt sich an, als würde sie mit ihren Augen in meinen Geist vordringen und versuchen abzuschätzen, wie viel sie mir erzählen kann … wie viel ich glauben werde. »Es war vollkommen unmöglich, dass er Zeit genug hatte, nach Hause zu fahren, Elsie zu töten, die Beweise zu beseitigen und ihre Leiche zu verstecken. Sein … *Euer* Haus liegt zehn Minuten Fahrt von hier entfernt. Laut Google Maps weniger, aber man muss ja auch noch parken. Damit bleiben nur ungefähr fünfzig Minuten. Maximal. Das ist nicht viel Zeit, um ein Kind zu ermorden und die Beweise zu beseitigen.«

Eine Idee nimmt in meinem Kopf Gestalt an, eine Idee, die meinen Vater zwar immer noch zu einem schlechten Menschen macht, aber nicht zu dem Monster, für das ich ihn mein ganzes Leben lang gehalten habe.

»Was, wenn er nach Hause gerast ist, weil es in dem Anruf hieß, es gebe einen Notfall zu Hause, und Elsie ist auf der Straße einfach vor sein Auto gelaufen? Dann hat er sie mit seinem Auto …«

»Mit seinem Van«, korrigiert mich Harriet. »Er hatte einen kleinen Van.«

»Schön, mit seinem Van. Er steigt aus, um nach ihr zu sehen, aber sie ist tot. Panisch holt er dann was aus dem Kofferraum, wickelt sie darin ein und fährt irgendwohin, um die Leiche zu verstecken. Dann fährt er wieder nach Hause, ruft bei der Polizei an und erklärt sie für vermisst. Das kann man doch in einer Stunde machen.«

Harriet nickt. »Ja, das geht«, stimmt sie mir zu. »Und ich könnte sogar glauben, dass Patrick Elsie versehentlich getötet hat. Jeder kann kurz einen Blackout haben und einen Fehler begehen. Aber selbst, wenn ich glauben würde, dass er in Panik geraten ist und die Leiche versteckt hat, statt direkt die Polizei zu rufen, ist an deiner Theorie einiges nicht zu Ende gedacht. Zum einen hat dein Vater gestanden, Elsie getötet zu haben. Warum sollte er sich die Mühe machen, die Leiche zu verstecken, und dann gestehen?«

»Weil es Beweise gegen ihn gab. Das Blut, ihre Unterwäsche …« Mir kommt ein Gedanke. »Wenn es ein Unfall war, warum hatte er dann ihre Unterwäsche?«

Harriet verzieht das Gesicht, als würden diese Worte ihr körperliche Schmerzen bereiten. »Das ist die große Frage«, sagt sie. »Ganz zu schweigen davon, dass es nach seinem Geständnis keinen Grund mehr für ihn gab, der Polizei zu verheimlichen, wo die Leiche ist. Die Polizei hat immer gesagt, er habe sich geweigert, weil er nicht wollte, dass herauskam, was er mit ihr …« Wieder verzieht sie das Gesicht. »Was er mit ihr gemacht hat. Aber auch das kommt mir komisch vor. Schließlich konnte das auch nicht schlimmer sein als das, was ohnehin alle geglaubt haben. Eine weitere Theorie war, dass er so die Kontrolle über die Situation behalten wollte.«

»Ja, vielleicht.« Ich schnaube verächtlich. »Aber wie sollen wir wissen, was im Kopf von so jemandem vorgeht?«

Harriet schaut mich enttäuscht an. Offensichtlich will sie verzweifelt, dass ich an Patricks Unschuld glaube, genau wie sie. Sie hofft, ich würde jede Theorie glauben, die sie mir an den Kopf wirft. Das Problem ist nur, dass ich fünfundzwanzig Jahre lang Zeit hatte, die Tat meines Vaters zu akzeptieren. Das mit dem Leugnen habe ich ebenfalls versucht – deshalb habe ich mich auch den Armchair-Detektiven angeschlossen –, doch schließlich bin ich zu der gleichen Schlussfolgerung gelangt wie William von Ockham: Die einfachste Erklärung ist für gewöhnlich die Wahrheit. Und in diesem Fall ist die einfachste Erklärung, dass mein Vater Elsie Button getötet hat und sich weigert, uns zu sagen, wo ihre Leiche ist, denn wenn wir sie finden, wird er ein Niemand. Dann ist er für niemanden mehr von Nutzen.

»Und was, wenn er es nicht sagt, weil er es nicht sagen *kann?* Was, wenn er schlicht nicht weiß, wo sie ist? Oder ob sie überhaupt tot ist?«

Ich seufze. Ich hatte gehofft, dass Harriet etwas Konkretes für mich haben würde, Beweise und kein »Was wäre, wenn«. Damit lebe ich schon mein ganzes Leben.

»Was denn? Glaubst du, meine Mum hat Patrick angerufen, weil sie Elsie verloren hat? Warum hat er dann den Mord gestanden?«

Harriet legt die Stirn in Falten. »Es war nicht Jill, die deinen Vater an diesem Morgen angerufen hat. Ich habe das meiste zwar nicht gehört, aber ich habe ihn den Namen des Anrufers sagen hören: ›Hey, Kevin.‹«

»Moment … Du meinst Kevin Wilson?«

Harriet nickt. Wir müssen beide nicht fragen, denn wir wissen, dass keine von uns die Antwort kennt. Warum hat der Anwalt meines Vaters ihn eine Stunde vor Elsies Verschwinden angerufen?

»Weißt du, wer diese Leute sind?«, frage ich und erinnere mich plötzlich an das Foto, das ich in meine Handtasche gesteckt habe. Ich hole es heraus und streiche es auf der Jeans glatt. Harriet nimmt es, und ein Lächeln erscheint auf ihrem Gesicht.

»Natürlich. Die waren richtig dicke miteinander. Aus diesem Grund habe ich ja auch nicht verstanden, warum George sich nicht intensiver darum bemüht hat, den wahren Entführer von Elsie zu finden. Er hat deinen Dad wirklich gerngehabt. Und deine Mum auch.«

»Äh …«, sage ich und erinnere mich an den Artikel, der

mich hierhergeführt hat. »Willst du damit sagen, einer dieser Männer ist George Fisher? DI George Fisher?«

»Na ja, jetzt ist er in Rente«, sagt Harriet und nickt. »Aber ja, das ist der hier.« Sie deutet auf den Mann am Rand, auf den, der den Fotografen anstrahlt und ihm winkt, voranzumachen. »Und das ist natürlich Rowley Button. Du kennst ihn sicher aus den Nachrichten. Er war Farmer. Und das hier ist Kevin Wilson, der Anwalt deines Dads, und Will … Er war der Arzt hier. Das heißt, tatsächlich ist er das noch immer.« Sie schaut wehmütig drein. »Die fünf waren ständig zusammen, und deine Mum, Helen und Linda. Kevin und Will waren damals ledig. Will hat auch nie geheiratet, und ich glaube, Kevin hat zwar inzwischen eine Frau, aber da war hier schon alles anders. Sie tranken nicht mehr im Pub zusammen und gingen mit den Kindern auch nicht mehr zum Angeln oder in den Park. Helen und deine Mum haben die meisten Dorffeste organisiert. Daher gab es dann später auch lange Zeit keine mehr. Aber natürlich kam irgendwann frisches Blut. Neue Kinder ersetzten euch, und neue Familien organisierten die Schulfeiern. George und seine Frau haben ein Kind adoptiert. Rowley und Helen haben sich zurückgezogen, und schließlich haben sie sich getrennt und das Land verkauft mitsamt Vieh und allem. Rowley ist weggezogen, aber Helen hat sich geweigert, das Farmhaus zu verlassen. Er konnte nicht bleiben, und sie konnte nicht gehen. Dann ist das Leben einfach weitergegangen, nur anders. Eine ganze Weile bewegte sich alles wie in Zeitlupe, stiller, langsamer. Und dann, als wir alle schon geglaubt haben, es sei vergessen, fängt es wieder von vorne an.«

»Hat Patrick einem von ihnen was geschuldet?«, frage ich. »Nicht unbedingt Geld. Irgendwas.« *Gibt es einen Grund, warum er die Schuld an Elsies Tod hätte auf sich nehmen sollen?*

Harriet sieht mich überrascht an. »Zumindest hat er mir nie etwas erzählt«, antwortet sie. »Tatsächlich wäre es eher andersherum gewesen, zumindest was George und Linda betraf.«

»Was meinst du damit?«

»Linda ist überfallen worden«, erzählt Harriet. »Das war noch vor deiner Geburt. Es war ein brutaler Angriff, und dein Vater hat die Angreifer verjagt. Linda ist übel zugerichtet worden. Die Leute haben auch von Vergewaltigung gesprochen, aber wenn das stimmt, dann hat George es zumindest aus den Zeitungen gehalten. Ich nehme an, wenn man bei der Polizei ist, kann man das.«

»Und Patrick hat sie gerettet?«

Harriet nickt. »Aber er kam nicht früh genug, und deshalb hat er sich immer Vorwürfe gemacht. Linda hat später herausgefunden, dass sie keine Kinder bekommen konnte. Patrick hat mir mal erzählt, das könnte mit dem Überfall zu tun haben.«

Schweigend denke ich erst einmal nach. Hat Patrick sich solche Vorwürfe wegen des Überfalls gemacht, dass er die Schuld für etwas auf sich genommen hat, das einer der anderen getan hat? Das klingt zumindest unwahrscheinlich. Der Überfall war nicht seine Schuld … Es sei denn, er war derjenige, der Linda Fisher vergewaltigt hat. Aber wenn Patrick ein brutaler Vergewaltiger ist, wie hoch sind dann die Chancen, dass sein bester Freund ein Kindermörder ist?

»Glaubst du, was damals passiert ist, steht mit dem heutigen Fall in Verbindung?«, frage ich, obwohl ich die Antwort schon kenne.

»Natürlich steht das miteinander in Verbindung«, erklärt

Harriet dann auch. »Elsies Tod vor all diesen Jahren hat einen Riss durch die Insel gezogen, der sich erst wieder schließen wird, wenn wir erfahren, wo sie wirklich ist, und sie zur Ruhe betten können. Und ich glaube nicht, dass wir Abigail finden werden, ohne auch herauszufinden, wer Elsies wahrer Mörder ist.«

33

KATHRYN

Google sei Dank habe ich nach nur fünf Minuten Adresse und Telefonnummer von Kevin Wilsons Kanzlei. Ich will nicht dorthin. Ich will ihn weder sehen noch mit ihm sprechen. Ich bin ein Angsthase, ich weiß. Er ist ein erwachsener Mann, und ich fühle mich wie ein kleines Mädchen. Zu meiner eigenen Überraschung bin ich wütend … wütend auf meinen Bruder, der nicht mitgekommen ist, um mir bei der Suche nach der Wahrheit zu helfen; wütend auf meine Mum, die in ihrer Feigheit versucht hat, sich umzubringen, und wütend auf mich selbst, weil ich immer zu betrunken war, um ihr zu helfen. Ich bin wütend auf meinen Dad, der das Ganze erst ausgelöst hat, und ich bin sogar wütend auf die arme Abigail Warner, die alles wieder an die Oberfläche gezerrt hat, und das ausgerechnet an diesem Tag. Auf einmal ist alles so … so scheiße. Mittlerweile bin ich dreißig, und mein ganzes Leben habe ich im Schatten dieses einen einzigen Ereignisses gelebt, und plötzlich ballt sich dieser Schatten direkt über meinem Kopf zu einer schwarzen Masse zusammen, die mich zu erschlagen droht. Ich schäme mich nicht zu sagen, dass ich mich eine Meile von Harriets Haus entfernt in den Kies am Straßenrand setze und heule wie ein Schlosshund. Vor lauter Frust und weil ich mich selbst bemitleide. Ich sitze gut zehn Minuten dort, vielleicht mehr, und mein Hintern wird kalt. Dann klingelt mein Handy. Ich fische es aus der Tasche, und auf dem Display steht: »Miriam«.

»Miriam, ist alles okay? Geht es um Mum?« Ich versuche, nicht hörbar zu schniefen, und wische mir mit dem Ärmel ekelhaft viel Schnodder von der Nase.

»Nein, dort ist alles unverändert«, antwortet sie. »Ich wollte nur mal hören, ob du den Fall schon geknackt hast. Warum weinst du?«

Woher zum Teufel weiß sie das? »Tue ich doch gar nicht«, lüge ich. »Das kleine Mädchen. Abigail. Sie wird noch immer vermisst. Überall sind Leute, die nach ihr suchen. Das ist der reinste Zirkus hier.«

»Und deswegen bist du dort hingefahren? Um dieses vermisste Mädchen zu finden?«

Ich seufze. Es ist sinnlos, bei Miriam um den heißen Brei herumzureden. Wie sie mir einmal gesagt hat: Auf Unsinn reagiert sie allergisch.

»Okay. Gut. Wenn du es unbedingt wissen willst: Ich habe nichts gefunden, was darauf hindeuten würde, dass Patrick bei seinem Geständnis gelogen hat. Nichts lässt einen anderen Täter vermuten, und ich habe noch immer keine Ahnung, warum Mum getan hat, was sie getan hat. Ich denke, ich werde einfach wieder nach Hause fahren und das Ganze vergessen.«

Während ich spreche, bemerke ich eine Bewegung aus dem Augenwinkel heraus. Da huscht etwas zwischen die Bäume am Rand des Feldes. Ist das ein Tier? Oder ist das Harriet, die sehen will, wo ich als Nächstes hingehe? Oder jemand anderes?

»Gute Idee«, sagt Miriam. »Das würde ich definitiv auch tun. Lass es einfach. Und dann verbring den Rest deines Lebens damit, dir den Kopf zu zermartern. Ganz einfach …«

»Jaja, schon gut. Ich weiß, was du meinst«, unterbreche ich sie und schaue zu der Stelle, von der ich inzwischen sicher bin, dass mich von dort jemand beobachtet hat. Ich stehe auf und klopfe mir den Dreck vom Hintern. »Ja, es gibt da wohl noch ein paar Spuren, denen ich folgen sollte, bevor ich aufgebe.«

»Na, das klingt doch schon wieder mehr wie die Kathryn, die hier vor drei Tagen weggefahren ist«, sagt Miriam fröhlich. »Jetzt zieh das durch. Stell deine Fragen, und wenn du wieder hier bist, kannst du dein Leben weiterleben.«

Ich weiß, dass sie es gut mit mir meint, aber sie sagt das, als würde ich mir hier ein Wellness-Wochenende gönnen, um über eine gescheiterte Beziehung hinwegzukommen. Trotzdem hat sie in einem Punkt recht: Ich kann erst nach Hause fahren, wenn ich all meine Optionen hier erschöpft habe. Ich will nicht bereuen, gefahren zu sein, denn ich weiß genau, dass ich nie wieder zurückkehren werde. Und das wiederum heißt, dass ich zu Kevin Wilson muss.

»Ich habe doch recht, oder?«, neckt Miriam mich, als ich nicht antworte.

»Ich kann das weder bestätigen noch verneinen«, sage ich. Ich sehe ihr schmutziges Grinsen förmlich vor mir, und ich wünschte, sie wäre hier.

»Aber pass auf, meine Liebe«, sagt sie plötzlich in sanftem Ton. »Viele Menschen mögen es nicht, wenn man in der Vergangenheit rumwühlt.«

Wir legen auf, und ich rufe endlich in der Kanzlei an. Kevin Wilsons Sekretärin klingt hundemüde, als sie mich darüber informiert, dass ihr Chef heute im Homeoffice ist. Wilson hat Patrick nicht vor Gericht verteidigt. Er ist Anwalt für Familienrecht, kein Strafverteidiger. Aber er ist weithin als *unser* Familienanwalt bekannt, und so kann ich mir gut vorstellen, dass auch er am Jahrestag von Elsies Verschwinden von der Presse belagert wird. Angesichts dessen, was hier gestern Morgen passiert ist, überrascht es mich auch nicht, dass er sich versteckt hat. Und es überrascht mich ebenfalls nicht, als die Sekretärin mir erklärt, sie könne mir seine Privatadresse nicht geben. Als wenn das ein Problem wäre. An einem Ort wie diesem könnte ich einfach jemanden auf der Straße fragen, und vermutlich würde ich dann nicht nur seine Adresse, sondern auch eine Liste seiner Eheprobleme bekommen. Doch glücklicherweise muss ich niemanden ansprechen, denn ich habe ja Beth.

»Hi«, sagt sie, als sie ans Handy geht, und ihr fröhlicher Tonfall lässt mich lächeln. »Du bist ja noch da.«

»Ich komme einfach nicht weg«, bemerke ich trocken. »Weißt du zufällig, wo Kevin Wilson wohnt?«

Mir kommt der Gedanke – und ja, ich weiß, es ist zu spät –, dass Beth mich jetzt fragen wird, warum ich das wissen will. Scheiße, Scheiße, Scheiße. Ich sollte hier doch niemanden kennen und besuchen erst recht nicht.

»Der Anwalt? Ich glaube, der wohnt nicht mehr auf dieser Seite der Insel. Oh ... Moment ...« Ich höre jemanden im Hintergrund. »Offenbar ist er im Augenblick hier. Und das auch noch in deiner alten Unterkunft. Irgendwie komisch.«

»Im *The Swimming Unicorn*?«, hake ich nach und stöhne innerlich. Der Anwalt meines Vaters und ich, wir wären uns also fast über den Weg gelaufen, doch das B&B ist so ziemlich der letzte Ort, an den ich wieder will. »Toll. Danke.« Apropos B&B ... Wenn ich noch länger auf Anglesey bleiben will, dann brauche ich eine Unterkunft. »Warte ... Du weißt nicht zufällig, wo ich ein Zimmer bekommen könnte, oder? Ich überlege, noch eine Nacht zu bleiben.«

Zu meiner Überraschung fragt Beth mich weder, warum

ich plötzlich wieder bleiben will, noch, warum ich einen Anwalt brauche. Kurz hält sie inne, als denke sie nach; dann sagt sie: »Wenn du willst, kannst du bei mir wohnen.«

»Oh, ich wollte nicht … Ich meine, ich würde dich nie darum bitten. Darauf wollte ich nicht hinaus«, plappere ich.

Beth lacht. »Das weiß ich doch. Das war ein Angebot«, sagt sie. »Das passt schon. Du siehst definitiv nicht wie ein Killer aus. Ich schicke dir die Adresse per SMS. Sag mir Bescheid, wenn du unterwegs bist; dann komme ich runter und lass dich rein.«

Ich weiß nicht, was ich sagen soll. Mir sollte doch klar sein, wie gefährlich es ist, so ein Angebot von einer Fremden anzunehmen, aber nun bin ich erst einmal gerührt.

»Danke«, sage ich. »Das ist wirklich nett von dir. Gibt es schon was Neues von Abigail?«

»Um sechs findet wieder eine Pressekonferenz statt«, antwortet Beth. »Karen – die, die vorhin die Schinkensandwiches verteilt hat – sagt, sie sprechen jetzt nicht mehr von einem vermissten, sondern von einem entführten Kind. Inzwischen haben sie ein so riesiges Gebiet abgesucht, dass wir sie bereits hätten finden müssen, wenn sie sich nur verirrt hätte.«

»Gib die Hoffnung nicht auf«, erwidere ich und fühle mich wie eine Heuchlerin. Mir war von Anfang an klar, dass sie gekidnappt worden ist – von dem Moment an, da ich Abigails Gesicht im Internet gesehen habe.

*

Laut Google Maps bin ich zehn Minuten Fußmarsch vom *The Swimming Unicorn* entfernt, aber ich bin heute schon weiter gelaufen als in den letzten sechs Monaten zusammen, und ich wünschte, ich hätte den Wagen genommen. Natürlich hätte ich auch dann keine Zeit, mich mal zwischendurch ins Bett zu kuscheln und mir ein paar Folgen einer Netflix-Serie reinzuziehen, aber ich kann mich schlicht nicht daran erinnern, dass Nancy Drew oder Columbo je so weit gelaufen sind.

Nora steht hinter ihrer Theke, als ich hereinkomme, und als sie mich sieht, reißt sie wie eine Comicfigur die Augen auf und versucht, einen Schritt zurückzuweichen. Bevor sie jedoch weglaufen kann, hebe ich abwehrend die Hände.

»Ich will keinen Ärger machen«, sage ich, obwohl ich das auch heute Morgen nicht gemacht habe. »Man hat mir nur gesagt, dass Kevin Wilson hier wohnt, und ich würde gerne mit ihm sprechen.«

»Ich kann Ihnen nicht die Namen meiner Gäste geben«, erwidert Nora. »Sie wissen schon. Datenschutz.«

»Dann logiert er also wirklich hier«, erwidere ich rasch.

Nora verzieht das Gesicht, als sie erkennt, dass sie sich selbst ein Bein gestellt hat.

»Schon gut, Nora«, sagt eine müde Stimme hinter ihr.

Dann tritt ein Mann aus dem Büro. Er hat dichtes graues Haar und ein faltiges, freundliches Gesicht. Sofort kommt er mir vertraut vor. Das ist einer der Männer aus meinem Traum.

»Hallo, Kathryn«, sagt er. Nora reagiert nicht, als sie den Namen hört. Ich frage mich, ob sie schon die ganze Zeit über gewusst hat, wer ich bin. »Lange nicht gesehen.«

34

KATHRYN

»Was willst du von mir, Kathryn?«, fragt Kevin, als Nora uns endlich alleine lässt. Wir sitzen in einer Ecke des leeren Frühstücksbereichs. Nora hat ein Feuer im Kamin geschürt, uns Tee gebracht und einfach alles getan, um etwas von unserem Gespräch mitzubekommen. Aber wir haben uns verlegen angeschwiegen, bis Nora schließlich keinen Grund mehr gefunden hat zu bleiben. Erst dann hat Kevin seine doch recht offene Frage gestellt.

»Begrüßt man so eine alte Freundin der Familie?«, blaffe ich. Ich bin müde und gereizt.

»Du weißt doch, was hier los ist, oder?«, fragt Kevin in einem Tonfall, als würde er mit einem kleinen Kind sprechen. »Vielleicht siehst du dann ja auch, dass die Insel im Moment nicht gerade der beste Ort für dich ist.«

»Ich wüsste nicht warum«, erwidere ich und zucke mit den Schultern. »Immerhin ist Patrick so ziemlich der einzige Mensch, der das *nicht* getan haben kann, oder siehst du das anders? Diesmal sind die Bowens unschuldig. Es sei denn, du glaubst, ich will die Tradition meines alten Herrn weiterführen. Fünfundzwanzig Jahre später kehrt die verlorene Tochter wieder zurück, um zu beenden, was ihr Vater, der Kindermörder, begonnen hat.«

Kevin zuckt unwillkürlich zusammen, als hätte ich ihm ins Gesicht geschlagen.

»Ich weiß, dass du es nie leicht hattest, aber das ist kein Grund, jetzt so zu reden.«

Ich bin sicher, dass er nicht die geringste Ahnung davon hat, was es heißt, wenn dein Held, zu dem du immer aufgeschaut hast, sich plötzlich in ein Monster verwandelt. Für die meisten Leute ist es ja schon schwer genug, wenn sie irgendwann herausfinden, dass ihre Eltern nicht unfehlbar sind, dass sie genauso Mist bauen wie alle anderen auch. Aber wenn man herausfinden muss, dass der eigene Vater ein Monster ist, das Böse verkörpert, der Teufel ist … Nein, ich glaube nicht, dass Kevin weiß, wie mein Leben gewesen ist. Dank jahrelanger Therapiesitzungen bekomme ich jedoch keinen Wutausbruch. Stattdessen schaue ich angemessen beschämt drein und entschuldige mich.

»Ich habe einfach nur viele Fragen«, sage ich und bemühe mich, wie das traurige kleine Mädchen zu klingen, für das Kevin mich hält. »Patrick … Ich meine Dad …« Ich ersticke fast an den Worten. »Dass er sich schuldig bekannt hat und dann nicht erzählen wollte, warum er es getan hat, wie sie gestorben ist und wo er sie versteckt hat …« Ich klimpere mit den Wimpern. »Ich nehme an, er hat auch dir nie etwas erzählt, oder?«

Kevin atmet tief durch. »Ich war nicht sein Strafverteidiger, aber das weißt du vermutlich.«

»Aber du warst sein Freund«, erwidere ich. »Er muss dir doch was gesagt haben. Deshalb hast du am Morgen von Elsies Verschwinden auch angerufen.«

Kevin hebt die Augenbrauen so hoch, dass sie beinahe im Haaransatz verschwinden. »Wer hat dir das erzählt?«

»Das steht im Polizeibericht«, lüge ich rasch, und ehe er fragen kann, wie ich an den Polizeibericht gekommen bin, fahre ich fort: »Oder vielleicht hat es mir auch meine Mum erzählt … Ich weiß nicht mehr … Ich habe so viel gehört … Aber es stimmt doch, oder? Du hast ihn an diesem Vormittag angerufen, bevor Elsie als vermisst gemeldet worden ist. Warum?«

»Ich erinnere mich nicht«, antwortet Kevin. Er lügt. »Zu dieser Zeit habe ich viel mit deinem Vater gesprochen. Da könnte ich ihn auch an diesem Tag angerufen haben.«

»Ach, komm schon«, sage ich. »Erwartest du wirklich, dass ich dir glaube, du würdest dich nicht daran erinnern, was du an dem Tag gesagt hast, als der berüchtigte Patrick Bowen ein fünfjähriges Mädchen ermordet hat? War es einfach bloß ›Hey Patch, wie geht's? Hast du das Spiel gestern gesehen?‹, oder mehr ›Hey Patrick, jemand hat gerade ein Kind umgebracht, und es wäre wirklich nett, wenn du die Schuld auf dich nehmen würdest‹.«

Kevin wird kreidebleich. »Bist du nur gekommen, um mir vorzuwerfen, ich hätte deinem Vater die Schuld in die Schuhe geschoben? Und das aufgrund eines einzigen Telefonats?«

Wenn ich angespannt oder wütend bin, dann werde ich frech und aggressiv; also atme ich erst einmal tief durch. »Nein, eigentlich nicht, Kevin. Das will ich damit nicht sagen. Aber irgendetwas stimmt hier nicht, und ich denke, du weißt, was ich meine. Ich denke, wenn es irgendjemanden gibt, der mehr darüber weiß, was mit Elsie Button passiert ist, dann du.«

Kevin steht auf. Er will gehen. Vorher schaut er mir jedoch tief in die Augen. »Jeder von uns trifft Entscheidungen im Leben, Kathryn«, sagt er. »Und wir müssen alle damit leben, egal, wie lange dieses Leben auch dauern mag. Ich habe von deiner Mutter gehört. Das tut mir leid. Ich hoffe, sie erholt sich wieder.«

Ich weiß nicht, warum ich lüge, vor allem, wenn er das so

einfach überprüfen kann, aber ich will wohl einfach Kevins Reaktion sehen.

»Oh, weißt du das noch nicht?«, sage ich schnell, bevor er wieder verschwunden ist. »Meine Mutter ist aus dem Koma erwacht. Irgendwann heute könnte sie schon wieder sprechen. Dann sollte sie mir auch sagen können, was sie mir bereits erzählt hätte, als ich nicht ans Telefon gegangen bin, und uns erklären, warum sie versucht hat, sich umzubringen.«

Kevin dreht sich nicht schnell genug um. Ich sehe deutlich, wie er wieder kreidebleich wird.

»Das ist ja toll«, sagt er. Inzwischen hat er das Gesicht abgewandt, doch seine Stimme klingt angespannt. »Bitte, grüß sie von mir. Ich muss jetzt gehen.« Kurz dreht er sich noch einmal um. »Es war schön, dich zu sehen, Kathryn, aber ich denke, es wäre besser, wenn du nun wieder nach Hause fährst. Im Augenblick haben wir auf der Insel genug zu tun. Pass auf dich auf.«

Als er weggeht, sehe ich, wie er das Handy aus der Tasche holt. Ich würde alles dafür geben, um zu hören, wen er da anruft und was er sagt.

Draußen schaue ich auf mein Handy, und wie sie es versprochen hat, hat Beth mir eine SMS mit ihrer Adresse geschickt. Allerdings wird sie erst in einer Stunde nach Hause kommen. Ob das okay für mich sei, will sie wissen. Ich schreibe ihr zurück: Natürlich. Ich habe ja meinen Laptop, um mich zu beschäftigen. Nachdem ich noch kurz mit Miriam gechattet habe, die mich darüber informiert, dass sich der Zustand meiner Mutter nicht verändert hat, beschließe ich, in den Pub zu gehen, denn inzwischen weiß ich, dass es auch dort einen WLAN-Hotspot gibt. Vielleicht ist Beth ja auch dort. Dann kann ich sie nach Hause fahren.

Der Pub ist voller als gestern Abend, als ich mit Beth hier

gewesen bin. Doch die meisten Gäste scheinen Fremde und keine Einheimische zu sein. Kurz frage ich mich, was jetzt wohl die Urlauber machen, die hier waren, als Abigail verschwunden ist. Haben sie sich den Suchtrupps angeschlossen? Oder ist der Strand immer noch voll mit Kindern, die freudig kreischend durch den Sand stolpern und in die Wellen springen? Vielleicht haben aber auch alle zu viel Angst, ihre Kinder herumtollen zu lassen, denn schließlich ist hier ein Entführer unterwegs. Ich erinnere mich noch daran, was nach Madeline McCanns Verschwinden an der Praia da Luz passiert ist. Manche sind extra dort hingefahren, um den Tatort zu sehen; andere haben einen riesigen Bogen um den Ort gemacht, und Letztere waren deutlich in der Mehrzahl. Pentraeth hat nach Elsies Verschwinden vermutlich genauso gelitten, und solange Abigail nicht gefunden wird, haben die Insulaner eine harte Zeit vor sich. Selbst wenn sie gefunden wird, wird die Berichterstattung dafür sorgen, dass Pentraeth lange Zeit mit vermissten Kindern in Verbindung gebracht werden wird.

Dai steht wieder hinter dem Tresen. Er scheint dort genauso verwurzelt zu sein wie Ted Danson in *Cheers*. Ich glaube, in den Pubs von Manchester bin ich nie mehr als einmal vom selben verwahrlosten Teenager bedient worden, der sich in der Kneipe ein paar Pfund dazuverdienen will. Dai nickt knapp zum Zeichen, dass er sich an mich erinnert, aber er lächelt nicht und sagt auch kein Wort. Dass ich gestern bei Beth gesessen habe, macht mich noch lange nicht zum Insider. Ich will nach einem Latte fragen, doch stattdessen sage ich: »Wodka Tonic, bitte.« Na ja, wenigstens ohne Eis.

Sie müssen wissen, wenn man erst einmal Scheiße gebaut hat und rückfällig geworden ist, nachdem man neun Jahre abstinent geblieben ist, dann kostet es einen beim zweiten

Mal weniger Überwindung. Ich meine, um eine so lange Zeit wegzuwerfen, muss es einem schon ziemlich dreckig gehen.

»Ist Beth nicht hier?«, frage ich, als Dai das Glas vor mich stellt. Er schaut sich theatralisch um, sieht dabei aber so aus, als wisse er es wirklich nicht.

»Na ja, ich sehe sie zumindest nicht«, antwortet er und geht wieder zum Zapfhahn. Wie charmant.

Ich nehme meinen Drink und setze mich damit an den nächsten Tisch. Wenn Beth nicht hier ist, dann trinke ich nur schnell was und warte den Rest der Zeit im Wagen. Google Maps versichert mir, dass es lediglich eine kurze Fahrt bis zu ihrer Wohnung ist, aber ich will keine unnötige Aufmerksamkeit erregen, weil man mich wegen Alkohol am Steuer anhält. Als ich nach unten greife, um meinen Laptop aus der Tasche zu holen, fällt ein Schatten auf den Tisch. Neben mir steht ein Mann, vermutlich Ende fünfzig, lässig gekleidet und mit einem Rucksack über der Schulter.

»Ist hier noch frei?«, fragt er. Ich schaue mich um. Mir ist egal, ob er das unhöflich findet. Tatsächlich kann ich jedoch keinen anderen freien Platz sehen, und er hat schon ein Getränk in der Hand. Ich seufze vernehmlich und deute auf den zweiten Stuhl an meinem Tisch. »Bitte sehr«, sage ich.

»Danke.« Der Mann setzt sich, und ein peinliches Schweigen tritt ein. Ich muss meinen Laptop rasch rausholen, damit er nicht noch ein Gespräch beginnt, doch das Ding steckt fest … Scheiße, verdammt … zu spät.

»Helfen Sie bei der Suche?«, fragt er.

»Ja«, antworte ich in der Hoffnung, meine knappe Antwort würde ihm zeigen, dass ich keine neuen Freunde suche.

»Furchtbar, nicht wahr?«, bemerkt er. Offenbar hat er den Wink mit dem Zaunpfahl nicht verstanden. »Glauben Sie, sie werden sie finden?«

»Ich …« Misstrauisch kneife ich die Augen zusammen. Er hat »sie« gesagt, nicht »wir«. »Warum sind Sie hier?«, frage ich.

Der Mann verkneift den Mund und zuckt verlegen mit den Schultern. »Man sollte glauben, jetzt wo ich diesen Job schon dreißig Jahre mache, könnte ich das besser verbergen. Ich arbeite an einer Story über Abigails Verschwinden.«

»Sie sind Reporter«, seufze ich genervt.

Er nickt und beugt sich zu mir. »Folgendes, Kathryn …«, beginnt er. Als ich ihn meinen echten Namen sagen höre, wird mir schlecht. Wie konnte ich nur so dumm sein zu glauben, dass mich inmitten eines solchen Falls niemand erkennen würde? »Wenn ich einen Kommentar von Ihnen bekommen könnte, dann wäre das die dreißig Jahre wert.«

Plötzlich wird mir bewusst, dass mehrere Gäste verstohlen zu uns schauen. Scheiße, Scheiße, Scheiße, Scheiße …

»Verpissen Sie sich«, knurre ich. Nun bin ich froh, dass ich meinen Laptop nicht rausbekommen habe. So kann ich mir jetzt einfach meine Tasche schnappen und aufstehen.

»Das hat auch Ihre Mutter vor fünfundzwanzig Jahren gesagt«, erwidert der Kerl. Er spricht leise genug, sodass bloß ich ihn hören kann. »Aber wir haben die Story trotzdem gedruckt. Sie können die Medien nicht aufhalten, Kathryn, allerdings mit ihnen kooperieren. Was, glauben Sie, steht morgen in allen Zeitungen? Kurz nach Mittag hat sich herumgesprochen, dass Sie hier sind. Man hat Sie in der Bücherei erkannt. Das reicht zeitlich, um auf der Titelseite zu landen. Dagegen kann ich nichts mehr tun, aber ich kann Ihre Seite rüberbringen. Ich kann Ihre Story aus Ihrem Blickwinkel erzählen, oder Sie geben sich einfach mit dem zufrieden, was andere über Sie schreiben.«

Ich hasse mich selbst dafür, dass ich überhaupt über dieses Angebot nachdenke. Schließlich weiß ich, wie Journalisten ticken. Mein Wohl liegt dem Kerl bestimmt nicht am Herzen. Doch das heißt nicht, dass er falschliegt. Wenn es sonst nichts zu berichten gibt, dann könnte es eine Erwähnung wert sein, wenn man mich hier sieht, vielleicht auf Seite 3 oder 4. Aber am Tag nach dem Verschwinden eines Kindes, und das genau zum Jahrestag von Elsies Ermordung … Das kommt natürlich auf die Titelseite, keine Frage.

»Warten Sie«, sage ich und lasse mich wieder auf den Stuhl herab. Ich weiß nicht, ob es irgendeinen Journalistenkodex gibt, der verhindert, dass die anderen im Pub sich auf mich stürzen, doch ich fühle förmlich ein kollektives Seufzen, als ich mich wieder setze. »Was meinen Sie mit ›Das hat auch Ihre Mutter vor fünfundzwanzig Jahren gesagt‹? Hat sie das zu Ihnen gesagt? Haben Sie früher schon mal über den Mord an Elsie berichtet?«

Der Mann lächelt selbstbewusst, und ich verfluche mich dafür, dass ich nicht sofort erkannt habe, dass er von der Presse ist. Er hat mich kalt erwischt.

»Ja, das habe ich«, antwortet er. »Ich war nur wenige Stunden nach der Tat am Ort von Elsies Verschwinden.«

»Und für wen arbeiten Sie?«

»Für den *Guardian*.« Er kramt in seiner Gesäßtasche herum und sucht nach seinem Presseausweis. Diesmal lügt er nicht.

»Okay, ich werde mit Ihnen sprechen«, sage ich, ohne mir das genau zu überlegen. Der Mann hat recht. Morgen wird die Story in den Zeitungen stehen. Jetzt habe ich keine Chance mehr hierzubleiben; also kann ich genauso gut versuchen, ihm ein paar Informationen aus der Nase zu ziehen, bevor ich wieder nach Hause muss. »Aber nicht hier.«

Er nickt eifrig. »Wollen wir meinen Wagen nehmen?«, fragt er.

»So verlockend das auch klingt ...« Ich winde mich innerlich. »Das hier ist die Adresse meiner Freundin. Wir treffen uns dort in vierzig Minuten.«

Ich werde Beth erklären müssen, wer ich wirklich bin, bevor sie es morgen in der Zeitung liest. Hoffentlich schockiert sie das nicht so sehr, dass sie mich und den Reporter nicht reinlassen wird. Vierzig Minuten sind zumindest Zeit genug, um mir zu überlegen, was ich ihm sagen und was ich ihn fragen will.

Der Mann nimmt das Blatt Papier, das ich ihm hinhalte. »Ist das die Polizeibeamtin?«, fragt er. Die Frage verwirrt mich.

»Hä?«

»Das Mädchen, mit dem Sie immer rumgehangen haben. PC Fisher, glaube ich. Ist das ihre Adresse? Wollen Sie echt, dass ich da auftauche? Normalerweise ist die Polizei nicht gut auf uns zu sprechen.«

Meine Wangen werden heiß, und seine Worte klingeln mir in den Ohren. Ich habe mich in meinem ganzen Leben noch nicht so dumm gefühlt. Eine Polizeibeamtin. Sie wusste von Anfang an, wer ich bin. Und ich bin ihr in die Falle gegangen.

»Ich muss los«, sage ich. »Wir treffen uns vor dieser Adresse. Sagen wir, in einer Stunde. Davor muss ich mich noch mit PC Fisher unterhalten.«

*

Draußen laufe ich in eine Gasse, lehne mich an die Rückwand des Pubs und atme so tief durch, wie ich kann. Es stinkt. Hier stehen die Mülleimer, und vermutlich kotzen hier nachts auch die Besoffenen hin. Dazu kommt der Gestank von Urin und etwas, das verrottende Tierkadaver sein könnten. Ich versuche, die Luft anzuhalten, während ich Beths – sorry, PC Fishers – Nummer wähle, aber es geht keiner ran. Ich kann noch immer nicht wirklich glauben, was der Reporter gesagt hat, doch je mehr ich darüber nachdenke, desto unwahrscheinlicher erscheint es mir, dass ich ausgerechnet hier eine neue beste Freundin gefunden habe. Und Fisher? Habe ich den Namen nicht schon mal gehört?

Ich kann nicht klar denken. Mein Kopf pocht. Ich gehe noch einmal jedes einzelne Wort im Geiste durch, das ich zu ihr gesagt habe und sie zu mir. Ich rufe mir jedes Gespräch ins Gedächtnis zurück und überlege, ob ich irgendetwas gesagt habe, was sie gegen mich verwenden könnte. Glaubt sie, dass ich Abigail entführt habe? Hat sie deshalb so an mir geklebt? Vielleicht glaubt sie ja, ich würde sie zu Abbys Kerker führen. Falls ja, dann hat sie ihre Zeit verschwendet.

Ich lege die Hände vors Gesicht und kämpfe gegen das Verlangen an, laut zu schreien. Ich wähle erneut, und das laute Klingeln in meinem Ohr verhindert, dass ich die Schritte hinter mir höre. Ich bemerke erst, dass jemand hinter mir ist, als er mir irgendwas über den Kopf stülpt und mich zu Boden reißt.

35

BETH

Zum dritten Mal hintereinander wählte Beth Kathryns Nummer und hörte es klingeln. Sie versuchte es schon, seit sie die entgangenen Anrufe von Kathryn entdeckt hatte. Das war vor einer halben Stunde gewesen, doch bis jetzt hatte sie sie nicht erreicht. Kathryn hätte bereits vor zehn Minuten hier sein sollen.

Sollte sie den DI anrufen? Aber was sollte sie ihr sagen? Dass Kathryn nicht ans Handy ging? DI Grant hatte auch so schon genug um die Ohren, und ihre Ressourcen waren knapp. Jeder verfügbare Beamte – tatsächlich jede willige Person – in einem Umkreis von hundert Meilen suchte nach Abigail Warner, und es war äußerst unwahrscheinlich, dass DI Grant da Kräfte abziehen und auf eine erwachsene Frau ansetzen würde, die sich schlicht verspätet hatte.

Es klingelte an der Tür, und Beth dankte dem Universum, dass sie sich den Anruf bei Grant verkniffen hatte. Sie hätte sich nur zum Narren gemacht, wenn sie eine Person als vermisst gemeldet hätte, die fünf Minuten später vor ihrer Tür stand. Kathryn – Beth durfte nicht vergessen, sie Verity zu nennen – hatte ihr Handy vermutlich bloß stummgeschaltet.

Beth warf die Tür auf. Auch wenn sie die Lügen leid war, musste sie das durchziehen. Eines war in jedem Fall sicher: So bald würde Beth sich nicht mehr für den Undercover-Dienst melden. Sie war einfach schlecht darin. Doch vor der

Tür stand nicht Kathryn, sondern ein Mann. Und er roch nach Reporter.

»Kein Kommentar«, sagte Beth und schickte sich an, die Tür zu schließen.

»Kathryn Bowen hat mir gesagt, ich solle mich hier mit ihr treffen«, erklärte der Reporter rasch, bevor Beth ihm die Tür vor der Nase zuschlagen konnte. »Sie wollte mir ein Interview geben.«

Beth zog die Tür wieder auf und legte die Stirn in Falten. »Das halte ich für eher unwahrscheinlich«, bemerkte sie und musterte den Kerl von Kopf bis Fuß. Er trug Jeans mit Sportschuhen – ein erster Hinweis darauf, dass er nicht von hier stammte – und einen blauen Pullover, aus dem ein Hemdkragen ragte. Er war rotgesichtig, und sein blondes Haar wurde allmählich dünner. »Warum sollte sie auch mit Ihnen sprechen?«

Er schaute ein wenig verlegen drein. »Weil ich ihr gesagt habe, die Zeitungen würden so oder so darüber berichten, dass sie auf der Insel ist – egal, ob sie nun mit mir spricht oder nicht. Und ich habe ihr gesagt, ich könne ihr Informationen zum Fall Elsie Button geben.«

»Was für Informationen?«

»Nichts, was die Polizei nicht schon weiß«, antwortete der Mann. »Allerdings hatte ich nicht den Eindruck, sie wäre darüber im Bilde, dass ihre beste Freundin hier für die Polizei arbeitet. Sie ermitteln wohl undercover, oder?«

Beths Herz setzte einen Schlag lang aus. »Und Sie haben sie aufgeklärt, nehme ich an.«

»Das war nur fair. Es ist nicht richtig, das arme Ding anzulügen. Sie hat schon genug durchgemacht. Sie ist also nicht hier, oder?«

»Nein, ist sie nicht«, blaffte Beth. »Und nun wird sie

wohl auch nicht mehr kommen, verdammt. Wo haben Sie sie gesehen?«

»Im *Old Lion and Tap*.«

Beth griff nach ihrem Mantel.

»Aber da brauchen Sie jetzt nicht mehr hin. Sie ist vor mir gegangen. Ihr Wagen steht noch vor dem B&B.«

»Okay. Vielen Dank.« Dann schlug sie ihm wirklich die Tür vor der Nase zu. »Wichser.«

*

Beth griff nach ihrem Handy und wählte die Nummer des B&B. »PC Fisher hier. Ich suche nach Verity. Leider kenne ich ihren Nachnamen nicht, aber ich glaube, sie hat letzte Nacht bei Ihnen gewohnt. Sie wollte noch mal zurück, um mit Kevin Wilson zu sprechen, dem Anwalt. Seitdem habe ich sie nicht mehr erreicht.«

»Tut mir leid. Ich weiß nicht, von wem Sie reden. Hier hat niemand mit diesem Namen gewohnt, und Mr Wilson ist schon den ganzen Tag unterwegs.«

»Was?« Beth war verwirrt. Warum log Nora?

»Ich habe viel zu tun. Wenn ich jemanden sehe, der auf den Namen Verity hört, dann kann ich mich doch auf dem Revier melden, oder?«

»Sparen Sie sich die Mühe«, erwiderte Beth. Jetzt war ihr vollkommen klar, dass Nora nicht nur bereit war zu leugnen, dass sie Kathryn kannte, sondern auch die Polizei anlügen würde, was die Tatsache betraf, dass sie bei ihr gewohnt hatte.

Beth wusste nicht, was sie tun sollte. Sie fuhr einfach nur durchs Dorf, als ihr Handy plötzlich klingelte. Eine unbekannte Nummer erschien auf dem Display. Womöglich war das ja Kathryn?

»Hallo?« Beth schnappte sich das Telefon und bellte ins Mikrofon. Ihre Stimme klang verzweifelt, ja ängstlich fast. »Verity?«, fragte sie aus Gewohnheit.

»Verity?«, blaffte die Stimme am anderen Ende der Leitung. »Warum sollte Verity … Oh, Mist. Beth?«

Mittlerweile vollkommen verwirrt nickte Beth, obwohl die Frau sie natürlich nicht sehen konnte. »Ja, Beth hier. Mit wem spreche ich?«

Die Frau seufzte, als sei sie gerade zu einem schweren Entschluss gekommen. »Mein Name ist Miriam Walker, und ich rufe an, weil ich nicht mit Kathryn Bowen sprechen kann, dem Mädchen, von dem ich annehme, das es sich Verity nennt. Ich kann sie nicht erreichen, und ich versuche es bereits seit Stunden. Sie hat mir Ihre Nummer gegeben und gesagt, dass sie bei Ihnen übernachten würde.«

»Das war auch so geplant«, erwiderte Beth. »Bisher ist sie aber nicht aufgetaucht. Und ich kann sie auch nicht erreichen.«

»Haben Sie die Polizei angerufen?«

»Ich habe erst seit zwei Stunden keinen Kontakt mehr. Ich …«

»Unter den gegebenen Umständen ist das lange genug. Ich bin auf dem Weg, aber es wird noch ein paar Stunden dauern, selbst wenn ich mich nicht an die Geschwindigkeitsbegrenzung halte. Sie müssen zur Polizei gehen. Wir treffen uns dann da. Solange ich nicht plötzlich die Hauptverdächtige bin, heißt das. Ich habe genug von diesen verdammten Poirot-Filmen gesehen. Ich hoffe nur, man nimmt Sie dort ernst.«

»Ich habe so das Gefühl, dass das kein Problem sein wird.« Beth verzog das Gesicht. »Sie werden sich eher sorgen, dass ich sie verloren habe. Ich bin Polizeibeamtin, Miriam. Ich hatte den Auftrag, im selben Moment Kontakt zu Kathryn aufzunehmen, da sie die Insel betreten hat.«

Nach ein paar ausgewählten Schimpfworten und dem Versprechen von Miriam, dass das mit der Geschwindigkeitsbegrenzung natürlich bloß ein Scherz gewesen war, gelang es Beth, sie davon zu überzeugen, sich trotzdem mit ihr auf dem Revier zu treffen. Allerdings war die alte Dame nach wie vor verdammt wütend darüber, dass Beth Kathryn zwei Tage lang getäuscht hatte.

»Wenn irgendwas schiefgelaufen ist, kann ich ihr am ehesten helfen«, erklärte Beth. »Sie sollten mit mir zusammenarbeiten. Später können Sie mich gerne verfluchen, wie Sie wollen. Wenn Kathryn gefunden ist. Wohlauf.«

Miriam grunzte zustimmend, und erneut verzog Beth das Gesicht. Sie freute sich nicht gerade darauf, die Frau in ein paar Stunden persönlich zu sehen. Und sie freute sich auch nicht darauf, DI Grant berichten zu müssen, dass sie bei dem einzigen echten Auftrag versagt hatte, den man ihr seit ihrem Eintritt in die Polizei gegeben hatte.

*

Erst nach anderthalb Stunden kam DI Grant aus dem Meeting mit dem Chief Superintendent, und Beth sah ihr sofort an, dass das nicht gerade der beste Zeitpunkt war, ihrer Vorgesetzten ihr Versagen zu beichten. Zuerst kam das gefürchtete Seufzen, doch dann entspannten sich Grants Gesichtszüge wieder, sehr zu Beths Überraschung. Vielleicht lag das ja daran, dass Beth so verängstigt aussah.

»Okay«, sagte Grant. »Sie hatten ja auch nicht den Auftrag, sie keine Sekunde aus den Augen zu lassen. Sagen Sie mir, PC Fisher: Glauben Sie, dass Kathryn Bowen ihre Meinung geändert haben könnte und einfach nach Hause gefahren ist?«

Sie klang so hoffnungsvoll, dass Beth sich scheute, ihr diesen Optimismus zu nehmen. Sie hatte den Auftrag gehabt, sich Kathryn Bowen zu nähern und herauszufinden, warum sie wieder nach Anglesey gekommen war – und war zuversichtlich gewesen, das diese Nacht zu schaffen.

»Ihr Wagen parkt noch immer da, wo sie ihn gestern abgestellt hat«, antwortete Beth. »Nichts deutet auf einen Kampf hin, und er ist noch immer abgeschlossen. Aber ich weiß natürlich nicht, ob ihre Sachen im Kofferraum sind.«

DI Grant seufzte wieder. »Dann ist sie also nach wie vor hier. Wo ist sie zuletzt gesehen worden?«

»Sie hat mich heute Nachmittag angerufen, um mir zu sagen, dass sie ins *The Swimming Unicorn* gehen wollte, um mit Kevin Wilson zu sprechen …«

»Mit dem Anwalt ihres Vaters?«

»Genau. Aber Nora hat gesagt, sie habe Kathryn nie gesehen.«

DI Grant legte die Stirn in Falten. »Haben Sie nicht gesagt, sie habe dort gewohnt?«

»Hat sie auch.« Beth nickte. »Also hat Nora gelogen. Ich weiß nur nicht, ob sie damit gemeint hat, sie kenne keine Verity. Unter diesem falschen Namen hat Kathryn sich mir vorgestellt. Nach einer Kathryn habe ich ehrlich gesagt nicht gefragt.«

»Ich werde Kevin Wilson persönlich kontaktieren.«

»Offenbar hat sie sich anschließend mit einem Journalisten im *Old Lion and Tap* getroffen«, berichtete Beth weiter und wartete auf die unvermeidliche Flut von Schimpfwörtern, die jedoch nicht kam.

»Natürlich«, seufzte DI Grant wieder. »Sie kann es einfach nicht auf sich beruhen lassen.« Sie deutete mit dem Stift auf Beth. »Stellen Sie eine Liste von allen Orten zusammen, zu denen sie gehen könnte. Ich werde das überprüfen lassen. Und wenn diese Freundin von ihr eintrifft, dann fragen Sie sie nach der Nummer von jedem, den Kathryn kontaktiert haben könnte. Dann schnappen Sie sich die Akte Elsie Button und machen eine Liste von allen Bekannten der Bowen-Familie, die darin erwähnt werden. Wenn sie noch immer auf der Insel ist, dann will ich, dass sie ohne großes Aufsehen gefunden wird. Weiß dieser Journalist, dass sie vermisst wird?«

»Nein. Er weiß nur, dass sie nicht zu mir gekommen ist. Ich denke, er nimmt an, sie würde sich einfach über mich ärgern.«

»Gut ... Was zum Teufel ist das für ein Lärm?«

Beth wusste sofort, was der Grund für den Aufruhr am Empfang war. Miriam war eingetroffen.

Miriam Walker war ganz und gar nicht das, was Beth erwartet hatte. Zum einen war sie gut eins fünfundsiebzig groß. Beth hatte sich eine kleine Frau vorgestellt, einen regelrechten Giftzwerg, doch Miriam sah eher so aus, als könnte sie Beth zum Frühstück vernaschen. Ihre grauen Haare waren zu einem präzisen Bob geschnitten, und sie trug eine schwarze Brille und knallroten Lippenstift. Ihre perfekt gezupften Augenbrauen hatte sie zusammengezogen, und sie funkelte den Sergeant am Empfang böse an. Ihre Stimme war so laut und schrill, dass man sie vermutlich auf der ganzen Insel hören konnte.

»Hallo, Sie müssen Miriam sein!«, rief Beth. »Bitte, kommen Sie.«

Ohne sich noch einmal umzudrehen, stapfte Miriam ihr hinterher. Beth ging den Flur hinunter zu dem abgelegenen Büro, das man ihr zugeteilt hatte. DI Grant wollte nicht zu viel Aufmerksamkeit auf die Tatsache lenken, dass Patrick Bowens Tochter auf der Insel war, und jetzt wurde sie auch noch vermisst.

»Ich würde mich gerne so schnell wie möglich den Suchtrupps anschließen«, erklärte Miriam und knallte ihre Tasche auf den Tisch. Small Talk war wohl nicht ihr Ding.

Beth runzelte die Stirn. »Den Suchtrupps?«, erwiderte sie verwirrt. »Ich dachte, Sie wären wegen Kathryn hier.«

Nun war es an Miriam, verwirrt zu sein. »Bin ich auch. Sagen Sie mir jetzt nicht, Sie haben sie schon gefunden. Ich habe die ganze Fahrt über immer wieder versucht, sie anzurufen. Zwei Stunden lang habe ich ständig auf Wahlwiederholung gedrückt und nur den Anrufbeantworter dranbekommen. Das ist mir tierisch auf die Nerven gegangen.«

»Nein, wir haben noch nichts von ihr gehört. Es ist bloß … Nun ja, die Suchtrupps hier sind für Abigail Warner. Sie haben doch sicher von dem vermissten Mädchen gehört, oder?«

Miriam seufzte gereizt. »Halten Sie mich für blind, taub und blöd? Natürlich weiß ich von dem Mädchen. Deshalb ist Kathryn doch überhaupt hierhergefahren. Aber wollen Sie mir damit sagen, dass noch nicht mal einer dieser Trupps nach Kathryn sucht? Wer sucht dann?«

Oh Gott. Beth wollte nicht, aber sie musste. »Na ja … im Augenblick nur ich … und jetzt Sie«, fügte sie rasch hinzu, als würde das einen Unterschied machen.

Miriam riss entsetzt die Augen auf. »Nur Sie? Ich will Sie ja nicht beleidigen, Liebes, aber Sie sind diejenige, die sie überhaupt erst verloren hat. Gibt es nicht ein paar …« Beth glaubte, Miriam wollte »kompetentere« sagen, doch taktvoll fuhr Miriam nach kurzem Zögern fort: »… ein paar *erfahrenere* Beamte, die nach ihr suchen könnten?«

»Im strengen Sinn wird sie nicht wirklich vermisst«, erklärte Beth. »Wenn sie nicht Patrick Bowens Tochter wäre, dann würden wir vermutlich gar nicht nach ihr suchen, noch nicht jedenfalls. Sie ist erwachsen. Sie ist nicht so verwundbar wie ein Kind, und sie kommt nicht von hier. Soweit wir wissen, könnte sie einfach nach Hause gefahren sein.«

»Bloß dass ihr Wagen noch hier ist. Solange Sie also nicht davon ausgehen, dass sie lediglich einen verdammt langen Spaziergang macht, um einen klaren Kopf zu bekommen, ist sie noch immer auf der Insel. Und die Tatsache, dass sie nicht bei Ihnen aufgetaucht ist und nicht ans Handy geht, deutet darauf hin, dass sie in Gefahr schwebt.«

»Ich mache mir nur Sorgen, dass das in eine ganz andere Richtung gehen könnte, wenn die Presse davon Wind bekommt«, gab Beth zu.

»Und was ist das für eine Richtung?«, verlangte Miriam zu wissen.

»Ein Mädchen verschwindet am selben Tag, da Patrick Bowens Tochter hier nach fünfundzwanzig Jahren wieder auftaucht. Ein paar Leute werden da wohl nicht mehr an Zufall glauben, und der ein oder andere könnte sogar sagen, Kathryn macht da weiter, wo ihr Vater aufgehört hat. Wie der Vater, so die Tochter.«

Miriam sah aus, als würde sie jeden, der das behauptete, zum Duell herausfordern. »Das ist doch lächerlich«, blaffte sie. »Kathryn war meilenweit entfernt, als sie das von dem vermissten Mädchen herausgefunden hat.«

»Und das würde irgendwann auch ans Tageslicht kommen«, sagte Beth. »Die Presse weiß bereits, dass sie auf der Insel ist. Wenn die Journalisten herausfinden, dass sie jetzt auch noch vermisst wird, dann könnten sie auf die Idee kommen, ihr die Schuld an Abigails Verschwinden zu geben, und das hat sie nicht verdient. Es wäre das Beste, wenn wir sie ohne großes Aufsehen finden könnten. Die Presse darf nicht davon Wind bekommen. Außerdem sind die Bowens hier nicht gerade gut gelitten. Auch wenn sie bisher nicht in Gefahr schwebt, könnte sich das schnell ändern.«

36

KATHRYN

Bilder wirbeln durch meinen Kopf. Ich versuche, mich auf eins zu konzentrieren, aber es ist wie ein altes Showreel in Dauerschleife, und ich finde den Pause-Knopf nicht. Da sind Männer. Wie viele sehe ich nicht. Vier? Fünf …? Oder ist es jedes Mal derselbe Mann, immer und immer wieder? Einer von ihnen sieht wie Patrick aus, nur dass er jung ist, wie in meiner Kindheit. Die Farben sind sepia wie auf alten Fotos. Er ist wütend und traurig … und er hat Angst. Er schreit, und da ist ein Junge … Ist das Jordan? Er scheint noch mehr Angst zu haben als Patrick. Ein weiteres Bild wird eingeblendet, und diesmal bin ich da. Es ist, als würde ich einen Film in schlechter Bildqualität aus den Achtzigern sehen. Ich drücke mir einen Teddybären an die Brust und werde aus dem Haus geschubst. Da wird gebrüllt und geschrien. Dieser Mann, er will mit aller Gewalt, dass wir verschwinden, doch ich habe keine Angst vor ihm. Er hilft uns.

Mein Kopf schmerzt furchtbar … Bin ich im Krankenhaus? Es riecht nicht danach, aber es schmerzt so sehr, meine Augen zu öffnen, dass ich das erst einmal lasse. Ich versinke einfach wieder in den Bildern – von dem Mann, dessen Name Doc ist, und von dem kleinen Teddybären, den ich so festhalte, weil er mich an Elsie erinnert, nur dass er mir jetzt weggenommen wird, und Elsie liegt tot im Wald … Moment … Nein … Sie liegt tot auf einem Tisch, und sie sieht mich an, als wäre das alles meine Schuld, und ich versuche, sie anzuschreien, wegzurennen, doch die Worte wollen nicht aus meinem Mund, und sie läuft nicht … Warum? Weiß sie nicht, wie gefährlich das Monster ist?

37

BETH

Wie angekündigt hatte DI Grant die Beamten vor dem Haus der Warners, Kathryns altem Heim, bereits über Funk angewiesen, sich mal in der Umgebung umzusehen, besonders in dem Wäldchen, und sich zu vergewissern, dass Kathryn nicht dorthin zurückgekehrt war und sich vielleicht verletzt hatte. Es dauerte nicht lange, da kam eine negative Rückmeldung. Von Kathryn keine Spur. Die Beamten hatten natürlich nicht gewusst, nach wem genau sie gesucht hatten, aber die einzigen Menschen, die sie zwischen den Bäumen entdeckt hatten, war ein Kamerateam von Sky News, das die Stelle gefilmt hatte, wo Elsie Button und Abigail Warner im Abstand von fünfundzwanzig Jahren verschwunden waren. Die Story entwickelte sich rasch, und inzwischen konnte man schon nicht mehr über die Straße gehen, ohne plötzlich ein Mikrofon im Gesicht zu haben und um einen Kommentar gebeten zu werden.

»Kevin Wilson sagt, er habe keine Ahnung gehabt, dass Kathryn wieder auf der Insel ist«, informierte DI Grant Beth, als sie in deren Büro kam, um sich nach ihren Fortschritten zu erkundigen. Miriam war nun bereits anderthalb Stunden hier, hatte bisher aber niemanden ans Telefon bekommen, an den Kathryn sich auf der Suche nach Informationen hätte wenden können. Die alte Lady wollte endlich raus und zu Fuß suchen, doch Beth hatte ihr versichert, dass sie ohne auch nur den geringsten Anhaltspunkt nichts auf der Straße ausrichten konnten. Der nächste Schritt war jetzt, die Überwachungskameras am Ende der Straße zu überprüfen, in der Kathryns Wagen parkte. Sie wussten, dass Kathryn dorthin hatte gehen wollen, um zu Beth zu fahren, oder zumindest, um ihr Gepäck zu verstauen, bevor sie zu Fuß gegangen wäre. Und genau das hatten Beth und Miriam gerade gemacht, als Maggie gekommen war, um ihnen von dem Gespräch mit Kevin Wilson zu berichten.

»Sie hat definitiv gesagt, dass sie ins B&B fahren wollte, um mit ihm zu reden«, erklärte Beth. Auf dem Monitor überquerte gerade eine Gestalt die Ausfahrt der Straße, die sie überprüften. »Ist das eine Frau oder eher ein Mann?« Beth deutete auf die Gestalt, und Miriam kniff die Augen zusammen.

»Also Kathryn ist das zumindest nicht. Könnte ein Kerl sein, aber wenn, dann ist er ziemlich klein. Und er geht irgendwie feminin.«

»Haben Sie je darüber nachgedacht, zur Polizei zu gehen?«, murmelte DI Grant. »Mit so einer Beobachtungsgabe.«

»Oh, nein, Liebes«, erwiderte Miriam. »Ich kann die hohen Tiere einfach nicht ertragen mit ihrem Sarkasmus und den ständigen Kaffeepausen.« Sie schaute demonstrativ auf den Kaffee in der Hand von DI Grant. »Wer sind Sie noch mal?«

»DI Maggie Grant«, antwortete Maggie. Ihre Stimme klang so hart, dass Beth sich ein Lächeln nicht verkneifen konnte. »Und ich bin der Grund, warum Sie – eine Zivilistin – überhaupt in die Nähe dieses Büros dürfen, um uns bei unseren Ermittlungen zu helfen.« Sie atmete tief durch, um nicht noch mehr zu sagen. »Kevin Wilson hat uns aber erzählt, dass Kathryn sich vermutlich nur an sehr wenige Leute aus ihrer Zeit auf der Insel erinnern würde. Natürlich wissen wir, dass die Buttons und Bowens sich sehr nahegestanden haben, aber es ist eher unwahrscheinlich, dass Kathryn so dumm ist, ausgerechnet an diesem Tag zu ihnen zu gehen. Vielleicht hilft es uns ja, wenn wir wissen, was sie hier überhaupt erreichen wollte.«

Sie hob die Augenbrauen und schaute zu Miriam, doch diese schien sie gar nicht gehört zu haben.

»Kathryns Mutter hat versucht, sich das Leben zu nehmen«, sprang Beth in der Hoffnung ein, dass die beiden Frauen sich nicht noch einen Schlagabtausch lieferten. »Aber davor hat sie Kathryn noch eine Nachricht auf dem Anrufbeantworter hinterlassen, und diese Nachricht hat Kathryn glauben lassen, dass Patrick bei seinem Geständnis gelogen hat. Sie hat geglaubt, ihre Mum wollte ihr die Wahrheit sagen, ehe sie sich umbringt.«

»Wäre es denn zu weit hergeholt zu vermuten, dass die Nachricht von Kathryns Mutter und ihr darauffolgender Selbstmordversuch eine Art Geständnis waren? Dass Patrick die Schuld für etwas auf sich genommen hat, was eigentlich seine Frau verbrochen hat?«

Beth schüttelte den Kopf. »Ich glaube nicht, dass das allzu weit hergeholt ist, vor allem nicht, wenn sie sich wirklich so schuldig fühlte, dass sie sich deshalb umbringen wollte. Es ist durchaus möglich, dass sie etwas damit zu tun hatte, aber es gibt keine Beweise dafür. Und selbst wenn das stimmen sollte und Jill Bowen wirklich Elsie ermordet hat … Wie soll uns das bei Abigails und Kathryns Verschwinden helfen? Wir wissen, dass es ausgesprochen unwahrscheinlich ist, dass Jill für Abigails Verschwinden verantwortlich ist. Sie war ja in Manchester und hat Unmengen von Pillen eingeworfen.

Also bleibt die Frage: Hat Jill in den Nachrichten von Abigails Verschwinden gehört und versucht, sich umzubringen, weil sie Angst hatte, dass die Person, die Patrick und sie gedeckt haben, wieder zugeschlagen hat?«

»Das würde zumindest die Schuldgefühle und die Nachricht an Kathryn erklären«, sinnierte DI Grant. »Aber wie Sie schon gesagt haben, das verrät uns weder, wo Kathryn jetzt ist, noch, wer Abigail entführt hat.«

»Natürlich tut es das«, meldete sich Miriam wieder zu Wort. »Wenn PC Fisher recht hat und Patrick Bowen unschuldig ist, dann ist es sehr wahrscheinlich, dass der wahre Täter Kathryn aus dem Weg räumen will, weil sie ständig herumschnüffelt und in der Vergangenheit wühlt. Der wahre Mörder von Elsie Button. Wenn Sie dieses Geheimnis lüften, dann werden Sie auch Kathryn finden und Abigail vermutlich auch. Hoffentlich lebend.«

38

MAGGIE

Dass Kathryn Bowen jetzt auf mysteriöse Weise verschwunden war, hatte Maggie gerade noch gefehlt. Sie wurde von allen Seiten unter Druck gesetzt und rief stündlich bei der Familie Warner an, die immer mehr zerfiel. Zum Glück war Lesley da. Die erfahrene Beamtin des Opferschutzes war in den letzten zwei Tagen Gold wert gewesen. Außerdem musste Maggie den DCI ständig auf dem Laufenden halten, der seine ganze Zeit mit Pressekonferenzen verbrachte und wissen wollte, was er dort sagen sollte. Und das eine Thema, worüber wirklich niemand im Augenblick sprechen wollte, war Patrick Bowen und seine Familie. Zum einen lenkte das von der Tatsache ab, dass gerade ein kleines Mädchen vermisst wurde, aber vor allem würde das den Verdacht schüren, dass beim ersten Mal etwas schiefgelaufen war. Maggie musste sich wieder auf den Fall konzentrieren, auf den sie sich konzentrieren sollte. Kathryn Bowen musste sie PC Fisher überlassen. Es klopfte jemand an ihre Bürotür.

»Herein«, rief Maggie. Konnte man hier nicht mal zwei Minuten seine Ruhe haben …

»DI Grant, da ist eine Frau am Empfang, die Sie sprechen will.« Der Beamte steckte nur kurz den Kopf zur Tür herein. »Sie hat ein kleines Mädchen dabei und sagt, es gehe um Abigail.«

»Das kleine Mädchen ist nicht zufällig Abigail, oder?«,

murmelte Maggie wohlwissend, dass das reines Wunschdenken war.

»Ich fürchte nein. Sie ist allerdings genauso alt. Vielleicht hat unser Mann ja versucht, noch einmal zuzuschlagen.«

Maggie hätte auch jemanden aus ihrem Team schicken können, um mit der Frau zu sprechen, aber wenn sie zu lange an einem Ort verharrte, würden die da oben es sofort riechen und sie unweigerlich anrufen und verlangen, dass sie den Fall endlich mal lösen solle. Als wäre Abbys Verschwinden nur eine Übung, die man jederzeit abschließen könnte.

»DI Grant.« Maggie streckte die Hand zu der einzigen Frau am Empfang aus, die ein kleines Mädchen so fest an der Hand hielt, als glaube sie, der Entführer könne jederzeit aus den Schatten springen und sie schnappen. »Sie wollten mich sprechen?«

»DI Grant!« Eine Stimme kam von der anderen Seite des Empfangs, und Maggie schaute in die entsprechende Richtung. Jim Taylor wedelte mit einem Stift in der Luft. »Auf ein Wort?«

»Sicher. Oder darf es auch ein Wörtchen mehr sein?«, rief Maggie zurück und lächelte, um ihrem Scherz die Schärfe zu nehmen.

Jim grinste. »Ich warte schon den ganzen Vormittag.«

»Dann wird eine weitere halbe Stunde Sie auch nicht umbringen.« Maggie drehte sich wieder zu der Frau um, die das Wortgeplänkel zu überraschen schien. »Bitte, entschuldigen Sie«, sagte sie. »Im Augenblick geht es hier drunter und drüber. Sie können sich das sicher vorstellen. Bitte, kommen Sie. Suchen wir uns einen ruhigeren Ort.«

Die Frau schaute kurz zu Jim und nickte. Sie schleppte das Mädchen hinterher und folgte Maggie zu dem Verhörraum, der speziell dafür gedacht war, wenn jemand ein Kind dabeihatte. Er war nicht viel anders als die anderen; nur die Stühle waren ein wenig bequemer, und an den Wänden hingen ein paar hübsche Bilder. In der Ecke stand eine große offene Kiste mit Spielzeug. Gott sei Dank mussten sie diesen Raum bloß selten nutzen.

Maggie bat die beiden herein. Sie erwartete, dass das Mädchen eingeschüchtert war, doch tatsächlich schaute es zu seiner Mum und fragte höflich: »Darf ich bitte mit den Sachen da spielen?«

Ihre Mum schaute zu Maggie, und diese nickte. »Natürlich«, sagte die Mum. »Ich werde mich jetzt ein wenig mit der netten Dame unterhalten, okay? Über das, was du mir vorhin erzählt hast.«

»Das habe ich nicht so gemeint.« Das Kind riss erschrocken die Augen auf.

Der Mutter entgleisten die Gesichtszüge. »Was soll das heißen? Du hast es nicht so gemeint?«

»Jessica stinkt nicht wirklich, aber sie hat angefangen.«

Dem Mädchen traten die Tränen in die Augen, und Maggie seufzte innerlich. Was auch immer die Frau ihr berichten wollte, es stammte von dieser Kleinen. Aussagen von Kindern waren notorisch unzuverlässig. Tatsächlich konnte man sie meist kaum verstehen.

»Mein Name ist Fran Harding«, begann die Frau. »Josie geht mit Abby Warner in die Schule. Sie waren die besten Freundinnen.«

»Waren?« Maggie hob die Augenbrauen, doch die Frau war keineswegs verlegen.

»Nun, bis heute Morgen habe ich auch noch geglaubt, dass sie das immer noch sind. Josie hätte gestern eigentlich bei Abby spielen sollen, aber sie wollte nicht. Als ich sie gefragt habe, warum, da hat sie nur mit den Schultern gezuckt.

Heute Morgen dann, als wir losmussten, da hat sie plötzlich gefragt, ob man Abby schon gefunden hätte. Ich habe geantwortet: ›noch nicht‹, dass sie sich gut versteckt haben muss. Josie hat darauf erwidert, sie sei froh, denn so müsse sie nicht in ihrem Haus spielen.«

Fran atmete tief durch und machte ein verzweifeltes Gesicht ob der Gefühllosigkeit ihrer Tochter. Offensichtlich hatte Josie keine Ahnung, wie ernst die Sache mit Abbys Verschwinden war. Für sie war lediglich interessant, dass sie nicht zu einer Verabredung musste, zu der sie ohnehin nicht hatte gehen wollen.

»Ich habe sie gefragt warum. Ich dachte doch immer, Abby sei ihre beste Freundin. Sie hat geantwortet, Abby wolle nicht mehr ihre Freundin sein.«

»Das stimmt auch«, meldete sich Josie aus der Ecke zu Wort. »Sie hat jemand Neuen zum Spielen gefunden.«

»In der Schule?«, hakte Maggie nach.

Fran schüttelte langsam den Kopf.

»Nein«, antwortete Josie. »Zu Hause. Im Wald, glaube ich. Hinter dem Haus. Manchmal spielen sie nach der Schule zusammen, aber Abby darf ihrer Mummy nichts davon erzählen.«

»Und warum darf Abby ihrer Mummy nichts davon erzählen?«, fragte Maggie. Ihr Herz schlug immer schneller. Eigentlich hätte sie sofort eine qualifizierte Kinderpsychologin holen müssen, doch sie wollte Josie nicht unterbrechen.

Josie schwang einen der Teddybären aus der Spielzeugkiste durch die Luft. »Mummys mögen es nicht, wenn man erwachsene Freunde hat«, sagte Josie. »Dann werden sie eifersüchtig und schreien die Freunde an. Abby wollte das nicht.«

»Hat sie dir auch gesagt, wie der Freund heißt?«

Josie schüttelte den Kopf. »Nein. Das weiß ich nicht.«

»Was hat Abby dir denn sonst noch von ihrem Freund erzählt, Josie?«

Josie zuckte mit den Schultern. Sie stopfte den Teddybären wieder in die Kiste und kramte in dem anderen Spielzeug herum. »Sie hat gesagt, dass sie viel Spaß miteinander haben. Und Abby hat mir verraten, dass früher in ihrem Haus mal Monster gelebt haben.«

Maggie schaute zu Fran, doch diese hob bloß verwirrt die Augenbrauen.

»Monster?«

»Ja.«

»Hatte Abby denn keine Angst?«

Josie lachte. »Aber nein, die leben doch nicht mehr da! Das ist lange her. Vielleicht hundert Jahre. Oder so. Aber sicher, bevor Abby geboren wurde.«

»Okay. Ich verstehe.« Maggie lächelte sie an und versuchte, dem, was sie gerade gehört hatte, einen Sinn zu entnehmen. Lebte da wirklich jemand in dem kleinen Fleckchen Wald hinter dem Haus der Warners? Hatten sie da nicht hundertmal gesucht? Falls dort wirklich jemand zwischen den Bäumen hauste, dann hatte Maggie zumindest keine Ahnung, wie das möglich sein sollte, doch sie war fest entschlossen, es herauszufinden.

39

KATHRYN

Es gibt Zeiten, da glaube ich, ich träume. Dann wieder weiß ich, dass ich wach sein muss. Es fühlt sich an wie dieser Moment, kurz bevor man aufwacht, wenn man nicht sicher ist, ob dieses Piepen bloß Teil eines Traums oder Realität ist. Nur dass es sich jetzt ständig so anfühlt, Geräusche, Gerüche, einfach alles. Ich versuche, die Augen zu öffnen, aber da ist irgendetwas fest um mein Gesicht gebunden. Es juckt wie Wolle. Der Geruch von frischer Farbe dringt mir in die Nase, und ich habe Krämpfe in den Armen, die so fest hinter meinen Rücken gebunden sind, dass ich noch nicht einmal mit den Fingern wackeln kann. Das kann kein Traum sein. Im Traum ist Schmerz nicht real.

Unter mir ist ein weicher Teppich, und wiederholt drücke ich meinen Kopf darauf in dem verzweifelten Versuch loszuwerden, was auch immer um meine Augen gebunden ist. Ein statisches Knistern ist links von mir zu hören; dann brüllt eine Stimme: »Lass das!« Es passiert so schnell, dass ich keine Gelegenheit habe, die Stimme einzuordnen. Ich höre lediglich die Worte. Trotzdem reibe ich weiter mein Gesicht über den Boden. Als der Rand der Binde nach unten rutscht, fällt gleißend helles Licht in meine Augen. Alles um mich herum ist Pink. Der Teppich ist so fluffig, als wäre er gestern erst verlegt worden. Auch die Wände und das Bett sind pink. Ich habe nur ein paar Sekunden, um die Gestalt auf dem Bett zu betrachten. Wie eine lebende Puppe sitzt sie am Kopfende. Ihr Kopf ist zur Seite gefallen, und sie sieht aus, als seien Wangen und Lippen geschminkt. Ich sehe jedoch nicht, dass sie atmet. Ach du Scheiße.

Ich versuche, so viel aufzunehmen, wie ich kann, doch mein Kopf pocht noch immer, und meine Augen wollen nicht fokussieren. Da ist ein Bild an der Wand, aber ich kann es nicht erkennen. Ich krieche vorwärts, das Geräusch einer sich öffnenden Tür veranlasst mich allerdings dazu, mich in diese Richtung zu drehen, um einen Blick auf meinen Kerkermeister zu werfen. Doch ich bin zu langsam. Ich werde an den Haaren gepackt, und mir wird die Binde wieder über die Augen gezogen. Erneut ist alles dunkel. Dann spüre ich einen stechenden Schmerz im Nacken …

40

BETH

DI Grant hatte ihnen strikt befohlen, die Finger vom Fall Elsie Button zu lassen. Das sei nicht der richtige Zeitpunkt, um Skelette aus dem Schrank zu holen, hatte sie erklärt, und falls doch, dann würde das jemand aus ihrem Team erledigen und mit Sicherheit kein Frischling-PC und eine Zivilistin. Was Grant jetzt von ihnen brauchte, war eine Timeline von Kathryns letzten bekannten Bewegungen und Telefonaten, alles eingetragen auf einer Landkarte, damit man das Suchgebiet eingrenzen konnte. Vor allem sollten sie überprüfen, ob Kathryn irgendwelche alte Bekannte der Bowens angerufen hatte, seit sie auf der Insel war. Alles andere würde als Datenschutzverletzung betrachtet werden, und das – so machte DI Grant unmissverständlich klar – könnte Beth den Job kosten.

»Nun, das war ja mal klar und deutlich«, seufzte Miriam, nachdem sich die Tür hinter DI Grant geschlossen hatte. »Und? Wo sollen wir anfangen? Ich denke, eine Liste aller Verdächtigen im Fall Elsie Button wäre nicht schlecht … Was denken Sie?«

Beth war fassungslos. »Haben Sie nicht zugehört? Wir müssen diese Timeline erstellen …« Sie stieß mit dem Finger auf das riesige Blatt Papier, an dem sie schon den ganzen Nachmittag und bis weit in den Abend hinein gearbeitet hatten. »Wir brauchen Spuren. Und vom Fall Elsie Button haben wir die Finger zu lassen, es sei denn, um bekannte Kontakte der Familie Bowen zu bestätigen.«

Miriam schnaubte verächtlich. »Das habe ich aber anders verstanden. DI Grant will offensichtlich, dass wir uns den Fall anschauen. Der Rest war alles nur Show.«

Beth schüttelte nachdrücklich den Kopf. »Das war ganz und gar nicht, was sie gemeint hat. Noch nicht einmal ansatzweise. Sie kennen sie nicht. Das wird für mich kein gutes Ende nehmen.«

»Und Sie kennen mich nicht. Ich bin nicht wirklich daran interessiert, wie das für Sie ausgeht. Kathryn ist wie eine Tochter für mich, und auch wenn sie manchmal richtig anstrengend sein kann, würde ich es mir nie verzeihen, wenn ihr etwas zustößt. Tatsächlich hätte ich sie gar nicht allein hierherlassen dürfen, und nun sitze ich hier mit Ihnen fest und Sie mit mir, und wenn Sie mir nicht helfen, dann müssen Sie sich nicht nur über Ihren Job den Kopf zerbrechen.«

Beth starrte die Frau eine ganze Minute lang an, und Miriam starrte zurück.

Schließlich seufzte Beth und griff nach ihrem Stift. »Ich habe selbst ein paar Fragen, was den Fall Bowen betrifft«, sagte sie. »Also sollten wir wohl besser herausfinden, warum Nora und Kevin Wilson uns in Bezug auf Kathryn angelogen haben und ob diese Lügen irgendetwas mit dem Verschwinden von Elsie Button und Abigail Warner zu tun haben.«

*

»Ah, dann heißt es jetzt also wieder PC Liz Fisher, ja?« Nora zog die Augenbrauen zusammen, als Beth und Miriam zum Empfang kamen. »Ich habe nämlich gehört, dass Sie sich nun

Beth nennen und so tun, als würden Sie für Dai im Pub arbeiten.«

Beth verzog das Gesicht. Sie hatte lediglich einer Handvoll Leuten von ihrem Sondereinsatz erzählt, Barbara vom Café und dem Kneipenbesitzer Dai, doch sie hatte ihnen nicht gesagt, warum sie undercover unterwegs war. Aber gute Neuigkeiten sprachen sich auf Anglesey rasch herum, Gerüchte sogar noch schneller.

»Ich weiß nicht, wovon Sie da reden, Nora«, log Beth problemlos. »Ich habe nach Abigail Warner gesucht, genau wie der Rest der Insel.«

Nora runzelte die Stirn. »Ich hoffe, das soll kein Vorwurf sein. Ich habe ein Geschäft zu leiten. Wo, glauben Sie, wohnen all die Suchhelfer denn? Und alle wollen sie was zu essen und bringen mitten in der Nacht Dreck herein.«

»Wenn Sie das stört, dann beschweren Sie sich beim Rettungsdienst. Damit habe ich nichts zu tun. Ich suche nach dieser Frau.«

Miriam, die bis jetzt ungewöhnlich ruhig geblieben war, trat vor und zeigte Nora ein Bild von Kathryn auf ihrem Handy.

»Ich habe Ihnen das doch schon gesagt. Hier wohnt keine Verity. Ich habe diese Frau noch nie gesehen.«

Beth hob die Augenbrauen. »Ach ja ... Und woher wissen Sie dann, dass das Verity ist?«

»Mädchen, jetzt spiel doch nicht Sherlock Holmes«, blaffte Nora und duzte Beth mit einem Mal wie ein kleines Kind. »Du rufst an, fragst nach einer Verity und tauchst dann mit dem Bild einer jungen Frau auf ... Hältst du mich für blöd?«

»Ich kenne Sie nicht«, mischte sich nun Miriam ein, und Beth stöhnte innerlich. Dass sie bisher geschwiegen hatte, war auch zu schön gewesen, um wahr zu sein. »Daher kann ich auch nicht wirklich einschätzen, wie blöd Sie sind. Aber ich weiß, dass Sie lügen. Und Sie lügen eine Polizeibeamtin an, was nie eine gute Idee ist, und auch mich, und das – so kann ich Ihnen versichern – ist sogar saublöd. Ich weiß, dass diese Frau hier war, und zwar nicht nur gestern Nacht, sondern auch heute Nachmittag. Wenn wir in ein paar Stunden die Handydaten analysiert haben, dann wird sich herausstellen, dass Sie sie zuletzt gesehen haben. Ich weiß ja nicht, ob Sie schon mal *Inspector Morse, Mordkommission Oxford* oder *Inspector Barnaby* gesehen haben, aber derjenige, der eine vermisste Person zuletzt gesehen hat, landet automatisch ganz oben auf der Liste der Verdächtigen. Und im Augenblick steht exakt ein Name auf unserer Liste.« Miriam beendete ihre Rede, indem sie mit dem Finger nach der nun kreidebleichen Nora stieß. Beth musste zugeben, das war zwar nicht ihre Art, aber sie war beeindruckt – besonders, als die vorher so selbstbewusste Nora mit einem Mal zu stottern begann. Beth beschloss, erst einmal nicht zu erwähnen, dass sie noch einen Zeugen hatten – den Journalisten, der zu ihrem Haus gekommen war –, der Kathryn sogar noch später gesehen hatte, um vier.

Miriam ließ nicht locker. »Und ja, wir reden von Mord. Wollen Sie uns vielleicht jetzt etwas sagen?«

Es folgte eine derart lange Pause, dass Beth sich bereits fragte, ob Miriams Taktik Nora so verängstigt hatte, dass sie ins Koma gefallen war. Doch schließlich sagte sie: »J… Ja … Sie war hier … So um drei Uhr hat sie mit Kevin Wilson geredet. Aber sie ist wieder gegangen, als ich gut eine halbe Stunde später heruntergekommen bin, und sie war putzmunter. Ich habe sie den Weg hinuntergehen sehen und dann nach rechts.«

»Ist Mr Wilson noch hier?«

Nora schüttelte den Kopf. »Er ist zwanzig Minuten nach ihr gegangen. Aber fragen Sie mich nicht wohin. Liz, du weißt doch, womit du es hier zu tun hast, oder? Du weißt, wer diese Frau ist.«

Beth zog sich die Brust zusammen. »Und Sie wissen das auch, ja?«

»Ich denke, das wissen wir beide. Und es gibt eine ganze Reihe von Leuten, die sie hier nicht sehen wollen.« Dann erzählte Nora, was mit der Tür von Kathryns Zimmer in der Nacht zuvor passiert war, und Beth sah, wie sich Miriams Miene verdüsterte.

»Und trotzdem haben Sie uns ohne mit der Wimper zu zucken erzählt, dass sie nicht hier war?«, knurrte Miriam.

Nora hatte wenigstens den Anstand, verschämt den Kopf zu senken, doch sie blickte trotzig drein. »Sie sind nicht von hier. Sie verstehen das nicht. Und du …« Erneut wandte sie sich an Beth. »Du bist noch viel zu jung, um das zu verstehen. Du weißt nicht, wie das damals war, als das zum ersten Mal passiert ist. Und jetzt ist wieder eine Bowen auf der Insel, und erneut ist ein Mädchen verschwunden … Da reden die Leute. Sie sagen, das sei wieder der Fluch. Sie muss weg von hier, Liz. Sie muss weg und darf nie mehr wiederkommen. Das ist nur zu ihrem Besten.«

»Was für ein Fluch denn?«, fragte Beth verwirrt. »Ich lebe hier schon mein ganzes Leben, aber von einem Fluch habe ich noch nie gehört.«

»Vielleicht solltest du mal deinen Vater fragen«, sagte Nora, und Beth sträubten sich die Nackenhaare. »Frag deinen Vater nach dem Fluch des alten Bowen-Hauses.«

»Der Fluch des alten Bowen-Hauses«, schnaubte Miriam, als sie das B&B verließen. »So etwas Lächerliches habe ich ja noch nie gehört. Ist das so was wie ein Mythos hier? Die Geschichte vom schwarzen Mann?«

»Ich habe noch nie davon gehört«, wiederholte Beth. »Aber warum nicht? An Orten wie diesen liebt man Geistergeschichten, Sagen und Märchen. Als ich klein war, hat man mir unzählige erzählt. Wieso habe ich dann also noch nie von einem Haus bei mir um die Ecke gehört, das angeblich verflucht sein soll? Besonders, nachdem Elsie dort verschwunden ist. Das hätte den Geschichten doch Glaubwürdigkeit verliehen.«

»Warum hat Sie eigentlich gesagt, Sie sollten Ihren Vater fragen?«, erkundigte sich Miriam.

»Vermutlich, weil er der DI im Fall von Elsie war«, gestand Beth. »Er ist vor ein paar Jahren in Rente gegangen. Ich glaube, dass er Elsie nie gefunden hat, hat einen Tribut von ihm gefordert, denn Mum sagt immer, dass er seinen Job danach nie mehr so gern gemacht hat wie zuvor. Selbst nachdem Mrs Bowen mit ihren Kindern weggezogen ist und die Leute ihr altes Leben wieder aufgenommen haben, hatte man das Gefühl, Elsies Schatten liege schwer auf allen Familien, die mit den Buttons und Bowens zu tun gehabt haben. Leute zogen hier weg und Leute zogen hierher, doch solange Elsie noch irgendwo da draußen ist, kann die Insel nicht vergessen. Und jetzt Abigail …« Beth verstummte. Die Vorstellung, was Elsies Verschwinden und Patricks Verhaftung die Insel gekostet hatten, verschlug ihr die Sprache. Sie schaute zu Miriam. »Mein Dad war mit ihnen befreundet, wissen Sie?«, fuhr sie schließlich fort. »Mit Patrick und Rowley. Und Mum … Sie war mit Jill Bowen und Helen Button im Nähclub. Das waren nicht irgendwelche Leute, über die man in der Zeitung liest. Ich bin in dieselbe Schule gegangen wie Elsie – auch wenn ich erst auf die Insel gekommen bin, nachdem das alles passiert ist. Nach ihrem Verschwinden gab es dort eine Versammlung, und die Kinder haben ein riesiges Herz aus Knöpfen gebastelt, die sie auf Plastik geklebt haben, Buttons. Tausende von Buttons …« Wieder verhallte ihre Stimme, und sie war überrascht, als Miriam ihr sanft die Hand auf die Schulter legte. »Jahre später war es noch immer hier.«

»Das muss furchtbar gewesen sein«, sagte Miriam. Die Aggressivität war aus ihrer Stimme verschwunden.

»Ja, das war es.« Beth nickte. »Ich habe viel über Elsie nachgedacht. Und auch über Kathryn. Ich habe versucht, mir vorzustellen, wie außer sich Kathryn gewesen sein muss. Elsie war ihre beste Freundin, und eines Tages habe ich mir vorgestellt, wie ich Elsie irgendwo finden würde, gefangen, aber lebend, und dann würde ich sie freilassen, und Kathryn würde wieder nach Hause kommen. Natürlich war das nur die Fantasie eines Kindes. Ich weiß, dass Elsie tot ist, und ich habe weder sie noch Kathryn gekannt. Sie waren einfach nur Figuren in einer Geschichte in meinem Kopf. Ich habe online zwar Bilder von Kathryn gesehen, aber hätte dieser anonyme Tippgeber mir nicht gesagt, unter welchem Namen sie unterwegs ist und wie sie heute aussieht, hätte ich sie vermutlich nicht erkannt.«

»Anonymer Tippgeber?« Miriam legte die Stirn in Falten.

»Ja, so haben wir doch erfahren, dass Kathryn hier ist«, sagte Beth. »Jemand hat auf dem Revier angerufen und gesagt, Kathryn Bowen sei auf der Insel, und wir sollten sie im Auge behalten. Er hat gesagt, vermutlich habe sie Abigail entführt.«

41

BETH

»Also hat zuerst jemand versucht, sie verhaften zu lassen; dann ist jemand in ihr Zimmer eingebrochen und hat ›HAU AB!‹ in die Tür geritzt, und schließlich – und das verwirrt mich am meisten – hat jemand ihr die Reifen aufgeschlitzt, sodass sie eben nicht nach Hause fahren konnte. Und was dann? Hat man sie entführt? Das ging ja alles Schlag auf Schlag.« Miriam schüttelte den Kopf.

Beth deutete auf einen zehn Jahre alten zerkratzten blauen Corsa am anderen Ende des Polizeiparkplatzes. »Das ist meiner.«

Miriam schaute von dem Wagen zu Beth und rümpfte die Nase. »Parken Sie ihn so weit weg, damit niemand ihn zufällig wäscht?«

»Haha. Sehr lustig.« Beth setzte sich hinter das Lenkrad und öffnete die Beifahrertür. »Tut mir leid. Keine Zentralverriegelung. Und entschuldigen Sie den Geruch.«

»Was ist das denn? Haben Sie eine Leiche im Kofferraum?«

Beth schaute über die Schulter zurück. »Ich glaube, ich habe da hinten ein Stück Pizza verloren.«

»Ach, ja? Und wann? 1992?«

»Hahaha.«

Beth startete den Motor.

»Soll ich nicht lieber fahren?«, fragte Miriam und blickte sehnsüchtig auf die Schlüssel.

»Alles außer das«, erwiderte Beth, und Miriam verzog das Gesicht.

»So … Ihr Vater war also der leitende Ermittler im Fall von Elsies Verschwinden«, sagte Miriam und verwirrte Beth ein wenig mit dem plötzlichen Themenwechsel. »Und er war mit Patrick Bowen befreundet. Das muss eine ziemlich blöde Situation für ihn gewesen sein.«

Beth zuckte mit den Schultern, legte den Gang ein und fuhr vom Parkplatz. Sie war diese Strecke schon unzählige Male gefahren, und nicht ein einziges Mal war sie so nervös gewesen wie jetzt. Was würde ihr Dad sagen? Würde er sich rechtfertigen? Würde er sich wehren, wenn sie implizierte, dass er vor fünfundzwanzig Jahren Mist gebaut hatte?

»Davon weiß ich nichts«, sagte Beth und bog links ab. Nach ein paar Minuten wichen die Häuser saftig grünem Land, und jenseits eines Hügels konnte man den Kamin ihres Elternhauses sehen, des Heims ihrer Kindheit, das sie noch immer vergötterte. »Er hat nie mit mir darüber gesprochen, und ich habe auch nie gehört, wie er mit Mum darüber geredet hat. Das heißt natürlich nicht, dass sie das nicht haben, nur nicht vor mir.«

»Sind Sie Einzelkind?«

Beth nickte. »Ja, genau wie Elsie. Die anderen Kinder haben mir immer erzählt, wie sich das Leben nach Elsies Verschwinden verändert hat. Vor ihrem Verschwinden konnten sie spielen, wo sie wollten. Sie konnten alles erkunden, sich gegenseitig besuchen und bei ihren Freunden übernachten. Als ich hierhergekommen bin, gab es nichts dergleichen. Die Eltern haben niemandem mehr vertraut, vor allem einander nicht.«

»Aber jeder hat doch Patrick Bowen für schuldig gehalten. Oder gab es Gerüchte, dass die Polizei den Falschen hat?«

Beth schüttelte den Kopf. »Nie. Hier jedenfalls nicht. Ich weiß natürlich, dass im Internet viel spekuliert wird, und einige glauben, man habe Patrick bloß die Schuld in die Schuhe geschoben und ihn zu dem Geständnis gezwungen; aber hier hatte nie irgendwer Zweifel. Die Leute freuten sich schlicht, dass der Täter geschnappt war. Nur mein Dad freute sich nicht, aber ich nehme an, das lag daran, dass er mit Patrick befreundet war. Außerdem hatten sie Elsie nicht gefunden. Ein Happy End war das nicht.«

»Und jetzt? Was denken Sie jetzt?«

»Ich denke, dass ich mich nicht auf das Gespräch freue, das ich gleich führen werde«, gab Beth zu. Sie nickte nach vorne, wo das Haus ihrer Eltern in Sicht kam. »Wir sind da.«

*

»Lizzie!« Linda, Beths Mum, wischte sich die Hände an der Schürze ab. Sie sah wie die typische walisische Hausfrau aus. Vermutlich war sie genauso alt wie Miriam, erkannte Beth, doch als sie die beiden nebeneinander sah, hätten sie unterschiedlicher nicht sein können. Linda war noch ein deutliches Stück kleiner als Beth, und ihr schulterlanges braunes Haar fiel ihr in natürlichen Wellen bis auf die Schultern – zumindest, wenn sie es offen trug. Beth hatte es immer geliebt, das weiche, dicke Haar ihrer Mutter zu streicheln, und sie konnte sich noch nicht einmal vorstellen, dass sie es kurz schneiden ließ wie andere Frauen in ihrem Alter. Heute hatte ihre Mutter jedoch gebacken und deshalb das Haar zu einem Pferdeschwanz zusammengebunden.

Linda zog die Tür weiter auf und umarmte Beth. »Dein Dad hat mir gar nicht gesagt, dass du kommst. Willst du mir deine Freundin nicht vorstellen?«

Beth ging rein und winkte Miriam, ihr zu folgen. »Das ist Miriam Walker. Sie ist …«

Beth beendete den Satz nicht. Das war nicht nötig. Als sie den Namen hörte, blieb ihrer Mutter der Mund offen stehen, und sie griff nach hinten, um sich am Telefontisch festzuhalten.

»Mum? Alles okay?«

Linda nickte stumm. Sie starrte Miriam noch immer an. »Ihr solltet lieber mit nach hinten kommen. Ich rufe deinen Vater«, sagte sie. »Er wird mit Sicherheit wissen wollen, warum unsere Tochter plötzlich mit Kathryn Bowens Nachbarin vor unserer Tür steht.«

42

MAGGIE

Es war fast neun, als PC Mel Stagg zu Maggie kam, um ihr zu sagen, dass es da etwas gab, was sie ihr zeigen wollte. Zeit schien für die Mitglieder von Maggies Team keine Bedeutung mehr zu haben. Die Hälfte hatte Kleidung zum Umziehen mitgebracht, und alle schliefen abwechselnd je ein, zwei Stunden im Pausenraum. Die Angestellten in der Kantine hatten sich ein Schichtsystem überlegt, sodass fast rund um die Uhr jemand bereitstand, um die Beamten mit warmem Essen zu versorgen, und Maggie war sicher, einige ihrer Leute waren inzwischen schon so lange im Gebäude, dass sie gar nicht mehr wussten, welches Datum sie hatten. Maggie und ein Team ihrer zuverlässigsten Suchhelfer waren noch einmal durch den Wald hinter dem alten Bowen-Haus gegangen, zwei Stunden lang, bis zum Einbruch der Dunkelheit. Maggies Hände waren von Dornen zerkratzt und bluteten; sie hatte Dreck unter den Fingernägeln und im Haar, und dennoch hatten sie nichts gefunden, was auch nur darauf hingedeutet hätte, dass dort jemand lebte. Das Einzige, was sie entdeckt hatten, war eine graue Miniaturfliege, die von einem Stofftier stammte, das durchaus Abigail gehört haben könnte; aber da sie ja direkt hinter ihrem Haus gefunden worden war, hatte das rein gar nichts zu bedeuten.

»Es ist vermutlich nichts«, leitete PC Stagg sicherheitshalber ihren Bericht ein, falls das alles nur Zeitverschwendung sein sollte, doch Maggie sah, dass die junge Beamtin es durchaus für wichtig hielt. »Und ich wollte es zu DS Bailey bringen, aber der ist in der Memorial Hall …«

»Schon gut«, sagte Maggie trotz der Tatsache, dass man sie gerade blutig und verdreckt in ein Meeting mit dem Chief Superintendent und ihrem DCI gezerrt hatte, die beide wissen wollten, was Kathryn Bowens angebliches Verschwinden von einem Ort, an dem sie nicht wohnte und wo man sie nicht haben wollte, mit ihrem Fall zu tun hatte. Sie sei natürlich nicht sicher, ob das etwas damit zu tun habe, hatte Maggie erwidert, doch Kathryn sei als vermisst gemeldet worden, und es sei ihre Pflicht, dem nachzugehen. Allerdings habe sie nur eine einzige junge Beamtin darauf angesetzt. Das schien ihre Chefs zu beruhigen. Offenbar glaubten sie, dass es unter den gegebenen Umständen keinen guten Eindruck machen würde, allzu viele Ressourcen für eine Bowen aufzuwenden. Maggie sah das genauso. Schließlich war Kathryn eine erwachsene Frau und konnte gehen, wohin sie wollte – besonders, wenn ihr Ziel weit weg von Anglesey lag. Wäre nicht die Tatsache gewesen, dass ihr Wagen noch genau da stand, wo er vor zwei Tagen geparkt worden war, hätte Maggie die Vermisstenanzeige gar nicht erst aufgenommen. Darum hätten sich die Kollegen in Kathryns Heimatstadt kummern können. Andererseits könnte ihr Wagen natürlich auch einfach kaputt sein. Er sah zwar fahrtüchtig aus, doch in den Motor konnte man von außen nicht reinschauen. Kathryn könnte ein Taxi genommen haben, um über die Brücke aufs Festland zu fahren, und dort in den Zug gestiegen sein. Zumindest hoffte Maggie das. Aber wie auch immer … Jetzt wollte sie einfach bloß einen Moment Ruhe haben, um sich zu waschen und einen Kaffee zu trinken. Doch so war ihr Job nun mal. »Zeigen Sie mir, was Sie haben.«

Maggie folgte Mel in das Büro, das diese sich mit drei anderen PCs teilte. Vielen Beamten mangelte es zwar an Platz und technischer Ausrüstung, PC Stagg war es allerdings irgendwie gelungen, einen Laptop zu beschaffen, und den drehte sie nun zu Maggie um.

»Ich hatte den Auftrag, mich auf Social Media zu dem Fall umzusehen«, erklärte Mel. Maggie hatte Mitleid mit dem Mädchen. Erst die Überwachungskameras und jetzt Social Media? Wenn sie danach noch immer zur Kriminalpolizei wollte, dann hatte sie sich das echt verdient.

»Natürlich wimmelt es da nur so von Trollen«, sagte Mel. »Die üblichen bösen Kommentare, Caroline wäre eine Rabenmutter, die sich nicht um ihre Tochter gekümmert habe, und so weiter und so fort. Es gibt auch ein paar richtig ekelhafte, die sich ausführlich damit beschäftigen, was mit Abigail passiert sein könnte. Ich habe bereits Screenshots gemacht und sie gemeldet, aber ich glaube nicht, dass sie aus einer Quelle stammen. Da draußen gibt es schlicht viel zu viele kranke Wichser.« Mel lief rot an und schlug die Hand vor den Mund. »Entschuldigung.«

Maggie konnte sich ein Lachen nicht verkneifen. »Halten Sie mich wirklich für so sensibel, PC Stagg?«

»Nein«, murmelte Mel. »Ich kann mir gut vorstellen, dass Sie schon Schlimmeres gehört haben.«

»Und damit haben Sie auch recht«, erwiderte Maggie. »So … Wenn ich nicht hier bin, um mir kranke Wichser oder die Perfekte-Eltern-Brigade anzusehen, warum dann?«

PC Stagg deutete auf eine Linie auf dem Bildschirm, auf einen Kommentar von jemandem mit Namen Shakespeareisafraud.

»Der da«, sagte sie. »Der sieht anders aus. Sehen Sie, wie diese Kommentare regelmäßig in jedem Thread auftauchen?

Und alle sagen sie im Kern das Gleiche: nicht, dass Mrs Warner eine schlechte Mutter gewesen sei oder dass sie es verdient hätte, dass Abigail entführt worden ist – na ja, in einigen steht das schon –, aber es heißt, Abigail sei da, wo sie jetzt ist, besser dran. Das ist doch irgendwie seltsam, finden Sie nicht? Der Punkt ist ja, dass niemand weiß, wo sie ist. Woher will dieser Kommentator das also wissen? Und bevor Sie sagen, das reicht nicht … Schauen Sie mal den hier.«

Sie scrollte zu einem anderen Tab, wo Shakespeareisafraud gepostet hatte, dass die Polizei Abigail nicht weiter suchen solle, wenn sie wüssten, was das Beste für das Mädchen sei.

»Das ist doch seltsam, oder? Im Fall McCann haben zwar jede Menge Leute gesagt, wenn Madeline gefunden wird, werde man sie der Fürsorge übergeben, und das sei auch besser so. Aber ich habe nie jemanden gesehen, der gefordert hätte, sie gar nicht erst zu suchen.«

»Hmmm.« Maggie dachte nach. Sie war deutlich älter als PC Stagg, und in all den Jahren bei der Polizei hatte sie gelernt, dass der Mist, den manche Leute verzapften, keine Grenzen kannte. Gleichzeitig waren es oft die kleinen Dinge, die ihnen auf der Jagd nach den bösen Buben halfen. Es war nicht weit hergeholt zu glauben, dass Abigails Entführer die Foren las – und dass sie wirklich gekidnappt worden war, war zu diesem Zeitpunkt sehr wahrscheinlich. Auch war es nicht ungewöhnlich, dass Täter ihre eigenen Verbrechen kommentierten oder der Polizei sogar Briefe schickten. Mitchell Quy zum Beispiel hatte dem leitenden Detective im Fall seiner vermissten Frau gar einen Karton mit Haarfärbemittel geschickt. Aber wie auch immer … In jedem Fall konnten sie es sich nicht leisten, irgendeine Spur zu ignorieren.

»Finden Sie so viel wie möglich über diesen Shakespeareisafraud heraus. Gewisse Social-Media-Seiten sind allerdings mehr als zurückhaltend, was die Daten ihrer User betrifft, vor allem, wenn es um so eine Kleinigkeit geht wie das hier. Ich glaube auch nicht, dass wir dafür einen Gerichtsbeschluss bekommen werden, aber wenn Sie genug finden, gibt man uns vielleicht die IP-Adresse. Suchen Sie besonders nach allem, was man als Belästigung oder Hetze deuten könnte. Damit könnten wir sogar einen Richter überzeugen.«

PC Stagg nickte eifrig. Maggie musste zugeben, dass sie die junge Frau falsch eingeschätzt hatte, und das nur, weil sie mehr wie eine Instagram-Influencerin für vegane Produkte aussah und nicht wie eine Polizistin. Sie hätte es besser wissen müssen. »Danke, Mel. Geben Sie mir Bescheid, wenn Sie etwas finden.«

43

BETH

Linda lief auf dem Fliesenboden in der Küche auf und ab und wischte sich immer wieder die Hände an dem Küchentuch ab, an das sie sich seit zehn Minuten klammerte, während sie ständig auf die Wahlwiederholung des Telefons drückte. Beths Vater nahm nicht ab, und Linda hatte keine Ahnung, wo er war. Eigentlich hätte er nur kurz zu Hardy's fahren sollen, um Hundefutter und Wein zu kaufen, doch Linda hatte im Laden angerufen, und Geoff Landsdowne, der Filialleiter, hatte gesagt, er habe George den ganzen Vormittag nicht gesehen. Allerdings habe er im Augenblick auch verdammt viel zu tun, da viele seiner Mitarbeiter bei der Suche halfen, und seit zwei Tagen werde er auch noch von Reportern belagert. Langsam sei er mit den Nerven am Ende, erzählte er Linda, und auch wenn er das eigentlich nicht sagen sollte, denn das sei schlecht fürs Geschäft, aber es sei schon gut, dass so viele Menschen mitsuchten, auch von weit her. Er habe sogar eine Frau getroffen, die den weiten Weg von Derby gekommen sei. War das zu glauben …?

»Ja, Geoff, das ist wirklich toll, und ich hoffe auch, dass sie das Mädchen bald finden werden, aber ich muss jetzt los«, unterbrach Linda ihn. »Ach, ja … Sag Gina, dass ich diese Woche noch was von dieser Erdbeerfüllung brauche. Ich will backen. Ich hole das dann später ab. Bis dahin.« Mit einem erschöpften Seufzen legte sie auf.

»Kurz gesagt, er ist nicht im Laden gewesen. Er könnte Gott weiß wo sein, aber das ist nicht weiter ungewöhnlich. Dein Vater wird ständig von irgendwelchen Leuten angesprochen, die mit ihm plaudern wollen. Und nun, wo dieses Mädchen vermisst wird …« Sie schaute zu Miriam. »Sind Sie deshalb hier? Falls nicht, dann ist das vom Timing her schon ziemlich seltsam.«

»Woher wissen Sie eigentlich, wer ich bin?«, fragte Miriam. Beth fiel auf, dass Miriam mit ihrer Mutter bei Weitem nicht so ungeduldig war wie mit allen anderen.

Kurz schaute Linda zu Beth, bevor sie antwortete: »Ich weiß nicht, ob du das weißt …« Linda zögerte, und das verriet Beth, dass es für sie neu sein würde. »Aber dein Vater und ich, wir haben den Kontakt zu Jill Bowen nie wirklich abgebrochen, seit sie mit den Kindern geflohen ist. Es war ja nicht ihre Schuld, was der armen Elsie zugestoßen ist. Trotzdem war ihr Leben ruiniert. Anfangs habe ich alle paar Wochen angerufen und gefragt, wie es ihr geht. Später wurden dann alle paar Monate daraus, aber sie hat mir immer erzählt, was Jordan und Kathryn so machen. Dabei hat sie auch erwähnt, dass sie sich Sorgen um ihre Tochter macht. Das fing an, kurz nachdem sie ausgezogen ist. Was Jill jedoch ein wenig beruhigt hat, war, dass Kathryns Nachbarin – eine Frau mit Namen Miriam Walker – ein Auge auf sie hat, und diese Miriam sei jemand, mit dem man sich besser nicht anlegen sollte.« Schuldbewusst schaute sie zu Miriam. »Ich denke, das war als Kompliment gedacht«, fügte sie rasch hinzu.

»Man hat schon Schlimmeres über mich gesagt.« Miriam zuckte mit den Schultern. »Und sie hat recht. Ich habe wirklich ein Auge auf Kathryn.«

»Das erklärt aber nicht, warum Sie jetzt hier sind, und das ausgerechnet zu dieser Zeit«, sagte Linda und drehte den

Ofen wieder hoch. Während des Telefonats mit dem Laden war das Teewasser wieder abgekühlt und musste nun erneut erhitzt werden. Dann holte sie bunte Tassen und Unterteller aus dem Schrank. Sofort überkam Beth ein wohliges Gefühl, denn es erinnerte sie an ihre glückliche Kindheit. Da stand sogar noch ihr alter Lieblingsbecher im Schrank. Als ihre Mum Miriam am Namen erkannt hatte, hatte sich das angefühlt, als wäre sie plötzlich durch den Kaninchenbau gefallen, doch sie war nicht Alice. Das war noch immer ihr Heim, und ihre Mum war noch immer ihre Mum. Und es war auch nicht seltsam, dass ihre Mum in all den Jahren, da Beth jede Woche zum Tee gekommen war, nie erwähnt hatte, dass sie noch Kontakt mit Jill Bowen hatte … oder?

»Kathryn ist hier«, sagte Miriam, ehe Beth sie davon abhalten konnte.

Linda erstarrte. Der Löffel mit Zucker schwebte direkt über Beths Tasse.

»Auf der Insel«, fuhr Miriam fort. »Als sie von Abigail Warner gehört hat, ist sie hierhergefahren, auch wenn wir – also Jordan und ich – alles versucht haben, um sie davon abzuhalten. Haben Sie das von Jill gehört?«

»Ja«, antwortete Linda. Ihre Stimme war nur noch ein Flüstern. »Ich verstehe aber noch immer nicht, warum Kathryn hierherkommen wollte. Ich meine, natürlich können wir hier jeden Helfer brauchen, aber war ihr nicht klar, dass das eine schlechte Idee ist?«

»Sie ist hierhergekommen, weil ihre Mutter ihr eine Nachricht auf dem Anrufbeantworter hinterlassen hat, in der es hieß, Patrick habe bei seinem Geständnis gelogen.«

Beth seufzte. Eigentlich hatte sie ihrer Mum nicht alles bis ins letzte Detail erzählen wollen – nicht, solange ihr Dad in so einer schwierigen Position war –, doch Miriam war offensichtlich zu dem Schluss gekommen, dass Ehrlichkeit das Gebot der Stunde war, und es war unsinnig, jetzt ein Kräftemessen daraus zu machen. Außerdem konnte sie ihrer Mutter vertrauen … ihrer Mutter, die nun kreidebleich wurde und sich auf einen Hocker an der Frühstückstheke fallen ließ.

»Alles okay, Mum?«, fragte Beth besorgt.

»Warum sollte sie so was sagen?«, fragte Linda leise, allerdings mehr sich selbst als die anderen. »Nach all den Jahren … Warum sollte sie da so was sagen?«

»Genau das wollten wir euch fragen beziehungsweise Dad«, gab Beth zu. Sie kümmerte sich weiter um den Tee, den ihre Mutter offenbar erneut vergessen hatte, und gab Linda eine Tasse. »Ich meine, für mich klingt das wie ein Geständnis. Als wolle sie sagen, sie habe Elsie getötet und Patrick die Schuld auf sich genommen. Ist es möglich, dass das stimmt?«

Als ihre Mutter den Mund öffnete, um darauf zu antworten, schlug draußen eine Autotür.

»Das wird dein Vater sein«, sagte Linda und stand auf. »Ach, verdammt, Beth. Kannst du das nicht einfach auf sich beruhen lassen?« Sie sprach schnell in der Hoffnung, dass sie das noch klären konnte, bevor George hereinkam. »Es ist einfach für alle so eine furchtbare Zeit, aber besonders für deinen Dad, denn sie waren wirklich gut befreundet. Es ist doch sinnlos, das alles nun wieder aufzuwärmen.«

»Das sehe ich anders, Mum, vor allem, wenn das heißt, dass Elsies Mörder noch frei herumläuft«, widersprach Beth leise. Sie hörte, wie ihr Vater die Tür öffnete. »Was, wenn Jill eine Gefahr für andere Menschen darstellt?«

»Jill ist genauso wenig eine Gefahr wie ich«, sagte Linda. »Sei jetzt still. Bitte.«

George erschien in der Tür und grinste breit. »Beth, ich

habe deinen Wagen gesehen. Alles okay bei dir? Ich hätte nicht gedacht, dass wir dich sehen, solange hier so viel los ist. Aber natürlich freut es mich, dass du …« Sein Blick fiel auf Miriam, und er schaute Beth neugierig an.

»Dad, das ist Miriam Walker«, sagte Beth und wartete darauf, dass ihr Vater sich genauso erschrocken zeigte wie ihre Mum. Doch stattdessen streckte er die Hand aus.

»Schön, Sie kennenzulernen, Miriam«, sagte er. Tatsächlich wirkte er nicht im Mindesten überrascht. »Ich hoffe, Sie bringen keine schlechten Nachrichten. Als ich zuletzt mit Jordan gesprochen habe, hat er gesagt, Jills Zustand sei stabil.«

Miriam schaute zu Beth, aber diese zuckte nur mit den Schultern. »Nein, da gibt es nichts Neues«, sagte Miriam. »Ich bin wegen Kathryn hier. Sie ist gestern hierher zurückgekehrt, und nun wird sie vermisst.«

George schaute zwischen Miriam und seiner Frau hin und her. Jetzt war er doch überrascht. »Vermisst? Das kann nicht sein. Ich habe gerade erst …« Er verstummte.

Beth hob die Augenbrauen. »Du hast gerade was, Dad? Warum überrascht es dich nicht, Miriam zu sehen? Und was zum Teufel ist ein Boggly?« »Boggly« war der Name, den die kleine Kathryn Bowen dem »Monster im Wald« gegeben hatte. Beth hatte das in der Akte gelesen.

Zu Beths Überraschung deutete ihr Vater zum Wohnzimmer. Er sah niedergeschlagen aus. »Wenn wir schon darüber reden müssen, dann können wir es uns wenigstens bequem machen«, sagte er, ging zum Schrank und holte sich einen Tumbler heraus. »Außerdem brauche ich auf den Schreck hin etwas Stärkeres als Tee.«

Er ging zum Kamin.

»Es war bei den Befragungen durch das Jugendamt,

als zum ersten Mal von Boggly die Rede war.« Beths Vater blies auf den Flammenbläser, und er erwachte zum Leben. Beth hatte es immer geliebt, wenn er das machte und Flammen durch den Kamin schickte wie ein Schamane, der eine Schlange beschwor. Jetzt stellte er das Gerät wieder in die Halterung zurück, setzte sich auf die Fersen, rieb sich die Hände und wärmte sie am Feuer. »Die Psychologin hatte Kathryn gefragt, wo Elsie und sie an diesem Morgen gewesen waren und ob sie dort jemanden gesehen hatten. ›Ja‹, hat sie gesagt, ›wir haben Boggly gesehen. Er hat sich zwischen den Bäumen versteckt. Elsie hat geschrien und wollte weglaufen, aber ich hatte keine Angst, und ich habe sie überredet, ihn mit mir zu suchen.‹ ›Und? Habt ihr ihn gefunden?‹, hakte die Psychologin nach, und Kathryn wartete ein paar Sekunden lang, vielleicht dreißig, und antwortete: ›Ja. Wir haben ihn gefunden, und er hat sich Elsie geschnappt, aber mich nicht. Vielleicht hat er mich ja besonders lieb.‹«

Beth blieb der Mund offen stehen. »Sie hat wirklich gesagt: ›Er hat sich Elsie geschnappt‹? Könnte Sie den Kerl identifizieren?«

Ihr Vater schüttelte traurig den Kopf, warf eine Handvoll Zunder ins Feuer, stand auf und zog sich zu seinem Lieblingssessel zurück. »Sie konnte ihn schon damals nicht identifizieren, denn es gab ihn schlicht nicht, Beth«, sagte er traurig. »Die Psychologin hat gesagt, Kathryn habe vermutlich gesehen, wie ihr Vater Elsie wehgetan hat, oder vielleicht hat er sie irgendwo hingebracht, und die Erinnerung daran war so schrecklich, dass Kathryn sich diesen schwarzen Mann ausgedacht hat, um die Tatsache zu verdrängen, dass die Person, die ihrer besten Freundin wehgetan hat, dieselbe war, der sie mehr vertraute als allen anderen.«

»Sie glauben, dass Kathryn gesehen hat, was an jenem Tag

passiert ist?«, hakte Miriam nach. Sie stand auf und deutete mit ihrer Teetasse auf die Whiskeyflasche. »Ich könnte jetzt auch einen vertragen.«

George nickte. »Bedienen Sie sich. Wir wissen nicht, wie viel sie gesehen hat, jedenfalls nicht wirklich. Wir wissen nur, dass sie an diesem Tag mit Elsie in den Wald gegangen ist, und wir wissen, dass sie allein wieder zurückgekommen ist und ihrer Mutter gesagt hat, sie sei hungrig. Als ihre Mum sie gefragt hat, ob Elsie schon nach Hause gegangen sei, wie sie es manchmal getan hat, da hat Kathryn geantwortet, sie habe mit Boggly gespielt und seitdem habe sie sie nicht mehr gesehen. Jill rief daraufhin Helen an, sagte, sie mache sich zwar keine Sorgen, aber da sie sie ohnehin habe anrufen wollen, wolle sie nur mal nachfragen, ob Elsie schon zu Hause sei. Helen hat geantwortet, Elsie sei bereits den ganzen Vormittag weg. Dann hat sie sich die Schuhe angezogen und ist zum Haus der Bowens gelaufen, wo Jill – und Patrick – schon im Wald gesucht haben. Später hat Helen ausgesagt, die beiden hätten panisch gewirkt. Jill habe so ausgesehen, als würde sie gleich in Tränen ausbrechen, aber sicher war sie sich nicht. Nachdem sie an alle Türen zwischen dem Wald und dem Haus der Buttons geklopft hatten, war das halbe Dorf auf den Beinen und hat gesucht, und die Polizei war ebenfalls alarmiert worden. Wir haben das gesamte Areal durchforstet, aber nicht die geringste Spur von Elsie oder sonst jemandem gefunden. Niemand hatte etwas Ungewöhnliches oder Verdächtiges gesehen. Deshalb ist Kathryns Story auch als kindliche Fantasie abgetan worden … zumindest bis ihr Vater verhaftet worden ist.«

Beths Vater sah aus, als hätte es ihn schier unendlich viel Kraft gekostet, das nach all diesen Jahren zu erzählen. Miriam kippte ihren Whiskey herunter und starrte in die leere Tasse.

»Glaubst du das jetzt auch?«, fragte Beth leise. »Jetzt, nachdem ein weiteres Mädchen verschwunden ist?« Sie sah ihre Mum schaudern.

George schaute sie scharf an. »Abigail Warners Verschwinden hat nichts mit Elsie zu tun, gar nichts«, erklärte er mit schneidender Stimme, wie Beth sie noch nie bei ihm gehört hatte. »Wenn ich irgendetwas wirklich weiß, dann das. Die Person, die Elsie ermordet hat, sitzt seit fünfundzwanzig Jahren hinter Gittern, und wenn wir nun in der Vergangenheit herumwühlen, hilft uns das nicht im Mindesten bei der Suche nach dem armen Kind.«

»Und die Tatsache, dass sie aus demselben Haus entführt worden ist? Und dass man Boggly nie gefunden hat?«

»Zufall und kindliche Hirngespinste«, erwiderte ihr Dad und schüttelte den Kopf. Er stand auf. Das Gespräch war beendet. »Und ich verstehe auch nicht, wie dir das bei der Suche nach Kathryn helfen soll. Sie hätte einfach bleiben sollen, wo sie war.«

44

BETH

»Ken Langley hat gesagt, er habe sie im Pub gesehen und sie habe ihm erzählt, dass sie sich in einer Stunde bei mir mit ihm treffen wolle«, erklärte Beth, als sie wieder in den Corsa stiegen. »Wir haben keine Ahnung, wohin sie danach gegangen ist. Der Pub ist also der letzte Ort, wo man sie gesehen hat. Wir sollten mit Dai reden.«

In der Dorfkneipe war weit weniger los als bei Beths letztem Besuch. Sie hatte Ken gesagt, Kathryn sei nach Hause gefahren, und damit habe sich das Thema Bowen für den Fall Abigail erledigt. Deshalb standen die Chancen gut, dass sich nun wieder alle auf die Suche konzentrierten. Beth fragte sich nur, wie lange das so bleiben würde. Wie viele Nächte würden die Leute noch durchhalten? Wie viele Nächte brauchte es überhaupt noch? Nein, irgendwann würden die Menschen nach und nach zu ihrem eigenen Leben zurückkehren. Sie hatten Familien und mussten sich ihren Lebensunterhalt verdienen. Die einzigen Leben, die sich nicht normalisieren würden, waren die der Warners und vermutlich auch das von Maggie Grant. Der Fall würde sie mit Sicherheit nicht unberührt lassen, egal, wie er ausging. Beth wusste das von ihrem Vater.

»Ist Dai da?«, fragte Beth das Mädchen hinter dem Tresen. Ihr Name war Sally, wenn Beth sich recht erinnerte.

Sally nickte. »Er ist hinten.«

Beth drehte sich zu Miriam um. »Sie warten am besten hier. Lassen Sie sich etwas zu trinken bringen.«

Miriam beäugte die Gläser hinter der Theke, von denen eins einen schmierigen Rand hatte. Dann schaute sie zu Sally, die sie beobachtet hatte, sich jetzt aber rasch abwandte. Miriam riss die Augen auf.

»Ich warte lieber im Wagen«, sagte sie. Angesichts des Aufstands, den Miriam wegen des Zustands und vor allem wegen des Geruchs des Autos gemacht hatte, nahm Beth an, dass ihr der Pub und sein Personal sogar noch schlimmer vorkamen.

Dai war in der Tat hinten. Er saß in der Abstellkammer, die ihm als Büro diente, und hatte die Füße auf den Schreibtisch gelegt. Er las eine Boulevardzeitung – oder vermutlich schaute er sich bloß die Bilder an. Als er Beth sah, musterte er sie wie immer von Kopf bis Fuß. Inzwischen war sie zwar daran gewöhnt, aber sie fand es nach wie vor ekelig.

»Liz«, sagte er und nickte. »Oder soll ich dich heute lieber Beth nennen? Wo ist deine neue Freundin? Sind ihr die Kinder ausgegangen?«

»Lass es einfach, Dai. Sie hat sich ihren Vater nicht ausgesucht.«

»Aber sie kann sich ja wohl von hier verpissen, oder? Was steckt sie auch ihre Nase in unsere Angelegenheiten und glaubt dann auch noch, wir würden nicht wissen, wer sie ist? Und ausgerechnet am Jahrestag! Ich bin nur froh, dass Helen die Farm dieser Tage kaum noch verlässt. Wenn sie ihr über den Weg laufen würde, würde sie endgültig den Verstand verlieren. Wer weiß? Vielleicht ist sie ja wieder nach Manchester zurückgefahren, wo niemand weiß, wessen Blut durch ihre Adern fließt.«

»Ihr Wagen ist noch immer hier«, sagte Beth. »Und sie wurde zuletzt in deinem Pub gesehen. Ich werde offensichtlich mit Helen sprechen müssen, aber da du ja kein Geheimnis daraus machst, wie sehr du die Bowens verabscheust … Vielleicht sollte ich auch dich aufs Revier mitnehmen.«

Dai stand auf. Er überragte Beth fast um einen ganzen Kopf. »Das würdest du nicht wagen«, erklärte er selbstbewusst. Beth wünschte, er würde sich irren, doch das tat er nicht. »Außerdem mag praktisch ganz Anglesey die Bowens nicht. Willst du die ganze Insel in den Knast sperren?«

»Ist dir eigentlich klar, was es heißt, wenn ich sage: ›wurde zuletzt in deinem Pub gesehen‹?«

»Ist dir eigentlich klar, was ›wasserdichtes Alibi‹ bedeutet?«, konterte Dai. »Ich habe sie hier rausgehen sehen, und ich habe mich eine Stunde lang nicht vom Fleck gerührt und weiter Bier gezapft. Dutzende von Zeugen, Filmteams und Journalisten können das bestätigen. Ich kann ihr nichts getan haben.«

»Hast du auch zufällig gesehen, in welche Richtung sie gegangen ist?«

»Nö.«

»Könnte ich mal deine Kameraaufnahmen sehen?«

Dai sog zischend die Luft ein. »Die Kamera ist kaputt. Tut mir leid.«

»Und natürlich hast du auch niemanden angerufen, um ihm zu sagen, dass sie hier ist, wie du es beim ersten Mal getan hast, habe ich recht?«

»Ich weiß nicht, wovon du redest.«

»Wenn ich also einen Verbindungsnachweis anfordern würde, dann würde ich dort keine ausgehenden Anrufe finden.«

»Nicht von mir. Manchmal fragt ein Gast, ob er mal telefonieren kann, und natürlich erlaube ich ihm das auch. Er muss dafür nur was ins Trinkgeldglas tun.«

»Wie praktisch … und das in einer Zeit, da jeder ein Handy hat.«

Dai grinste. »Manche Anrufe führt man halt nicht gerne mit dem eigenen Gerät.«

»Und könnte einer dieser geheimnisvollen Gäste das Telefon zur fraglichen Zeit benutzt haben?«

Dai zuckte mit den Schultern. »Alles ist möglich. Schau mal … Wenn es sonst nichts mehr gibt, dann würde ich gerne an den Tresen zurück, bevor Sally noch mehr Mist baut als sonst. Und wenn du deine neue Freundin findest, dann sag ihr doch bitte, dass sie hier nicht mehr willkommen ist; aber ich nehme an, das weiß sie inzwischen schon.«

*

»Klingt nach einem richtig netten Kerl«, bemerkte Miriam, nachdem Beth ihr berichtet hatte, was Dai gesagt hatte.

»Eigentlich ist er nicht übel«, erwiderte Beth. »Aber viele Leute hier haben schon ihr ganzes Leben im Schatten von Patrick Bowen verbracht. Sie wollen einfach nicht mehr, dass ihre Heimat immer nur der Ort ist, ›wo dieses Kind verschwunden ist‹.«

»Mein Mitleid hält sich in Grenzen. Ich will bloß, dass Kathryn wieder nach Hause kommt, in Sicherheit, weit weg von dieser gottverlassenen Insel«, knurrte Miriam. »Und? Was machen wir jetzt?«

»Haben Sie es bei Kevin Wilson versucht?«

»Da geht niemand ran. Beim vierten Versuch ist direkt der Anrufbeantworter angesprungen. Allmählich habe ich das Gefühl, dass er nicht mit uns reden will.«

Beth schnallte sich an und startete den Wagen. »Beim Fahren kann ich besser nachdenken«, sagte sie. »Was stand sonst noch in der Akte?«

»Das meiste war Papierkram«, antwortete Miriam. »Hatten Sie damals noch keine Computer auf Anglesey? 1994?«

»Zu unserem Glück war der leitende Beamte noch von der alten Schule. Das heißt, alles, was wir brauchen, ist zwischen diesen Aktendeckeln. Ich fahre, Sie lesen.«

Beth fuhr in Richtung Küste. Schon bald wichen die Häuser grünem Gras und blauem Himmel und schließlich dem türkisfarbenen Meer. Sonnenlicht funkelte auf dem Wasser und dem Schaum im Kielwasser eines Jetskis. Wenn man außerhalb des Dorfes zum Horizont schaute, konnte man sich fast vorstellen, dass Abigail Warner gar nicht vermisst wurde. Hier war die Welt noch in Ordnung. Doch dann sah man einen weiteren Suchtrupp oder ein Poster an einem Laternenpfahl, und schon wurde einem die Tragödie wieder bewusst, unter der ganz Pentraeth litt, ja sogar die ganze Insel, vielleicht sogar ganz Wales.

»Anhalten!«, rief Miriam plötzlich, und Beth schaute in den Rückspiegel und trat auf die Bremse. Miriam flog nach vorne. »Was zum Teufel sollte das denn?«

»Sie haben doch gesagt, ich soll anhalten«, rechtfertigte sich Beth, schaltete die Warnblinkanlage an und reckte den Hals, um zu sehen, was Miriam da entdeckt hatte. »Also habe ich das auch getan.«

»Ich meinte doch keine Vollbremsung damit, verdammt«, knurrte Miriam. Sie rieb sich theatralisch den Nacken. »Aber wo wir schon mal stehen … Sehen Sie sich das mal an.«

Sie gab Beth ein Blatt Papier aus der Akte. Es war eine Aussage, die George Fisher am Tag nach Patricks Verhaftung aufgenommen hatte. Sie stammte von einem Mädchen, das manchmal für Elsie und Kathryn als Babysitter gejobbt hatte, wenn deren Eltern gemeinsam unterwegs gewesen waren.

Manchmal hat er Elsie das Haar zerzaust, und sie hat gekichert. Einmal bin ich gekommen, und Elsie hat auf Patricks Knie gesessen, und er hat ihr eine Geschichte vorgelesen. Kathryn hat derweil auf dem Boden gespielt. Das kam mir irgendwie komisch vor, denn eigentlich war Kathryn ja seine Tochter, und trotzdem galt all seine Aufmerksamkeit Elsie. Ich habe mich schon immer ein wenig unwohl in seiner Gegenwart gefühlt, doch er hat nie etwas bei mir versucht. Ich nehme an, ich war ihm zu alt. Jetzt wird mir bereits übel, wenn ich nur daran denke. Allein die Vorstellung, was er gedacht und geplant hat … Ich wünschte, ich hätte ihn aufhalten können, aber selbst, wenn ich etwas gesagt hätte, es war bloß ein Gefühl, und Jill hätte sich auf seine Seite geschlagen. Sie hätte alles für ihn getan. Ich glaube nicht, dass sie gewusst hat, was er mit Elsie gemacht hat. Sie hat sie genauso geliebt wie ihre eigenen Kinder.
Meine Aussage habe ich reinen Gewissens gemacht, denn es ist die Wahrheit.
Gezeichnet: Nora Bywater

Beth las das zweimal. »Nora Bywater«, sagte sie schließlich. »Nora Bywater von *The Swimming Unicorn* war Kathryns Babysitter?«

45

MAGGIE

»Gute Neuigkeiten, Ma'am.«

Sie haben Abigail gefunden, war das Erste, was Maggie in den Sinn kam, und dann: *Gott sei Dank, ich habe geduscht.*

Bryn musste ihre Gedanken gelesen haben, denn sofort erstarb das Lächeln auf seinen Lippen. »Nein, wir haben sie nicht gefunden. Tut mir leid, Ma'am. Allerdings hat man Kathryn Bowen gefunden, und wir haben die DNA-Ergebnisse von dem Taschentuch aus dem Feld. Es gab zwei Übereinstimmungen. Das Blut stammt von Abigail und die zweite Probe von einer Frau. Das wird gerade noch mal überprüft.«

»Von einer Frau?«

»Mehr wissen wir im Augenblick noch nicht. Offensichtlich ist es keine gute Probe. Das Blut könnte sie kontaminiert haben, aber es gibt da ein Labor in London, das doch noch etwas Nützliches finden könnte, und dahin haben wir sie heute Morgen geschickt.«

»Aha.« Maggie rieb sich das Gesicht. Letzte Nacht war sie tatsächlich kurz zu Hause gewesen, hatte sich Essen aus Bangor bestellt und fünf ganze Stunden in ihrem eigenen Bett geschlafen. Dann hatte sie geduscht und war gleich viel frischer gewesen, als sie heute Morgen wieder aufs Revier gefahren war. Jetzt, lediglich ein paar Stunden später, fühlte sie sich allerdings schon wieder, als wäre sie von einem Zug überfahren worden. »Haben Sie gesagt, man hätte Kathryn Bowen gefunden?«

»Ja, habe ich. Sie liegt im Krankenhaus. Sobald sie wieder aufgewacht ist, ruft PC Fisher an. Es sieht so aus, als habe man sie unter Drogen gesetzt. George Fisher hat sie gefunden, als sie vor einer halben Stunde zu seinem Haus gewankt ist.«

»Um Gottes willen!«, keuchte Maggie. Sie hatte bereits geglaubt, dass Kathryn Bowen tatsächlich nur vor den Reportern weggelaufen war, aber das klang, als habe sie wirklich in Schwierigkeiten gesteckt. »Und wie geht es ihr?«

Bryn schüttelte den Kopf. »Sie lebt. Mehr weiß ich auch nicht.«

»Na ja, das ist wenigstens etwas.«

46

KATHRYN

Ich weiß nicht wirklich, wann genau die Träume verblassen und mir klar wird, dass ich wach bin. Ich habe das Gefühl, es wäre anders als beim letzten Mal. Da habe ich mich gefühlt, als wäre ich da und doch nicht da, nicht am Leben, allerdings auch nicht tot. Ich habe schlicht in irgendeiner Art von Hölle festgehangen. Diesmal habe ich jedoch das Gefühl, tatsächlich da zu sein. Meine Arme und meine Beine fühlen sich schwer an, als wäre ich gefesselt, aber auch real. Sie bestehen aus Haut und Knochen, aus Gewebe und Muskeln. Ich habe nicht länger das Gefühl, als würden sie plötzlich davonschweben. Ich versuche, die Augen zu öffnen, doch das Licht jagt einen stechenden Schmerz in meinen Schädel, und ich kneife sie rasch zu.

»Sie ist wach!« Miriams Stimme ist unverkennbar. Ich will lächeln, aber ich habe keine Kontrolle über mein Gesicht.

»Kathryn? Kannst du mich hören?« Eine Stimme, die ich nur halb erkenne … Ich glaube, es ist Beth. Jetzt will ich wirklich die Augen öffnen. Es gibt da etwas, das ich ihr sagen muss … glaube ich … Nein, ich bin sicher, dass da etwas war, bevor ich eingeschlafen bin, irgendwas, worüber ich mit ihr reden wollte; aber das ist alles so schwer zu verstehen. »Ich glaube nicht, dass sie wach ist.«

»Und ich sage Ihnen, sie hat die Augen aufgemacht. Holen Sie eine Krankenschwester.« Miriams Stimme klingt so durch und durch nach ihr, dass ich unwillkürlich lachen muss. Das schmerzt in meiner Brust, und ich beginne zu husten, doch das tut sogar noch mehr weh.

»Kathryn! Alles ist gut! Du musst nicht die Augen aufmachen oder reden. Die Krankenschwester ist auf dem Weg. Du hast eine üble Kopfverletzung und jede Menge Drogen im Blut.«

»Ha... Haben wir schon 1999?«, krächze ich. Es tut weh, aber ich werde mit einem Gackern von Miriam belohnt. Mühsam öffne ich die Augen, sehe ihr besorgtes Gesicht direkt über meinem Bett und höre Lärm vor der Tür.

»Treten Sie bitte zurück. Lassen Sie ihr ein wenig Platz.« In meinem Sichtfeld erscheint eine lächelnde Frau. »Kathryn, ich bin Schwester Goodwin. Sie haben eine schlimme Platzwunde am Kopf und sind unter Drogen gesetzt worden. Aber Sie sind in Sicherheit.«

Verdammt, ich wünschte, ich hätte mir den Witz mit 1999 für sie aufgespart. Plötzlich kommt mir ein Gedanke, und jetzt ist Schluss mit lustig.

»Habe ich ...?« Ich kann es noch nicht mal aussprechen. »Haben sie ...?«

Die Krankenschwester weiß genau, was ich meine.

»Nichts deutet auf sexuelle Übergriffe hin«, erklärt sie sanft. Ich sollte erleichtert sein, und eigentlich bin ich das auch, doch ich fühle mich wie taub. »Ihre Kleidung war vollkommen intakt, als wir Sie gefunden haben, und man hat Sie gewaschen und gründlich untersucht.«

Allein der Gedanke, professionell entkleidet und gewaschen worden zu sein, bevor man meinen nackten Körper untersucht hat, ohne dass ich etwas davon bemerkt habe, fühlt sich schon wie Missbrauch an. Aber natürlich sage ich das nicht zu dieser Frau, denn sie will mir ja nur helfen.

»Soll ich bei der Polizei anrufen?«, fragt Beth schließlich. »Sie werden mit ihr sprechen wollen.«

»Ich denke, das kann warten, bis sie wenigstens die Augen richtig öffnen kann«, gibt die Krankenschwester streng zurück. Gut. »Ich werde Ihnen nun etwas Wasser holen, und dann können Sie mir sagen, ob Sie auch etwas Toast wollen. Bevor die Polizei kommt, wird Sie noch ein Arzt untersuchen.«

Der Gedanke an ein Team von Beamten, das sich in mein Zimmer drängt, ist so furchtbar, dass ich mich fast schon darauf freue, am ganzen Leib von einem Doktor untersucht zu werden. Aber es gibt da noch etwas Wichtiges, das sie wissen müssen … Ich bin sicher …

»Kathryn.« Beths Stimme klingt drängend. Sie weiß, dass man sie rauswerfen wird, wenn sie zu viele Fragen stellt. »Das ist wichtig. Hast du Abigail gesehen?«

Abigail. Das ist es, was ich sagen wollte. Ich denke daran zurück, wie ich immer wieder kurz aufgewacht bin, an den weichen Teppich, das Bett … Vor meinem geistigen Auge erscheint das Bild eines Körpers auf dem Bett. Er rührt sich nicht. Das blonde Haar …

»Ja, ich … Ich habe sie gesehen«, krächze ich, und selbst die Krankenschwester wagt es nicht, mich zu unterbrechen. »Ich glaube … Ich habe viel geträumt, aber ich bin sicher, sie gesehen zu haben … Ich glaube …« Ein Schluchzen entkommt meiner Kehle, und es kratzt wie die Hölle. »Ich glaube, sie war tot.«

47

KATHRYN

Angesichts der Umstände erlaubt die Krankenschwester Beth, ihre Chefin anzurufen und ihr zu sagen, dass sie ins Krankenhaus kommen soll.

»Aber bevor der Arzt Sie nicht gesehen hat, darf sie nicht hier rein«, sagt sie zu mir. »Und selbst dann gilt: Wenn Sie müde werden, muss sie sofort aufhören. Das mit dem armen Mädchen ist wirklich furchtbar, aber Sie sind meine Patientin, und damit gilt Ihnen im Augenblick meine ganze Aufmerksamkeit. Sie sind über einen längeren Zeitraum unter Drogen gesetzt worden. Wir müssen mit Nebenwirkungen rechnen.«

Als Beth rausgeht, um anzurufen, schaue ich zu Miriam.

»Ich wusste nicht, dass sie Polizistin ist«, sage ich. Meine Kehle fühlt sich wie ausgetrocknet an. Ich greife nach dem Wasserglas auf dem Tisch vor mir, und Miriam steht auf, um mir zu helfen. Verdammt, wenn sie so einen Aufstand um mich macht, muss ich echt beschissen aussehen. Normalerweise lässt Miriam mit ihrer Art einen Army Sergeant vor Neid erblassen. Sie führt das Glas an meine Lippen, und ich nehme einen Schluck. Das kalte Wasser ist ein Schock für meinen Körper, aber es hilft meiner Kehle. »Sie hat so getan, als wäre sie meine Freundin.«

»Ich weiß, ich weiß«, sagt Miriam.

Wenn jemand weiß, wie sehr mich das verletzt, dann sie.

Dass ich keine Freunde habe und mich das eigentlich auch nicht kümmert, ist ihr vollkommen klar. Sie weiß, dass es mir nicht leichtfällt, Menschen zu vertrauen, und dass Beths Verrat wie ein Schlag in die Magengrube für mich ist.

»Aber weißt du was?«, fährt sie fort. »Sie ist eigentlich ein richtig nettes Mädchen. Und sie hat sich ehrlich Sorgen um dich gemacht. Das haben wir beide. Ihre Chefin hat gesagt, du seist vermutlich nach Hause gefahren, nachdem du herausgefunden hast, dass die Reporter dir auf die Spur gekommen sind, doch Beth hat nichts davon wissen wollen. Sie hat sich geweigert, die Suche nach dir aufzugeben. Ich glaube, es tut ihr wirklich leid, dass sie dich angelogen hat, aber das war ihr Job.«

»Du bist verdächtig gnädig«, bemerke ich und ziehe die Mundwinkel herunter. »Wenn ich dich nicht besser kennen würde, dann würde ich sagen, du magst sie.«

»Wie gesagt, sie ist gar nicht so übel«, erwidert Miriam.

Ich hebe die Augenbrauen.

»Ist sie wirklich nicht«, erklärt sie mit Nachdruck. »Und da wir keine Schulmädchen mehr sind, muss ich auch nicht so tun, als würde ich sie ebenfalls nicht mögen, nur weil du angepisst von ihr bist.«

Wenn ich könnte, würde ich lachen. Miriam hat definitiv kein Problem damit, es einem zu sagen, wenn man Mist labert.

»Okay. Wie lange war ich …?«

Wie lange war ich was? Vermisst? Entführt? Diese Worte kommen mir angesichts der Tatsache ein wenig dramatisch vor, dass ich eigentlich gar nicht gewusst habe, in welcher Situation ich mich befunden habe. Beim Wort »entführt« denke ich unwillkürlich an Ketten und spitze Metallgegenstände, mit denen man versucht, die feuchten Ziegel aus der

Wand zu lösen, um so fliehen zu können. Stattdessen fühle ich mich jedoch einfach nur, als wäre ich auf einem Drogentrip gewesen.

»Zwei Tage«, antwortet Miriam.

Ich reiße die Augen auf. »Zwei Tage? Zwei ganze Tage?«

»Na ja, etwas weniger, wenn man bedenkt, dass du vorgestern zuletzt um vier im Pub gesehen wurdest. Also fast zwei Tage.«

Der Pub. Ja, ich war dort, habe mit einem Mann gesprochen und bin dann in die Gasse gegangen, um den Leuten aus dem Weg zu gehen, die …

»Reporter«, sage ich. »Ich habe versucht, den Reportern aus dem Weg zu gehen, nachdem ich aus der Kneipe gekommen bin. Allerdings habe ich mich auch mit einem verabredet.«

»Ja, Jordan war ganz und gar nicht erfreut darüber«, sagt Miriam.

»Du hast mit Jordan gesprochen?« Ich versuche, mich aufzusetzen; doch mein Körper fühlt sich so schwer an, dass ich rasch wieder aufgebe. »Wo ist er?«

»Er musste im Krankenhaus bei deiner Mutter bleiben. Und nein, ihr Zustand hat sich nicht verändert, aber Verity musste wohl zur Arbeit, und da ich hier bin, hat er es für besser gehalten zu bleiben.«

Das kommt mir komisch vor. Jordan war immer der Erste, der alles stehen und liegen gelassen hat, um zu mir zu eilen. Mum könnte ihren sprichwörtlich letzten Atemzug tun, und er würde trotzdem zu mir kommen, wenn ich ihn brauche. Doch jetzt war ich zwei Tage vermisst und er ist nirgends zu sehen?

»Ist er wütend auf mich?«

Miriam sieht mich mitleidig an. »Nein, Liebes. Er ist nicht

wütend auf dich. Aber als er herausgefunden hat, dass du aus dem Pub verschwunden bist und vorher einen getrunken hast …«

»Ich habe den bloß bestellt, nicht getrunken«, erkläre ich entrüstet, doch ich weiß natürlich, worauf sie hinauswill. Jordan hat geglaubt, ich hätte irgendwo meinen Rausch ausgeschlafen und es wäre mir danach nur peinlich gewesen, mit meinem verkaterten Gesicht in die Öffentlichkeit zu gehen. Ehrlich gesagt hätte es auch so laufen können, wenn sich dieser Journalist sich nicht neben mich gesetzt hätte.

»Dann hoffe ich, er fühlt sich richtig mies, wenn er hört, dass ich in Wahrheit entführt und unter Drogen gesetzt worden bin«, schniefe ich. Die Worte fühlen sich nicht real an. Gott, ich hoffe, ich irre mich und Abigail ist nicht tot. Denn wenn sie noch lebt, dann muss sie irgendwo auf der Insel sein. Mit Sicherheit hat man mich nicht entführt, von der Insel gebracht und dann wieder zurückgefahren.

»Wie habt ihr mich eigentlich gefunden?«, frage ich. »Wenn ihr nicht gewusst habt, wo ich bin, wie bin ich dann hierhergekommen?«

»Dazu gibt es sicher noch viele Fragen. So viel steht fest«, antwortet Miriam und schürzt die Lippen. »George Fisher und Kevin Wilson haben dich ins Krankenhaus gebracht. Sie haben gesagt, sie seien gerade zu George nach Hause gefahren, als sie dich auf der Straße entdeckt haben. Es war, als hättest du zu George laufen wollen und dann das Bewusstsein verloren.«

»Wer ist denn George Fisher?«, frage ich. Der Name kommt mir zwar bekannt vor, aber in meinem Kopf dreht sich alles.

»Das ist Beths Dad. Er ist pensionierter Polizeibeamter, und er … Na ja, er hat deine Eltern gekannt.«

»Er hat Patrick verhaftet«, erinnere ich mich plötzlich. Das stand auf Reddit. »Aber wenn er Beths Dad ist und mit meinen Eltern befreundet war, wie kommt es dann, dass ich mich nicht an Beth erinnere? Ich erinnere mich noch nicht einmal an ihren Namen, und Jordan hat sie auch nie erwähnt, wenn wir über unsere alten Freunde gesprochen haben.«

»George und seine Frau haben sie nach der ganzen Sache adoptiert«, erklärt Miriam. »Da warst du mit deiner Familie bereits längst weg. Offenbar hatten sie die Adoption aber schon beantragt, als Elsie verschwunden ist.«

»Schlechter hätte der Zeitpunkt wohl nicht sein können«, bemerke ich, ohne nachzudenken. »Ich frage mich, wie nahe George und Dad sich wohl gestanden haben.«

»Nicht nahe genug, dass dein Dad ihn gedeckt hätte, nicht bei Mord, falls es das ist, was du denkst.« Beth steht in der Tür. Ihre Miene ist wie versteinert.

»Das habe ich auch nicht gesagt.«

»Aber du hast das impliziert. Du hast angedeutet, mein Dad habe Elsie etwas getan, und dein Dad habe für ihn die Schuld auf sich genommen, damit er mich adoptieren kann. Das ist einfach lächerlich. Dein Vater hat mit Sicherheit nicht seine eigene Familie zerstört, damit meine Eltern ein Kind haben können. Das würde niemand tun.«

»Du hast natürlich recht«, räume ich ein. »Ich habe nur laut gedacht.«

»Wie fühlst du dich?«, fragt Beth und tritt an mein Bett.

»Scheiße«, antworte ich. »Und du bist bei der Polizei.«

Sie lässt die Schultern hängen. »Ja. Tut mir leid.«

»Miriam hat gesagt, du seiest eigentlich ganz nett.«

Beth sieht Miriam überrascht an.

»Ja, ich war auch schockiert«, sage ich. Die Wahrheit ist, ich traue Beth zwar nicht mehr, aber mir fehlt auch die Kraft, sie wegen ihres Verrats zusammenzuscheißen. Dank meiner Kopfverletzung und jeder Menge Drogen kommt sie noch mal mit einem blauen Auge davon.

»Mein DI ist auf dem Weg«, verkündet Beth. »Fühlst du dich schon fit genug für ein Verhör?«

»Habe ich denn eine Wahl?«, erwidere ich.

48

MAGGIE

»Lassen Sie das bloß niemanden hören, verdammt!« Maggie musste brüllen, um den Lärm im Suchgebiet zu übertönen. Was sie gerade von Beth Fisher erfahren hatte, war besonders schwer zu verarbeiten angesichts der Tatsache, dass sie gerade von Menschen umgeben war, die sich teilweise sogar unbezahlten Urlaub genommen hatten, um ein fünfjähriges Mädchen zu finden, vorzugsweise lebend. War das alles umsonst gewesen? Maggie wusste, wie diese Art von Ermittlungen für gewöhnlich endete. Sie war nur nicht sicher, ob die Leute darauf vorbereitet waren. »Ich komme«, sagte sie. »Lassen Sie sie nicht gehen.«

Maggie musste ins Krankenhaus auf dem Festland. Das war ein ganz schönes Stück. Wenn sie Glück hatte, hatte sich die Nachricht noch nicht verbreitet, dass Kathryn Bowen auf der Insel gefunden und mit einem Rettungswagen ins Krankenhaus gebracht worden war. Nicht, dass irgendjemand die Sirenen hätte überhören können, die früher an diesem Tag die Luft erfüllt und sofort Panik verbreitet hatten, denn jeder hatte natürlich geglaubt, dass das etwas mit Abigail zu tun gehabt hatte. Maggie hatte Lesley anrufen müssen, um sicherzustellen, dass Mr und Mrs Warner sie nicht gehört hatten, oder falls doch, dass sie nicht ebenfalls in Panik geraten waren. Aber offensichtlich war er oben in seinem Arbeitszimmer und nicht runtergekommen, und sie lag auf dem Sofa und starrte auf den Fernseher, als glaube sie, dort mehr Informationen zu bekommen als von der Polizei. Jedes Mal, wenn Abbys Foto auf dem Bildschirm erschien (was ungefähr alle zehn Minuten der Fall war), brach sie in Tränen aus. Lesley hatte versucht, Mrs Warner zu überzeugen, den Fernseher abzustellen, doch sie hatte die Fernbedienung nicht hergeben wollen.

Maggie ließ Bryn wissen, wo sie hinfuhr, und diskret auch warum. Es war noch viel zu früh, und sie hatte noch viel zu wenige Informationen, um die Suche abzublasen, doch sie fühlte sich schrecklich, als sie nun zu all den Menschen blickte, die gerade in ihre Suchgebiete fuhren oder liefen. Sie hatten noch immer Hoffnung, und auch Maggie hoffte inständig, dass Kathryn Bowen sich irrte.

Die Fahrt zum Krankenhaus war gerade lang genug, um ihre Mutter anzurufen. Also nutzte Maggie die Gelegenheit. Sie hatte ein schlechtes Gewissen, weil sie sich gestern nicht bei ihr gemeldet hatte. Nachdem ihr Dad letztes Jahr gestorben war, hatte sie sich vorgenommen, jeden Tag nach ihrer einundsiebzigjährigen Mutter zu sehen, und wenn sie nicht kommen konnte, zumindest anzurufen. Mum würde natürlich wissen warum. Sie sah auch die Nachrichten. Beschweren würde sie sich trotzdem.

»Hallo?«

»Mum. Ich bin's.«

»Hallo, Liebes. Du hast dich gestern nicht gemeldet. Ist alles in Ordnung? Ich hätte fast bei der Polizei angerufen, aber dann habe ich mich daran erinnert, dass du ja die Polizei bist. Das hätte dich sicher nicht gefreut.«

»Es geht mir gut, Mum. Danke. Ich habe nur gerade einen wichtigen Fall. In Pentraeth wird ein kleines Mädchen vermisst. Sie ist erst fünf.«

»Das haben sie im Fernsehen gebracht. Wie furchtbar. Ich habe dich an der Memorial Hall gesehen.«

Und trotzdem hast du dir genug Sorgen gemacht, um die Polizei rufen zu wollen, dachte Maggie, sagte aber nichts. Das wäre bei ihrer Mum ohnehin sinnlos gewesen. Sie hatte diese Idee vermutlich genauso schnell wieder vergessen, wie sie gekommen war. Maggie wusste, dass ihre Mum sich einsam fühlte. Sie vermisste Dad unglaublich, und sie wusste noch immer nicht so recht, wie sie ohne ihn leben sollte.

»Ich hatte wirklich viel zu tun.«

»Wisst ihr schon, wer sie entführt hat? Ich habe nicht vergessen, wie es war, als die kleine Button am selben Ort verschwunden ist. Mit diesem Haus stimmt etwas nicht.«

Maggie war nicht überrascht, das zu hören; nur hatte sie es nicht aus dem Mund ihrer Mutter erwartet. Wenn Deidre Grant eins nicht war, dann abergläubisch.

»Häuser entführen keine kleinen Mädchen, Mum. Das tun Menschen.« Maggie hielt ihren Dienstausweis ans Fenster, damit die Beamten auf der Brücke ihn sehen konnten, die nach wie vor den Verkehr kontrollierten. Ihr fiel auf, dass sie schon deutlich weniger Leute anhielten als gestern, und sie beschloss, dafür zu sorgen, dass sie in ihren Bemühungen nicht nachließen. Sicher, es wurde immer unwahrscheinlicher, dass jemand Abby aufs Festland bringen würde, vor allem, wenn die Augen des ganzen Landes auf die Insel gerichtet waren, aber es gefiel ihr einfach nicht.

»Das weiß ich. Ich bin doch keine Heidin oder so was«, schnaubte Maggies Mum. Ihre Tochter rollte mit den Augen. »Ich will damit nur sagen: Zwei Mädchen verschwinden aus demselben Haus. Das kann doch kein Zufall sein.«

»Wir ermitteln in alle Richtungen«, intonierte Maggie

in dem Tonfall, der normalerweise für die Presse reserviert war.

»Dann gibt es also eine Verbindung?«

»Das habe ich nicht gesagt.«

»Warum ermittelst du dann in diese Richtung, wenn du glaubst, das habe nichts miteinander zu tun?«

Diesmal seufzte Maggie laut und deutlich. »Wir ermitteln in *alle* Richtungen, Mum. Ich habe übrigens nicht viel Zeit … Wie geht es dir?«

»Alles okay, Liebes. Mach dir keine Sorgen um mich. Vor allem nicht, wenn du so einen wichtigen Fall hast. Das arme Mädchen. Aber wenn ich nichts von dir höre, mache ich mir große Sorgen. Du hast so einen gefährlichen Job. Da weiß man nie.«

»Okay, Mum. Solange es dir gut geht …«, unterbrach Maggie sie, ehe sie mit ihren üblichen Sprüchen kommen konnte: »Ich werde nie verstehen, wieso ein hübsches Mädchen wie du sich einen solchen Männerjob ausgesucht hat.« »Ich versuche, dich morgen wieder anzurufen. Ich hab dich lieb.«

»Okay. Ich hab dich auch lieb.«

Maggie hatte ein schlechtes Gewissen, als sie auflegte, doch sie hatte wirklich keine Zeit, und das Krankenhaus war schon in Sicht.

Dann fuhr sie auf den Parkplatz und stieg aus. Sie staunte über die exorbitanten Parkgebühren und ging rein.

»Kathryn Bowen«, sagte Maggie zu der Frau am Empfang und versuchte, so leise wie möglich zu reden. »Sie liegt auf der Intensivstation.«

»Den Gang da runter, dann links und geradeaus.«

Maggie schien der Frau vollkommen egal zu sein. Sie musste noch nicht einmal ihren Dienstausweis vorlegen.

Kurz überlegte sie, zur Sicherheit einen Beamten vor Kathryns Tür zu setzen. Schließlich war es durchaus möglich, dass Kathryn in Gefahr schwebte.

PC Fisher stand vor dem Zimmer. Maggie ging zu ihr. »Hat sie seit Ihrem Anruf noch etwas gesagt?«, fragte sie.

»Ich wollte sie nicht unter Druck setzen und sie erschöpfen, bevor Sie hier sind«, antwortete Fisher. Ihr Blick verriet, dass sie Angst hatte, etwas falsch gemacht zu haben. »Die Krankenschwester hat gesagt, wenn Kathryn müde wird, dann müssen wir raus.«

»Okay. Gut gemacht.« Maggie atmete tief durch und öffnete die Tür. Die Frau im Bett schaute zwischen Beth und ihr hin und her.

»DI Grant?«

»Die bin ich. Und ich nehme an, ich habe das Vergnügen mit der Tochter von Patrick Bowen, ja?«

Kathryn schnaubte unwillkürlich und schaute dann drein, als würde sie das bereuen.

»Geht es Ihnen gut?«

»Mein Hals kratzt ein wenig«, antwortete Kathryn und nippte an ihrem Wasser.

»Haben Sie auch noch andere Verletzungen?«

»Anscheinend eine Platzwunde am Kopf und jede Menge Drogen im Blut. Das alles fühlt sich mehr oder weniger wie ein Kater an.«

»Nur, dass Sie nicht trinken.«

»Kommt drauf an, wen Sie fragen.«

»Die Krankenschwester hat von Ketamin gesprochen«, sagte Maggie. »Lange Zeit waren das die beliebtesten K.o.-Tropfen. Wenn man die richtigen Leute kennt, ist das nicht sonderlich schwer zu besorgen. Für gewöhnlich schnüffelt man das aber und injiziert es nicht.« Maggie ging weiter in den Raum hinein und schaute demonstrativ zu Miriam. »Ich muss Sie leider bitten zu gehen.«

Miriam lächelte. »Dann bitten Sie mal schön.«

Maggie seufzte. »Das hier ist offiziell Sache der Polizei, Miss Walker. Ich habe mich in den letzten zwei Tagen an Ihr Gesicht gewöhnt. Zwingen Sie mich jetzt nicht, Sie zu verhaften.«

Amüsiert schaute Kathryn zwischen Miriam und Maggie hin und her. Vielleicht fühlte sie ja den unterschwelligen Respekt, den die beiden Frauen füreinander hegten. Maggie würde es zwar nie zugeben, aber sie mochte Miriam Walker, und wenn ihre Freundin hier im Krankenhaus gelegen hätte, dann hätte sie auch bleiben wollen.

»Hat Sie nicht das Recht auf einen Anwalt?«, verlangte Miriam zu wissen. Egal, wie sehr Maggie sie auch mochte, sie konnte einen echt in den Wahnsinn treiben.

»Jeder hat das Recht auf einen Anwalt, Miriam. Das wissen Sie. Aber nicht jeder beschließt, die Ermittlungen im Fall einer vermissten Fünfjährigen zu behindern. Nur die Schuldigen tun das.«

Miriam öffnete den Mund, um etwas darauf zu erwidern, doch Kathryn hob die Hand.

»Zuerst einmal«, begann sie, und ihre Stimme klang heiser, »möchte ich zu Protokoll geben, dass ich weiß, was für ein Unsinn das ist. Unschuldige brauchen Anwälte genauso sehr wie Schuldige. Ich habe genug Dokumentationen gesehen, um das zu wissen. Ich bin nicht dumm, und dieses ›nur die Schuldigen tun das‹ beeindruckt mich nicht im Mindesten.«

Sie hielt inne, als hätten sie die wenigen Worte schon überanstrengt. Maggie wollte etwas darauf erwidern, doch dann sah sie, wie Kathryn Bowen sie böse anfunkelte.

»Zweitens«, fuhr Kathryn fort, »will ich keine Zeit verschwenden. Was ich Beth erzählt habe, ist wahr. Für mich hat Abigail tot ausgesehen, doch das muss nicht unbedingt stimmen. Ich bin mir zwar nicht sicher, aber Sie beide scheinen einander zu kennen, und obwohl Beth mich die ganze Zeit über belogen hat, scheint sie vertrauenswürdig zu sein. Ich werde Ihnen alles erzählen, was ich weiß. Dann bleibt mir nur zu hoffen, dass Sie mir das nicht in die Schuhe schieben. Falls doch, dann sollen Sie wenigstens wissen, dass mich das nicht überrascht.«

»Nette Rede«, bemerkte Maggie trocken. »Und nur fürs Protokoll … Soll dieses Geplapper jetzt heißen, dass Sie auf einen Anwalt verzichten?«

»Für dieses Verhör, ja.«

»Gut. Ich danke Ihnen«, fügte Maggie hinzu. Sie war sich durchaus bewusst, dass irgendwo in Kathryns Worten ein Kompliment versteckt gewesen war. Sie schaute wieder zu Miriam, und diese hob die Hände.

»Na, gut«, sagte Miriam. »Aber ich warte draußen vor der Tür. Direkt davor.«

Maggie nickte zum Zeichen, dass sie verstand, und setzte sich neben Kathryn. Sie füllte das Wasserglas für sie, stellte es auf den Tisch und holte ein Diktiergerät aus ihrer Tasche. Sie hielt es hoch, wie um Erlaubnis zu bitten, und Kathryn nickte. Maggie schaltete das Gerät ein.

»Befragung von Kathryn Bowen durch Detective Inspector Margaret Grant.«

»Starling«, korrigierte Kathryn sie. »Mein Name ist Kathryn Starling.«

»Verstanden«, sagte Maggie. »Miss Starling liegt gegenwärtig mit einer Kopfverletzung im Krankenhaus. Sie hat eingewilligt, als Zeugin befragt zu werden. Miss Starling, nur fürs Protokoll: Können Sie bestätigen, dass Sie für diese Befragung auf den Beistand eines Anwalts verzichtet haben?«

»Ja, das kann ich.«

»Okay. Ich weiß es sehr zu schätzen, dass Sie mit mir reden, und ich weiß auch, dass Sie Schmerzen haben. Also werde ich mich beeilen. Sie behaupten, entführt worden zu sein, stimmt das? Dass jemand für Ihr Verschwinden verantwortlich war?«

»Nun, ich habe mich zumindest nicht selbst gekidnappt, wenn es das ist, was Sie meinen.«

»Im Allgemeinen bezeichnen wir ›geflohen‹ nicht als ›selbst entführt‹.«

»Ich bin nicht geflohen. Jemand hat mich geschnappt.«

»Dieselbe Person, die auch Abigail Warner entführt hat?«

»Ich glaube, ja. Ich meine, wie ich Beth schon gesagt habe, stand ich die ganze Zeit unter Drogen; aber ich bin sicher, sie gesehen zu haben ... so sicher, wie ich nur sein kann, heißt das.«

»Haben Sie irgendeine Ahnung, wohin man Sie gebracht hat?«

Kathryn schüttelte den Kopf. »Eigentlich nicht. Da war ein Raum ... wie ein Schlafzimmer, aber ich nehme an, es könnte auch einfach nur irgendein Raum mit einem Bett gewesen sein. Es roch nach frischer Farbe, und alles war Pink wie in einem Kleinmädchenzimmer. Alles war sauber, frisch, als wäre es gerade erst gekauft worden.«

»Wie war der Boden?«

»Überall Teppich.«

»Und wie sind Sie entkommen?«

Kathryn hob die Schultern und zuckte unwillkürlich zusammen. »Ich bin nicht geflohen. Ich habe das Bewusstsein verloren, bin in einem Truck aufgewacht und war dann wieder weg. Als ich dann erneut aufgewacht bin, war ich hier. Offenbar haben Kevin Wilson und George Fisher mich gefunden. Ich weiß aber nicht mehr, wie ich auf die Straße gekommen bin, auf der sie mich entdeckt haben.«

Maggie seufzte. Nichts von alledem half ihr weiter. Der Ort, den Kathryn beschrieb, konnte Gott weiß wo sein. Maggie würde wohl kaum einen Durchsuchungsbefehl für jedes Haus auf der Insel bekommen. Aber vielleicht konnte man ja etwas damit anfangen, dass alles dort neu gewesen war. Die Farbe und der Teppich mussten ja irgendwo gekauft worden sein.

»Sie haben PC Fisher gesagt, Sie glauben, sie sei tot gewesen. Warum?«

»Sie hat sich nicht bewegt. Mein erster Eindruck … Mein *einziger* Eindruck war, dass sie nicht atmete. Sie lag zusammengesackt an der Wand, wie eine Puppe. Ein Teil von mir fragt sich immer noch, ob ich das bloß geträumt habe, ob der ganze Raum nur eine Halluzination gewesen ist.«

»Okay.« Maggie spürte förmlich, wie ihr Blutdruck sank. Es war ja nicht so, als hätte Kathryn ein blutüberströmtes Kind oder sonst etwas Konkretes gesehen. Und sie hatte bis jetzt nichts erwähnt, was Maggie zu diesem Ort hätte führen können.

»Schauen wir mal, ob wir rekonstruieren können, was mit Ihnen passiert ist. Können Sie mir sagen, woran Sie sich vom 19. Juni noch erinnern?«

»Meinen Sie den ganzen Tag oder nur den letzten Teil?«

»Ich denke, eine kurze Zusammenfassung des ganzen Tages wäre recht hilfreich für uns.«

Kathryn atmete schwach ein. Maggie hoffte, dass sie nicht schon erschöpft war.

»Als ich an diesem Morgen aufgewacht bin, war ich im *The Swimming Unicorn*. Ich habe herausgefunden, dass in der Nacht jemand in mein Zimmer eingebrochen ist und ›HAU AB!‹ in meine Tür geritzt hat.«

Maggie nickte. Davon hatte ihr Beth schon erzählt, und sie hatte so eine Ahnung, wer dafür verantwortlich sein könnte.

»Warum haben Sie das nicht der Polizei gemeldet?«

»Ich wollte nicht, dass die Polizei weiß, dass ich hier bin. Ich denke, warum ist offensichtlich.«

»Wegen Ihres Vaters?«

»Ja.«

»Okay«, sagte Maggie und dachte kurz nach. Wenn Kathryn zur Verdächtigen erklärt wurde, dann würde sie sie noch mehr dazu befragen können, weshalb sie auf die Insel gekommen war. Im Augenblick musste sie sie jedoch als Zeugin behandeln. »Aber Sie sind nicht nach Hause gefahren.«

»Nein, denn nach dem Frühstück bin ich rausgegangen und habe gesehen, dass irgendjemand mir die Reifen aufgeschlitzt hat.«

»Glauben Sie, das war Zufall?«

Kathryn hob die Augenbrauen und nippte an ihrem Wasser, bevor sie antwortete: »Glauben Sie es denn?«

Maggie erwiderte nichts darauf. Sie schrieb »Reifen?« auf ihren Notizblock und machte weiter. »Sie konnten also nicht weg. Hatten Sie Angst?«

»Warum? Ich bin doch nicht bedroht worden. Jedenfalls nicht direkt.«

»Das ist keine Antwort. Hatten Sie Angst?«

Kathryn zuckte mit den Schultern. »Eigentlich nicht. Es war helllichter Tag, und überall wimmelte es nur so von Polizei. Und wie ich bereits gesagt habe: Ich bin ja nicht direkt bedroht worden. Ehrlich gesagt ist mir noch nicht einmal der Gedanke gekommen, dass ich körperlich in Gefahr schweben könnte.«

Maggie schaute diese Frau an, die weit mehr durchgemacht hatte als die meisten in ihrem Alter, und doch war sie bemerkenswert ruhig. Sie nahm an, das war normal für die Tochter eines Kindermörders. Wenn es kein »normal« gab, dann konnte es auch kein »unnormal« geben.

»Was haben Sie dann getan?«

»Ich habe den Automobilclub angerufen und mich wieder der Suche nach Abigail angeschlossen. Ich dachte, wenn ich schon nicht fahren kann, dann könnte ich mich wenigstens nützlich machen.«

»Und da haben Sie dann Beth gesehen? Fürs Protokoll: Das ist PC Fisher.«

»Ja. Obwohl ich zu diesem Zeitpunkt natürlich noch nicht gewusst habe, dass ich es mit einer Polizeibeamtin zu tun habe.«

Maggie reagierte nicht darauf. »Und dann?«

»Ich … Äh …«

Kathryn mochte sich ja für gerissen halten, aber sie hatte sich noch keine wirkliche Story überlegt, und Maggie sah sofort, dass hier die eigentliche Geschichte begann.

»Beth hat gesagt, Sie hätten es eilig gehabt. Wo mussten Sie denn hin? Eine Stunde zuvor wollten Sie noch weg von der Insel, und auf einmal hatten Sie einen dringenden Termin?«

»Es gab da jemanden, mit dem ich über Patrick sprechen wollte.«

Maggie war überrascht, dass Kathryn ihren Dad Patrick nannte. Andererseits machte sie das auch mit ihrer Mum, wenn sie ihr mal wieder besonders auf die Nerven gegangen war. Schließlich konnte man wohl kaum von einer normalen Vater-Tochter-Beziehung sprechen, wenn man einen Mörder zum Vater hatte.

»Und mit wem?«

Kathryn schien zu überlegen, ob sie darauf antworten sollte oder nicht. »Mit Harriet Lane.«

Maggie schrieb den Namen auf. Sie hatte ihn schon einmal gehört. Sie kannte natürlich nicht jeden in Pentraeth, und sie war auch nie in den Fall Elsie Button involviert gewesen. »Sollte ich die kennen?«

Kathryn zuckte mit den Schultern. »Sie war eine Freundin von Patrick. Sie behauptet, er sei am Morgen von Elsies Verschwinden bei ihr gewesen. Sie sagt, er sei unschuldig.«

»Oh Gott, das Medium.« Maggie rollte mit den Augen. »Jetzt weiß ich, wen Sie meinen. Und? Glauben Sie ihr?«

»Ich glaube, dass sie es glaubt«, antwortete Kathryn in sachlichem Ton. »Und ich glaube, dass er an diesem Vormittag in ihrem Haus war. Ob das jetzt aber heißt, dass er Elsie nicht getötet haben kann … Nun, die Polizei hat damals ihre Aussage aufgenommen, und ich nehme an, wenn ihn das als Täter ausgeschlossen hätte, dann säße er nicht im Knast.«

»Das ist sehr großmütig von Ihnen«, bemerkte Maggie. Dann erinnerte sie sich daran, dass das Band noch lief, und eine Zeugin zu verspotten, war nicht gerade professionell. »Wo sind Sie dann hin?«

»Ich bin wieder zum *The Swimming Unicorn* gefahren, um mit Kevin Wilson zu sprechen, Patricks Anwalt.«

Maggie legte den Stift beiseite und schaute Kathryn an. Sie sah trotzig aus, als warte sie nur darauf, dass Maggie sie herausforderte. Auch wirkte sie plötzlich sehr jung und sehr, sehr müde.

»Kathryn«, sagte Maggie und versuchte, nicht vorwurfsvoll zu klingen, »das hört sich an, als hätten Sie selbst in dem Fall ermittelt.«

»Ich hatte ein paar Fragen an Kevin, ja. Da ich zum ersten Mal seit fünfundzwanzig Jahren wieder auf der Insel war, verwundert es wohl kaum, dass ich mit Leuten sprechen wollte, die meinen Eltern nahestanden. Wenn Patrick Ihr Vater wäre, würden Sie dann nicht auch wissen wollen, warum er es getan hat? Und warum niemand ahnte, was für ein Monster er gewesen ist?«

»Natürlich«, antwortete Maggie. »Ich verstehe durchaus, dass Sie Antworten haben wollten. Was ich jedoch nicht verstehe, ist, wieso Sie ausgerechnet diese Woche gekommen sind.«

»Es wurde plötzlich wieder aktuell«, gab Kathryn zurück.

Eins musste Maggie ihr lassen: Sie war nicht auf den Kopf gefallen. »Okay«, sagte sie, »Sie haben also mit Mr Wilson gesprochen und das B&B wieder verlassen. Wo sind Sie dann hingegangen?«

»Beth – ich meine PC Fisher – hat mir gesagt, ich könne bei ihr wohnen, aber sie würde erst in einer Stunde nach Hause kommen. Da ich annahm, sie sei auf der Arbeit – also im Pub, wie ich geglaubt habe –, bin ich dort hingegangen. Sie war nicht da.«

»Und da haben Sie dann Ken Langley getroffen?«

»Wen?«

Maggie runzelte die Stirn. »Ken Langley. Den Journalisten, mit dem Sie gesprochen haben.«

»Ach so. Seinen Namen weiß ich nicht. Aber ja, da habe ich ihn getroffen.«

»Und war dieses Treffen geplant?«

Jetzt war es an Kathryn, die Stirn zu runzeln. »Mit Sicherheit nicht. Aber Sie müssen entschuldigen … Das ist alles noch recht verschwommen … Wenn Sie mir nun sagen würden, alles, was ich Ihnen bisher erzählt habe, sei nicht wahr, dann würde ich glauben, ich hätte das alles nur geträumt. Harriet Lane zum Bespiel klingt eher nach einer Figur aus einem Fantasyroman.«

»Aber nein. Harriet Lane ist vollkommen real. Glauben Sie mir«, erwiderte Maggie trocken. »Und was Sie bisher erzählt haben, passt zu dem, was PC Fisher und Ihre Freundin Miss Walker bei der Suche nach Ihnen herausgefunden haben. Nachdem Sie den Pub verlassen haben, hat Sie niemand mehr gesehen. Ihr Wagen steht noch immer da, wo Sie ihn abgestellt haben, und zu dem Treffen mit Ken sind Sie nicht aufgetaucht. PC Fisher glaubte zunächst, Sie seien schlicht wütend auf sie, nachdem Sie erfahren haben, wer sie wirklich ist …«

»Weil sie mich angelogen hat, meinen Sie.«

Da das Band nach wie vor lief, leugnete Maggie das nicht, aber sie bestätigte es auch nicht. Sie war noch immer nicht hundertprozentig sicher, ob es ethisch vertretbar gewesen war, PC Fisher zu befehlen, »ein Auge« auf Kathryn Bowen zu haben – oder Starling, wie sie sich heute nannte. Natürlich konnte man argumentieren, hätte PC Fisher das nicht getan, dann hätte es wesentlich länger gedauert, bis Kathryn als vermisst gemeldet worden wäre, und ohne Beths Schnüffelei wäre sie vielleicht sogar vermisst geblieben.

»Was ist passiert, nachdem Sie die Kneipe verlassen haben?«

»Ich hatte Angst, dass die Reporter mir folgen. Sie wussten alle, wer ich war. So viel war klar. Also bin ich in die Gasse gegangen, die …« Kathryn hielt kurz inne, um sich den Pub noch mal ins Gedächtnis zu rufen. »Ich glaube links. Die Gasse lag links. Sicher bin ich mir aber nicht. Danach erinnere ich mich an gar nichts mehr. Ich trieb einfach so dahin. Es war, als würde ich aus einem Traum erwachen und direkt wieder in einem anderen versinken.«

»Und Sie haben mit niemandem hinter dem Pub gesprochen?«

»Nein.«

»Haben Sie vielleicht etwas gerochen oder eine Stimme gehört?«

»Nichts. Moment ... Warten Sie ... Ich hatte das Gefühl, als stünde jemand über mir ... jemand Großes.«

»Jemand Großes?«, hakte Maggie nach.

»Ja, von der Statur her«, sagte Kathryn.

»Ich weiß durchaus, was das Wort ›groß‹ bedeutet. Danke«, sagte Maggie mit zusammengebissenen Zähnen. »Aber können Sie das genauer beschreiben? War er einfach nur groß? Fett? Muskulös?«

»Keine Ahnung«, antwortete Kathryn. »Ich habe Ihnen doch gesagt, das war bloß ein Gefühl. Dann war ich weg. Aber ich nehme an, wer auch immer das war, muss kräftig gewesen sein, denn er hat mich ja weggeschleppt. Vielleicht waren es auch zwei, und einer hat Schmiere gestanden.«

»Ich weiß nicht so recht, worauf Sie damit hinauswollen«, sagte Maggie, aber das war gelogen. Sie wusste genau, worauf Kathryn damit hinauswollte, und das gefiel ihr ganz und gar nicht.

»Es ist doch wirklich ein großer Zufall, oder was meinen Sie? Dass mich ausgerechnet zwei von Patricks besten Freunden gefunden haben?«

»Sie sind vor Georges Haus abgelegt worden. Natürlich war er es dann, der Sie gefunden hat.«

»Wirklich?«, erwiderte Kathryn. »Wenn das stimmt, warum erinnere ich mich dann nicht daran, auf der Straße gewesen zu sein? Woher wollen Sie wissen, dass mein Entführer mich nicht auch ins Krankenhaus gefahren hat?«

»Ganz einfach. Wenn das stimmt, dann würde das nämlich bedeuten, dass ein pensionierter Chief Inspector und ein weithin renommierter Familienanwalt Sie gekidnappt haben«, entgegnete Maggie. »Und dann – das kann ich Ihnen sagen – ist die Kacke richtig am Dampfen.«

49

BAILEY

»Müssen Sie das wirklich noch mal tun?«, verlangte John Warner zu wissen, als DS Bailey und sein Team zu Abigails Zimmer hinaufgingen. »Unsere Tochter wird vermisst. Diese Sachen sind alles, was uns noch geblieben ist, und Sie trampeln einfach darüber hinweg.«

»Mr Warner, ich verspreche Ihnen, dass wir unser Bestes tun werden, um nichts zu beschädigen«, erwiderte DS Bailey. »Aber es ist unsere höchste Priorität, Abigail wieder zurückzubringen, und wenn irgendetwas in diesem Zimmer uns dabei helfen kann, dann müssen wir es finden.«

»Sie haben da doch schon gesucht«, sagte Caroline Warner in flehentlichem Ton. »Was wollen Sie denn da noch finden? Hat das etwas mit dem zu tun, was DI Grant letztens gefragt hat? Über Abbys, ich meine Abigails neuen Freund? Ich habe ihr doch schon gesagt, dass das nur Unsinn war. Sie hätte es mir bestimmt erzählt, wenn sie mit jemandem spielt.«

»Solche Täter gehen ausgesprochen gerissen gegen ihre Opfer vor, Mrs Warner«, erklärte DS Bailey, und sofort bereute er seine Wortwahl. Caroline brach bei dem Wort »Opfer« sofort in Tränen aus und zitterte am ganzen Leib. Ihr Mann schlang die Arme um sie und hielt sie fest, als sie gegen ihn sackte. Er sah aus, als wolle er etwas sagen, doch dann schüttelte er bloß angewidert den Kopf und führte seine noch immer schluchzende Frau ins Schlafzimmer.

»Toll gemacht, Bryn«, knurrte DS Bailey vor sich hin. »Ganz toll.« Zum Glück war DI Grant nicht hier. Inzwischen musste er übrigens zugeben, dass sie doch nicht die arrogante Kuh war, für die er sie anfangs gehalten hatte. Tatsächlich hatte er noch nie einen Detective Inspector getroffen, der so viel im Außendienst war. Abgesehen von den regelmäßigen Briefings und den vereinzelten Meetings mit den Chefs war sie so gut wie nie im Revier gewesen, und vor allem die da oben schien sie genauso wenig zu mögen wie alle anderen auch. Zudem schlief sie definitiv nie mehr als ein paar Stunden pro Nacht, seit Abigail als vermisst gemeldet worden war, und Bailey hatte sie auch nie viel essen gesehen. Wenn der Adrenalinrausch vorbei war, würde sie förmlich in sich zusammenfallen.

»Okay«, wandte DS Bailey sich an die beiden Kriminaltechniker, die er mitgebracht hatte. »Sie suchen nach allem, was wie ein Geschenk aussieht. Dieser neue Freund von ihr ist angeblich ein Geheimnis. Also ist es sehr wahrscheinlich versteckt. Alles könnte relevant für uns sein. Also viel Spaß beim Eintüten.«

Er stand in der Tür, beobachtete die Kriminaltechniker bei der Arbeit und sah sich um. Es war das typische Zimmer eines kleinen Mädchens. Bailey hatte schon viel zu viele davon gesehen. Sechs Jahre lang hatte er beim Jugendamt gearbeitet, bevor er zur Polizei gegangen war. Die Farbe Pink mochte ja ein Stereotyp sein, wenn es um fünfjährige Mädchen ging, aber man fand sie in der Tat oft in ihren Zimmern. Abigail schien überdies eine Vorliebe für Eulen zu haben, für diese Cartoon-Dinger in Pastellfarben. Sie schmückten eine ganze Wand, während die anderen drei schlicht pink gestrichen waren. Ihre Kleiderschränke wiederum waren cremefarben, und auf einem handgeschriebenen Schild stand in wunderbarer Kinderkritzelschrift: DRAUSEN BLAIBEN. ABBYS ZIMMER.

Auf der anderen Seite des Raums räumte einer der Techniker ein paar Bücher vom Regal: *Der Zauberwald*, *Der Grüffelo* … Er blätterte sie durch und prüfte sie von Buchdeckel zu Buchdeckel. Plötzlich fiel ein Blatt Papier heraus, viermal gefaltet.

»Bailey«, sagte der Mann und wedelte damit in der Luft. Bailey stand schon neben ihm. Das Papier war offensichtlich alt. Es war vergilbt und sah aus, als würde es zerfallen, wenn man es zu schnell aufklappte. Winzige Risse an den Kanten deuteten darauf hin, dass es im Laufe der Jahre unzählige Male entfaltet worden war. Vorsichtig öffnete der Kriminaltechniker es.

Es war eine krude Zeichnung des Hauses, gemacht mit brauner Kreide. Die Bäume im Hintergrund waren grün, die Stämme von der gleichen Farbe wie das Haus. Ein kleines Mädchen war neben die Bäume gezeichnet. Es trug ein pinkfarbenes Kleid und hatte lange gelbe Kreise als Haar. Sie stand an der Hand einer großen Gestalt, die in Schwarz in das Papier gekratzt worden war. Und unten standen die Worte: Elsie und …

»Ach du Scheiße«, murmelte DS Bailey.

50

KATHRYN

»Ach du Scheiße.«

Nora dreht sich um und will aus ihrem eigenen B&B fliehen, als Beth und ich hereinkommen.

»Ich mache auch nicht gerade Freudensprünge, weil ich wieder hier bin«, sage ich so giftig wie möglich. Heute riecht es sogar noch stärker nach Salbei als bei meinem letzten Besuch, und ich frage mich, ob Nora mit dem Gestank mich meiner Energie berauben will.

»Ich habe Ihnen nichts zu sagen«, erklärt Nora, bleibt aber stehen. Sie deutet zur Tür. »Raus hier.«

»Wie? Ich bin nicht willkommen?«, erwidere ich. »Kein ›Schön, dich zu sehen, Kathryn‹? Kein ›Wie geht es dir, Kathryn‹? ›Tut mir leid, dass ich so getan habe, als würde ich dich nicht kennen, Kathryn‹?«

»Sie … *Du* hast mich angelogen«, sagt Nora. »Du hast dich unter falschem Namen ausgegeben. Also spiel jetzt nicht das Unschuldslamm.«

»Genau das bin ich aber«, entgegne ich. »Unschuldig. Meine Familie und ich waren genauso Opfer von Patricks Tat wie die Buttons.«

Nora schiebt trotzig das Kinn vor. »Ich will nicht mit dir reden.«

Ich lege beide Hände auf die Theke. »Du hast aber nicht wirklich eine Wahl«, sage ich. »Du schuldest mir etwas, Nora

Bywater. Du hast meinen Dad in Misskredit gebracht, kaum dass die Polizei bei dir angeklopft hat. Warum hast du diese Sachen über ihn erzählt?«

Ich erwarte ein »weil sie wahr sind«, doch stattdessen entgleisen Nora die Gesichtszüge.

»Glaubst du etwa, ich wollte diese Dinge sagen?«, blafft sie. »Ich fand deinen Vater einfach wunderbar, genau wie alle hier. Ich habe nie auch bloß eine Sekunde geglaubt, dass er ein Kinderschänder und Mörder ist. Tatsächlich glaube ich bis heute, dass er sich nie etwas zuschulden kommen lassen hat. Und ja, er hat Elsie geliebt, aber nur so, wie man eine Nichte oder einen Neffen liebt. Er hätte ihr nie etwas getan.«

Ich war ja auf alles vorbereitet, auf das allerdings nicht.

»Warum dann die Aussage?«, frage ich verwirrt und schaue zu Beth. Ich sehe sie noch immer an, als Nora antwortet, und deshalb sehe ich auch, wie sie mit einem Schlag kreidebleich wird.

»Weil George Fisher mir das befohlen hat.«

*

»Er ist kein dreckiger Bulle«, wiederholt Beth immer und immer wieder, nachdem wir Nora zitternd im B&B zurückgelassen haben. Sie hat sich geweigert, mehr zu sagen, und gedroht, die Polizei zu rufen, wenn wir nicht sofort gehen, und das hätte sicher nicht gut ausgesehen. Ich weiß auch nicht, ob sie uns noch mehr hätte sagen können außer, dass George Fisher ihre Aussage im Prinzip geschrieben hat und sie nur unterzeichnen musste. Nora war damals dreiundzwanzig und ein paarmal wegen kleinerer Drogendelikte verurteilt worden. Deshalb hat sie auch getan, was George ihr gesagt hat. Sie wollte keinen Ärger. Dafür hasst sie sich aber bis heute.

»Das weiß ich doch«, sage ich, was allerdings gelogen ist. Wenn Patrick einen Komplizen hatte oder gar unschuldig war, dann sah es wirklich nicht gut aus, dass George Fisher Zeugen zu Falschaussagen gezwungen hatte. Aber wie hat eine weise Frau mal gesagt: Wir sind nicht für den Mist unserer Väter verantwortlich. Und wer war diese weise Frau? Beth.

Auch Miriam scheint Beth zu vertrauen, schließlich ist sie in deren Haus geblieben, während Beth mich im Krankenhaus abgeholt hat. Trotzdem bin ich noch wütend darüber, dass Beth mich angelogen hat, und selbst Miriams Vertrauen lässt mich das nicht vergessen. Andererseits hat Beths schlechtes Gewissen auch dafür gesorgt, dass sie keine Einwände gehabt hat, als ich gesagt habe, ich wolle auf dem Weg kurz bei meiner alten Babysitterin vorbeifahren. Jetzt wünschte ich jedoch, ich hätte das nicht getan. Die Situation ist wirklich unangenehm.

»Ich habe noch viel nachzuholen«, wechsele ich das Thema, so gut ich kann. »Sollen wir uns noch schnell was zu essen besorgen?«

»Oh … vielleicht ein Schinkensandwich bei Barb?«

»Klingt toll.«

Barbaras Café ist die Art von Laden, den man schon riecht, bevor man ihn sieht, und obwohl diesmal nicht so viele Leute hier sind wie bei meinem ersten Besuch – kurz nach der Warnung, auf die ich hätte hören sollen –, hält Barb uns an der Tür auf.

»Alles voll«, sagt sie und schaut mich noch nicht einmal an. Kein freundliches Lächeln mehr, stattdessen zusammengekniffene Lippen. Beth runzelt die Stirn und blickt Barb verwirrt an.

»Da ist gar nichts voll«, widerspricht Beth und schickt sich an, an Barb vorbeizugehen. »Da ist jede Menge Platz. Außerdem wollen wir bloß was zum Mitnehmen.«

»Es ist alles voll«, wiederholt Barbara, nur diesmal nachdrücklicher. Sie schaut demonstrativ in meine Richtung und dann wieder zu Beth. »Wir haben bloß noch Platz für einen.«

»Nehmen wir mal an, ich gehe nicht selbst und schicke Kathryn. Was dann?«, fragt Beth. Ich zucke unwillkürlich zusammen, als sie meinen echten Namen benutzt. Gleichzeitig stellt diese kleine Vorstellung klar, dass inzwischen jeder weiß, wer ich bin. So zu tun, als wäre dem nicht so, wäre schlicht peinlich. Außerdem habe ich ja schließlich nichts falsch gemacht. Ich bin es satt, für Patrick bestraft zu werden.

»Dann könnte es anders aussehen. Vielleicht«, antwortet Barb, und womöglich bilde ich mir das nur ein, doch ihre Stimme scheint ein wenig an Härte zu verlieren. »Aber es war falsch von Ihnen herzukommen, und das auch noch ausgerechnet jetzt«, wendet sie sich an mich. »Sehr unsensibel. Diese Insel hat jahrelang unter der Tat Ihres Vaters gelitten, und nun ist wirklich nicht der richtige Zeitpunkt dafür, auf unschuldig zu plädieren.«

»Barbara Tompkins …«, beginnt Beth, doch ich packe sie am Arm. Die Cafébesitzerin hat recht. Es ist falsch, dass ich hier bin, wo die Insel sich mitten in einer weiteren Tragödie befindet. Ich erinnere alle an Patrick Bowen. Ich sollte nicht hier sein. Und will es ja auch gar nicht.

»Komm«, sage ich, »gehen wir.«

»Das war doch lächerlich.« Beth schäumt vor Wut.

»Ist schon in Ordnung«, sage ich, aber sie schüttelt wütend den Kopf.

»Nein, gar nichts ist in Ordnung. Tut mir leid, Kathryn.«

»Es ist ja nicht deine Schuld«, sage ich. *Es ist Patricks*, füge ich im Geiste hinzu. Sicher bin ich mir allerdings nicht mehr.

*

Wir halten am Supermarkt, um uns ein paar Snacks zu holen, und Beth verspricht mir, mir bei sich daheim ein Schinkensandwich zu machen. Doch als das Mädchen hinter der Theke den Blick hebt und uns sieht, wirkt sie wie versteinert.

»Ich ... Ich kann Sie leider nicht bedienen«, sagt sie und senkt den Blick wieder.

Beth seufzt resigniert. »Ach, komm schon, Becca. Sei doch nicht dumm. Sie will doch nur eine Tüte Chips und was zu trinken.«

Becca hebt trotzig das Kinn und sieht Beth an. »Ich habe meine Anweisungen, Liz. Ich weiß auch nicht, warum du sie verteidigst. Du weißt doch, wer sie ist, oder?«

»Ja, das weiß ich.« Beths Stimme nimmt einen gefährlichen Tonfall an. »Und ich weiß auch, dass das, was ihr Dad getan hat, nichts mit ihr zu tun hat. Wenn dein Dad an Weihnachten Geld aus dem Klingelbeutel klaut, hat das ja auch nichts mit dir zu tun. Wir können uns unsere Familie nicht aussuchen, Becca.«

Becca läuft rot an. »Elizabeth Fisher, das ist doch was ganz anderes. Das ist nicht fair.« Wütend wechselt sie ins Walisische. Das ein oder andere Wort verstehe ich zwar noch, aber nicht genug, um ihrer Tirade folgen zu können. Als sie fertig ist, schüttelt Beth den Kopf. Wütend spuckt sie ein Wort aus, wirft ihre Einkäufe auf die Theke und packt mich am Arm.

»Komm. Ich habe noch Essen zu Hause, und das gibt es ohne Vorurteile.«

»Vergiss nicht, Liz«, ruft Becca uns hinterher. »Wenn das vorbei ist, musst du noch immer hier leben.«

Wütend knirsche ich mit den Zähnen. Das ist einfach ungerecht. Von der Entschlossenheit und dem Wagemut, die ich gestern noch empfunden habe, ist schon lange nichts mehr übrig geblieben.

»Was hat sie da auf Walisisch gesagt?«, frage ich.

Beth rollt mit den Augen. »Sie hat gesagt, wenn sie eine Bowen bedient, würde man ihr die Fenster einwerfen und ihre Mutter würde ihr eine kleben.«

»Und was hast du gesagt?«, hake ich nach und balle die Hände zu Fäusten. Wenn Becca unbedingt eine Kostprobe vom Temperament der Bowens haben will, dann kann ich damit dienen. Dann hätten die Leute wirklich etwas, worüber sie sich das Maul zerreißen können.

»Ich habe sie einen Feigling genannt«, antwortet Beth. Die Tatsache rührt mich, dass diese Frau, die mich eigentlich gar nicht wirklich kennt, für mich einsteht, obwohl sie hier noch arbeiten und leben muss, wenn ich schon längst weg bin.

»Danke«, sage ich. Was Besseres fällt mir nicht ein.

»Ich hatte einfach Angst, dass Miriam mir in den Arsch tritt, wenn ich nichts sage.«

»Sie wird dir auch so in den Arsch treten«, erwidere ich. »Die Chips waren für sie.«

*

»Beth«, sage ich, als wir uns ihrer Wohnung nähern, wo Miriam auf uns wartet, »erzähl Miriam nicht, was passiert ist, okay? Sie hat auch so schon genug Sorgen. Ich denke, wir sollten besser eine Weile weg von hier … zumindest bis ein wenig Gras über die Sache mit Abigail gewachsen ist.«

Beth sieht mich mit großen Augen an. »Du kannst nicht weg. Du bist unsere einzige Spur zu Abigail.«

»Ich habe es deiner Chefin doch schon gesagt. Ich erinnere mich nur an das, was ich ihr erzählt habe. Ich kann euch nicht mehr …«

Ein unvertrautes Klingeln ertönt, und es dauert eine Sekunde, bis mir klar wird, dass das das Handy ist, das Beth mir geliehen hat, weil meins verschwunden ist. Lediglich ein paar Leute haben diese Nummer: Miriam, Jordan und das Krankenhaus, in dem meine Mutter liegt. Ich krame in meiner Handtasche herum und melde mich atemlos: »Hallo?«

»Kat, Verity hier. Kann ich mit Jordan sprechen?«

Ich bin so überrascht, ihre Stimme zu hören, dass ich einen Augenblick lang gar nicht so recht begreife, was sie da gesagt hat. »Ich … Äh … Ich bin auf Anglesey, Verity. Schon vergessen?«

»Natürlich habe ich das nicht vergessen, verdammt. Könnte ich jetzt bitte meinen Mann sprechen?«

»Er ist im Krankenhaus, bei Mum.«

Stille am anderen Ende der Leitung. Dann: »Was?«

Ich bin nicht sicher, was sie so verwirrt, doch ich habe im Moment auch nicht die Kraft dafür, darüber nachzudenken. »Wo bist du?«, frage ich.

»Ich bin in dem Krankenhaus, aus dem Jordan gestürmt ist, um sich um dich zu kümmern.«

Nun ist es an mir, dümmlich zu schweigen. »Um sich um mich zu kümmern?«, hake ich schließlich nach. »Ich bin auf Anglesey.«

»Ja, das weiß ich«, blafft Verity. Es fällt ihr sichtlich schwer, die Ruhe zu bewahren. Ich verstehe noch immer nicht so recht, was hier los ist. »Jordan hat gesagt, du würdest in Schwierigkeiten stecken und dass du ihn brauchst. Er hat gesagt, er würde sich auf Anglesey mit dir treffen.«

»Oh … Okay …« Jetzt verstehe ich. Miriam muss ihn angerufen haben, um ihm zu sagen, dass ich mich nicht versteckt, sondern tatsächlich Schwierigkeiten gehabt habe, und er hat ein schlechtes Gewissen bekommen und ist sofort losgefahren. »Er ist noch nicht angekommen«, sage ich. »Tut mir leid wegen der Verwirrung. Soll ich ihm sagen, dass er dich zurückrufen soll, wenn er kommt?«

Ich bin froh, dass Jordan unterwegs ist. Ich habe mich schon immer auf ihn verlassen. Es wird mir guttun, sein Gesicht zu sehen. Er bewahrt in jeder Situation einen kühlen Kopf und ist jedem Problem gewachsen. Verity scheint jedoch nicht beruhigt zu sein.

»Ich glaube, du hast mich nicht richtig verstanden«, sagt sie. »Jordan hat gesagt, er würde sich Mittwochvormittag mit dir treffen.«

Es dauert eine Weile, bis ich verarbeitet habe, was das heißt.

»Das ergibt keinen Sinn, Verity. Miriam hat erst heute Morgen mit ihm telefoniert. Wenn er auf Anglesey wäre, dann hätte er das doch gesagt.«

»Und jedes Mal, wenn ich mit ihm gesprochen habe, hat er gesagt, er sei bei dir. Aber seit gestern Abend habe ich nichts mehr von ihm gehört. Wenn er also nicht bei dir ist und auch nicht bei mir, wo zum Teufel ist er dann?«

Ja, wo zum Teufel ist er? Ich kann einfach nicht verstehen, warum mein Bruder Verity sagt, er sei bei mir. Ist er wirklich auf Anglesey? Falls ja, warum ist er dann nicht zu mir gekommen?

»Ist er auch vorher schon mal verschwunden, Verity? Einfach so?« Ich habe ein schlechtes Gewissen, weil ich hoffe, dass mein Bruder eine Affäre hat.

»Nein, nie. Nicht bis zu diesem Dienstag.«

»Was meinst du mit Dienstag? Du hast doch gesagt, er habe sich am Mittwoch mit mir treffen wollen?«

»Ich weiß nicht, wo er war. Ich weiß nur, dass er Dienstagvormittag mehrere Stunden verschwunden ist. Ich wollte ihn natürlich zur Rede stellen, aber als deine Mum … Nun, wir mussten zu deiner Mum. Und dann bist du nach Anglesey abgehauen und er ist dir hinterher, und da dachte ich, das könnte auch warten, bis er wieder zurück ist. Es war immerhin der Jahrestag. Vermutlich wollte er nur ein wenig Freiraum. Ich habe gehofft, dass er bei dir wäre. Eine Affäre hat Jordan mit Sicherheit nicht. Was auch immer da los ist, ich bin sicher, es gibt eine vernünftige Erklärung dafür.«

»Wie lange, Verity? Wie lange war er Dienstagvormittag weg?« Es rattert in meinem Kopf.

»Er ist schon so um sechs raus und war dann um elf wieder da. Warum fragst du?«

Ich atme tief ein und rechne schnell nach. Fünf Stunden. Das wäre lange genug gewesen, schätze ich.

»Ich frage, weil …«, sage ich langsam. Ich weiß nicht wirklich, wie ich das ausdrücken soll. Wenn Verity noch nicht selbst daran gedacht hat, dann wird sie mich vermutlich für verrückt halten. »Ich frage, weil der Jahrestag der Tag war, an dem Abigail Warner verschwunden ist.«

51

KATHRYN

Ist das möglich? Könnte Jordan Abigail Warner entführt haben? Mein wunderbarer Bruder, der immer so verständnisvoll und mit schier unendlicher Geduld gesegnet ist? Hat er auch Elsie Button etwas angetan? Ist Patrick ins Gefängnis gegangen, um seinen einzigen Sohn zu beschützen?

»Neinneinneinneinnein«, murmele ich vor mich hin. Ich kann mir noch nicht einmal vorstellen, wie schrecklich das sein würde, geschweige denn es verstehen. Vermutlich wäre das sogar noch schlimmer, als wenn meine Mum dafür verantwortlich wäre. Nicht Jordan … Bitte!

»Was ist?«, fragt Beth, als ich zusammenklappe. »Ist was mit deiner Mum?«

Ich schüttele den Kopf. »Ich … Ich kann nicht … Ich weiß nicht, wo mein Bruder ist«, keuche ich. Ist das eine Panikattacke oder ein Nervenzusammenbruch? Das Herz schlägt mir bis zum Hals; meine Wangen brennen, und ich habe Gänsehaut. »Ich muss mit Maggie Grant sprechen«, sage ich, als ich wieder zu Atem komme. Meine Knie sind viel zu weich, als dass meine Beine mich irgendwo hintragen könnten. »Kannst du herausfinden, wo sie ist?«

»Natürlich, aber was soll ich ihr sagen? Weißt du, wer Abby hat?«

»Vielleicht«, flüstere ich. »Oh Gott, ich glaube schon.«

»Okay.« Beth holt ihr Handy heraus und wählt die Nummer ihrer Chefin. »Gut«, höre ich sie sagen. »Verstanden. Ich bringe sie dann hin.«

Sie legt auf und deutet auf ihren Wagen. »Du solltest besser einsteigen«, sagt sie. »DI Grant ist im Haus der Warners. Es hat irgendwas mit dem Bild eines Monsters zu tun, das sie in Abigails Zimmer gefunden haben.«

Das Bild eines Monsters. Das Bild des Monsters, das mit uns im Wald gespielt hat, des Monsters, vor dem Elsie Angst hatte. Boggly. Ist dieses Monster die ganze Zeit über mein Bruder gewesen?

»Fahren wir«, sage ich.

Als Beth losfährt, rufe ich Miriam an, damit sie sich keine Sorgen macht, weil wir so lange weg sind. Ich sage ihr, dass wir noch etwas auf dem Revier vorbeibringen müssten. Könnte sie bitte mal in Manchester anrufen und nachfragen, wie es meiner Mutter geht? Ich bringe es noch nicht über mich, ihr etwas zu erzählen – nicht, solange ich nicht die Wahrheit kenne. Tatsächlich weiß ich noch nicht einmal, was ich DI Grant sagen werde oder wie sie mir eigentlich helfen soll; aber wenn mir einer helfen kann, dann sie.

Ich bekomme jedoch nicht die Gelegenheit dazu. Als wir vor dem Haus der Warners anhalten, sehe ich eine vertraute Gestalt, die am Waldrand auf mich wartet. Der verlorene Sohn ist wieder zurückgekehrt.

*

»Warte hier«, sage ich zu Beth und schnalle mich ab. »Ich muss mit meinem Bruder reden.«

»Warum bist du hier?«, rufe ich, als ich auf ihn zugehe. Ein paar Leute drehen sich zu uns um, und Jordan verschwindet hinter dem Haus. Er geht in den Wald.

Er wartet auf mich an dem Stein, wo ich kurz nach meiner Ankunft die Vision von Elsie hatte. Ich schaudere bei der Erinnerung. In den Schatten der Bäume scheint es später zu sein, als es wirklich ist. In diesem Augenblick weiß ich, dass das Monster wieder im Wald ist.

»Warum bist du hier?«, wiederhole ich. »Warum?«

»Weil du es einfach nicht auf sich beruhen lassen konntest«, antwortet Jordan. Plötzlich sieht er richtig alt aus und sehr, sehr müde. »Weil du einfach nicht nach Hause fahren wolltest, auch nachdem du gewarnt worden bist. Selbst, nachdem jemand in dein Hotelzimmer eingebrochen ist und …«

»*Du* hast das in meine Tür geritzt?«

Jordan schüttelt den Kopf. »Das war Nora. Sie hat das zwar nicht gerne gemacht, aber sie hat verstanden, warum du verschwinden musstest. Dir Angst einzujagen ist allerdings schwerer, als ich gedacht habe. Ich hätte es besser wissen müssen. Du warst schon immer die toughe von uns beiden.«

»Ich?«, schnaube ich verächtlich. »Ich bin doch total kaputt. Du bist derjenige, der unsere Familie zusammenhält, Jordan. Du bist derjenige, zu dem wir immer aufgeblickt haben.«

Ein Schrei ertönt über unseren Köpfen, und ich zucke unwillkürlich zusammen, doch es ist nur ein Vogel. Dieser Ort ist voller negativer Energie. Überall stinkt es nach Geheimnissen und Lügen. Ich kann mir keinen Grund vorstellen, warum Abigail ausgerechnet hier spielen wollte. Das ist ein böser Ort. Ich frage mich, ob das auch schon so gewesen ist, bevor Jordan Elsie getötet hat, oder erst seitdem. Die Bäume wirken heute größer und bedrohlicher als beim letzten Mal, ganz so, wie sie bereits in meiner Kindheit waren. Das Zwielicht umschlingt uns wie die langen Finger einer Hexe.

»Ich erinnere mich daran, dass du hier gewesen bist, an diesem Tag«, sage ich. »Jetzt fällt es mir wieder ein. Elsie hat geschrien, dass Boggly wieder zurück sei, und dann habe ich dich gesehen. War ich dabei, Jordan? Als du sie getötet hast? Hast du mich deshalb entführt? Weil du Angst hattest, wenn ich hierherkomme, würde ich mich wieder erinnern?«

Jordan schaut gequält drein. Er seufzt und reibt sich die Augen. »Damit hatte ich nichts zu tun. Ich war außer mir vor Sorge, musste aber so tun, als gebe es nichts, worum ich mich sorgen müsste. Kevin und ich …«

»Kevin Wilson? Weiß auch er, dass du hier bist?«

»Ja. Als du losgefahren bist, habe ich ihn angerufen, ihn und George Fisher. Kevin und George unterstützen Mum noch immer mit monatlichen Zahlungen, und Will kümmert sich um Helen. Sie machen sich große Sorgen. Sie sind gute Menschen.«

»Gut genug, um einen Mord zu vertuschen? Hat Mum deshalb versucht, sich umzubringen? Weil sie von dem vermissten Mädchen gehört und gewusst hat, dass du wieder zugeschlagen hast?«

Jordan schüttelt langsam den Kopf und seufzt wieder. »Du verstehst es noch immer nicht, nicht wahr?«

52

MAGGIE

Maggie nahm ein Blatt Papier von DS Bailey entgegen und runzelte die Stirn. Sie war noch immer nicht sicher, warum Bailey sie so dringend hierhergerufen hatte. Sie hatte geglaubt, er habe Blutspuren gefunden oder Spuren von Fäulnis, keine Kreidezeichnung, die aussah, als stamme sie aus dem 19. Jahrhundert. »Ich verstehe nicht«, sagte sie dann auch und betrachtete weiter die Kinderkritzelei. »Wo ist das her?«

»Wir haben keine Ahnung«, antwortete Bailey. »Wir haben sie versteckt in einem von Abbys Büchern gefunden. Mrs Warner sagt, sie habe sie noch nie gesehen, und sie kann sich auch nicht vorstellen, dass Abigail wusste, wer Elsie war. Sie scheint alt zu sein, und es sieht so aus …«

»Es sieht so aus, als habe Elsie sie gemacht«, beendete Maggie den Satz. Das Bild in ihrer Hand zeigte einen Wald aus braunen Stämmen und grünem Laub. Die Sonne stand hoch an einem blauen Himmel, und ein kleines blondes Mädchen hielt die Hand einer größeren Gestalt in Braun und Schwarz. Die Seite, auf der »das Monster« zu sehen war, war in dunkleren Farben gehalten. Dort hatten die Bäume keine Blätter mehr, und auch der Himmel war dunkler. Es war ein recht cleveres Bild, auch wenn es eindeutig von einem Kind stammte. »Das sieht so aus, als habe Elsie vor fünfundzwanzig Jahren ein Bild von sich und dem Monster im Wald gezeichnet. Und sie hat die Namen daruntergeschrieben.«

»Und wenn das stimmt?« Maggie wusste natürlich, worauf Bailey hinauswollte, aber dieses Bild konnte man wohl kaum als Beweis vor Gericht einreichen.

»Dann wissen wir, wer das Monster im Wald war. Und vermutlich auch, wer sie getötet hat. Aber das werden wir nicht beweisen können.«

53

KATHRYN

»Verstehst du das nicht?«, fragt Jordan und sieht mich flehentlich an. Er will so sehr, dass ich irgendwas erkenne, aber ich weiß beim besten Willen nicht, was er meint. »Warum, glaubst du, haben die Leute dir immer wieder gesagt, du sollst nach Hause gehen? Warum haben sie wohl versucht zu verhindern, dass du in der Vergangenheit rumwühlst? Um sich selbst zu schützen? Oder mich? Nun, du irrst dich, Kitty Kat. Dein ganzes Leben lang haben die Menschen *dich* beschützt. Es ist immer nur um *dich* gegangen. *Du* bist diejenige, für die Dad ins Gefängnis gegangen ist. *Du* hast Elsie getötet.«

Das Lachen entkommt meinem Mund, bevor ich es aufhalten kann. Ich kann einfach nicht glauben, was Jordan da gerade gesagt hat. Wenn er das irgendjemandem in die Schuhe schieben will, dann sollte er sich mehr Mühe geben. Als Nächstes wird er mir vermutlich sagen, ich hätte eine gespaltene Persönlichkeit, und dass ich auch Abigail entführt habe und in meinem Keller gefangen halte.

»Du brauchst Hilfe«, sage ich und deute mit dem Finger auf ihn. »Aber zuerst müssen wir Abigail finden. Jordan, sag mir: Was hast du mit ihr getan?«

Jordan atmet tief durch. »Das ist kein Scherz, Kathryn, und ich will nicht die Schuld von mir ablenken. Ich habe keine Ahnung, wo Abigail Warner ist, und ich weiß, dass auch du das nicht weißt. Aber dieselbe Person, die Elsie getötet hat, kann Abigail nicht entführt haben, denn *du* warst Elsies Mörderin. Ich habe es gesehen.«

Die Welt erstarrt. Die Bäume, die Felsen, dann ist da Schreien … Es ist meine Mum. Jordan steht neben ihr, und sie starrt mich an. Warum schreit sie? Dann schaue ich nach unten, und meine Hände sind voller Blut, so viel Blut. Habe ich mich geschnitten? Es tut nicht weh, aber bei so viel Blut sollte es doch wehtun. Ich beginne zu weinen, weil da so viel Blut ist, auch wenn es nicht wehtut. Als Nächstes schaue ich wieder nach unten, um zu sehen, ob das Blut auch anderswo ist, und das ist es … Es ist überall auf dem flachen Felsen zu meinen Füßen und auf Elsie. Was macht Elsie da? Und warum bewegt sie sich nicht?

»Warum bewegt sie sich nicht?«, frage ich immer und immer wieder. »Warum bewegt sie sich nicht, Mummy? Warum bewegt sie sich nicht?«

»Das hast du an diesem Tag gesagt.« Jordans Stimme bringt mich wieder in die Gegenwart zurück, und ich erkenne, dass ich laut gesprochen habe. Jetzt ist da kein Blut. Keine tote Elsie liegt auf dem Boden. Jetzt sind da nur mein Bruder und ich, die genau dort stehen, wo vor all diesen Jahren Mum gestanden hat. »Das hast du gesagt, immer und immer wieder.«

»Es war ein Unfall«, sage ich und denke an Elsies winzigen Körper auf dem Boden. »Vielleicht ist sie ja ausgerutscht.«

»Ihr Schädel war eingeschlagen«, sagt Jordan. Die Worte scheinen ihm Schmerzen zu bereiten. »Das war kein Unfall.«

Ich weiß selbst, dass es das nicht war, denn nun kann ich ihre Stimme hören. »Komm schon, Schnarchnase«, sagt sie, und das lange blonde Haar flattert hinter ihr. Ich habe ihr Haar geliebt. Es war so weich wie Seide. Ganz anders als meine wilde rote Mähne. Und die zuckersüße Elsie sagt: »Hol ihn raus! Ich will Boggly sehen!«

Aber ich kann nicht, und sie sieht mich enttäuscht an. Sie will, dass ich wütend werde, wie ich das manchmal bin. Sie findet das lustig, wie das Schreckgespenst, das wir einmal in einem Buch gesehen haben, eine nette Fee, die sich in ein hässliches Monster verwandelt, wenn sie wütend ist.

»Er kommt nicht raus, weil du hier bist«, sagt sie zu mir und sticht mit dem Finger nach meinem Gesicht, als wäre Boggly ein anderes Wesen, das nur erscheint, wenn ich weg bin. »Ich wette, wenn ich allein wäre, würde er kommen und mit mir spielen. Ich wette, er würde mich auch am liebsten mögen. Alle mögen mich am liebsten.«

»Sie mögen dich nicht alle am liebsten«, erwidere ich, und meine Stimme klingt kindlich und ist voller Trotz.

»Doch, tun sie. Das sagen alle. Weil ich hübsch bin und du wild. Das sagt meine Mum immer. Dass du wild bist. Selbst dein Dad mag mich am liebsten. Das weißt du.«

Und das wusste ich wirklich, auch wenn mir jetzt klar ist, wie lächerlich das war, denn mein Dad hat bewiesen, wie sehr er mich liebt, mehr als alles andere auf dieser Welt. Doch damals bekam ich furchtbare Angst. Ich hatte Angst, dass ich zu laut war, zu rothaarig, zu dürr und zu wild. All das brach über mich herein, als Elsie diese Worte sagte: »Selbst dein Dad mag mich am liebsten.« Denn wenn das stimmte, wenn Elsie Button mir die Liebe meines Vaters nahm … Nun, das war das Eine, was ich nicht ertragen konnte. Dann würde ich lieber sterben.

»Du lügst!«, schreie ich und stürze mich auf sie. Und ich habe ihr seidiges blondes Haar in meinen Händen, und sie schreit und schreit und schreit. Ich reiße ihren Kopf nach unten, und wir wälzen uns, bis ich ihren Kopf auf die Erde knalle, immer wieder und wieder. Sie soll still sein, dann werde ich auch keinen Ärger bekommen. Nun bin ich schmutzig und voller Blut, und mein Dad wird Elsie mit Sicherheit am liebsten mögen. Also beginne ich zu weinen, aber es ist okay, denn Elsie ist weg. Sie war nie hier. Sie ist weggelaufen, um mit Boggly zu spielen, und Boggly muss sie mitgenommen haben. Dann hebe ich den Blick, und jetzt ist es Mum, die schreit, und Jordan ist da, und ich schreie auch, schreie und schreie, bis alles schwarz wird.

54

1994

»Patrick, du musst nach Hause kommen. Sofort. Jill hat mich gerade angerufen. Ich bin auf dem Weg zu euch. Es gibt einen Notfall.«

»Was für einen Notfall denn?«, fragte Patrick und hielt sich mit der freien Hand an der Leiter fest, während er hinunterstieg. »Was ist denn los? Warum hat sie dich angerufen?«

»Ich habe keine Ahnung, aber ich nehme an, dass sie einen juristischen Rat braucht. Deshalb möchte ich dich auch dabeihaben. Ich will ihr nichts raten, ohne dass du davon weißt.«

»Okay. Danke, Kevin. Ich weiß das zu schätzen. Wir treffen uns dann bei mir.«

Patrick zog sich den Mantel an und ging in die Küche, wo Harriet stand und so tat, als hätte sie nichts gehört.

»Ich muss los«, sagte er. »Tut mir leid. Ich versuche, später noch mal zurückzukommen, aber ich weiß nicht, was los ist.«

Harriet nickte und wischte sich die Hände am Geschirrtuch ab. Patrick sah ihr an, wie enttäuscht sie war. Vermutlich sollte er nicht immer wieder zu ihr kommen, aber sie tat ihm leid. Schließlich war sie ganz allein. Trotzdem: Sobald er fertig war, sollte er ihr wohl sagen, dass sie sich einen anderen Handwerker suchen sollte. Das war besser so. Jill hasste es ohnehin, wenn er zu ihr fuhr. Sie verbarg ihre Eifersucht nur. Vielleicht war das ja auch der Grund für diesen Anruf. Vielleicht wollte Jill ihn bloß von Harriet weglocken.

Doch als er am Haus vorfuhr, wusste Patrick sofort, dass dem nicht so war. Zum einen war Kevins Wagen nicht der einzige, der dort stand. Sowohl Kevin als auch die beiden anderen hatten auf dem Feld hinter dem Haus geparkt. Es sah fast so aus, als wollten sie nicht gesehen werden. Einer der beiden Wagen gehörte Will Roberts, der andere George Fisher.

Was machten die denn hier? Was war hier los? Patrick machte sich gar nicht erst die Mühe, den Wagen abzuschließen, und lief den Pfad hinunter. Er stieß die offene Haustür auf und rief: »Jill?«

Keine Antwort. Dann versuchte er es im Garten.

Dort sah er sie dann. Jordan und Kathryn saßen auf einer Bank neben dem Haus. Ihre Gesichter waren tränenüberströmt und leichenblass. Die drei Männer – Kevin, Will und George – sowie Jill standen am Fuß des Gartens. Dort hatten sie sich um irgendetwas auf dem Tisch versammelt. Patrick marschierte auf sie zu, und sie machten eine Gasse für ihn frei, sodass er auf den Tisch sehen konnte. Da lag ein kleines Mädchen.

Patrick schaute zu seinen eigenen Kindern zurück, um sich zu vergewissern, dass er richtig gesehen hatte. Ja, Kathryn war da. Sie hatte den Kopf auf die Schulter ihres Bruders gelegt. Also wer …?

Aber natürlich! Das lange blonde Haar verriet Patrick alles, was er wissen musste, und als er näher herantrat, konnte er es auch sehen. Die kleine Elsie Button lag da auf dem Tisch. Ihre Augen waren geschlossen, und die ganze rechte Hälfte ihres Gesichts war blutverkrustet wie auch ihre wunderschönen blonden Locken.

»Was …? Wie …?« Patrick schaute die drei Männer nacheinander an. Kevin blickte zu den Kindern.

»Doch nicht Jordan?«

Patrick schämte sich, das auch nur gedacht zu haben, aber Jordan war jetzt dreizehn, und das war ein Alter, in dem Jungs Interesse am anderen Geschlecht entwickelten. War ein Spiel zu weit gegangen? War es ein Unfall gewesen, ein Schubsen …?

»Kathryn«, sagte eine Stimme im Flüsterton, und Patrick erkannte, dass sie seiner Frau gehörte. »Es war Kathryn.«

»Oh Gott.« Patrick schnappte nach Luft. Nicht sein kleines Mädchen. Nicht sein wunderbares kleines Mädchen.

Er fühlte sich sofort schrecklich. Das war Rowleys und Helens Kleine, die dort lag. Tot. Auf seinem Tisch. Und er dachte nur daran, was das für seine Tochter bedeutete. »Hat schon jemand Rowley angerufen?«

»Noch nicht«, antwortete George. »Wir wollten zuerst mit dir reden und herausfinden, was du jetzt tun willst.«

»Was ich …?« Es dauerte eine Minute, bis Patrick diese Worte verdauen konnte. Dann wusste er sofort, was er tun musste. »Ich war das«, verkündete er schließlich. »Jemand muss die Schuld dafür auf sich nehmen, sonst werden sie nie aufhören, nach dem Täter zu suchen. Wenn ich sage, dass ich das war, dann werden sie auch nicht mehr suchen.«

Jill schluchzte.

Will schüttelte den Kopf. »Wenn du sagst, dass du das warst, dann wirst du in den Knast wandern und dort den Rest deines Lebens als Kindermörder verbringen. Kathryn hingegen würde man noch nicht einmal bestrafen.«

»Vielleicht nicht. Aber das Jugendamt könnte sie uns wegnehmen, und dann wird sie ihr Leben lang mit diesem Stigma leben müssen. Die Zeitungen dürfen ihren Namen zwar nicht abdrucken, aber es wird trotzdem jeder wissen. *Sie* wird es wissen. Das kann ich nicht zulassen.«

»Dann werden wir sagen, es sei ein Unfall gewesen«, sagte Jill und nahm die Hand ihres Mannes. Sie sah ihn flehentlich an, doch Patrick wusste nicht, worum sie ihn anflehte. Das war die einzige Möglichkeit, um Kathryn zu beschützen.

»Sieht das etwa wie ein Unfall aus?«, fragte er in die Runde und deutete auf Elsie. »Also für mich war das Mord.«

Jill schien es einfach nicht über sich zu bringen, das kleine Mädchen anzuschauen, das so oft an ihrem Tisch gegessen, in ihrem Garten gespielt und bei ihrer Tochter übernachtet hatte. Das kleine Mädchen, das ihr erst vor wenigen Stunden so süß für ein Glas Saft gedankt hatte, den sie ihr gegeben hatte. Sie hatte brav daran genippt, während Kathryn ihren einfach so runtergekippt und sich dann den Mund mit dem Ärmel abgewischt hatte. Zuckersüß.

»Das kannst du nicht tun, Patrick«, sagte George in sanftem Ton. »Du kannst doch nicht erwarten, dass wir alle lügen.«

»Ich habe deiner Frau das Leben gerettet«, erwiderte Patrick. Mehr musste er nicht sagen. Außer ihnen beiden wusste niemand, was wirklich hinter dem Überfall gesteckt hatte. Linda war von einem Mann angegriffen worden, dem George Beweise untergeschoben hatte, um ihn ins Gefängnis zu bringen. Der Mann war zwar schuldig gewesen, doch das war egal. George hatte die Beweise gefälscht, die ihn zur Strecke gebracht hatten, und Linda hatte den Preis dafür bezahlt. Jetzt sah George ihn mit kalten Augen an. Er wusste, dass Patrick es todernst meinte, sonst hätte er das nicht angesprochen.

»Bist du dir da wirklich sicher?«, fragte George schließlich. Er schien der Einzige zu sein, der den Ernst der Lage begriff und wusste, was das für Kathryn bedeutete. Vermutlich dachte er an sein eigenes Mädchen, das sie gerade adoptieren wollten, Elizabeth, und was er schon alles für eine Tochter aufgegeben hatte, die er erst ein paarmal gesehen hatte. Patrick würde nicht nur seine Freiheit verlieren, sondern auch seinen guten Ruf, ja sogar sein bisheriges Leben. Das stand außer Frage.

»Ja, das bin ich«, antwortete Patrick, und dass George das akzeptierte, bewog die anderen beiden Männer dazu, ernsthaft darüber nachzudenken. Aber wenn ihr Freund einen Mord gestehen würde, den er nicht begangen hatte, dann würde er ins Gefängnis wandern, und ihrer aller Leben würde nie wieder so sein wie früher. Jill verstand als Letzte, was nun geschehen würde, und selbst dann sollte ihr erst später klar werden, was das tatsächlich bedeutete. Es hieß, dass sie würden lügen müssen, immer und immer wieder. Sie mussten die Leiche des kleinen Mädchens ihrer besten Freunde verschwinden lassen für den Fall, dass irgendetwas auf Kathryn als Täterin hindeuten könnte, und sie mussten zulassen, dass ihre Familie zerrissen wurde. Auch würde Jill sich öffentlich von ihrem Mann lossagen müssen, wenn sie je wieder auf ein halbwegs normales Leben hoffen wollte. Wenn sie ihn auch nur besuchte, dann wäre sie die Frau, die einem Kindermörder zur Seite steht. Es hieß, dass seine Freunde, seine Kinder, ja das gesamte Land ihn als Monster abstempeln und für den Rest ihres Lebens hassen mussten. Aber selbst wenn Patrick ein ganzes Jahr darüber hätte nachdenken können, er hätte sich nicht anders entschieden, denn für ihn zählte nur, seine Kitty Kat zu beschützen.

55

KATHRYN

Ich öffne die Augen, und eine Sekunde lang bin ich nicht sicher, ob ich nun im Jahre 2019 oder 1994 bin. Der Arzt steht über mir, Doc Roberts. Er hat eine kalte Kompresse in der Hand, und meine Stirn ist nass. Als ich Beth sehe, die sich besorgt über mich beugt, weiß ich, dass ich wieder in der Gegenwart bin. Das ist nun schon das zweite Mal in zwei Tagen.

»Das wird langsam zur Gewohnheit«, versuche ich zu sagen, doch meine Stimme krächzt. Mein Hals ist wie ausgetrocknet. Aus dem Augenwinkel heraus sehe ich, wie Jordan den Raum durchquert, aber mein Kopf tut weh, wenn ich versuche, mich zu ihm umzudrehen.

»Nicht sprechen«, sagt Will.

Jordan schnaubt. »Unmöglich«, sagt er, doch ich sehe es ihm an, wie erleichtert er ist, dass ich wieder bei Bewusstsein bin. Miriam steht neben ihm. Ich habe sie noch nie so still gesehen. Ob sie wohl weiß, was ich getan habe? Wissen sie es alle?

»Okay«, verkündet Doc Roberts und sieht mich an. »Jetzt wisst ihr ja, dass es ihr gut geht, und ihr könnt den Raum wieder verlassen. Sie braucht Ruhe.« Er schaut zu Beths Mum.

»Oh, sie kann hierbleiben«, sagt sie, und mir wird klar, dass ich in ihrem Haus sein muss. »Wenn sie sich ausgeruht hat, bringe ich ihr etwas Suppe.«

Doc Roberts nickt zustimmend und sagt zu mir: »Ich

komme später noch mal und schaue nach dir. Und nicht mehr im Wald rumlaufen, okay?«

Ich nicke schwach. Miriam beugt sich vor und küsst mich auf die Stirn. »Ich gehe nirgendwohin«, verspricht sie. »Linda hat gesagt, ich könne auch bleiben.«

»Sie weiß offensichtlich nicht, worauf sie sich da einlässt«, krächze ich, aber ich bin schier unendlich dankbar. Jordan bleibt als Letzter, und seine Hand schwebt über meiner.

»Ich liebe dich, Kitty Kat«, sagt er mit leiser Stimme. »Es tut mir wirklich leid, wie das alles gelaufen ist. Aber wir schaffen das, okay? Wir werden später darüber reden, wenn es dir wieder besser geht.«

Ich nicke und wünschte, es würde gar nichts passieren müssen, doch das muss es. Das weiß ich. Die Katze ist aus dem Sack gelassen, und nun müssen wir uns was überlegen, wie wir damit umgehen sollen … und das ist etwas, was ich schon vor fünfundzwanzig Jahren hätte machen sollen.

*

Als sie weg sind, hole ich mein Handy raus und surfe eine Weile sinnlos im Internet. Ich logge mich auch bei ArmchairPoirot ein, doch ich habe keine Nachrichten. Shakes ist seltsam still, wenn man bedenkt, wie viel im Augenblick bei seinem Lieblingsfall los ist. Andererseits könnte man das natürlich auch von mir sagen, aber ich habe ja auch in irgendjemandes Keller gelegen.

Ich habe keinen Facebook-Account beziehungsweise keinen, der auf meinen richtigen Namen läuft, egal ob auf Bowen oder Starling. Doch ich habe ein Konto unter einem Fake-Namen für den Fall, dass ich Informationen brauche, die einem nur die Öffentlichkeit geben kann, also Tracy. Jetzt logge ich mich dort ein und scrolle durch die Seiten zu Abigail Warner. Mehr kann ich ohnehin nicht tun.

Nach nur ein paar Minuten springt mir der Name ins Auge. Er hat Dutzende von Kommentaren zu jedem Link abgegeben und unter jedem Bild. Alle sagen in etwa das Gleiche, nämlich dass Abigail dort besser dran sei, wo sie jetzt ist, dass die Polizei nicht weiter nach ihr suchen soll, denn sie wäre wohlauf, und dass man sich genauso gut um sie kümmern würde wie um Elsie. Und der Name des Kommentators? Mein alter Freund Shakespeareisafraud. Die Person, mit der ich seit Jahren kommuniziert habe. Und nun weiß ich auch, wer das wirklich ist.

56

MAGGIE

»Aufgrund dieser Zeichnung soll ich also glauben, dass Kathryn Bowen das Monster war, vor dem Elsie Angst gehabt hat?« Maggie steckte die Zeichnung in eine Plastiktüte und versiegelte sie. »Und selbst, wenn das stimmen sollte … Was hat das mit Abigail zu tun? Wer hat ihr dieses Bild überhaupt gegeben? Kathryn jedenfalls nicht.«

»Der neue Freund, von dem ihre Schulfreundin gesprochen hat«, erwiderte DS Bailey. »Könnte der ihr das Bild gegeben haben?«

»Das würde nur Sinn ergeben, wenn Kathryn dieser Freund ist«, sagte Maggie. »Und ich bin ziemlich sicher, dass man es bemerkt hätte, wenn sie auf Anglesey herumgeschlichen wäre und sich an kleine Mädchen herangemacht hätte. Ich habe ja auch direkt einen Tipp bekommen, als sie am Dienstag über die Brücke gefahren ist.«

»Könnte Abigail die Zeichnung im Haus gefunden haben? Vielleicht ist das hier ja Kathryns altes Zimmer.«

»Nur dass Kathryn das Bild nicht gezeichnet hat. Das war Elsie. Und ich bezweifele, dass sie ihrer besten Freundin ein Bild gegeben hat, auf dem sie als Monster dargestellt ist. Das wiederum heißt, dass das Bild vermutlich im Haus der Buttons gewesen ist, als Elsie entführt wurde.«

Und mit einem Mal ergab alles einen Sinn: die weibliche DNA auf dem Taschentuch, Abigails neuer Freund in ausgerechnet dem Wald, aus dem Elsie entführt worden war, und Doc Roberts, der zum Zeitpunkt von Abigails Verschwinden in der Gegend gewesen war.

»Helen Button«, flüsterte Maggie. »Doc Roberts hat an diesem Morgen nach Helen Button gesucht. Elsies Mum hat Abigail entführt.«

57

KATHRYN

Ich weiß, wo Abigail ist. Ich weiß, wer sie hat. Ich stelle mir die leblose Gestalt auf der pinkfarbenen Tagesdecke vor. Sie hält Elsies Stoffhasen in den Händen, und ich bete zu Gott, dass ich mich irre und dass sie nicht tot ist. Sofort schnappe ich mir das Handy, aber ich rufe nicht die Polizei und auch nicht Beth, obwohl ich das vermutlich tun sollte.

»Kanzlei Kevin Wilson.«

»Ich muss sofort mit Ihrem Chef sprechen. Bitte«, füge ich hinzu. Meine Mutter hat immer gesagt, kein Notfall ist so groß, dass man nicht auch höflich bleiben kann. Meine Mutter. Ich will traurig sein, doch ich fühle mich vollkommen leer. Wie soll man auch irgendwas empfinden, wenn man gerade herausgefunden hat, dass man eine Mörderin ist? Soll man dann einfach weitermachen? So tun, als wäre man ein ganz normaler Mensch? Ich war immer das Mädchen, dessen Vater ihre beste Freundin getötet hat. Jetzt, im Laufe von nur einer Woche, bin ich vom Opfer zum Täter geworden. Wie viele Leute können das schon von sich behaupten? Wie viele Leute sind nun noch in meinem Club? Dem Club von Menschen, die nicht wussten, dass sie die Bösen sind? Leider ist es Tatsache, dass es viel zu viele Menschen auf dieser Welt gibt, die andere Menschen töten. Einige töten versehentlich, andere mit Absicht; einige töten ein Mal, andere Dutzende Male. Aber wie viele Menschen können von sich behaupten, dass sie ihre beste Freundin getötet haben, ohne zu wissen, dass sie überhaupt dazu fähig waren?

Werde ich je darüber hinwegkommen? Ich weiß es ehrlich gesagt nicht. Es ist noch viel zu früh, als dass ich sagen könnte, wie ich gegen diesen speziellen Dämon kämpfen werde. Und ich habe nicht nur Elsies Blut an meinen Händen. Ich habe auch das Leben meines Vaters, meiner Mutter und von Jordan ruiniert. Alles, was wir als Familie erlitten haben, ist meine Schuld. Schlimmer ist bloß noch, dass sie alle dieses Geheimnis bewahrt haben, um mich zu schützen, und wie habe ich ihnen das vergolten? Mit selbstsüchtigen Zusammenbrüchen und Rücksichtslosigkeit. Als alles noch die Schuld meines Dads gewesen ist, da konnte man das leicht wegerklären.

Vermutlich werde ich den einfachen Weg gehen: eine Flasche Pillen oder mitten in der Nacht ein Sprung von der Menai Suspension Bridge. Das würde Helen und Elsie Button wenigstens die Genugtuung verschaffen, die sie verdient haben. Aber zuerst muss ich noch etwas anderes tun, um Reue zu zeigen. Genau wie vor fünfundzwanzig Jahren habe ich wieder das Leben eines kleinen Mädchens in der Hand, doch diesmal werde ich das Richtige tun. Denn wenn sie noch lebt, dann werde ich Abigail Warner retten.

»Tut mir leid. Mr Wilson nimmt im Moment keine Anrufe entgegen«, erklärt seine Sekretärin gelangweilt. »Ich kann ihm natürlich …«

»Sagen Sie ihm, Kathryn Bowen müsse mit ihm sprechen. Sofort. Es geht um Abigail Warner.«

Ich höre die Sekretärin seufzen; dann legt sie mich in die Warteschleife. Kaum hat die Fahrstuhlmusik begonnen, da wird auch schon wieder abgebrochen.

»Ich stelle Sie nun durch«, sagt die Frau, und das Telefon klingelt erneut.

»Kathryn? Gott sei Dank, es geht dir gut.«

»Wohl kaum, Kevin, aber das ist jetzt nicht das Thema. Es ist wichtig. Ich muss mich mit dir treffen, und ich will, dass du Will Roberts anrufst. Er muss auch kommen.«

»Meine Assistentin hat gesagt, es gehe um Abigail Warner. Was ist denn los, Kathryn? Weißt du, wo sie ist?«

»Ich denke schon. Und ich glaube, Doc Roberts weiß das auch, wenn er ehrlich zu sich ist. Und wir werden sie retten.«

*

Sie steigen fast gleichzeitig aus ihren Autos, diese Männer, die mein dunkelstes Geheimnis kennen und sich verschworen haben, Patrick Bowen ins Gefängnis zu werfen, um dessen einzige Tochter vor einem stigmatisierten Leben zu bewahren. Dabei hätte man mich gar nicht bestraft, doch Patrick konnte nicht riskieren, dass man mich meiner Mum wegnahm, und diese Männer haben das erkannt und ihm geholfen. Ich schulde ihnen mein Leben, und ich hasse sie dafür.

Als ich das Farmhaus der Buttons sehe, kommt es mir sofort bekannt vor. An den Scheunen und Ställen sind wir schon vor fünf Minuten vorbeigefahren. Sie waren stets voller Vieh und Maschinen. Ich erinnere mich gut. Ich habe es immer geliebt, auf die Farm zu kommen, die Hühner zu füttern, den Schäferhund zu jagen und mit den Kühen zu plaudern. Elsie hingegen hat den ganzen Schlamm und Dreck gehasst und alles, was stinkt. Manchmal habe ich mir gewünscht, dass wir unsere Leben tauschen könnten.

Obwohl sie das Land und die Tiere bereits vor Jahren verkauft haben, hat Helen noch immer eine große Scheune links vom Haus und daneben einen Pferch, der jedoch leer zu sein scheint. Geradeso kann ich auch noch einen Stall dahinter erkennen. Fast habe ich vergessen, dass sie dort hinten Pferde hatten. Wegen der Tiere weiß Helen auch, wie man mit Ketamin umgeht, und ihre Körperkraft hat offenbar ausgereicht, um mich in den Wagen zu schleppen.

»Kathryn, bist du dir sicher, was wir hier tun?« Kevin Wilson schaut zum Haus. Will Roberts sagt kein Wort. Ich frage mich, wie viel er weiß oder zumindest vermutet hat. Ich bin nicht sicher, aber ich habe den Eindruck, dass es ihn nicht überrascht, hier zu sein. Er hat bereits akzeptiert, dass ich glaube, Abigail sei irgendwo hier, und ich denke, er hat das schon die ganze Zeit über gewusst und befürchtet, dass Helen sie umgebracht hat.

»Vielleicht solltest du besser im Wagen warten«, schlägt Doc Roberts nun vor, aber ich schüttele den Kopf. Ich habe das fünfundzwanzig Jahre lang gemieden. Ein Schuss kracht, und die Windschutzscheibe eines der Autos fliegt in tausend Stücke. Ich schreie und werfe mich zu Boden. Neben mir landen die anderen, und ich bete, dass sie auch nur in Deckung gesprungen und nicht verletzt worden sind.

»Helen!«, brüllt Will Roberts in Richtung Haus. »Helen! Ich bin's! Nicht schießen!« Und dann macht er entweder das Tapferste oder das Dümmste, was man sich vorstellen kann. Er steht auf und hebt die Hände. Wieder kracht es, und Will taumelt zum Wagen zurück. Ein leuchtend roter Fleck breitet sich auf seinem Hemd aus. Er ist getroffen.

»Nein!«, schreie ich. Ich weiß nicht, was ich tun soll. Ich bin weder Lara Croft noch John McClane. Ich habe furchtbare Angst. Ein weiterer Schuss trifft die Wagentür. Ich höre Kevin brüllen, und Will Roberts wird von mir weg und hinter den Wagen gezogen.

»Kathryn!«, ruft Kevin mir zu. »Versuch, um die Seite zu kommen! Wir müssen Will ins Krankenhaus bringen!«

Alles ist still. Kein Schuss fällt mehr ... aber ich höre immer noch was. Es ist das Geräusch eines Motors, ein Geräusch, das mir schon vor dem ersten Schuss aufgefallen war. In der Einfahrt steht ein Truck. Die Ladefläche ist offen, und Säcke liegen darauf. Sie will fliehen. Wie, weiß ich nicht, doch sie scheint einen Plan zu haben. Und wenn wir sie fahren lassen, dann verschwindet Abigail mit ihr.

»Helen!«, brülle ich in Richtung Haus, stehe allerdings nicht auf. »Helen, du kannst sie nicht mitnehmen! Du wirst noch nicht einmal von der Insel kommen!«

Die Haustür öffnet sich, und ich recke den Hals und sehe Helen herauskommen. Sie sieht ganz und gar nicht mehr wie die gebrochene Frau aus, die ich gesehen habe, als sie bei der Suchaktion zusammengebrochen ist. Zum einen passen ihre Kleider jetzt perfekt. Sie trägt Jeans, ein Unterhemd und darüber ein offenes kariertes Hemd. Zwar sieht sie noch immer furchtbar dünn aus, aber nicht mehr zerbrechlich. Ich weiß, dass es in dem Haus hinter ihr einen hübschen pinkfarbenen Raum gibt und dass die Helen, die wir jetzt sehen, die ist, die mich von hinten gepackt, unter Drogen gesetzt und in ihrem Haus gefangen gehalten hat. Sie ist weit stärker, als alle geglaubt haben, und sie hat diesen Tag schon eine ganze Weile geplant. Gleichzeitig hat sie alle glauben gemacht, dass sie sich zurückgezogen hätte, eine gebrochene, labile alte Frau, die man nur allzu leicht vergisst.

Helen richtet das Gewehr direkt auf mich. An ihrer linken Schulter liegt eine kleine, in Decken gewickelte Gestalt. Ich kann jedoch nicht erkennen, ob die Gestalt sich bewegt. »Ist Will okay?«, ruft Helen. »Ich wollte ihn nicht treffen! Das sollte ein Warnschuss sein!«

»Er muss ins Krankenhaus!«, ruft Kevin von hinter dem Wagen. »Er verliert viel Blut. Ich muss ihn wegbringen, bevor er das Bewusstsein verliert.«

»Dann bringt ihn weg!«, brüllt Helen. »Ich werde euch nicht aufhalten!«

»Erst musst du uns Abigail geben!«, rufe ich. »Ohne sie können wir nicht weg!«

»Sie heißt nicht Abigail!«, schreit Helen. Ihr Gesicht ist wutverzerrt. »Das ist Elsie! ELSIE! Du hast geglaubt, du hättest sie mir genommen, aber das hast du nicht!«

»Doch, das habe ich.« Ich hebe die Hände und richte mich langsam auf. Helen ist nun am Truck und setzt Abigail auf den Beifahrersitz.

»Was ist mit den Hühnern?« Meine Stimme klingt flehentlich. »Und mit deinem Pferd?«

»Tot«, antwortet Helen, und ich sehe den ersten Hauch von Bedauern in ihren Augen. »Das war die menschlichste Lösung. Ich wusste ja nicht, wie lange es dauern würde, bis die Leute bemerken, dass ich weg bin.«

Ich kann nur hoffen, dass Kevin hinter dem Wagen die Polizei gerufen hat und dass sie mit einem Rettungswagen schon unterwegs ist, denn Helen ist fest entschlossen, mit Abigail zu fliehen. Wenn sie schon so weit gegangen ist, ihr geliebtes Pferd zu töten, dann wird sie sich von uns bestimmt nicht aufhalten lassen. »Es tut mir leid!«, rufe ich, um Zeit zu gewinnen. »Ich habe euch Elsie weggenommen, und das tut mir leid. Das habe ich nicht gewollt. Ich habe sie doch auch geliebt.«

»Du warst eifersüchtig auf sie!«, schreit Helen und richtet wieder die Waffe auf mich. »Sie haben mich alle angelogen, aber ich wusste, dass Patrick ihr nie etwas tun würde. Nicht seiner eigenen Tochter.«

Seiner eigenen Tochter. Dann stimmte es also. Elsie ist seine Tochter gewesen. Deshalb hatte ich auch immer das Gefühl, dass er sie genauso liebt wie mich, manchmal sogar mehr. Und er wusste, dass ich so fühlte, und hatte ein schlechtes Gewissen deshalb. Er wusste, dass ich einen Grund hatte, auf Elsie eifersüchtig zu sein.

»Na? Wie fühlt es sich an zu wissen, dass du deine eigene Schwester umgebracht hast?«, spuckt Helen förmlich aus. »Und das nur, weil sie hübscher war als du.«

»Ich wollte das nicht! Aber sie war so furchtbar! Ich wollte doch bloß, dass sie still ist!«

»Wie kannst du es wagen, ihr die Schuld zu geben!« Helen stößt mit der Waffe nach mir, und ich schließe die Augen. Ich bin sicher, dass sie mich erschießen wird. Dann hören wir es beide: Sirenen in der Ferne. Das ist sie, Helens einzige Chance zur Flucht, und die wird sie nicht ungenutzt lassen. Sie geht rückwärts auf die Fahrerseite und richtet die ganze Zeit über die Waffe auf mich.

»Sie war da«, sagt sie. »Genau da, wo sie sein sollte, im Wald, wo sie den ganzen Morgen gespielt hat. Als hätte sie jemand durch die Zeit transportiert und wieder an den Ort gebracht, wo sie verschwunden ist. Sie haben nicht auf sie aufgepasst. Ich war ihre Freundin, die Einzige, der sie vertraut hat. Sie haben sich nie um sie gekümmert! Aber ich kümmere mich um sie. Sie wird glücklich bei mir sein.«

»Warum hast du mich wieder gehen lassen? Warum hast du mich auf die Straße gelegt, wo George Fisher mich finden konnte?«

»Weil deine Freunde zu neugierig geworden sind«, antwortet Helen. »Dai hat mir erzählt, dass sie zu mir kommen wollten und dass diese alte Frau auch nicht aufgeben wird. Ich dachte, wenn ich dich wieder zurückbringe, dann hätten sie keinen Grund mehr herzukommen. Ich wusste, dass ich irgendwann fliehen musste. Ich konnte dich aber nicht mitnehmen, und dank deiner Freunde konnte ich dich auch nicht einfach umbringen, ohne unnötig Aufmerksamkeit zu erregen. Mir war nie klar, dass es tatsächlich Menschen gibt, denen du am Herzen liegst, Kathryn. Besonders nach unseren nächtlichen Gesprächen. *Ich bin ja so einsam. Niemand kümmert sich um mich.*«

Ihr spöttischer Tonfall lässt mich zusammenzucken. Shakes war die einzige Person, der ich mich wirklich geöffnet habe, und jetzt muss ich feststellen, dass ich die wahre Person dahinter die ganze Zeit über gekannt habe. Und dann war die zweite neue Freundin, die ich gefunden habe, auch noch eine Polizeibeamtin, die den Auftrag gehabt hat, mich zu beobachten. Ich habe Ihnen ja schon gesagt, dass ich ein Talent dafür habe, mir die falschen Freunde zu suchen.

Helens Hand liegt auf dem Türgriff. Das ist das Letzte, was ich von ihr sehen werde. Sie wird jeden Moment verschwinden und Abby mitnehmen. Wenn es noch eine Chance gibt, sie aufzuhalten, dann muss ich sie nutzen, egal, wie klein sie auch sein mag. Langsam bewege ich mich auf den Truck zu, und dabei rufe ich nach ihr.

»Ich kann dich zu ihr bringen! Ich kann dich zu Elsie bringen!«

Helen zögert nur eine Sekunde und senkt die Waffe. Die Sirenen kommen immer näher, aber wenn Helen jetzt fährt, dann kommt die Polizei zu spät. Ich muss eine Entscheidung treffen. Vor fünfundzwanzig Jahren habe ich ein kleines Mädchen getötet. Ich habe das vielleicht nicht gewollt, aber ich habe es getan, und das hat zu dem hier geführt. All das hat seinen Ursprung in dem, was ich an jenem Tag getan habe, und dass mein Vater und seine Freunde es vertuscht haben. Wenn ich mein Leben gegen Abigails abwäge … Nun, ich weiß, wer von uns beiden eine Chance verdient hat. Helen schüttelt den Kopf und greift wieder nach der Tür. Ohne nachzudenken, renne ich auf sie zu. Ich weiß, dass sie mich erschießen wird, aber vielleicht gelingt es mir ja, sie lange genug aufzuhalten. Entsetzt reißt Helen die Augen auf, doch sie ist nicht so erschrocken, dass sie nicht die Waffe hebt, auf mich richtet und abdrückt. Ich sacke auf die Motorhaube des Trucks, zwinge mich allerdings, weiter auf sie zuzugehen. Ich muss sie aufhalten. Nur eine Minute. Meine Sicht verschwimmt und der Schmerz ist unerträglich, doch ich sehe rot-blaue Lichter näher kommen. Dann fällt ein weiterer Schuss, und ich weiß, dass ich mein Bestes getan habe. Ich hoffe nur, es reicht.

58

BETH

Es war der wärmste Tag des Jahres, als DI Maggie Grant, DS Bryn Bailey und Abigails Eltern sich der Presse stellten, um zu verkünden, dass man Abigail gefunden hatte. Tränen liefen Caroline über die Wangen, und ihr Mann hielt sie fest, als könne sie jeden Moment weglaufen. Aber es waren Freudentränen. Hier klammerte sich eine Familie aneinander, die zerrissen und wieder zusammengefügt worden war.

»Abigail ist noch zur Beobachtung im Krankenhaus, aber wir wissen bereits, dass sie keine ernsthaften Verletzungen davongetragen hat. Auch deutet nichts auf sexuelle Übergriffe hin. Insgesamt wirkt sie körperlich gesund. Mehr will ich zum gegenwärtigen Zeitpunkt nicht sagen. Wir hoffen jetzt, dass man Abigail und ihre Familie nach allem, was sie durchgemacht haben, erst einmal in Ruhe lassen wird.«

Dutzende von Händen schossen in die Luft, doch die Journalisten warteten nicht, bis sie aufgerufen wurden.

»War sonst noch jemand in Abigails Entführung verwickelt?«

»Wird Helen Button auch mit dem Verschwinden ihrer eigenen Tochter in Verbindung gebracht?«

»Stimmt es, dass zwei Menschen ins Krankenhaus gebracht werden mussten? War einer davon Kathryn Bowen?«

Maggie Grant hob die Hand. In diesem Augenblick wurde Beth bewusst, wie erschöpft ihre Chefin aussah. Sie hatte alles in ihrer Macht Stehende getan, um Abigail zu finden, und niemand verdiente das Ergebnis und den Ruhm dafür mehr als DI Maggie Grant. DS Bailey stand neben ihr und schaute seinen DI ehrfürchtig an. Grant hatte einen neuen Fan gewonnen. So viel war klar.

»Kathryn sollte auch hier sein«, murmelte Beth. Sie schaute zu Maggie Grant hinauf, die weiter Fragen beantwortete. Nein, niemand sonst sei darin involviert. Sie glaubten immer noch, dass Patrick Bowen für Elsies Verschwinden verantwortlich sei. Berichte, dass zwei weitere Personen ins Krankenhaus eingeliefert worden seien, entsprächen der Wahrheit, aber nein, sie werde die Namen der Betreffenden im Augenblick nicht nennen …

Miriam seufzte und legte Beth die Hand auf den Arm. »Sie hat ihre Wahl getroffen«, sagte sie. »Hättest du dich anders entschieden?«

Beth schüttelte den Kopf. »Nein. Vermutlich nicht. Aber ich werde sie vermissen. Und du?«

Miriam lächelte. »Sie können mich jederzeit besuchen, PC Fisher«, sagte sie. »Und dann kannst du dich um meine Strafzettel kümmern.«

KATHRYN

Die Besuchserlaubnis zittert in meiner Hand, als ich mich zur Durchsuchung anstelle. Der Prozess verläuft genau wie immer, wenn ich hierherkomme, dennoch fühlt sich jetzt alles anders an. Als ich zum letzten Mal hier war, lauerte das Monster auf der anderen Seite der Gitter. Mir tut alles weh. Die Ärzte sagen, dass ich mit längerfristigen Symptomen rechnen muss. Immerhin habe ich zwei Kugeln abbekommen. Ich darf auch nicht Auto fahren. Tatsächlich sollte ich eigentlich gar nicht vor die Tür, doch diese eine Reise musste ich einfach machen. Also wartet Miriam draußen im Wagen auf mich, um mich wieder nach Hause zu bringen und anschließend im Schlafzimmer einzuschließen, bis ich wieder gesund bin.

Die Wärter führen ihn in den Raum wie ein gefährliches Tier. Es kommt mir schier unglaublich seltsam vor, dass er noch immer so behandelt wird, wo ich doch weiß, dass er unschuldig ist. Aber nur eine Handvoll Leute kennen die Wahrheit. Maggie Grant wiederum glaubt lediglich, sie zu kennen, doch außer der Kinderzeichnung, an die sie sich klammert, wird sie wohl kaum Beweise dafür finden. Sie könnte bloß mehr finden, wenn Helen Button ihr erzählen würde, wo Elsies Leiche begraben ist, und das ist eher unwahrscheinlich. Das würde nämlich bedeuten, dass man sie aus dem wunderbaren Grab am Berghang exhumiert, das mein Vater und seine Freunde ihr gegeben haben, und ich bezweifele, dass Helen das will. Aber schlussendlich hängt es wohl davon ab, wie groß ihr Hass auf mich und meine Familie wirklich ist. Groß genug, um mich zu erschießen, ist er in jedem Fall.

Sie setzen ihn vor mich, und die fünfundzwanzig verlorenen Jahre treffen mich wie ein Schlag. Wenn ich nur gewusst hätte, was mein Vater alles für mich geopfert hat. Ich erinnere mich noch gut an meinen letzten Besuch hier. Da habe ich ihm gesagt, ich wünschte, er würde hier verrecken.

»Hallo, Dad«, sage ich. Er beginnt zu weinen.

Ein paar Minuten lang sitzen wir schweigend beieinander. Wir haben uns einfach viel zu viel zu sagen.

»Wie geht es deiner Mum?«, fragt er schließlich, obwohl ich weiß, dass er erst heute Morgen mit Jordan im Krankenhaus telefoniert hat.

»Ihr Zustand ist stabil«, antworte ich. Und dann: »Danke. Danke für alles, was du für mich getan hast.«

Ein einfaches »Danke« ist bei Weitem nicht genug angesichts des Opfers, das er für mich gebracht hat, doch das weiß er. Das britische Rechtssystem wäre zu mir weit gnädiger gewesen als zu ihm. Ich war schließlich erst fünf Jahre alt. Aber was passiert war, war kein Unfall gewesen, sondern ein brutaler Angriff, und mein Dad hat sich entschieden, mich vor den Folgen zu beschützen. Ich verstehe seine Entscheidung, obwohl ich nicht sicher bin, ob ich ihr auch zustimme. Ein Teil dieser Entscheidung war sicherlich ebenfalls auf das Geheimnis zurückzuführen, das er und Helen fast sechs Jahre lang mit sich herumgetragen haben. Gestern habe ich noch einmal mit Kevin Wilson gesprochen, und diesmal war es ein aufrichtiges Gespräch. Er behauptet, Elsie sei das Ergebnis einer mehr als kurzen Affäre gewesen. Sie haben nie erfahren, ob meine Mutter etwas davon gewusst hat oder nicht, aber falls ja, dann hat sie beschlossen, Schweigen zu bewahren. Doch wie es nun weitergeht, diese Entscheidung liegt bei mir.

»Ich werde die Wahrheit erzählen«, sage ich und sehe, wie mein Vater das Gesicht verzerrt.

»Nein«, flüstert er. »Bitte nicht, Katy. Ich habe dich so lange beschützt …«

»Aber ich bin jetzt eine erwachsene Frau«, falle ich ihm ins Wort. »Und ich muss mich für meine Taten verantworten. Ich glaube, irgendwie habe ich das schon immer gewusst, unbewusst jedenfalls. Das war wohl auch der Grund für mein selbstzerstörerisches Verhalten, während Jordan sich ein neues Leben aufgebaut hat. Du wiederum hast all diese Jahre ertragen, weil du fest davon überzeugt gewesen bist, das Richtige getan zu haben. Ich könnte nicht damit leben, das nicht zu tun, wenn ich die Chance dazu habe.«

Dad lässt den Kopf hängen, aber er nickt. »Was ist mit den anderen?«

»Ich werde sie da raushalten«, verspreche ich. »Ich werde sagen, du hättest das als Einziger gewusst.«

»Was ist mit Helen passiert?«

Ich atme tief ein. Ich wusste, dass wir früher oder später darüber würden sprechen müssen. Über die Tatsache, dass eine Entscheidung vor all diesen Jahren – seine Entscheidung, mich zu schützen – einem anderen kleinen Mädchen fast das Leben gekostet hätte.

»Sie ist wegen Entführung und Kindesentziehung angeklagt. Dazu kommt jetzt noch versuchter Totschlag.«

Dad zögert. »Und Abigail?«

»Noch immer im Krankenhaus«, antworte ich. »Sie hat eine niedrigere Dosis von der Droge bekommen, die Helen auch mir gespritzt hat. Helen hat zwar dafür gesorgt, dass sie genug trinkt, aber sie war trotzdem geschwächt, als sie sie gefunden haben. Sie wird jedoch wieder gesund, körperlich zumindest.«

»Kathryn, du darfst niemandem sagen, was du herausgefunden hast«, mahnt Dad in sanftem Ton. »Ich bin ein alter Mann und habe mich mit meinen Entscheidungen abgefunden. Wenn du das alles auf sich beruhen lässt, macht dich das nicht zu einem schlechten Menschen.«

»Ich bin es leid, ständig nur wegzulaufen, Dad«, erwidere ich. »Mein ganzes Leben lang bin ich in Selbstmitleid versunken. Dabei war immer Elsie das wahre Opfer. Sie hat die Wahrheit verdient.«

Die ganze Welt hat die Wahrheit über Elsie Button verdient. Ich hoffe bloß, dass ich tapfer genug bin, um sie auch zu erzählen.